PHILIPPA GREGORY

LA FILLE
DU FAISEUR DE ROIS

traduit de l'anglais
par Sarah Dali

ARCHIPOCHE

Titre de l'édition originale :
The Kingmaker's Daughter

Notre catalogue est consultable à l'adresse suivante :
www.archipoche.com

Éditions Archipoche
34, rue des Bourdonnais
75001 Paris

ISBN 978-2-37735-837-3

Pour Anthony

Tour de Londres, mai 1465

Héritière légitime, épouse du plus grand sujet du royaume, Mère entre la première. Ensuite vient Isabelle, car elle est l'aînée. Et enfin moi, la dernière, comme toujours. De ma place, je ne vois pas grand-chose lorsque nous pénétrons dans la grande salle du trône, dans la tour de Londres. Ma mère fait une révérence puis s'écarte. Isabelle s'incline bien bas, comme nous l'avons appris, car un roi reste un roi même s'il n'est qu'un jeune homme installé sur le trône par mon père, et quoi que l'on pense d'elle, son épouse sera sacrée reine. Alors que je m'avance pour faire ma révérence, je vois enfin, pour la première fois, la femme que nous sommes venues honorer à la cour.

Elle est impressionnante, la plus belle femme que j'aie jamais vue de toute ma vie. Aussitôt, je comprends pourquoi le roi a arrêté son armée à sa vue, pour ensuite l'épouser quelques semaines plus tard. Elle a un sourire qui s'épanouit lentement puis brille d'un éclat angélique. Je connais des statues qui paraîtraient fades à côté d'elle, des madones peintes dont les traits seraient grossiers en comparaison de sa beauté lumineuse. Après ma révérence, je me relève pour la fixer telle une icône raffinée, incapable de détourner les yeux. Sous mon regard insistant, elle me sourit en rougissant, et je ne peux m'empêcher de lui rendre son sourire. Elle rit, comme si ma franche adoration l'amusait, mais j'aperçois alors le coup d'œil furieux de ma mère et me précipite à ses côtés, où ma sœur Isabelle fait la grimace.

— Tu la fixais comme une idiote, siffle-t-elle. C'est embarrassant pour nous. Que dirait Père ?

Le roi s'avance et embrasse chaleureusement ma mère sur les deux joues.

— Avez-vous reçu des nouvelles de mon cher ami, votre époux ?

— Il travaille à votre service, répond-elle promptement. Père manque le banquet de ce soir et toutes les autres fêtes car il s'entretient avec le roi de France en personne et le duc de Bourgogne, d'égal à égal, afin de se réconcilier avec ces puissants hommes de la chrétienté maintenant que le roi endormi a été vaincu et que nous sommes les nouveaux souverains d'Angleterre. Mon père est un grand homme, le représentant du nouveau roi et de toute l'Angleterre.

Ce nouveau roi – le nôtre – esquisse une petite révérence devant Isabelle et me tapote la joue. Il nous connaît depuis que nous sommes toutes petites, trop petites pour assister à de tels banquets, et que lui était un garçon sous la garde de notre père. Pendant ce temps, ma mère regarde autour d'elle comme si nous étions chez nous au château de Calais, à la recherche d'une erreur commise par les serviteurs. Je sais qu'elle souhaite ardemment découvrir quelque chose qu'elle pourra rapporter plus tard à mon père, une preuve que cette magnifique reine n'est pas faite pour tenir ce rang. À son expression hargneuse, je devine qu'elle n'a rien trouvé.

Personne n'aime cette reine, je ne devrais donc pas l'admirer. Nous devrions nous moquer qu'elle nous adresse un sourire chaleureux, à Isabelle et moi, qu'elle se lève de son grand fauteuil pour venir serrer les mains de ma mère. Nous sommes tous résolus à ne pas l'aimer. Mon père avait prévu un excellent mariage pour ce roi, avec une princesse de France. Il a préparé le terrain, rédigé le contrat, convaincu ceux qui détestent les Français que cette union serait bénéfique pour le pays, protégerait Calais, et pourrait même faire revenir Bordeaux dans notre giron. Cependant, le nouveau roi, d'une éblouissante beauté, notre adorable Édouard – comme un petit frère pour mon père et un oncle illustre pour nous – a déclaré, aussi simplement que s'il commandait son dîner, qu'il était déjà marié et que l'on ne pouvait rien y faire. Déjà marié ? Oui, à Elle.

Il a eu tort d'agir sans le conseil de mon père, tout le monde le sait. C'est la première fois depuis la longue campagne triomphante qui a fait passer la maison d'York du déshonneur – devoir demander pardon au roi endormi et à la méchante reine – à la victoire puis au trône d'Angleterre. Aux côtés d'Édouard, mon père le conseillait, le guidait, lui dictait ses moindres gestes, car il a toujours su ce qui était le mieux pour lui. Le roi reste un jeune homme qui doit tout à mon père. Il ne serait pas monté sur le trône si celui-ci n'avait pas embrassé sa cause, ne lui avait pas appris à mener une armée, n'avait pas combattu à sa place. Mon père a risqué sa vie, d'abord pour le père d'Édouard, ensuite pour Édouard lui-même. Or, juste après la fuite du roi endormi et de la méchante reine, et son propre couronnement, alors que l'avenir semblait merveilleux, Édouard est parti l'épouser en secret.

Elle doit nous conduire au dîner. Les dames de compagnie se mettent en rang derrière elle selon un ordre précis, qu'il est extrêmement important de respecter. Du haut de mes huit ans, je suis assez âgée pour le comprendre. Depuis toute petite, j'apprends les ordres de préséance. Puisque qu'Elle doit être couronnée demain, elle passe en premier. Dorénavant, elle sera toujours la première en Angleterre. Elle marchera devant ma mère jusqu'à la fin de sa vie ; voilà un autre fait que celle-ci n'apprécie pas beaucoup. Ensuite devrait venir la mère du roi mais elle n'est pas là. Elle a déclaré son hostilité absolue envers la magnifique Élisabeth Woodville, et juré qu'elle n'assisterait pas au sacre d'une roturière. Tout le monde a entendu parler de ce désaccord au sein de la famille royale. Les sœurs du roi entrent donc dans le rang en l'absence de leur mère. Elles semblent totalement perdues sans la belle duchesse Cécile devant elles, et l'espace d'un instant, le roi perd son sourire confiant lorsqu'il aperçoit la place laissée vide par sa mère. J'ignore comment il ose contredire la duchesse, la tante de mon père. Elle est tout aussi terrifiante que ma mère, et personne ne leur désobéit. Je me dis que le roi doit être très épris de la nouvelle reine pour défier sa mère. Il doit vraiment beaucoup l'aimer.

En revanche, la mère de la reine est là ; pour rien au monde elle ne manquerait ce moment de triomphe. Elle se met à sa place, son armée de fils et de filles derrière elle, et son mari, Sir Richard Woodville, à ses côtés. C'est le baron Rivers[1], et tout le monde plaisante à voix basse sur la « crue des rivières » car ils sont vraiment très nombreux. Élisabeth, l'aînée, a sept sœurs et cinq frères. Auprès de sa nouvelle épouse, le beau et jeune John Woodville ressemble à un garçon escortant sa grand-mère. Il a été marié à la duchesse douairière de Norfolk, ma grand-tante Catherine Neville. C'est scandaleux, mon père lui-même le dit. À près de soixante-dix ans, Catherine est une ruine d'une valeur inestimable ; rares sont ceux à avoir vu une femme aussi âgée, or John Woodville n'a que vingt ans. D'après ma mère, ce sera ainsi dorénavant : en installant sur le trône d'Angleterre la fille d'une sorcière, on peut s'attendre à de sombres agissements. Une fois sacrée, cette ogresse dévorera tout.

Je détourne mon regard du visage las et ridé de ma grand-tante pour me concentrer sur ma propre tâche : avancer auprès d'Isabelle, derrière ma mère, et ne pas marcher sur sa traîne, ne surtout pas marcher sur sa traîne. À seulement huit ans, je dois veiller à faire les choses correctement. Isabelle, qui en a treize, soupire en me voyant regarder par terre et traîner les pieds sous mon somptueux brocart, pour éviter toute erreur. Jacquette, la mère de la reine, jette un coup d'œil pour vérifier que je suis à la bonne place, comme si elle se préoccupait de mon confort. Lorsqu'elle me voit, derrière ma mère et à côté d'Isabelle, elle m'adresse un sourire aussi radieux que celui de sa fille, uniquement pour moi, puis se retourne, prend le bras de son époux et suit sa fille dans ce moment de triomphe absolu.

1. « Rivières » en anglais. (*N.d.T.*)

Une fois que tout le monde est assis dans la grande salle, devant des centaines de personnes venues acclamer la future reine, je peux de nouveau regarder les adultes à la table d'honneur. Je ne suis pas la seule à fixer la nouvelle reine, elle attire l'attention de tous. Quand elle rit, elle baisse les yeux, de sublimes yeux gris bridés, comme si elle songeait à un délicieux secret. Le roi Édouard l'a placée à sa droite, et lorsqu'il lui murmure à l'oreille, elle se penche vers lui, comme s'ils allaient s'embrasser. C'est très choquant et incorrect, mais Jacquette sourit à sa fille, apparemment ravie de les voir si épris. Elle ne semble éprouver aucune honte.

Sans conteste, cette famille est d'une beauté exceptionnelle. Ils sont aussi beaux que si le sang le plus bleu coulait dans leurs veines. Et si nombreux ! Encore enfants, six membres de la famille Rivers et les deux fils du premier mariage de la nouvelle reine sont assis à notre table comme des jeunes gens de sang royal, qui auraient le droit de dîner avec nous, les filles d'une comtesse. Isabelle regarde avec amertume les quatre filles Rivers à notre table, de la plus jeune, Catherine Woodville, qui n'a que sept ans, à la plus âgée, Marthe, qui en a quinze. On devra leur offrir maris, dots et fortunes, choses rares en Angleterre ces temps-ci – après la guerre entre les maisons rivales de Lancastre et d'York, qui dure maintenant depuis dix ans et a tué tant d'hommes. Ces filles seront nos concurrentes. J'ai l'impression que la cour est submergée de nouveaux profils, à la peau aussi brillante qu'une nouvelle pièce de monnaie, à la voix riante et aux manières raffinées. Que nous avons été envahis par une tribu de jeunes inconnus, que des statues animées dansent parmi nous, tels des oiseaux tombés du ciel, ou des poissons surgis de la mer. Rouge d'irritation, ma mère est aussi furieuse qu'une harpie. À côté d'elle, la reine rayonne, l'air angélique et espiègle, la tête toujours penchée vers son jeune époux, les lèvres entrouvertes comme si elle voulait l'aspirer.

Ce grand dîner est un moment palpitant pour moi, car à un bout de notre table se trouve Georges, le frère du roi, et à l'autre son cadet, Richard. La mère de la reine, Jacquette, adresse un sourire chaleureux à toute la tablée de jeunes gens. Elle a dû penser que ce serait amusant pour nous, les enfants, d'être réunis, et aussi un honneur d'avoir Georges à notre table. Entourée de ces deux ducs royaux, Isabelle se tortille tel un mouton tondu. Elle ne sait plus de quel côté regarder, si désireuse de les impressionner. Et – bien pire encore – les deux filles Rivers les plus âgées, Marthe et Éléonore Woodville, l'éclipsent naturellement. Sûres d'elles et souriantes, elles possèdent l'exquise beauté de cette famille. Isabelle fait trop d'efforts ; quant à moi, je suis anxieuse, comme toujours sous le regard critique de ma mère. Les filles Rivers, elles, sont là pour célébrer un heureux événement, et s'attendent donc à éprouver de la joie, non à être réprimandées. Elles sont toutes disposées à l'amusement. Bien sûr que les ducs royaux les préféreront à nous. Nous ne sommes pas d'étranges beautés pour Georges, qui nous connaît depuis toujours. Richard est encore sous la tutelle de mon père et lors de nos séjours en Angleterre, il fait partie de la demi-douzaine de garçons qui vivent avec nous. Il nous voit trois fois par jour. Bien sûr qu'il ne va pas manquer de regarder Marthe Woodville, élégante, nouvelle à la cour, et aussi belle que sa sœur la reine. Cependant, je suis contrariée qu'il ne me prête aucune attention.

À quinze ans, Georges est blond et grand, aussi beau que son frère aîné le roi.

— Ce doit être la première fois que vous dînez dans la Tour, Anne, n'est-ce pas ?

À la fois ravie et horrifiée qu'il s'adresse à moi, j'ai le visage en feu mais je réponds « oui » assez distinctement.

Richard, à l'autre bout de la table, a un an de moins qu'Isabelle. Il fait la même taille qu'elle, mais maintenant que son frère est roi d'Angleterre, il semble bien plus grand et plus beau. Il a toujours eu un sourire joyeux et un regard doux, même si ce soir, se tenant de son mieux au dîner de couronnement de sa belle-sœur, il se montre sérieux et calme. Isabelle, qui tente de lui faire la conversation, parle de chevaux et lui demande en souriant s'il se souvient de notre petit poney au château de Middleham. N'était-ce pas amusant quand Pepper s'est emballé et que Richard est tombé ? Ce dernier, qui a toujours été fier comme un paon, se tourne vers Marthe Woodville et affirme ne pas se rappeler. Isabelle essaie de prétendre que nous sommes amis, les meilleurs amis du monde ; en réalité, il n'est que l'un des pupilles de Père avec qui nous chassions et dînions à l'époque où nous vivions en Angleterre, en paix. Isabelle cherche à convaincre les filles Rivers que nous formons une famille heureuse et qu'elles sont des intruses ; en vérité, nous, les filles de Warwick, restions sous la garde de notre mère pendant que les garçons d'York sortaient à cheval avec Père.

Isabelle peut grimacer tant qu'elle veut, moi je refuse de me sentir embarrassée. Nous sommes parfaitement en droit d'être assises à cette table, bien plus que les filles Rivers et que n'importe qui d'autre. Nous sommes les plus riches héritières d'Angleterre, et notre père contrôle la Manche entre Calais et la côte anglaise. Nous appartenons à la grande famille Neville, gardienne du nord de l'Angleterre, du sang royal coule dans nos veines. Notre père a été un tuteur pour Richard, un guide et conseiller pour le roi en personne. Nous valons autant que n'importe qui dans cette salle ; nous sommes même plus riches que le roi et bien mieux nées que la nouvelle reine. Je peux parler d'égal à égal à tout duc royal de la maison d'York car sans mon père, leur maison aurait perdu les guerres, Lancastre régnerait toujours, et Georges, aussi beau et princier qu'il soit, serait aujourd'hui le frère d'un moins que rien, et le fils d'un traître.

C'est un long dîner, même si celui de demain, après le sacre de la reine, le sera encore davantage. Ce soir sont servis trente-deux plats, dans de la vaisselle en argent, et la reine nous honore en envoyant des mets spéciaux à notre table. Georges se lève, la remercie par une révérence, puis commence à nous servir. Lorsqu'il me voit l'observer, il me donne une cuillerée de sauce en plus avec un clin d'œil. De temps à autre, ma mère me jette un coup d'œil, tel un phare sur une mer obscure. Chaque fois que je sens son regard froid sur moi, je lève la tête et lui souris. Je suis sûre qu'elle ne peut pas me prendre en défaut. Une fourchette à la main, une serviette dans la manche, je ressemble à une Française, au fait de ces nouvelles manières. J'ai du vin coupé d'eau dans le verre à ma droite, et je mange comme on me l'a enseigné : délicatement et sans hâte. Si Georges, duc royal, décide de me prêter une attention particulière, je ne vois pas pourquoi il devrait s'en priver, ni pourquoi quiconque devrait s'en étonner. Pour ma part, cela ne me surprend pas.

*

En tant qu'invitées du roi dans la Tour à la veille du sacre de la reine, Isabelle et moi partageons un lit comme chez nous à Calais, comme chaque nuit depuis ma naissance. On m'envoie me coucher une heure avant elle, bien que je sois trop excitée pour dormir. Je récite mes prières puis m'allonge dans le lit et écoute la musique qui monte de la salle. Ils dansent encore ; le roi et son épouse adorent danser. Quand il lui prend la main, on voit qu'il se retient de l'attirer plus près. Elle baisse les yeux, et lorsqu'elle les relève, il la fixe toujours de son regard brûlant, alors elle lui adresse un petit sourire plein de promesses.

Je ne peux m'empêcher de me demander si l'ancien roi, le roi endormi, est réveillé ce soir, quelque part dans les terres sauvages du nord de l'Angleterre. C'est horrible de songer à lui, dormant à poings fermés mais les voyant danser dans ses rêves, ces nouveaux souverains qui ont pris sa place et se sont couronnés eux-mêmes. Demain, une nouvelle reine portera la couronne de son épouse. Père affirme que je n'ai rien à craindre : la méchante reine s'est enfuie en France et n'obtiendra aucun secours de la part de ses amis français. Père s'entretient avec le roi de

France en personne pour s'assurer qu'il devienne notre ami et n'aide pas la méchante reine. Elle est notre ennemie, l'ennemie de notre paix. Père veillera à ce qu'elle n'ait ni foyer en France ni trône en Angleterre. Pendant ce temps, le roi endormi, loin de son épouse et de son fils, sera gardé bien au chaud dans un petit château, quelque part près de l'Écosse, où il passera sa vie à sommeiller telle une abeille dans un rideau tout l'hiver. Lui dormira et elle se consumera de rage jusqu'à ce que tous deux meurent de vieillesse ; je n'ai donc absolument rien à craindre. C'est mon père qui a courageusement chassé le roi endormi du trône puis placé sa couronne sur la tête d'Édouard, alors ce doit être juste. C'est encore mon père qui a affronté et vaincu la méchante reine, une terrifiante louve pire que les loups de France. Toutefois, je n'aime pas penser au vieux roi Henri, ses paupières closes brillant au clair de lune pendant que ceux qui l'ont chassé dansent dans ce qui était jadis sa grande salle. Je n'aime pas non plus songer à la méchante reine, loin en France, maudissant notre bonheur, jurant de se venger de nous et de revenir ici, chez elle.

Au moment où Isabelle arrive enfin, je suis agenouillée devant l'étroite fenêtre pour regarder le clair de lune étincelant sur le fleuve.

— Tu devrais dormir, me dit-elle d'un ton autoritaire.

— Elle ne peut pas venir nous chercher, n'est-ce pas ?

— La méchante reine ?

Isabelle connaît elle aussi Marguerite d'Anjou, l'épouvantable reine qui a hanté notre enfance.

— Non. Elle a été vaincue par Père à Towton. Elle s'est sauvée. Elle ne peut pas revenir.

— Tu en es sûre ?

— Tu le sais bien, me répond-elle, un bras passé autour de mes fines épaules. Nous sommes en sécurité. Le roi fou est endormi et la méchante reine battue. Ce n'est qu'un prétexte pour rester éveillée alors que tu devrais dormir.

Obéissante, je retourne dans le lit et remonte les draps jusqu'à mon menton.

— Je vais dormir. N'était-ce pas merveilleux ?

— Pas particulièrement.

— Ne la trouves-tu pas belle ?

— Qui ? demande-t-elle, comme si elle ignorait vraiment qui était la plus belle femme d'Angleterre ce soir, comme si ce n'était pas flagrant.

— La nouvelle reine, Élisabeth.

— Moi, je ne la trouve pas très royale, réplique-t-elle en tentant d'adopter le ton dédaigneux de notre mère. Je ne sais pas comment elle va s'en sortir à son couronnement, à la joute et au tournoi, car elle était l'épouse d'un simple châtelain, la fille d'un moins que rien. Va-t-elle savoir comment se comporter ?

— Et toi, que ferais-tu ?

J'essaie de faire durer la conversation. Isabelle en sait toujours tellement plus que moi ; elle a cinq ans de plus et un mariage brillant en perspective. La préférée de nos parents, elle est presque une femme alors que je ne suis encore qu'une enfant. Elle va jusqu'à mépriser la reine !

— Je me montrerais bien plus digne qu'elle. Je ne chuchoterais pas avec le roi et ne me rabaisserais pas comme elle. Je n'enverrais pas de plats, ne saluerais pas les gens de la main, et ne traînerais pas tous mes frères et sœurs à la cour. Je serais bien plus réservée et froide. Je ne sourirais à personne, ne m'inclinerais devant personne. Je serais une vraie reine, une reine de glace, sans famille ni amis.

Je suis tellement séduite par ce portrait que me voilà de nouveau à moitié sortie du lit. Je lui tends notre couverture en fourrure.

— Comment serais-tu ? Montre-moi, Izzy !

Elle pose la couverture sur ses épaules telle une cape, se redresse de toute sa hauteur – un mètre quarante – et arpente la petite chambre à grandes enjambées, la tête haute, saluant d'un air distant des courtisans imaginaires.

— *Comme ça*[1], avec élégance et froideur.

1. En français dans le texte. *(N.d.T.)*

Je saute du lit, saisis un châle que je jette sur ma tête, et la suis en imitant son signe de tête à droite et à gauche, l'air aussi royal.

— Enchantée ! lancé-je à une chaise vide.

Je m'interromps comme si j'écoutais une requête pour quelque faveur.

— Non, pas du tout. Je ne pourrai pas vous aider, je suis vraiment navrée, j'ai déjà offert ce poste à ma sœur.

— À mon père, Lord Rivers, ajoute Izzy.

— À mon frère Anthony, il est si beau.

— À mon frère John, ainsi qu'une fortune à mes sœurs. Il ne reste absolument plus rien pour vous.

Isabelle joue la nouvelle reine avec son accent hautain :

— J'ai une grande famille, or ils doivent tous être satisfaits.

— Tous sans exception. Des dizaines. Avez-vous vu combien sont entrés dans la grande salle derrière moi ? Où vais-je trouver assez de titres et de terres ?

Nous faisons de grands cercles en passant l'une devant l'autre, la tête inclinée dans une splendide indifférence.

— Et qui êtes-vous ? je m'enquiers froidement.

— Je suis la reine d'Angleterre, répond Isabelle, qui change le jeu à l'improviste. Isabelle, reine d'Angleterre et de France, récemment mariée au roi Édouard. Il s'est épris de ma beauté. Il est devenu complètement fou de moi au point d'en oublier ses amis et son devoir. Nous nous sommes mariés en secret, et aujourd'hui je vais être couronnée.

— Non, non, c'était moi la reine d'Angleterre ! m'écrié-je en lâchant le châle. Je suis la reine Anne d'Angleterre. Le roi Édouard m'a choisie.

— Impossible, tu es la cadette.

— Si ! Si !

Je sens la colère monter, et je sais que je vais gâcher notre jeu, mais je ne supporte pas de lui donner encore une fois la préséance, même dans un jeu.

— Nous ne pouvons pas être toutes les deux reine d'Angleterre, explique-t-elle. Tu seras la reine de France. La France est un bon pays.

— D'Angleterre ! Je suis la reine d'Angleterre. Je déteste la France !

— Eh bien tu ne peux pas. Je suis l'aînée, alors je choisis la première : je suis la reine d'Angleterre et Édouard est amoureux de moi.

Je suis muette de rage devant ses revendications, la brusque affirmation de son droit d'aînesse, le soudain passage d'un jeu joyeux à la rivalité. Rouge de colère, je tape du pied et sens des larmes me brûler les yeux.

— Je suis la reine d'Angleterre !

— Tu gâches toujours tout car tu es un vrai bébé.

Elle se détourne au moment où s'ouvre la porte derrière nous. Margaret entre dans la chambre.

— Il est temps que vous dormiez toutes les deux, mes chères. Mon Dieu ! Qu'avez-vous fait à votre couvre-lit ?

— Isabelle ne veut pas me laisser… Elle est méchante…

— Peu importe ! Au lit. Vous pourrez partager tout ce que vous voulez demain.

— Elle ne veut pas partager ! m'exclamé-je en avalant des larmes salées. Jamais. Nous étions en train de jouer mais ensuite…

Isabelle rit sèchement comme si mon chagrin était comique, et échange avec Margaret un regard qui sous-entend que le bébé pique une nouvelle crise. C'en est trop pour moi. Avec un gémissement, je me jette à plat ventre sur le lit. Personne ne m'aime, personne ne comprend que nous jouions ensemble, deux sœurs sur un pied d'égalité, jusqu'à ce qu'Isabelle s'attribue une chose qui n'était pas sienne. Elle devrait savoir partager. Ce n'est pas juste que je passe toujours en dernier.

— Ce n'est pas juste ! m'écrié-je d'une voix étranglée.

Isabelle tourne le dos à Margaret, qui délace les liens de sa robe et la fait glisser afin qu'elle puisse en sortir, avec dédain, telle la reine qu'elle imitait. Margaret étend la robe sur un fauteuil, prête à être poudrée et brossée demain. Après avoir enfilé une chemise de nuit, Isabelle la laisse lui brosser et tresser les cheveux.

Je soulève mon visage rouge de l'oreiller pour les regarder. Isabelle jette un coup d'œil à mes grands yeux tragiques et me lance sèchement :

— Tu devrais dormir de toute façon. Tu pleures toujours quand tu es fatiguée. Tu es un vrai bébé. On n'aurait pas dû t'autoriser à venir au dîner.

Elle se tourne vers Margaret, âgée de vingt ans.

— Margaret, dis-lui.

— Allez dormir, Lady Anne. Cessez vos histoires.

Je me roule sur le côté, le visage tourné vers le mur. Margaret ne devrait pas me parler ainsi, c'est la demoiselle de compagnie de ma mère et notre demi-sœur. Elle devrait se montrer plus gentille avec moi. Mais personne ne me traite avec le moindre respect, et ma propre sœur me déteste. J'entends le lit grincer lorsqu'Isabelle monte à côté de moi. Personne ne lui fait réciter ses prières, même si elle ira certainement en enfer.

— Bonne nuit, dormez bien, et que Dieu vous bénisse, nous dit Margaret.

Elle souffle les bougies et sort de la chambre. Nous voilà seules à la lueur du feu. Je sens Isabelle tirer sur les couvertures, mais je ne bouge pas. Elle me chuchote, par méchanceté :

— Tu peux pleurer toute la nuit si tu veux, je serai toujours reine d'Angleterre et pas toi.

— Je suis une Neville !

— Margaret est une Neville, seulement illégitime. Père a reconnu une bâtarde, alors elle nous sert de demoiselle de compagnie. Elle épousera un homme respectable, et moi un riche duc à tout le moins. Maintenant que j'y pense, tu es probablement illégitime toi aussi, tu devras donc être ma demoiselle de compagnie.

Je sens un sanglot monter dans ma gorge, mais je me couvre la bouche des deux mains. Je ne lui donnerai pas la satisfaction de m'entendre pleurer. Je vais étouffer mes sanglots. Si je pouvais arrêter de respirer, je le ferais. Alors Isabelle regretterait d'avoir été aussi méchante, et mon père – loin ce soir – apprendrait ma mort par une lettre et lui reprocherait la perte de sa petite fille qu'il aimait plus que tout. Car il devrait m'aimer plus que tout. Du moins, je voudrais que ce soit le cas.

L'Erber, Londres, juillet 1465

Je sais qu'il va se passer quelque chose d'extraordinaire car Père, de retour dans notre résidence de Londres, rassemble sa garde dans la cour. Son porte-étendard et ses gentilshommes sortent leurs chevaux de l'écurie puis se mettent en rang. Notre résidence est aussi grande qu'un palais royal ; mon père y garde plus de trois cents hommes en armes et en livrée, et nous avons plus de serviteurs sous nos ordres que quiconque hormis le roi. Nombreux sont ceux à dire que nos hommes sont mieux entraînés et disciplinés que ceux du roi ; ils sont assurément mieux nourris et équipés.

J'attends à la porte de la cour, car c'est par là que Père sortira ; peut-être me dira-t-il alors ce qui se passe. Isabelle est dans la salle d'étude à l'étage, mais je n'irai pas la chercher. Pour une fois, elle peut manquer toute l'animation. En entendant les bottes de cavalerie de mon père claquer sur les marches en pierre, je me retourne et m'incline pour recevoir sa bénédiction. À mon grand déplaisir, je constate que ma mère l'accompagne, suivie de ses dames et d'Isabelle. Cette dernière me tire la langue avant de m'adresser un grand sourire.

— Et voilà ma petite fille. Attendez-vous de me voir partir ?

Mon père pose doucement la main sur ma tête en signe de bénédiction, puis se penche pour me regarder dans les yeux. Il est toujours aussi imposant ; lorsque j'étais petite, je croyais que sa poitrine était faite en métal car je le voyais toujours en armure. Il me sourit, ses yeux marron foncé brillant sous son heaume poli, son épaisse barbe brune taillée avec soin : portrait d'un soldat intrépide, d'un dieu guerrier.

— Oui, mon seigneur. Vous repartez ?

— J'ai un grand travail à accomplir aujourd'hui, répond-il d'un ton grave. Savez-vous ce dont il s'agit ?

Je secoue la tête.

— Qui est notre plus grand ennemi ?

C'est facile.

— La méchante reine.

— Vous avez raison, et j'aimerais la tenir en mon pouvoir. Mais qui est notre deuxième plus grand ennemi, et son époux ?

— Le roi endormi.

Il rit.

— Est-ce ainsi que vous les appelez ? La méchante reine et le roi endormi ? Très bien. Vous êtes une jeune fille pleine d'esprit.

Je jette un coup d'œil à Isabelle pour voir si ce compliment lui plaît – elle qui me traite d'idiote. Mon père poursuit :

— Et qui selon vous a été trahi, capturé, exactement comme je le prévoyais, et amené prisonnier à Londres ?

— Le roi endormi ?

— Oui. Je pars avec mes hommes pour lui faire parcourir les rues de Londres jusqu'à la Tour, où il restera notre prisonnier pour toujours.

Je lève les yeux vers lui, sans oser parler.

— Qu'y a-t-il ?

— Puis-je venir, moi aussi ?

— Vous êtes aussi courageuse qu'un petit écuyer, dit-il en riant. Vous auriez dû être un garçon. Non, vous ne pouvez pas venir. En revanche, quand il sera en captivité dans la Tour, vous pourrez regarder par l'embrasure de la porte, alors vous verrez que vous n'avez plus rien à craindre de lui. Je tiendrai le roi sous ma garde, or sans lui, son épouse la reine est impuissante.

— Mais il y aura deux rois à Londres, intervient Isabelle, avec son air intelligent pour se faire remarquer.

— Non. Un seul. Édouard. Celui que j'ai installé sur le trône. Il est légitime, et de toute façon, nous avons remporté la victoire.

— Comment allez-vous le ramener ? demande ma mère. Nombreux sont ceux qui voudront le voir passer.

— Ligoté, répond sèchement mon père. Assis sur son cheval mais les chevilles attachées sous le ventre de sa monture. C'est un criminel, mon ennemi et celui du nouveau roi d'Angleterre, et c'est ainsi qu'il sera montré.

Devant ce manque de respect, elle a un petit sursaut, qui fait rire mon père.

— Il couchait à la dure dans les collines du nord. Il n'aura pas l'air royal. Il ne vivait pas comme un grand seigneur, mais comme un hors-la-loi. Voici venue la fin de son déshonneur.

— Et ils verront que c'est vous qui le ramenez, aussi noble qu'un roi, fait observer ma mère.

Mon père rit de nouveau, regarde vers la cour, où l'attendent ses hommes aussi élégamment vêtus et puissamment armés qu'une garde royale, et approuve d'un signe de tête le déploiement de sa bannière – l'ours et le bâton noueux. Je lève les yeux vers lui, éblouie par sa taille et son aura de puissance absolue.

— Oui, c'est moi qui amène le roi d'Angleterre en prison, reconnaît-il.

Il me tapote la joue, sourit à ma mère, puis sort à grands pas dans la cour. Son cheval préféré, baptisé Minuit d'après sa robe sombre et luisante, est tenu par son palefrenier au montoir. Mon père saute en selle, se retourne vers ses hommes et lève la main pour donner le signal du départ. Minuit piaffe d'impatience ; mon père serre ses rênes d'une main et lui caresse l'encolure de l'autre.

— Sois sage. C'est un grand travail qui nous attend aujourd'hui. Nous allons finir ce que nous avons commencé à Towton, un grand jour pour toi et moi, c'est certain.

Il crie alors :

— En avant !

Il fait sortir ses hommes de la cour, sous l'arche en pierre puis dans les rues de Londres en direction d'Islington, où il rencontrera la garde qui a arrêté le roi endormi, afin que jamais plus il ne trouble le pays avec ses cauchemars.

Château de Barnard, comté de Durham, automne 1465

Isabelle et moi sommes convoquées dans les appartements privés de mon père, dans l'une de nos demeures du nord : le château de Barnard. C'est l'un de mes préférés, perché sur des falaises au-dessus de la Tees ; de la fenêtre de ma chambre, je peux lancer un caillou dans l'eau écumeuse, loin, très loin en contrebas. C'est un petit château aux hauts remparts, entouré par des douves et un mur extérieur en pierres grises. Derrière, groupée autour du mur pour sa sécurité, se trouve la petite ville de Barnard Castle, dont les habitants s'agenouillent sur notre passage. Mère dit que nous, les Neville, sommes considérés comme des dieux par le peuple du nord. Liés par des serments qui remontent à la nuit des temps, à l'époque du grand tourment, des démons et des serpents de mer, nous avons juré de protéger ce peuple ainsi que les Écossais.

Mon père est ici pour rendre la justice. Chaque après-midi, pendant que dans la grande salle, il règle des litiges et entend des requêtes, Isabelle et moi avons le droit de sortir à cheval en compagnie de ses pupilles, dont Richard, le frère du roi. Nous allons chasser le faisan et la grouse avec nos faucons sur les grandes landes qui s'étendent sur des kilomètres, jusqu'à l'Écosse. Chaque matin, Richard et les autres garçons doivent étudier avec leurs professeurs, mais ils peuvent nous rejoindre après le dîner[1]. Certains sont des fils de nobles, comme Francis Lovell ; d'autres des fils de grands hommes du nord pour qui une place à la cour de mon père est la bienvenue ; d'autres encore

1. Le dîner désigne à cette époque le repas du midi. *(N.d.T.)*

des cousins et parents qui resteront avec nous un an ou deux afin d'apprendre à gouverner et diriger. Robert Brackenbury, notre voisin, est un fidèle compagnon de Richard, tel le petit écuyer d'un chevalier. Richard est mon favori, bien sûr, comme il est à présent le frère du roi d'Angleterre. Mince, brun, il n'est pas plus grand qu'Isabelle mais furieusement courageux, et je l'admire en secret. Il est résolu à devenir un grand chevalier, et connaît toutes les légendes de Camelot et de chevalerie, qu'il me lit parfois comme s'il s'agissait d'histoires vraies. Il me dit alors, avec tant de sérieux que je ne peux douter de sa parole :

— Lady Anne, il n'y a rien de plus important au monde que l'honneur d'un chevalier. Je préférerais mourir qu'être déshonoré.

Il chevauche son poney des landes comme s'il menait une charge de cavalerie ; il veut à tout prix devenir aussi grand et fort que ses deux frères aînés, être le meilleur des pupilles de mon père. Je le comprends, car je sais ce que c'est de toujours passer en dernier dans une famille de rivaux. Cependant, je ne le lui avoue jamais : d'une fierté ardente et susceptible, il détesterait cela, autant que je détesterais qu'il me plaigne d'être plus jeune qu'Isabelle, quelconque alors qu'elle est jolie, une fille alors que tout le monde avait besoin d'un fils et héritier. Il y a certaines choses qu'il vaut mieux ne jamais révéler : Richard et moi savons que nous aspirons à un grand avenir, mais que personne ne doit jamais connaître nos rêves de grandeur.

Dans la salle d'étude, nous écoutons les garçons suivre leur leçon de grec quand Margaret arrive avec un message : nous devons aller voir notre père, immédiatement. Isabelle et moi sommes alarmées, car Père ne nous convoque jamais.

— Pas moi ? demande Richard à Margaret.

— Pas vous, Monsieur.

Richard adresse un grand sourire à Isabelle. Il présume, comme nous, que nous avons été attrapées à faire une bêtise.

— Seulement vous, alors. Peut-être serez-vous fouettées. D'ordinaire quand nous nous trouvons dans le nord, nous sommes assez tranquilles, et ne voyons nos parents qu'au dîner. Père est très occupé. Il y a encore un an, il devait combattre les derniers seigneurs du nord qui résistaient pour le roi endormi. Ma mère est venue dans le nord déterminée à rectifier tout ce qui a mal tourné en son absence. Si Père veut nous voir, alors nous avons probablement des ennuis, même si je ne vois pas ce que nous avons pu faire de mal.

Quand nous entrons, il est assis à sa table dans son fauteuil, aussi imposant qu'un trône. Son clerc pose un document après l'autre devant lui et, avec sa plume, mon père marque chacun d'un *W* – pour Warwick, le plus noble de ses nombreux titres. Un autre clerc se penche à ses côtés, une bougie dans une main et la cire à cacheter dans l'autre. Il verse la cire rouge sur la page, en une petite flaque bien nette où mon père enfonce sa bague afin de former un sceau. On dirait de la magie, la transformation de ses vœux en réalité. En attendant à la porte qu'il nous remarque, je me dis que ce doit être formidable d'être un homme, d'apposer ses initiales sur un ordre et de savoir qu'aussitôt il sera exécuté. Je passerais mes journées à envoyer des ordres juste pour le plaisir.

Père lève les yeux et nous aperçoit. Il nous fait signe d'approcher tandis que le clerc emporte les documents. Nous avançons et faisons la révérence comme il se doit. Mon père lève la main en signe de bénédiction, puis repousse son fauteuil et nous demande de venir devant lui. Il me tend la main, alors je m'approche et il me tapote la tête, comme il tapote Minuit, son cheval. Ce n'est pas très agréable car il a une main lourde, qui écrase ma résille dorée et rigide, mais il n'appelle pas Isabelle auprès de lui. Elle doit rester là, gauchement, à nous regarder. Je me tourne vers elle et souris car la main de notre père est posée sur ma tête, et c'est moi qui m'appuie contre l'accoudoir de son fauteuil comme si j'étais à l'aise, plutôt qu'alarmée de ces signes de faveur.

— Vous êtes sages, vous travaillez bien ? demande-t-il brusquement.

Nous acquiesçons toutes les deux. Sans conteste, nous étudions sagement chaque matin avec notre propre professeur : logique le lundi, grammaire le mardi, rhétorique le mercredi, français et latin le jeudi, musique et danse le vendredi. Ce dernier jour est bien sûr le meilleur de la semaine. Les garçons apprennent le grec, et s'entraînent avec un maître d'armes à jouter et à manier une épée large. Richard est un bon élève, qui travaille dur au maniement des armes. Isabelle, très en avance sur moi, n'étudiera encore qu'un an, jusqu'à ses quinze ans. Elle affirme que les filles ne peuvent pas comprendre la rhétorique et que l'année prochaine, je resterai toute seule dans la salle d'étude et n'aurai pas le droit d'en sortir avant d'avoir terminé le livre d'exemples. Cette perspective est si ennuyeuse que j'hésite à demander à mon père d'en être dispensée, au moment où, sa main lourde posée sur mon épaule, il semble si bien disposé envers moi. Mais à son air grave, je me dis que c'est une mauvaise idée.

— Je vous ai fait venir pour vous dire que la reine a demandé à ce que vous rejoigniez toutes les deux sa cour.

Son visage rond aussi rose qu'une framboise mûre, Isabelle laisse échapper un petit hoquet d'enthousiasme.

— Nous ? demandé-je, stupéfaite.

— C'est un honneur qui vous est dû car vous êtes mes filles, mais aussi parce qu'elle a constaté votre bonne conduite à la cour. Elle m'a dit que vous, Anne, étiez particulièrement charmante lors de son sacre.

L'espace d'un instant, je ne songe plus qu'à ce mot : « charmante ». La reine d'Angleterre, même si elle n'était auparavant qu'Élisabeth Woodville, guère plus qu'une inconnue, me trouve charmante, et l'a dit à mon père. Gonflée d'orgueil, je me tourne vers lui pour lui adresser un sourire que j'espère charmant.

— Elle pense, à raison, que vous seriez un ornement dans ses appartements, poursuit-il.

Je me demande ce qu'entend la reine par « ornement ». Veut-elle que nous embellirions ses appartements, telles des tapisseries tendues sur des murs mal lavés ? Devrons-nous rester sans bouger au même endroit ? Vais-je devenir une sorte de vase ? Mon père rit devant mon air perplexe et fait un signe de tête à Isabelle.

— Expliquez à votre petite sœur ce que cela signifie.

— Une demoiselle de compagnie, me siffle-t-elle.

— Ah.

— Qu'en pensez-vous ? demande mon père.

Il voit bien ce qu'en pense Isabelle, puisqu'elle halète d'émotion, ses yeux bleus pétillants.

— Je serais ravie. C'est un honneur. Un honneur que je n'avais pas convoité… J'accepte.

Il me regarde.

— Et vous, ma petite souris ? Êtes-vous aussi ravie que votre sœur ? Aussi pressée de servir la nouvelle reine ? Voulez-vous danser autour de cette nouvelle lumière ?

Quelque chose dans son ton me prévient qu'il n'espère pas une réponse positive. Pourtant, je me souviens de la reine comme un acolyte ébloui se souvient d'une icône d'un jour de fête. Je ne vois rien de plus formidable que de devenir la demoiselle de compagnie de cette beauté, qui m'apprécie. Sa mère m'a souri, elle-même m'a trouvée charmante. Je pourrais crever d'orgueil à ce compliment, et de joie pour cette distinction, mais je reste prudente.

— Ce qui vous semble le mieux, Père.

Je regarde mes pieds, puis de nouveau ses yeux sombres.

— L'aimons-nous maintenant ?

Il éclate de rire.

— Que Dieu nous garde ! Quels ragots avez-vous entendus ? Bien sûr que nous l'aimons et l'honorons ; c'est notre reine, l'épouse du roi. Son premier choix parmi toutes les princesses du monde. Vous vous imaginez ! De toutes les dames bien nées de la chrétienté qu'il aurait pu épouser, c'est elle qu'il a choisie.

Il y a quelque chose de dur et de moqueur dans son ton. J'entends bien ses paroles loyales, mais aussi un sous-entendu, qui me rappelle Isabelle lorsqu'elle se montre tyrannique avec moi.

— C'est idiot de votre part de poser cette question, ajoute-t-il. Nous lui avons tous juré allégeance. Vous-même l'avez fait lors de son couronnement.

Isabelle m'adresse un signe de tête, comme pour confirmer la condamnation de mon père.

— Elle est trop jeune pour comprendre, l'assure-t-elle. Elle ne comprend rien.

— Je comprends que le roi n'a pas suivi les conseils de Père ! Alors que c'est lui qui l'a installé sur le trône ! Qu'il aurait pu mourir en combattant la méchante reine et le roi endormi pour Édouard !

— La vérité sort de la bouche des enfants ! s'exclame-t-il en riant. De toute façon, aucune de vous n'ira à la cour servir cette reine. Vous irez avec votre mère au château de Warwick, où vous pourrez apprendre d'elle tout ce qu'il faut savoir sur la direction d'un grand palais. Je ne crois pas que Sa Majesté la reine puisse vous enseigner quoi que ce soit que votre mère ne connaisse pas depuis l'enfance. Nous formions déjà une famille royale quand cette reine cueillait encore des pommes dans le verger de Groby Hall. Votre mère est une Beauchamp, épouse Neville, alors je doute qu'elle ait beaucoup à apprendre pour être une grande dame d'Angleterre… et certainement pas d'Élisabeth Woodville.

Isabelle est si affligée qu'elle ne peut s'empêcher de parler franchement :

— Mais Père… ne devrions-nous pas servir la reine si elle nous l'a demandé ? Ou en tout cas ne devrais-je pas aller à la cour ? Anne est trop jeune, mais moi ?

Il la regarde comme s'il méprisait son désir d'être au centre de l'attention, à la cour de la reine, au cœur du royaume : voir le roi chaque jour, revêtir les plus beaux atours, habiter dans les palais royaux, aux pièces emplies de musique, aux murs couverts de tapisseries, avec une nouvelle cour célébrant son triomphe.

— Anne est peut-être jeune, mais elle est meilleure juge que vous, rétorque-t-il avec froideur. Contestez-vous ma décision ?

Elle baisse la tête avec une révérence.

— Non, mon seigneur. Jamais. Bien sûr que non.

— Vous pouvez partir, lance-t-il, comme s'il en avait assez de nous deux.

Nous sortons en toute hâte, telles des souris qui auraient senti le souffle du chat sur leur pelage. Une fois en sécurité dans sa chambre de parement, la porte refermée derrière nous, je me tourne vers Isabelle.

— Tu vois ! J'avais raison. Nous n'aimons pas la reine.

Château de Warwick, printemps 1468

Nous n'aimons pas la reine. Durant les premières années de leur mariage, elle incite son époux à se retourner contre mon père : son premier et meilleur ami, l'homme qui l'a fait roi et lui a offert un royaume. Ils reprennent le grand sceau d'État à mon oncle Georges, et le relèvent de sa haute fonction de Lord Chancelier. Ils envoient mon père en émissaire en France, puis se jouent de lui en concluant derrière son dos un traité privé avec la Bourgogne rivale. Mon père est furieux contre le roi et accuse la reine et sa famille de le conseiller contre ses propres intérêts, en faveur de leur parent bourguignon. Pire que tout, le roi Édouard envoie sa sœur Marguerite épouser le duc de Bourgogne. Tous les efforts de mon père pour se lier d'amitié avec la France, grande puissance, sont gâchés par cette soudaine collusion avec l'ennemi. Édouard fait de la France une ennemie et tout le travail de mon père a été vain.

Et que dire des unions scellées par la reine pour l'ascension de sa famille ! Dès son sacre, elle accapare presque tous les jeunes hommes riches et bien nés d'Angleterre, qu'elle destine à ses centaines de sœurs. Le jeune Henry Stafford, duc de Buckingham, que m'avaient choisi mes parents, est marié à Catherine – la fillette assise à notre table au dîner de couronnement. L'enfant née et élevée dans un manoir à Grafton devient duchesse. Bien qu'ils ne soient pas plus âgés que moi, la reine les marie et les amène à sa cour, sous sa tutelle, gardant la fortune des Stafford pour son propre profit. Ma mère affirme que les Stafford, aussi fiers que tout Anglais, ne le lui pardonneront jamais, et nous non plus. Le petit Henry a l'air aussi malade que s'il venait d'avaler du poison. Ses origines remontent aux rois d'Angleterre, or le voilà marié à la petite Catherine Woodville, dont le père n'était guère plus qu'un écuyer.

Quant à ses frères, elle les marie à n'importe quelle femme dotée d'une fortune ou d'un titre. Grâce à son épouse, le bel Anthony devient ainsi baron de Scales. Cependant, la reine ne fait aucune demande en mariage pour Isabelle ni pour moi. Comme si, dès l'instant où Père avait refusé de nous envoyer à sa cour, nous avions cessé d'exister à ses yeux. Ma mère fait remarquer à mon père que nous ne nous serions jamais abaissées à épouser l'un des Rivers – peu importe jusqu'à quel rang ils tenteraient de se hisser – mais aucune union n'est arrangée pour moi alors que j'aurai douze ans en juin. La situation est encore pire pour Isabelle, éternelle demoiselle de compagnie de ma mère, sans aucun époux en vue à seize ans. Ma mère était fiancée à peine sortie du berceau, et mariée à l'âge de quatorze ans, alors Isabelle est de plus en plus impatiente, comme si elle allait perdre cette course à l'autel. Nous semblons avoir disparu, comme sous un sortilège dans un conte de fées, pendant que la reine Élisabeth marie ses sœurs et cousines à tous les jeunes et riches nobles d'Angleterre.

— Peut-être épouseras-tu un prince étranger, dis-je à Isabelle pour la consoler. Quand nous rentrerons à Calais, Père te trouvera un prince français. C'est sûrement ce qu'il prévoit pour nous.

Dans la chambre des dames au château de Warwick, nous sommes occupées à dessiner. Isabelle a réalisé une esquisse du paysage qu'elle voit de la fenêtre. Pour ma part, je n'ai réussi qu'un griffonnage censé représenter un bouquet de primevères, cueillies sur les rives de l'Avon, à côté du luth de Richard.

— Espèce d'idiote ! réplique-t-elle d'un ton cinglant. À quoi nous servirait un prince français ? Il nous faut un lien avec le trône d'Angleterre. Il y a un nouveau roi, et son épouse ne lui donne que des filles. Nous devons entrer dans la ligne de succession, nous rapprocher. Tu es bête comme une oie.

Je ne réagis même pas à son insulte.

— Pourquoi nous faut-il un lien avec le trône d'Angleterre ?

— Notre père n'a pas installé les Yorks sur le trône pour les obliger, mais pour pouvoir les commander. Il allait diriger l'Angleterre derrière le trône. Édouard était comme un petit frère pour lui, Père allait devenir son maître. Tout le monde le sait.

Pas moi. Je croyais qu'il avait combattu pour les Yorks parce qu'ils étaient les héritiers légitimes, que la reine Marguerite d'Anjou était une méchante femme et que le roi s'était endormi.

— Maintenant que le roi Édouard n'est plus conseillé que par son épouse et sa famille, nous allons devoir entrer dans ce cercle familial pour le commander, poursuit-elle. Toi et moi épouserons ses frères les ducs royaux, si Mère parvient à nous les obtenir.

— Tu veux dire que j'épouserai Richard ? demandé-je en rougissant.

Elle éclate de rire.

— Non, tu ne peux pas l'aimer ! Il a les cheveux bruns, le teint olive. Il est maladroit…

— Et fort, et courageux. Il peut monter n'importe quel cheval…

— Si tu veux un cavalier, pourquoi ne pas épouser John, le palefrenier ?

— Mais es-tu certaine qu'ils vont arranger ces unions ? Quand nous marierons-nous ?

— Père est déterminé, murmure-t-elle, mais Elle tentera sûrement de l'en empêcher. Elle refusera que les frères du roi soient mariés à des femmes qui n'appartiennent pas au cercle de sa famille et de ses amies. Elle ne voudra pas de nous à la cour, car nous pourrions l'humilier, montrer à tout le monde comment se conduit une véritable grande famille anglaise. Elle passe son temps à éloigner le roi de

Père car elle sait qu'il lui dit la vérité, lui donne de bons conseils, et le met en garde contre elle.

— Père a demandé la permission au roi ? Pour nos mariages ?

— Il va le faire pendant qu'il est à la cour. Peut-être aujourd'hui, à ce moment précis. Alors nous serons fiancées – toutes les deux – aux frères du roi d'Angleterre. Nous deviendrons des duchesses royales, un rang plus élevé que la mère de la reine, Jacquette, et que celle du roi, la duchesse Cécile. Nous serons les premières dames d'Angleterre après la reine.

Je la regarde, bouche bée.

— Pourquoi devrait-il en être autrement ? demande-t-elle. Quand l'on songe à qui est notre père, bien sûr que nous devrions être les premières dames d'Angleterre.

— Et si le roi Édouard n'a pas de fils, ajouté-je lentement en pensant tout haut, alors à sa mort, son frère Georges lui succédera.

— Oui ! Exactement ! Georges, duc de Clarence.

Elle me serre dans ses bras en riant de joie.

— Il sera roi d'Angleterre, et moi reine.

— La reine Isabelle, précisé-je, intimidée à l'idée que ma sœur devienne reine.

— J'ai toujours pensé que ce titre sonnait bien.

–Izzy, tu seras si noble !

— Je sais. Et tu resteras à mes côtés en tant que duchesse et première dame de ma cour. Nous aurons de superbes habits !

— Mais si tu n'as pas non plus de fils et que Georges meurt, alors Richard sera le prochain héritier, et moi la prochaine reine : la reine Anne.

Aussitôt, son sourire s'éteint.

— Non, c'est très peu probable.

*

Mon père revient de la cour dans un silence glacial. Le dîner est servi dans la grande salle du château de Warwick, qui accueille des centaines de nos hommes. La salle bourdonne du bruit des assiettes et chopes qui s'entrechoquent, et du grattement des couteaux sur les tranchoirs, mais à la table d'honneur où est assis mon père, l'air furieux, nous mangeons en silence. À sa droite, ma mère garde les yeux sur la table des dames de compagnie, à l'affût de toute mauvaise conduite. À sa gauche, Richard reste vigilant et calme. À côté de ma mère, Isabelle, effrayée, ne dit mot. Dernière, comme toujours, j'ignore ce qui s'est passé. Je dois trouver quelqu'un pour me le raconter.

Ma demi-sœur Margaret est peut-être la bâtarde de Père mais il l'a reconnue à sa naissance. Mère a payé son éducation et la garde comme dame de compagnie, confidente de confiance. Âgée de vingt-trois ans, elle est à présent mariée à l'un des métayers de Père, Sir Richard Huddlestone. Elle sait toujours tout et – contrairement aux autres – voudra bien me parler.

Je la trouve dans notre chambre, occupée à regarder la servante glisser une bassinoire dans le lit froid, et le valet de chambre une épée sous le matelas pour notre sécurité.

— Margaret, que se passe-t-il ?

— Le roi a rejeté la requête de notre père, me répond-elle d'un air grave. Honte sur lui. Il a oublié tout ce qu'il lui doit, d'où il vient et qui l'a aidé à monter sur le trône. Il aurait dit, sans ambages, qu'il n'autoriserait jamais ses frères à vous épouser.

— Pourquoi ? Père doit être furieux.

— Il recherche d'autres partis pour eux, des alliances peut-être avec la France ou les Pays-Bas, de nouveau la Flandre, ou l'Allemagne. Qui sait ? Il veut leur trouver des princesses. Mais la reine doit penser à ses parentes en Bourgogne, elle aura sûrement des suggestions. Votre père se sent insulté.

— C'est le cas… n'est-ce pas ?

Elle hoche énergiquement la tête, avant de faire signe aux serviteurs de quitter la pièce.

— C'est le cas. Ils ne trouveront pas deux filles plus belles pour les ducs royaux, pas même à Jérusalem. Le roi, que Dieu le garde, est mal avisé. Mal avisé de refuser les filles Neville. Mal avisé de froisser votre père, à qui il doit sa place.

— Qui lui a dit de refuser ? demandé-je, tout en connaissant la réponse. Qui le conseille ainsi ?

Elle tourne la tête et crache dans le feu.

— Elle.

Nous savons tous qui est ce « elle ».

*

En retournant dans la salle, j'aperçois Richard, le frère du roi, en étroite conversation avec son professeur ; je suppose qu'il lui demande les nouvelles, tout comme j'ai interrogé Margaret. Lorsqu'il me jette un coup d'œil, je suis sûre qu'ils parlent de moi. Son professeur a dû lui annoncer que nous ne serons pas fiancés, que la reine, bien qu'ayant épousé l'homme de son choix, arrangera pour nous autres des mariages sans amour. Pour Richard, ce sera une princesse ou une duchesse étrangère. Un peu agacée, je constate qu'il ne semble aucunement contrarié. Il n'a pas du tout l'air gêné de ne pas devoir épouser une petite fille mince, brune et pâle, obstinément plate comme une limande. Je rejette la tête en arrière comme si je m'en moquais moi aussi. Je ne l'aurais pas épousé, même s'ils m'avaient tous suppliée. Et si soudain je deviens belle, il regrettera de m'avoir perdue.

Il s'approche de moi avec son sourire timide.

— Êtes-vous au courant ? Mon frère le roi a décrété que nous n'allons pas nous marier. Il a d'autres projets pour moi.

— Je n'ai jamais voulu vous épouser, rétorqué-je, blessée. Ne croyez pas cela.

— C'est votre père qui l'a suggéré.

— Eh bien, le roi doit avoir quelqu'un en vue pour vous. L'une des sœurs de la reine, sans doute. Ou l'une de ses cousines, ou peut-être une grand-tante, une vieille dame au nez crochu et sans dents. Elle a marié son petit frère John à ma grand-tante, prenez garde qu'elle ne vous choisisse pas une vieille chouette. On a parlé d'union diabolique – la vôtre le sera probablement aussi.

— Non, mon frère me choisira une princesse, affirme-t-il avec assurance. Il est bon avec moi, et sait que je lui suis fidèle corps et âme. En outre, je suis en âge de me marier alors que vous n'êtes encore qu'une petite fille.

— J'ai onze ans, répliqué-je dignement. Vous, les garçons d'York, vous vous croyez tous merveilleux, adultes, et aussi nobles que des seigneurs. Vous feriez mieux de vous rappeler que vous ne seriez rien sans mon père.

— Je ne l'oublie pas.

Il pose la main sur son cœur, tel un chevalier dans un conte de fées, puis me fait une curieuse révérence, comme à une dame.

— Je regrette que nous ne soyons pas fiancés, petite Anne, car je suis certain que vous auriez fait une excellente duchesse. J'espère que vous épouserez un grand prince, ou un roi étranger.

— Très bien, dis-je, soudain embarrassée. Alors j'espère que vous n'épouserez pas de vieille dame.

*

Ce soir-là, Isabelle vient se coucher tremblante d'excitation. Lorsqu'elle s'agenouille pour prier au pied du lit, je l'entends murmurer : « Seigneur, faites qu'il en soit ainsi. Oh seigneur ! » J'attends en silence qu'elle ôte sa robe et se glisse sous les draps. Elle se tourne d'un côté, puis de l'autre, trop agitée pour dormir.

— Que se passe-t-il ? murmuré-je.

— Je vais l'épouser.

— Non !

— Si. Père me l'a dit. Nous allons partir à Calais et le duc nous y rejoindra en secret.

— Le roi a changé d'avis ?

— Il ne le saura même pas.

— Tu ne vas tout de même pas épouser le frère du roi sans sa permission ?

Elle éclate d'un petit rire nerveux. Nous restons allongées en silence.

— J'aurai de belles robes. Des fourrures. Des bijoux.

— Richard vient-il aussi ? demandé-je d'une toute petite voix. Parce qu'il croit qu'il va en épouser une autre.

Dans l'obscurité, elle passe un bras autour de mon épaule et m'attire à elle.

— Non. Il ne viendra pas. Ils te trouveront quelqu'un d'autre. Mais pas Richard.

— Ce n'est pas que je l'aime particulièrement…

— Je sais. Seulement tu t'attendais à l'épouser. C'est ma faute, c'est moi qui t'ai mis cette idée en tête. Je n'aurais pas dû t'en parler.

— Et puisque tu vas épouser Georges…

— Je sais, répète-t-elle gentiment. Nous aurions dû épouser les frères ensemble. Mais je ne t'abandonnerai pas. Je demanderai à Père si tu peux venir vivre avec nous quand je serai duchesse à la cour. Tu pourras devenir ma demoiselle de compagnie.

— J'aurais préféré être moi-même duchesse…

— Oui, mais tu ne peux pas.

Château de Calais, 11 juillet 1469

Isabelle porte une robe en soie blanche brillante, aux manches en drap d'or. Vêtue de blanc et d'argent, je la suis en tenant sa grande cape en hermine. Sa haute coiffe, avec un voile blanc de précieuse dentelle, la grandit : elle ressemble à une déesse, une géante. Georges, le futur marié, porte du velours pourpre foncé, la couleur des empereurs. Presque tous les membres de la cour anglaise sont présents. Si le roi n'était pas informé du mariage secret, il l'aura découvert ce matin, en s'apercevant à son réveil que plus de la moitié de sa cour a disparu. Sa propre mère, la duchesse Cécile, a salué la noce depuis Sandwich, bénissant les projets de son fils préféré Georges au détriment du désobéissant Édouard.

Richard est resté avec son professeur et ses amis au château de Warwick ; Père ne lui a pas dit où nous partions. Il ne savait même pas que nous allions célébrer un grand mariage. Je me demande s'il est peiné d'avoir été tenu à l'écart. J'espère en tout cas qu'il se croit ridiculisé pour avoir manqué cette occasion. Isabelle est peut-être l'aînée des filles Neville, et la plus belle, celle dont tout le monde loue la grâce et les bonnes manières, mais mon héritage est aussi important que le sien, et je peux très bien m'embellir. Alors Richard aura perdu une belle et riche épouse ; une misérable princesse espagnole sera toujours loin du joyau que j'aurais pu devenir. C'est avec un certain plaisir que je l'imagine plein de regrets quand j'aurai enfin des formes, des cheveux blonds comme ceux de la reine, et le même sourire mystérieux. Lorsqu'il me verra mariée à un riche prince, noyée sous les fourrures, il saura qu'il m'a perdue, exactement comme Guenièvre, la femme du roi Arthur.

Ce n'est pas seulement un mariage ; c'est aussi une célébration du pouvoir de mon père. Après avoir vu la cour, réunie sur son invitation, s'incliner sur son passage aussi bas que devant un roi, dans les belles galeries du château de Calais, ville fortifiée qu'il tient pour l'Angleterre depuis des années, personne ne peut douter un seul instant qu'il est aussi puissant que le roi d'Angleterre, peut-être même davantage. S'il choisit de ne pas suivre ses conseils, Édouard devrait réfléchir au fait que nombreux sont ceux à estimer mon père supérieur ; assurément, il est plus riche et possède une plus grande armée. Et voilà le frère du roi qui, malgré l'interdiction, prend librement la main de ma sœur dans la sienne, lui sourit avec son charme naturel, et prononce ses vœux.

Le festin se poursuit tout l'après-midi, jusque tard dans la soirée. Annoncés par nos musiciens, les plats arrivent des cuisines les uns après les autres : viandes et fruits, pains et friandises, épais puddings anglais et délicats mets français. Le dîner de couronnement de la reine n'était rien en comparaison. Père a surpassé le roi d'Angleterre dans une grande démonstration de sa fortune et de son pouvoir. Cette cour rivale éclipse Édouard et sa roturière. Mon père est aussi noble que le riche duc de Bourgogne, plus encore que le roi de France. Assise en grand apparat au centre de la table d'honneur, Isabelle envoie d'un signe de la main les plats aux tables qui doivent être honorées. Georges, beau comme un prince, lui découpe de petits morceaux de viande, se penche vers elle, chuchote à son oreille, et me sourit, comme s'il voulait m'avoir moi aussi sous sa garde. Je ne peux m'empêcher de lui rendre son sourire : il a quelque chose d'exaltant ainsi vêtu, aussi beau et sûr de lui qu'un roi.

— Soyez tranquille, ma petite, vous aurez votre grand mariage, me murmure mon père en passant derrière ma table, où je suis assise à la tête des dames de compagnie.

— Je croyais…

— Je sais. Mais Richard est fidèle corps et âme à son frère le roi, il ne ferait jamais rien contre lui. Je ne pouvais même pas le lui demander. En revanche, Georges…

Il jette un coup d'œil à la table d'honneur, où celui-ci se ressert un verre de malvoisie.

— Georges s'aime avant tout. Il choisira la meilleure voie pour lui-même, et j'ai de grands projets pour lui.

J'attends qu'il poursuive, mais il me tapote doucement l'épaule.

— Vous devrez conduire votre sœur à sa chambre pour la préparer. Votre mère vous donnera le signal.

Je lève les yeux vers cette dernière, qui lorgne la salle, juge les serviteurs, observe les convives. À son signe de tête, je me lève. Isabelle blêmit soudain en se rendant compte que le festin est terminé et que la nuit de noces doit commencer.

Une parade bruyante et joyeuse accompagne Georges à la nouvelle grande chambre de ma sœur ; le respect envers ma mère empêche les plaisanteries trop paillardes, mais les hommes de la garnison braillent leurs encouragements, et tous les invités lancent des fleurs à ses pieds en criant leur bénédiction. Ma sœur et son époux sont mis au lit par un archevêque, vingt dames de compagnie et cinq chevaliers de l'ordre de la Jarretière, dans un nuage d'encens envoyé par une demi-douzaine de prêtres, et sous les félicitations de mon père à la voix de stentor. Ma mère et moi sommes les dernières à quitter la pièce ; je jette un coup d'œil en arrière. Assise dans le lit, Izzy est très pâle. Georges est adossé aux oreillers à côté d'elle, ses cheveux blonds chatoyant sur son torse nu, un grand sourire assuré aux lèvres.

J'hésite. Ce sera la première nuit de toute ma vie où nous dormirons séparées. Je ne crois pas vouloir ni pouvoir dormir seule, sans la chaleur paisible de ma sœur, et je doute qu'Izzy veuille de Georges, si bruyant et si ivre, comme compagnon de lit. Elle me regarde comme si elle voulait me dire quelque chose. Ma mère, sentant notre lien, pose une main sur mon épaule pour me faire sortir de la pièce.

— Annie, ne pars pas, murmure Izzy.

Je me retourne et la vois qui tremble de peur. Elle me tend la main comme si elle voulait me garder auprès d'elle, encore un instant.

— Annie !

Je ne peux pas résister à sa voix inquiète. Je m'apprête à revenir vers elle, mais ma mère me prend fermement par le bras et referme la porte de la chambre derrière nous.

*

Cette nuit-là, je dors seule. J'ai refusé la compagnie d'une des servantes ; si je ne peux pas dormir avec ma sœur, alors je ne souhaite aucune compagne de lit. Couchée dans les draps froids, je n'ai personne avec qui partager le récit de la journée, personne pour me taquiner, pour me tourmenter. Même quand nous nous battions comme des chiffonnières, au moins Izzy était là avec moi. Tout comme les murs du château de Calais, elle fait partie du décor de ma vie. Je suis née et j'ai été élevée pour la suivre : la beauté de la famille, une sœur aînée ambitieuse, déterminée à se faire entendre. Je reste longtemps éveillée, à fixer l'obscurité en me demandant ce que sera ma vie maintenant que je n'ai plus de grande sœur pour me diriger. Je me dis que demain matin, tout sera différent.

Château de Calais, 12 juillet 1469

Le lendemain matin, tout est encore plus différent que dans les songes de ma nuit solitaire. Dès l'aube, le château est entièrement réveillé. Le bruit des roues des charrettes entre les cuisines et le quai, les cris qui s'échappent de l'armurerie, et l'agitation dans le bassin du port : tout indique que, loin de célébrer un mariage, Père se prépare à partir en mer.

Alors que mon professeur passe devant moi muni d'une tablette, en direction des appartements de mon père, je le saisis par la main.

— Des pirates ? S'il vous plaît, Monsieur, est-ce une attaque de pirates ?

— Non, me répond-il, pâle et effrayé. Pire. Allez voir votre mère, Lady Anne. Je n'ai pas le temps de vous parler maintenant. Je dois aller noter les ordres de votre père.

Pire que des pirates ? Alors, les Français vont sûrement nous envahir. Dans ce cas, nous sommes en guerre et la moitié de la cour anglaise s'est fait surprendre dans un château assiégé. C'est la pire chose qui soit jamais arrivée. Je me rends dans les appartements de ma mère en courant, pour découvrir qu'il y règne un calme anormal. Mère est assise à côté d'Isabelle, qui porte sa nouvelle robe, mais point de bavardage enthousiaste de la part de la jeune mariée. Elle semble furieuse. Les femmes, occupées à coudre des chemises, gardent le silence, avec toutefois une sorte d'impatience fébrile. Je m'incline bien bas devant ma mère.

— S'il vous plaît, Mère, que se passe-t-il ?

— Vous pouvez lui dire, répond-elle froidement en s'adressant à Isabelle.

Je me précipite vers ma sœur et approche un tabouret de son fauteuil.

— Tu vas bien ? demandé-je tout bas.

— Oui. Cela peut aller.

— Tu as souffert ?

— C'était horrible. Et dégoûtant. D'abord horrible, puis dégoûtant.

— Que se passe-t-il ?

— Père part en guerre contre le roi.

— Non ! crié-je.

Ma mère me fusille du regard. Je me couvre la bouche, mais je sais qu'au-dessus de ma main, mes yeux sont écarquillés de stupeur.

— Isabelle… Non !

— C'était prévu, murmure-t-elle férocement. Depuis le début, et j'en faisais partie. Quand il a dit qu'il avait un grand projet, je croyais qu'il parlait de mon mariage. Je ne savais pas.

Je jette un coup d'œil vers le visage froid de ma mère, qui me regarde avec colère comme si ma sœur était depuis longtemps mariée à un traître de la famille royale et que ma surprise était inconvenante.

— Mère était-elle informée ? Quand l'a-t-elle découvert ?

— Elle savait depuis le début, répond Isabelle avec amertume. Tout le monde savait sauf nous.

Muette de stupéfaction, je jette un coup d'œil aux dames, qui cousent des chemises pour les pauvres comme si c'était un jour ordinaire, comme si nous ne partions pas en guerre contre le roi d'Angleterre, celui-là même que nous avons installé sur le trône il y a à peine huit ans.

— Il arme la flotte. Ils vont appareiller.

Je laisse échapper un petit gémissement et me mords la main pour me taire.

— Nous ne pouvons pas parler ici.

Isabelle se lève d'un bond puis adresse une révérence à notre mère. Elle m'entraîne dans un vestibule et me fait monter l'escalier de pierre en colimaçon jusqu'aux remparts du château, d'où nous pouvons observer la frénétique agitation qui règne sur le quai. Les armes sont chargées sur les navires ; les hommes transportent leurs armures et tirent leurs chevaux à bord. J'aperçois Minuit, le grand cheval noir de mon père, une capuche sur la tête pour monter sur la passerelle. Il effectue un grand saut, effrayé par l'écho de ses sabots ferrés sur le bois. Si Minuit est inquiet, alors je sais qu'il y a du danger.

— Il va vraiment le faire, dis-je, incrédule. Partir pour l'Angleterre. Et la mère du roi ? La duchesse Cécile ? Elle savait. Elle nous a vus partir de Sandwich. Ne va-t-elle pas prévenir son fils ?

— Elle sait depuis très longtemps, réplique Isabelle d'un air grave. Tout le monde savait sauf le roi… et toi et moi. La duchesse Cécile hait la reine depuis l'instant où elle a appris qu'Édouard s'était marié en secret. Maintenant, elle se retourne contre eux deux. Tout est prévu depuis des mois. Père a payé des hommes pour se soulever contre le roi dans le nord et les Midlands. Mon mariage était le signal. Réfléchis : il leur a annoncé le jour où j'allais prononcer mes vœux, afin qu'ils puissent s'insurger au bon moment. Aujourd'hui, ils sont prêts. Ils ont réussi à faire croire à un mécontentement local. Le roi part vers le nord pour mater ce qu'il croit être une petite révolte. Il ne sera plus à Londres quand Père débarquera. Il ignore que mon mariage n'était que le prétexte à un rassemblement, et que les invités vont l'affronter. Père a lancé mon voile de mariée sur une invasion.

— Le roi ? Le roi Édouard ? demandé-je stupidement, comme si notre vieil ennemi le roi endormi, Henri, avait pu se réveiller et sortir de son lit dans la Tour.

— Bien sûr, le roi Édouard.

— Mais Père l'aime.

— L'aimait, me corrige Isabelle. Georges me l'a dit ce matin. Tout a changé. Père ne pardonne pas au roi d'avoir favorisé les Rivers. Personne ne peut plus gagner un sou ni recevoir un arpent de terre, car ils ont déjà saisi tout ce qui pouvait l'être. Toutes les décisions prises en Angleterre le sont par eux. Surtout par Elle.

— C'est la reine… Une reine magnifique…

— Elle n'a pas le droit de tout prendre.

— Mais défier le roi ? demandé-je tout bas. N'est-ce pas un acte de trahison ?

— Père ne le défiera pas directement. Il exigera qu'il abandonne ses mauvais conseillers – c'est-à-dire Sa famille, les Rivers – pour restaurer les bons, ceux qui l'ont guidé avec sagesse – nous. Père récupérera la chancellerie pour notre oncle Georges Neville, obligera le roi à le consulter sur tous les sujets, décidera de nouveau des alliances étrangères. Nous reprendrons tout et retrouverons notre place, en tant que conseillers et dirigeants derrière le roi. Mais il y a une chose que j'ignore…

Après ces prédictions résolues, sa voix se met à trembloter, comme si elle avait soudain perdu son sang-froid.

— Une chose que j'ignore totalement… Je ne sais pas…

Sur le quai, ils accrochent un grand canon sur une élingue, qu'ils abaissent dans la cale d'un navire.

— Quoi ? Que ne sais-tu pas ?

Elle a le même air horrifié que la veille au soir, quand nous l'avons laissée dans son lit conjugal et qu'elle a murmuré : « Annie, ne pars pas. »

— Et si c'était une ruse ? murmure-t-elle si bas que je dois coller ma tête à la sienne pour l'entendre. Comme celle qu'ils ont ourdie contre le roi endormi et la méchante reine ? Tu es trop jeune pour t'en souvenir mais le père du roi Édouard et le nôtre n'ont jamais défié le roi endormi. Ils ne se sont jamais ouvertement rebellés. Ils ont mené les armées d'Angleterre contre lui, en affirmant seulement qu'il devait être mieux conseillé. C'est ce que dit toujours Père.

— Et quand ils l'ont vaincu au combat…

— Ils l'ont enfermé dans la Tour pour toujours. Ils lui ont pris sa couronne alors qu'ils prétendaient vouloir l'aider à gouverner. Et si Père et Georges réservaient le même sort au nouveau roi ? Tout comme Père et Édouard l'ont fait au roi endormi ? Et si Père trahissait Édouard et l'enfermait dans la Tour avec Henri ?

J'imagine la belle reine, si sûre d'elle et souriante lors de son sacre, emprisonnée dans la Tour au lieu d'en être la maîtresse et de danser jusqu'à l'aube.

— Ils ne peuvent pas, ils ont juré allégeance, protesté-je mollement. Nous avons tous reconnu Édouard comme le vrai roi, le roi sacré. Nous avons tous déclaré qu'il avait un meilleur titre à la couronne que le roi endormi, qu'il était la fleur de York dans le merveilleux jardin d'Angleterre. Nous avons tous embrassé la main de la reine et dansé le soir de son couronnement. Elle était si belle, ils étaient si heureux. Élisabeth est la reine et Édouard le roi d'Angleterre : il ne peut pas y en avoir d'autre.

— Pour toi tout est si simple ! s'exclame Isabelle en secouant impatiemment la tête. Tu crois que tout est aussi évident ? Nous avons juré allégeance quand Père pensait gouverner derrière le roi Édouard. Et s'il comptait maintenant gouverner derrière Georges ?

— Il va t'installer sur le trône d'Angleterre ? demandé-je, incrédule. Tu vas porter Sa couronne ? Prendre Sa place ? Sans attendre la mort d'Édouard ?

Elle ne paraît plus aussi enthousiaste que lorsque nous jouions aux reines. Seulement atterrée. Effrayée.

— Oui.

Château de Calais, été 1469

Georges, le nouveau mari d'Isabelle, mon père et tous les hommes invités au mariage se révèlent être une armée recrutée, loyale, prête à envahir l'Angleterre. Ils prennent la mer, débarquent dans le Kent puis marchent sur les Midlands. Les habitants affluent des villes pour les rallier, jettent leurs bêches dans les champs et courent après l'armée de Père. Le peuple anglais se souvient encore de lui comme du commandant qui a libéré le pays de la malédiction du roi endormi. Capitaine bien-aimé, il contrôle la Manche et protège nos côtes à la fois des pirates et des Français. Tout le monde le croit donc lorsqu'il affirme vouloir seulement apprendre au jeune roi à gouverner, et le libérer du joug de son épouse : une autre femme déterminée, une nouvelle méchante reine qui maudira l'Angleterre si les hommes la laissent diriger le pays.

Les Anglais ont appris à haïr la méchante reine, Marguerite d'Anjou. Dès qu'ils entendent parler d'une autre femme, résolue et tenace, qui abuse de sa position d'épouse du roi pour tenter de gouverner le royaume, ils accourent, blessés dans leur fierté masculine. Mon oncle Georges, qui avait perdu son poste de Lord Chancelier, capture Édouard, alors en route pour rejoindre son armée, et l'envoie sous escorte chez nous : au château de Warwick. Père capture le propre père de la reine et son frère, partis à cheval vers le pays de Galles. Une force spéciale, dépêchée à Grafton dans le Northamptonshire, arrache la mère de la reine à sa maison. Les événements se succèdent trop rapidement pour le roi. Père traque les Rivers avant qu'ils ne comprennent qu'ils sont des proies.

C'est la fin de la puissance du roi, de ses mauvais conseillers, et à coup sûr des Rivers. De la grande famille de la reine, Père tient en son pouvoir trois membres : son père, sa mère et son frère.

Ce n'est que lentement, avec une terreur grandissante, que nous prenons conscience de la réalité : ce n'est pas une menace de la part de Père, pour leur donner une bonne leçon, ni une prise d'otages ordinaire, mais une déclaration de guerre contre les Rivers. Père accuse Lord Rivers ainsi que son fils John de trahison, et ordonne leur exécution. Illégalement, sans véritable procès, il les fait conduire de Chepstow à notre forteresse, Coventry, puis exécuter sans appel ni pardon, à l'extérieur des solides remparts. Le beau jeune homme, marié à une femme assez âgée pour être sa grand-mère, meurt avant sa très vieille épouse, la tête sur un billot, ses boucles brunes saisies par le bourreau. Lord Rivers pose ensuite la tête dans le sang de son fils. Accablée de chagrin, séparée de son époux, craignant pour sa vie, la reine se barricade avec ses petites filles dans la tour de Londres et envoie chercher sa mère.

En vain. La mère de la reine, qui a préparé la table des enfants au dîner de couronnement et m'a souri, se trouve au château de Warwick à la merci de mon père. Ce dernier crée un tribunal pour la juger et présente des témoins à charge. L'un après l'autre, ils rapportent des rumeurs : des lumières brûleraient dans son entrepôt la nuit ; elle murmurerait à la rivière qui coule près de sa maison ; elle entendrait des voix et serait prévenue de la mort prochaine d'un membre de sa famille par un chant spectral émanant du ciel nocturne.

Après avoir fouillé sa maison à Grafton, ils exposent les instruments de nécromancie : deux petites figurines, liées en une union diabolique par du fil d'or. De toute évidence, l'une est censée représenter le roi, l'autre la fille de Jacquette, Élisabeth Woodville. Leur mariage secret est dû à la sorcellerie, et le roi Édouard, qui s'est conduit comme un fou depuis l'instant où il a posé les yeux sur la veuve de Northampton, était soumis à un ensorcellement.

La mère de la reine est une sorcière qui a engendré le mariage par la magie, et la reine elle-même est donc à moitié sorcière. Père suivra sûrement l'injonction dans la Bible – *Une sorcière, tu ne la laisseras pas vivre* – et la fera exécuter, accomplissant ainsi le travail de Dieu et le sien.

Alors que nous attendons à Calais, il écrit tout cela à Mère, qui lit sa lettre d'une voix posée. Stupéfaites, les dames de compagnie en oublient de coudre. Bien sûr, je veux que Minuit parcoure le royaume de sa foulée altière ; pourtant je ne parviens pas à me réjouir de la mort de ce jeune homme, John, sur le billot. Au dîner de couronnement, il ressemblait à un agneau envoyé à l'abattoir, obligé d'avancer mains liées avec sa vieille épouse – c'est désormais un agneau abattu, mort avant la vieille dame. Mon père se révolte contre les lois de la nature et de la royauté. La mère de la reine, Jacquette, qui m'avait souri si gentiment ce soir-là, a été faite veuve par le bourreau de mon père. Je me souviens d'eux avant le dîner, bras dessus bras dessous, rayonnants de fierté et de joie. Or voilà que mon père a tué son fils et son époux. La reine a perdu son père ; va-t-elle perdre aussi sa mère ? Père va-t-il brûler Jacquette ?

— Lady Rivers est notre ennemie, me dit Isabelle. Je sais que la reine est belle et paraissait très aimable, mais les membres de sa famille sont de mauvais conseillers, avides, et Père devra les anéantir. Ce sont nos ennemis maintenant. Tu dois les considérer comme tels.

— C'est le cas.

Cependant, lorsque je songe à elle, avec sa robe blanche, sa haute coiffe et son voile en dentelle, je sais que ce n'est pas le cas.

Presque tout l'été, nous sommes dans un état d'excitation continuel tandis que les rapports nous parviennent d'Angleterre : Édouard, l'ancien roi, est notre invité forcé au château de Warwick, Père gouverne le royaume à travers lui, et la réputation des Rivers est détruite. Les preuves du procès de la mère de la reine montrent clairement que le mariage royal est dû à la sorcellerie, et que le roi était la victime d'un sortilège maléfique. Père l'a sauvé et le garde en sécurité, il tuera la sorcière pour rompre le charme.

Il nous est déjà arrivé d'attendre des nouvelles à Calais, à l'époque où mon père livrait une série de batailles exceptionnelles contre le roi endormi. J'ai l'impression de revivre cette période victorieuse, que Père est une fois de plus invincible. Il a désormais un second roi sous sa garde et va placer un nouveau pantin sur le trône. D'après les serviteurs qui arrivent à Calais, les Français appellent mon père « le faiseur de rois » et racontent que personne ne peut garder le trône d'Angleterre sans sa permission. Ma mère sourit à ses dames, et même à moi.

— Le faiseur de rois, murmure-t-elle en savourant l'expression. Seigneur, quelles bêtises peut-on entendre !

Puis un bateau venu d'Angleterre nous apporte un paquet de lettres. Son capitaine vient au château annoncer à ma mère que tout Londres sait que le roi Édouard n'est pas le fils de son père mais le bâtard d'un archer anglais. Édouard n'a jamais été l'héritier de la maison d'York. Il est mal né et n'aurait jamais dû monter sur le trône.

— Les gens racontent vraiment que la duchesse Cécile a trompé son époux avec un archer ? demandé-je à voix haute.

La mère du roi, notre grand-tante, est l'une des plus remarquables dames du royaume, et seul un idiot la croirait capable d'une chose pareille.

— La duchesse Cécile ? Avec un archer ?

D'un geste rapide, ma mère me donne une gifle sonore, qui envoie voler ma coiffe à l'autre bout de la pièce.

— Hors de ma vue ! hurle-t-elle, furieuse. Et réfléchissez avant d'oser dire du mal de vos aînés ! Ne recommencez plus jamais.

Je traverse la pièce à pas précipités pour ramasser ma coiffe.

— Mère…

— Dans votre chambre ! Ensuite vous irez voir le prêtre pour qu'il vous donne une pénitence.

Je sors en courant, cramponnée à ma coiffe, et trouve Isabelle dans notre chambre.

— Qu'y a-t-il ? demande-t-elle en voyant une empreinte de main rouge sur ma joue.

— Mère.

Isabelle glisse la main dans sa manche et me prête son mouchoir nuptial pour me sécher les yeux.

— Allons. Pourquoi t'a-t-elle giflée ? Viens t'asseoir ici, je vais te peigner les cheveux.

Je réprime mes sanglots et m'assieds devant le petit miroir argenté. Isabelle ôte les épingles de mes cheveux, qu'elle démêle ensuite avec le peigne en ivoire offert par son époux après leur unique nuit de mariage.

— Que s'est-il passé ?

— J'ai seulement dit que je n'arrivais pas à croire que le roi Édouard soit un bâtard imposé à son père par la duchesse. On pourrait me battre à mort que je n'arriverais toujours pas à le croire. Notre grand-tante ? La duchesse Cécile ? Elle est si noble. Qui oserait dire d'elle une chose pareille ? Ne vont-ils pas avoir la langue coupée ? Qu'en penses-tu ?

— Je pense que c'est un mensonge, répond-elle d'un ton sec tandis qu'elle tresse mes cheveux et les relève avec des épingles. Voilà pourquoi tu as reçu une gifle. Mère était furieuse contre toi car c'est un mensonge que nous ne devons pas répéter. Ni contester. Nos hommes vont le raconter dans tout Londres, et à Calais aussi.

— Pourquoi ne pas leur interdire de parler, comme à moi ? demandé-je, perplexe. Pourquoi autoriser un tel mensonge ? Dire que la duchesse Cécile a trahi son époux ? S'est déshonorée ?

— Réfléchis.

Assise devant le miroir, je fixe mon reflet : mes cheveux brun cuivré, élégamment tressés par Isabelle, mon jeune visage aux sourcils froncés. Isabelle attend que je suive le chemin tortueux qui mène au complot de mon père.

— Père laisse ses hommes répéter ce mensonge ?

— Oui.

— Car si Édouard est illégitime, alors Georges est le véritable héritier.

— Et donc le vrai roi d'Angleterre. Toutes les routes mènent à Georges : lui sur le trône, moi à ses côtés, et Père qui nous dirige tous les deux pour toujours. On l'appelle le faiseur de rois. Il a fait Édouard, maintenant il le défait. Ensuite, il fera Georges.

Le miroir reflète son visage grave.

— J'aurais cru que tu serais ravie de devenir reine, dis-je d'un ton hésitant. Et que Père gagne le trône pour toi.

— Quand nous étions petites et jouions à être reines, nous ignorions le prix payé par les femmes. Nous le connaissons désormais. Celle qui a précédé Élisabeth, la méchante reine, Marguerite d'Anjou, est à genoux telle une mendiante pour demander l'aide du roi de France, son époux dans la Tour, et son fils un prince sans principauté. La reine actuelle se cache dans la Tour, son père et son frère morts sur un échafaud, décapités comme de vulgaires criminels. Sa mère attend la mort sur le bûcher pour sorcellerie.

— Iz, je t'en prie, dis-moi que Père ne brûlera pas Jacquette Woodville !

— Il le fera, répond ma sœur, l'air sévère. Sinon pourquoi l'arrêter et la juger ? Quand je voulais devenir reine, je croyais que je vivrais un conte, comme dans les légendes, pleines de jolies robes et de beaux chevaliers. Aujourd'hui, je découvre que c'est un monde sans pitié, une partie d'échecs, où je suis l'un des pions de Père. Il se sert de moi sur l'échiquier, mais ensuite je tomberai peut-être. Alors il m'oubliera et mettra un nouveau pion en jeu.

— As-tu peur ? murmuré-je. De tomber ?

— Oui.

Angleterre, automne 1469

Mon père tient l'Angleterre sous son emprise. Victorieux, il nous appelle à venir partager son triomphe. Ma mère, Isabelle et moi embarquons de Calais dans le plus beau vaisseau de sa grande flotte, pour arriver à Londres en grand apparat, en tant que femmes de la nouvelle maison royale. L'ancienne reine Élisabeth se cache dans la Tour ; mon père transfère l'ancien roi d'Angleterre dans notre château de Middleham. En l'absence de toute autre cour, nous devenons soudain le centre d'attention de Londres, et du royaume. Ma mère et celle du roi, la duchesse Cécile, se promènent partout ensemble, suivies d'Isabelle : les deux grandes femmes du royaume, et la mariée qui sera couronnée au prochain parlement.

Voici venue notre heure de gloire : le faiseur de rois destitue celui qui l'a contrarié pour le remplacer par un autre, son gendre. C'est mon père qui décide qui gouvernera le pays. C'est lui qui fait et défait les rois d'Angleterre. Isabelle attend un enfant : elle aussi répond aux besoins de mon Père, elle aussi est une faiseuse de rois – dans son ventre. Chaque matin, Mère prie devant une statue de la Vierge pour qu'Isabelle ait un garçon, un prince de Galles, héritier du trône. Nous formons une famille triomphante, bénie de Dieu par la fécondité. L'ancien roi, Édouard, n'a que trois filles, aucun fils et héritier, aucun prince dans sa nursery, personne pour empêcher Georges de monter sur le trône. Sa belle reine, si saine et si féconde, ne peut lui donner que des filles. Mais nous voilà, nouvelle famille royale d'Angleterre, avec une nouvelle reine à sacrer, enceinte qui plus est. Un bébé de nuit de noces, conçu durant l'unique nuit qu'ils ont passée ensemble ! Quel signe de grâce ! Qui peut douter que nous sommes destinés à prendre la couronne, et mon père à voir son petit-fils, né prince, devenir roi ?

Il nous fait venir au château de Warwick. Tombant des arbres – mines d'or, de bronze et de cuivre – les feuilles aux couleurs vives tourbillonnent autour de nous. Après le long été, les routes sont sèches et dures ; nous laissons un nuage de poussière dans notre sillage. Isabelle ouvre la marche, dans une litière tirée par des mulets blancs. Elle n'habitera pas à Londres avec son époux victorieux. Peu importe qu'ils soient séparés puisqu'elle attend déjà son enfant. Elle doit se reposer et se préparer à son sacre. Mon père convoquera un parlement à York qui proclamera Georges roi, puis lors d'une grande cérémonie à Londres, elle deviendra reine. Elle prendra le sceptre dans sa main et le posera sur son gros ventre ; sa robe de couronnement sera très froncée devant pour souligner sa grossesse.

Des coffres de la garde-robe royale arrivent dans le nord. Isabelle et moi les ouvrons comme des enfants le jour de l'An. Lorsque nous les vidons dans la plus belle chambre du château, les lacets d'or et les pierres incrustées scintillent à la lueur du feu.

— Il l'a fait, dit Isabelle en regardant les coffres que Père lui a envoyés. Il lui a pris ses biens. Ce sont ses fourrures.

Avec un petit hoquet impressionné, elle enfouit son visage dans les épaisses fourrures.

— Sens-les ! Elles ont encore son odeur. Il lui a sûrement pris son parfum. Je le porterai aussi. Il m'a dit que j'aurais toutes ses fourrures de la garde-robe royale pour orner mes tenues. Il m'enverra ses bijoux, ses brocarts, ses robes en drap d'or afin qu'elles soient ajustées à ma taille. Il l'a fait.

— Comment donc pouvais-tu en douter ?

Je caresse l'hermine crème à pois foncés, que seuls les rois et reines ont le droit de porter. Elle bordera toutes les capes d'Isabelle.

— Il a vaincu le roi Henri et le retient prisonnier. Et maintenant le roi Édouard. Parfois je l'imagine monté sur Minuit, parcourir tout le pays, imbattable.

— Deux rois en prison et un nouveau sur le trône ? se demande Isabelle en reposant les fourrures. Comment est-ce possible ? Comment le troisième roi sera-t-il plus en sécurité que les deux précédents ? Et si Père se retournait contre Georges comme il s'est retourné contre Édouard ? Que ses projets ne me négligent pas seulement mais en viennent à s'opposer à moi ? Et si le faiseur de rois en souhaitait un nouveau après Georges ?

— C'est impossible, Georges et toi êtes les seuls à compter pour lui. De plus, tu portes le prince, son petit-fils. Il a fait tout cela pour toi, Isabelle. Il t'installera sur le trône et t'y gardera, puis le prochain roi d'Angleterre sera un Neville. S'il l'avait fait pour moi, j'aurais été la fille la plus heureuse d'Angleterre.

Mais Isabelle n'est pas heureuse. Ma mère et moi ne comprenons pas pourquoi elle n'exulte pas. Nous la pensons fatiguée par sa grossesse car elle ne veut pas sortir par les froides matinées claires et n'éprouve aucun plaisir dans le vif air automnal. Elle est inquiète, malgré notre triomphe et celui de toute notre fidèle cour, qui savoure notre ascension vers le pouvoir. Un soir au dîner, on annonce le maître de cavalerie de mon père, l'homme le plus digne de confiance de sa cour. Il traverse la grande salle, soudain silencieuse, pour remettre une lettre à ma mère par-dessus la table d'honneur. Elle la prend, surprise de le voir entrer encore sale de son voyage sur les routes, mais comprenant à son visage grave qu'il s'agit de nouvelles urgentes. Elle regarde le sceau – la bannière de l'ours et du bâton noueux de mon père – puis, sans un mot, sort par la porte située à l'arrière de l'estrade, qui donne sur la chambre privée. Le silence règne.

Jusqu'à la fin du dîner, la dizaine de ses dames, Isabelle et moi tentons de conserver un air tranquille sous le regard insistant de la cour, mais dès que possible nous nous retirons pour attendre dans la chambre de parement à l'extérieur de la chambre privée. Nous faisons mine de bavarder avec entrain, terriblement conscientes du silence derrière la porte close. Si mon père était mort, ma mère pleurerait-elle ? Cela lui arrive-t-il parfois ? Je ne l'ai jamais vue pleurer. En réalité, je me demande si elle en est capable, ou si elle a toujours eu le visage dur et les yeux secs.

Si le maître de cavalerie de mon père lui avait remis une lettre nous convoquant à Londres pour le sacre d'Izzy, ne serait-elle pas sortie précipitamment nous annoncer la bonne nouvelle ? Lui arrive-t-il de pousser des cris de joie ? L'ai-je déjà vue danser avec exultation ? Le soleil rougeoyant de l'après-midi, qui longe lentement les murs tapissés, éclaire une scène, puis une autre, mais aucun son ne s'échappe de sa chambre.

Enfin, alors que la nuit tombe et que les serviteurs apportent les bougies, la porte s'ouvre et ma mère sort, la lettre à la main.

— Allez chercher le capitaine du château et le chef de la garde personnelle, ordonne-t-elle à l'une de ses dames. Faites aussi venir l'intendant de mon seigneur, le valet de chambre et son maître de cavalerie.

Assise telle une reine dans son grand fauteuil sous le dais brodé de ses nobles armoiries, elle attend que les hommes passent la porte à double battant, s'inclinent puis se relèvent. De toute évidence, il s'est passé quelque chose d'important, mais devant son visage impassible, il n'y a aucun moyen de savoir si nous sommes vainqueurs ou vaincus.

— Pose-lui la question, me murmure Isabelle.

— Non, toi.

Nous restons debout avec les dames de compagnie. Chose curieuse, notre mère ne commande pas de fauteuil pour Isabelle. Comme si soudain son bébé n'allait plus être le plus grand de tous, comme si Isabelle elle-même n'allait plus devenir reine. Nous attendons que les hommes se rangent devant elle pour entendre ses ordres.

— J'ai reçu un message de mon époux, votre seigneur, annonce-t-elle, la voix dure et claire. Il a remis le roi d'Angleterre, Édouard, sur son trône. Ils ont conclu un accord et à l'avenir, le roi sera guidé par les vrais seigneurs du royaume ; il n'y aura plus de nouveaux venus.

Personne ne dit mot. Ces hommes, qui servent mon père depuis des années, sur tous les champs de bataille, ne sont pas prêts de bouger ni de commenter la nouvelle alarmante. En revanche, les dames secouent la tête et murmurent. L'une d'elles adresse un signe à Isabelle, comme en soutien, car elle ne deviendra finalement pas reine d'Angleterre et n'est donc plus spéciale. Ma mère ne nous regarde même pas ; elle fixe les tentures murales au-dessus de nos têtes, et sa voix ne tremble pas.

— Nous partons à Londres prouver notre amitié et notre loyauté au légitime roi Édouard et à sa famille. Ma fille la duchesse rejoindra son époux Georges, duc de Clarence. Lady Anne m'accompagnera, bien sûr. Et mon seigneur m'envoie une autre bonne nouvelle : notre neveu Georges Neville sera fiancé à la fille du roi, la princesse Élisabeth d'York.

Je lance un coup d'œil furtif à Isabelle. Ce n'est pas du tout une bonne nouvelle ; c'est au contraire terrible. Mon père a choisi un nouveau pion exactement comme le craignait Isabelle, et la voilà écartée. Il marie son neveu dans la famille royale, à l'héritière, la petite princesse Élisabeth. Il mettra un Neville sur le trône d'une manière ou d'une autre et ceci est son nouveau plan. Isabelle est l'ancien, auquel il a renoncé.

Elle se mord la lèvre inférieure. Je tends le bras et, dissimulées par le grand pan de sa robe, nous nous serrons la main.

— Mon neveu recevra un duché, poursuit ma mère d'un ton posé. Il sera duc de Bedford. C'est un honneur et un geste de bonne volonté du roi à l'égard de notre neveu, l'héritier de mon époux. La preuve de son amitié et de sa gratitude envers nous, pour avoir pris soin de lui. Vive le roi et que Dieu bénisse la maison de Warwick.

— Vive le roi et que Dieu bénisse la maison de Warwick ! répète-t-on en chœur, comme s'il était possible de souhaiter en même temps deux choses aussi contradictoires.

Ma mère se lève et nous fait signe, à Isabelle et moi, de la suivre. Je marche derrière ma sœur, lui témoignant le respect dû à une duchesse royale – mais pas une reine. En un instant, elle a perdu son titre à la couronne. Qui se soucie d'être une duchesse royale si notre cousin Georges devient duc ? Le roi indique ainsi à son frère qu'il peut aisément créer de nouveaux ducs et les intégrer dans sa famille. Père a d'autres pions à placer sur l'échiquier.

— Qu'allons-nous faire à Londres ? murmuré-je à Isabelle en me penchant en avant pour ajuster son voile.

— Montrer notre amitié, je suppose. Rendre les fourrures à la reine, rapporter la tenue de couronnement à la garde-robe royale. Espérons que Père soit satisfait de marier notre cousin dans la famille du roi et ne reprenne pas les armes contre lui.

— Tu ne seras pas reine, dis-je d'un ton triste.

Bassement, j'éprouve une petite joie à la pensée que ma sœur ne portera pas d'hermine, ne deviendra pas la plus grande femme du royaume, reine d'Angleterre et la favorite de mon père, la fille qui réalise sa plus grande ambition, le pion qui peut faire gagner la partie.

— Pas maintenant, non.

Palais de Westminster, Londres, Noël 1469-70

Une fois de plus, Isabelle et moi pénétrons dans les appartements de la reine mortes d'inquiétude. Celle-ci est assise dans son grand fauteuil, sa mère Jacquette debout derrière elle, telle une statue de glace. Notre mère suit Isabelle mais me précède ; j'aurais bien aimé être plus jeune pour glisser mes pieds sous sa traîne et passer inaperçue. Aujourd'hui, personne ne me trouvera charmante. Isabelle, pourtant mariée et belle-sœur de cette reine, garde la tête et les yeux baissés, comme une enfant en disgrâce qui aurait hâte que ce moment soit passé.

Ma mère s'incline aussi bas qu'elle le doit devant une reine d'Angleterre puis se relève, les mains jointes. À la voir aussi calme, on croirait qu'elle se trouve dans son propre château à Warwick. La reine la toise de la tête aux pieds ; son regard rappelle l'ardoise grise sous la pluie glaciale.

–Ah, comtesse de Warwick, dit-elle d'une voix aussi légère et froide que la neige soulevée par le vent.

— Votre Majesté, répond ma mère, les dents serrées.

La mère de la reine, vêtue de blanc – couleur royale du deuil dans sa maison – nous regarde toutes les trois comme si elle voulait nous abattre sur place. Je risque un coup d'œil furtif avant de baisser les yeux. Elle m'a souri au dîner de couronnement ; à présent, j'ai l'impression qu'elle ne sourira plus jamais. Je n'ai jamais vu le chagrin gravé sur le visage d'une femme, mais je le reconnais dans la beauté ravagée de Jacquette Woodville. Ma mère incline la tête.

— Votre Majesté, toutes mes condoléances.

La veuve ne dit mot. Nous attendons toutes les trois, comme figées dans la glace de son regard. Je pense : *Enfin, elle va bien répondre quelque chose, par exemple « ce sont les hasards de la guerre »,* « merci pour votre soutien » ou « il est avec Dieu »*, ou tout ce que peuvent dire les veuves qui ont perdu leur époux au combat.* L'Angleterre est en guerre contre elle-même, par intermittence, depuis quatorze ans. De nombreuses femmes doivent se rencontrer tout en sachant que leurs maris sont ennemis. Si nous sommes tous accoutumés aux nouvelles alliances, Jacquette, la veuve de Richard Woodville, Lord Rivers, ne semble pas connaître ces usages, car elle ne dit rien pour nous apaiser. Elle nous fixe, telles ses ennemies à vie, comme si elle nous maudissait en silence, que c'était le début d'une vendetta éternelle. Je commence à trembler sous son regard empli de haine reptilienne ; je déglutis et me demande si je ne vais pas m'évanouir.

— C'était un homme courageux, ajoute ma mère.

Face au chagrin de Jacquette, sa remarque paraît frivole. Enfin, la veuve se met à parler :

— Il a subi la mort infâme d'un traître, décapité par le forgeron de Coventry, tout comme mon fils bien-aimé John. Ils n'avaient jamais commis aucun crime. John n'avait que vingt-quatre ans, il obéissait à son père et à son roi. Mon époux, qui défendait son roi sacré, a pourtant été accusé de trahison, puis décapité sur ordre de votre mari. Ce n'était pas une mort honorable sur le champ de bataille. Il avait livré des dizaines de combats et m'était toujours revenu sain et sauf. C'était une promesse qu'il m'avait faite : qu'il rentrerait toujours sain et sauf de la guerre. Dieu soit loué, il ne l'a pas rompue. Il est mort sur l'échafaud, non sur le champ de bataille. Jamais je ne l'oublierai. Jamais je ne le pardonnerai.

S'ensuit un terrible silence. Tout le monde dans la pièce nous regarde, écoute la mère de la reine nous déclarer son hostilité. Je lève les yeux pour découvrir le regard haineux de la reine posé sur moi. Je les rebaisse aussitôt.

— Ce sont les hasards de la guerre, répond ma mère d'un ton gêné, comme pour nous excuser.

C'est alors que Jacquette fait quelque chose d'étrange, et terrifiant. Elle pince les lèvres et siffle, un long sifflement à glacer le sang. Quelque part dehors, un volet claque et un souffle froid traverse soudain la pièce. Les flammes des bougies vacillent comme sous un vent glacial. Brusquement, une chandelle à côté d'Isabelle s'éteint. Ma sœur pousse un petit cri de frayeur. Jacquette et sa fille la reine nous regardent comme si elles voulaient nous faire disparaître en sifflant, nous disperser tels des grains de poussière.

Ma redoutable mère recule devant cet extraordinaire comportement, inexplicable. Je ne l'ai jamais vue se détourner d'un défi mais elle fuit celui-ci et se réfugie, tête baissée, près de la fenêtre en saillie. Personne ne brise le silence qui suit le sifflement sinistre, ni même ne sourit. Certains ont dansé au mariage dans le château de Calais, où ce terrible plan a été mis en route ; pourtant, à les regarder, on croirait que ce sont de parfaits inconnus. Nous restons seules, figées dans le déshonneur, pendant que le vent retombe lentement et que s'éteint l'écho du long sifflement de Jacquette.

La porte s'ouvre et le roi entre, mon père d'un côté, son frère Georges de l'autre. Richard, le plus jeune duc d'York, les suit, la tête haute. Il a de bonnes raisons d'être fier de lui ; il est le frère qui n'a pas trahi le roi, celui qui est resté fidèle, et recevra richesses et faveurs tandis que nous serons en disgrâce. Je le regarde pour voir s'il va nous faire signe et me sourire, mais je semble invisible à ses yeux, comme à ceux du reste de la cour. Richard est un homme à présent, son enfance sous notre garde fait partie du passé. Il a été fidèle au roi, nous non.

Georges s'approche lentement de nous, solitaires dans notre coin, en détournant les yeux comme s'il avait honte. Père le suit de sa démarche souple. Sa confiance est intacte, son sourire toujours assuré, ses yeux marron brillants, son épaisse barbe soigneusement taillée, son autorité nullement ternie par la défaite. Isabelle et moi nous agenouillons pour recevoir sa bénédiction. Sa main effleure nos têtes, puis il prend le bras de Mère, qui lui sourit discrètement. Ensuite, nous allons tous au dîner, en rang derrière le roi comme si nous étions encore ses plus chers amis et dévoués alliés, et non des traîtres vaincus.

*

Le dîner est suivi de danses. Le roi est joyeux, beau et allègre comme à l'accoutumée, tel l'acteur principal d'une mascarade, dans le rôle du bon roi. Il donne une tape dans le dos de mon père, passe un bras autour des épaules de son frère Georges. Lui, du moins, jouera son rôle comme si de rien n'était. Mon père, pas moins rusé que son ancien allié, est lui aussi à l'aise : il observe la cour, salue des amis qui savent tous que nous sommes des traîtres, seulement épargnés par la bonne volonté du roi et parce que nous possédons la moitié de l'Angleterre. Ils nous narguent, j'entends le rire dans leurs voix. Les yeux baissés, je ne regarde pas leurs sourires dissimulés. J'ai tellement, tellement honte de ce que nous avons fait.

Le pire est que nous avons échoué. Nous avons attrapé le roi sans pouvoir le garder. Nous avons remporté une petite bataille, mais personne ne nous a soutenus. Il ne suffisait pas pour mon père de détenir le roi à Warwick ou à Middleham ; ce dernier a simplement gouverné de là-bas et s'est conduit en invité d'honneur, avant de repartir à cheval au moment de son choix.

Soudain, j'entends le roi déclarer d'une voix forte :

— Et Isabelle doit rejoindre la cour de la reine.

— Oui, bien sûr, répond aussitôt mon père. Elle en sera honorée.

Au même instant, Isabelle et la reine lèvent les yeux, et leurs regards se croisent. Ma sœur paraît complètement bouleversée et effrayée ; ses lèvres s'entrouvrent comme pour demander à Père de refuser. Mais le temps n'est plus où nous pouvions prétendre être trop nobles pour le service royal. Isabelle devra habiter dans les appartements de la reine, la servir chaque jour. Celle-ci tourne la tête d'un air dédaigneux, comme si elle ne supportait plus de nous voir, que nous étions impures, pestiférées. Père ne nous accorde pas un seul regard.

— Viens avec moi, me murmure Isabelle avec insistance. Tu dois m'accompagner si je vais la servir. Viens à sa cour avec moi, Annie. Je te jure que je ne peux pas y aller toute seule.

— Père ne voudra pas, répliqué-je rapidement. Et as-tu oublié que Mère nous l'a refusé la dernière fois ? Tu devras y aller car tu es sa belle-sœur, mais je ne peux pas t'accompagner. Mère ne me laissera pas partir, et je ne le supporterais pas…

— Lady Anne également, ajoute le roi d'un ton désinvolte.

— Bien sûr, répond plaisamment mon père. Tout ce que désire Sa Majesté.

Palais de Westminster, Londres, janvier 1470

La reine ne se montre jamais impolie envers nous, c'est bien pire. J'ai l'impression que nous sommes invisibles à ses yeux. Sa mère ne nous parle jamais, et si elle passe devant nous dans la galerie ou dans la salle, elle recule contre le mur comme si elle ne voulait pas laisser le pan de sa robe ne serait-ce que nous frôler. Si une autre femme agissait ainsi, je le prendrais comme un geste de déférence, pour me laisser la place. Cependant, lorsque la duchesse fait un rapide pas de côté sans même me regarder, j'ai l'impression qu'elle s'écarte d'une boue infecte, comme si ma robe ou mes souliers empestaient. Nous ne voyons notre propre mère qu'au dîner et le soir avec les dames de compagnie de la reine, qui forment un petit cercle de silence hostile autour de ma mère, tout en bavardant aimablement entre elles. Le reste du temps, nous servons la reine quand elle s'habille le matin, la suivons à la nursery quand elle va voir ses trois petites filles, nous agenouillons derrière elle à la chapelle, déjeunons à côté d'elle, l'accompagnons à cheval quand elle part à la chasse. Nous sommes constamment avec elle mais jamais, au grand jamais, elle ne reconnaît, par un mot ou un regard, notre présence.

L'ordre de préséance implique que nous devons souvent nous placer juste derrière elle, alors elle ne nous voit tout simplement pas et s'adresse à ses autres dames par-dessus nos têtes. Si nous nous trouvons seules avec elle, elle fait comme si nous n'étions pas là. Lorsque nous portons sa traîne, elle avance à la même allure que si personne ne la suivait, alors nous devons marcher sur ses talons à pas précipités, totalement ridicules. Lorsqu'elle nous tend ses gants, elle ne vérifie même pas que l'une de nous est prête à les prendre. Si j'en fais tomber un, elle ne se rabaisse pas à le remarquer. J'ai l'impression qu'elle préférerait laisser le précieux cuir parfumé et brodé traîner dans la boue plutôt que de me demander de le ramasser. Lorsque je dois lui remettre quelque chose, un livre ou un message, elle le prend comme s'il était tombé du ciel. Si je lui passe un petit bouquet de fleurs ou un mouchoir, elle prend soin de ne pas toucher mes doigts. Elle ne me demande jamais son livre de prières ou son rosaire, et je n'ose pas les lui proposer. Je crains qu'elle ne les considère profanés par mes mains tachées de sang.

Pâle et maussade, Isabelle obéit et reste assise en silence pendant que les dames bavardent autour d'elle. À mesure que grossit son ventre, la reine lui en demande de moins en moins, mais pas par courtoisie. D'un geste dédaigneux de la tête, elle suggère qu'Isabelle n'est plus capable de la servir en tant que dame de compagnie, mais seulement bonne à se reproduire telle une truie. Ma sœur croise les mains sur son ventre comme pour dissimuler sa rondeur ; peut-être craint-elle que la reine ne pose les yeux sur son bébé.

Malgré tout, je ne parviens pas à la considérer comme mon ennemie, car je ne peux me défaire du sentiment qu'elle a raison et que nous avons tort, que son mépris visible pour ma sœur et moi est la juste conséquence des actes de mon père. J'ai trop honte pour être furieuse. Quand je la vois sourire à ses filles ou rire avec son époux, je me rappelle notre première rencontre. Elle reste la plus belle femme du monde, mais je ne suis plus une fillette intimidée ; je suis la fille de son ennemi, le meurtrier de son père et de son frère. Si je regrette profondément tout ce qui s'est passé, je ne peux le lui dire car elle m'a bien fait comprendre qu'elle ne voudrait rien entendre.

Au bout d'un mois de ce traitement, je ne peux plus manger à la table des dames ; le dîner me reste en travers de la gorge. Je ne peux plus dormir la nuit ; j'ai toujours froid comme si ma chambre était parcourue par un vent glacial. Mes mains tremblent quand je dois remettre quelque chose à la reine, et ma couture ne vaut rien car je me pique les doigts et le tissu est couvert de taches de sang. Je demande à Mère si nous pouvons aller à Warwick, ou même retourner à Calais. Je lui confie que vivre à la cour au milieu de nos ennemis me rend malade.

— Ne venez pas vous plaindre à moi, répond-elle sèchement. Je dois dîner à côté de sa mère, cette sorcière qui me glace les os. Votre père a tout risqué et perdu. Sans le soutien des seigneurs, il ne pouvait pas garder le roi prisonnier. Nous avons de la chance que ce dernier ne l'ait pas fait exécuter. À la place, nous voilà dans un bel endroit : à la cour, votre sœur mariée au frère du roi, et votre cousin Georges fiancé à la fille du roi. Nous sommes proches du trône et pouvons peut-être nous en rapprocher encore. Servez la reine et estimez-vous heureuse que votre père vous cherche un bon parti, qu'elle approuvera.

— Je ne peux pas, dis-je d'une voix faible. Je vous assure, Mère. Ce n'est pas que je ne veuille pas, et je n'oserais pas vous désobéir, à vous ou à Père. Je ne peux tout simplement pas. Mes jambes vont céder plutôt que de continuer à la suivre. Je n'arrive pas à manger sous son regard.

Elle tourne alors vers moi un visage totalement dépourvu de bienveillance.

— Vous venez d'une grande lignée. Votre père a pris un énorme risque pour le bien de sa famille et de votre sœur. Isabelle a de la chance d'avoir été jugée digne de sa tentative. Aujourd'hui, peut-être nous sentons-nous quelque peu mal à l'aise, mais cela ne va pas durer. Montrez à votre père que vous êtes digne à votre tour. Vous allez devoir répondre à votre vocation, Anne, rien ne sert d'être faible et mièvre. Vous êtes née pour devenir une grande femme – soyez-en une à présent.

– Oh, courage, ajoute-t-elle sur un ton sec en me voyant blême et tremblante. Nous irons au château de Warwick pour le confinement de votre sœur. Ce sera plus facile là-bas, et nous pourrons passer au moins quatre mois loin de la cour. Personne ne prend aucun plaisir, Anne.

La situation est aussi désagréable pour moi que pour vous. Je veillerai à ce que nous restions à Warwick le plus longtemps possible.

Château de Warwick, mars 1470

Je croyais que plus nous nous éloignerions de la cour, plus nous serions heureuses, mais quelques semaines à peine après notre arrivée au château, mon père envoie son valet de chambre nous informer qu'il nous attend, ma sœur et moi, dans ses appartements. Nous entrons dans sa chambre de retrait. Lourdement appuyée sur mon bras, Isabelle tient son gros ventre comme pour rappeler à quiconque l'oublierait ne serait-ce qu'un instant qu'elle porte toujours l'enfant de l'héritier du roi d'Angleterre, qui naîtra le mois prochain.

Père est assis dans son fauteuil sculpté, les armoiries de Warwick – l'ours et le bâton noueux – en feuilles d'or derrière sa tête. À notre arrivée, il lève les yeux et pointe sa plume d'oie vers moi.

— Oh, je n'ai pas besoin de vous.

— Père ?

— Reculez.

Isabelle me lâche aussitôt et se tient parfaitement debout toute seule, alors je prends ma place au fond de la pièce, les mains derrière le dos. Je suis les boiseries des doigts, en attendant d'avoir la parole.

— Je vous confie un secret, Isabelle, dit mon père. Votre époux le duc et moi partons soutenir le roi Édouard, qui fait face à une révolte dans le Lincolnshire. Nous allons lui prouver notre loyauté.

Isabelle murmure une réponse. Je ne l'entends pas, mais bien sûr peu importe ce qu'elle dit ou ce que je pense. Les hommes prennent leurs décisions quelle que soit notre opinion.

— Quand le roi alignera ses hommes sur le champ de bataille, nous nous retournerons contre lui, poursuit franchement mon père. S'il nous place en retrait, nous l'attaquerons par-derrière. Si Georges et moi sommes sur les ailes, nous l'écraserons des deux côtés. Nos armées sont plus grandes. Cette fois-ci, nous ne ferons pas de prisonniers. Je ne ferai preuve d'aucune clémence en essayant de parvenir à un accord avec lui. Le roi ne survivra pas. Nous l'achèverons sur le champ de bataille. C'est un homme mort. Je le tuerai avec mon épée, ou de mes propres mains s'il le faut.

Je ferme les yeux. C'est la pire nouvelle. J'entends le faible hoquet d'Isabelle :

— Père !

— Ce n'est pas un roi pour l'Angleterre, mais pour la famille Rivers. L'éminence grise de son épouse. Nous n'avons pas risqué nos vies et nos fortunes pour mettre les Rivers au pouvoir et leur enfant sur le trône. Je ne suis pas entré à son service pour voir cette femme prendre des airs de marquise dans sa grosse toile bise ou son velours emprunté, avec votre hermine cousue à son col.

Son fauteuil grince lorsqu'il se lève. Il le repousse et contourne la table. Ignorant son ventre, Isabelle tombe à genoux devant lui.

— Je fais cela pour vous, lui dit-il doucement. Je ferai de vous la reine d'Angleterre, et si cet enfant que vous portez est un garçon, il sera prince puis roi.

— Je prierai pour vous, murmure Isabelle d'une voix presque inaudible. Et pour mon époux.

— Vous apporterez mon nom et mon sang au trône d'Angleterre. Édouard est devenu un bouffon paresseux. Il nous fait confiance et nous allons le trahir. Il mourra sur le champ de bataille comme son père, lui aussi un bouffon. Allons, mon enfant, levez-vous.

Une main sous son épaule, il la relève brusquement, puis m'adresse un signe de tête.

— Protégez votre sœur. L'avenir de notre famille se trouve dans son ventre. Elle pourrait bien porter le prochain roi d'Angleterre.

Il embrasse Isabelle sur les deux joues.

— La prochaine fois que nous nous verrons, vous serez la reine d'Angleterre et je m'agenouillerai devant vous. Imaginez un peu ! s'écrie-t-il en riant. Je m'agenouillerai devant vous, Isabelle.

*

Toute la cour se rend à notre chapelle, afin de prier pour la victoire de Père. Croyant qu'il se bat pour le roi contre les rebelles, chacun prie sans comprendre le réel danger et le grand risque qu'il court à défier le roi d'Angleterre dans son propre royaume. Mais Père a préparé le terrain : le Lincolnshire fourmille d'insurgés car l'un de nos parents a attisé leur colère en se plaignant du gouvernement mal avisé et des perfides conseillers du roi. Georges possède sa propre armée, indéfectible quel que soit le camp qu'il choisit, et les hommes de Père le suivraient partout. Malgré tout, les hasards de la guerre sont changeants, et Édouard un redoutable tacticien. Nous prions pour le succès de Père jour et nuit, dans l'attente de nouvelles.

Isabelle et moi patientons dans sa chambre. Étendue sur son lit, elle se plaint d'une douleur au ventre :

— C'est comme un élancement. Comme si j'avais trop mangé.

— C'est peut-être le cas, répliqué-je froidement.

— Je suis enceinte de presque huit mois, se plaint-elle avec une grimace. Si Père n'était pas parti au combat, j'aurais dû entrer en confinement cette semaine. J'aurais cru que tu serais plus gentille avec moi, ta propre sœur.

— Je suis désolée, dis-je, les dents serrées. Veux-tu que j'appelle les dames, ou Mère ?

— Non. J'ai probablement trop mangé. Il n'y a plus de place dans mon ventre, et chaque fois qu'il bouge, je ne peux plus respirer.

Elle tourne la tête.

— Quel est ce bruit ?

Je vais à la fenêtre, d'où je vois un groupe d'hommes descendre la route qui mène au château. Ils ne marchent pas groupés, alignés comme des soldats, mais titubent d'épuisement. Devant eux, les cavaliers avancent lentement, l'air fatigué. Je reconnais le destrier de mon père, Minuit, la tête inclinée et une blessure qui saigne à l'épaule.

— C'est Père qui rentre.

En un instant, Isabelle se lève et nous descendons en courant l'escalier en pierre jusqu'à la grande salle. Nous ouvrons la porte alors que les serviteurs du château affluent dans la cour pour accueillir l'armée de retour.

Mon père entre à la tête de sa troupe sur son cheval las. Dès qu'ils sont en sécurité à l'intérieur des murailles du château, le pont-levis remonte en grinçant et la herse descend dans un bruit de ferraille. Mon père et son gendre, le beau duc, mettent pied à terre. Aussitôt, Isabelle s'appuie sur mon bras, la main sur son ventre, pour créer un tableau de maternité ; mais je ne réfléchis pas à l'image que nous donnons et observe plutôt le visage des hommes. D'un seul regard, je comprends qu'ils ne sont pas victorieux. En entendant l'exclamation discrète de ma mère, arrivée derrière nous, je comprends qu'elle aussi a reconnu la défaite dans la lassitude de cette armée. Mon père a l'air grave, et Georges est blême de mécontentement. Le dos droit, préparée aux difficultés, Mère embrasse Père sur les deux joues. Isabelle accueille son époux de la même façon. Tout ce que je peux faire est une révérence. Ensuite, nous entrons tous dans la grande salle et Père monte sur l'estrade.

Debout en rang, les dames de compagnie s'inclinent devant lui. Les anciens de la cour nous suivent dans la pièce pour apprendre les nouvelles. Derrière eux arrivent les serviteurs, la garnison du château, et certains soldats de la troupe qui ont choisi de venir l'écouter plutôt que d'aller se reposer. Père parle assez distinctement afin d'être entendu de tous :

— Nous sommes partis soutenir mes parents Lord Richard et Sir Robert Welles. Ils pensent, comme moi, que le roi est contrôlé par la reine et sa famille, qu'il est revenu sur ses accords avec moi, et n'est pas un bon roi pour l'Angleterre.

S'ensuit un murmure d'approbation ; personne ici n'apprécie le pouvoir et le succès des Rivers. Georges grimpe sur l'estrade aux côtés de mon père, comme pour nous rappeler à tous qu'il existe un remplaçant à ce roi perfide.

— Lord Richard Welles est mort, annonce mon père d'un ton morne. Ce faux roi l'a sorti du sanctuaire.

Il répète le terrible crime commis contre les lois de Dieu et des hommes :

— Il l'a sorti du sanctuaire et menacé de mort. Quand le fils de Lord Richard, Sir Robert, a été envoyé au combat, ce faux roi a tué Lord Welles avant même le début de l'affrontement, sans procès.

Georges hoche la tête, l'air grave. Violer le sanctuaire revient à ébranler la protection et le pouvoir de l'Église, à défier Dieu lui-même. Un homme qui pose la main sur l'autel d'une église doit savoir qu'il s'y trouve en sécurité. Dieu lui-même prend ce criminel sous son aile. Si le roi ne reconnaît pas le pouvoir du sanctuaire, alors il se place au-dessus de Dieu. C'est un hérétique, un blasphémateur. Il peut être tout à fait certain que Dieu le terrassera.

— Nous sommes vaincus, poursuit mon père d'un ton solennel. L'armée rassemblée par Welles a été brisée dans la charge menée par Édouard. Nous avons battu en retraite.

Je sens la main froide d'Isabelle se glisser dans la mienne.

— Nous avons perdu ? demande-t-elle, incrédule.

— Nous allons nous regrouper à Calais. C'est un revers mais pas une défaite. Nous nous reposerons cette nuit, puis demain nous ferons nos bagages et partirons. Que personne ne se méprenne, la guerre est déclarée entre le prétendu roi Édouard et moi. Georges de la maison d'York est le roi légitime, et je le ferai monter sur le trône d'Angleterre.

— Georges ! crient les hommes, le poing levé.

— Vive le roi Georges ! leur souffle mon père.

— Le roi Georges ! répètent-ils.

À vrai dire, ils répéteraient n'importe quel ordre de mon père. Ce dernier pousse son cri de guerre, qu'ils hurlent d'une seule voix après lui :

— À Warwick !

Dartmouth, Devon, avril 1470

Nous progressons à l'allure régulière des mulets qui portent la litière d'Isabelle. Derrière notre armée, Père a posté des guetteurs, qui nous signalent qu'Édouard ne nous chasse pas de son royaume. Selon Père, ce bouffon paresseux est retourné dans la couche chaude de la reine à Londres. Nous avançons par petites étapes jusqu'à Dartmouth, où nous attend le navire de Père. Isabelle et moi patientons sur le quai tandis que les chariots et chevaux sont chargés à bord. Par cette chaude journée d'avril, la mer est aussi calme qu'un lac. Les mouettes blanches tournoient dans le ciel en poussant des cris ; du quai émane une odeur forte, agréable, mélange de sel, d'algues séchées dans les filets et de goudron. Ce pourrait presque être une journée d'été, et Père nous organiserait une excursion.

Minuit, son destrier noir, est l'un des derniers à être conduit sur la passerelle. Malgré le grand sac placé sur sa tête, afin qu'il ne voie pas les planches et l'eau en dessous, il sait bien qu'il monte à bord d'un bateau. Il a sillonné les mers de nombreuses fois, envahi l'Angleterre à deux reprises. Après les nombreuses batailles de Père, c'est un vétéran mais voilà qu'il se comporte comme un poulain nerveux : il recule sur la passerelle puis se cabre si bien que les hommes s'éloignent de ses sabots, avant de le mettre dans une élingue pour l'embarquer, sans résistance.

— J'ai peur, me confie Isabelle. Je ne veux pas partir.

— Izzy, la mer est d'un calme plat. Nous pourrions presque rentrer à la nage.

— Il y a quelque chose qui ne va pas, Minuit le sent.

— Non. Il est toujours capricieux. De toute façon il est à bord maintenant, occupé à manger du foin dans sa stalle. Allons, Izzy, nous ne pouvons pas retenir le bateau.

Mais elle refuse d'avancer. Elle me tire sur le côté lorsque Mère et ses dames embarquent. Les marins lèvent les voiles, crient des ordres. La porte de la cabine royale reste ouverte. Georges passe devant nous, indifférent aux craintes d'Izzy. Père donne ses dernières consignes. Enfin, les marins commencent à dénouer les cordes des grands anneaux en fer sur le quai.

— Je suis trop proche de mon terme pour naviguer.

— Tout ira bien. Tu pourras t'allonger dans la couchette sur le bateau comme dans ton lit à la maison.

— Et si elle a soufflé un vent ?

— Quoi ?

— La reine, et sa mère. Les sorcières peuvent souffler un vent, n'est-ce pas ? Et s'il nous attendait au large ?

— Impossible, Iz. Ce n'est qu'une femme comme les autres.

— Tu sais bien que non. Elle ne nous pardonnera jamais la mort de son père et de son frère. Sa mère l'a dit.

— Bien sûr qu'elles étaient furieuses contre nous, mais elle n'a pas ce pouvoir, ce n'est pas une sorcière.

— Montez à bord, nous interrompt soudain Père.

— Izzy a peur.

Il se tourne vers son aînée, la fille qu'il a choisie. Malgré la main posée sur son gros ventre et son visage blême, il la fixe d'un regard froid, comme si elle n'était pour lui qu'un obstacle à son nouveau projet. Ensuite, il jette un coup d'œil en arrière, vers les terres, comme s'il voyait les bannières flottantes de l'armée du roi, descendant au trot la route qui mène au quai.

— Montez à bord, se contente-t-il de répéter.

Il grimpe sur la passerelle sans se retourner et donne l'ordre de larguer les amarres alors que nous nous précipitons derrière lui.

Les barques nous remorquent vers la mer. Les rameurs, qui se penchent en avant puis tirent au rythme régulier du petit tambour, éloignent lentement le bateau du quai pavé. Les voiles claquent et commencent à se gonfler ; le navire roule dans les vagues. En tant que protecteur de la Manche, Père est très apprécié dans le Devon, comme dans tous les ports d'Angleterre. Nombreux sont ceux à venir lui dire adieu, lui envoyer des baisers et crier leur bénédiction. Aussitôt, Georges le rejoint sur le gaillard d'arrière, la main levée dans un salut royal. Mon père appelle Izzy et place un bras autour de ses épaules, la tournant afin que tout le monde voie son ventre de femme enceinte. Mère et moi restons à la proue. Père ne m'appelle pas, car il n'a pas besoin de moi. C'est Isabelle qui sera la nouvelle reine d'Angleterre, aujourd'hui en exil mais sûre de rentrer triomphalement. Elle porte l'enfant qui, espèrent-ils tous, deviendra roi d'Angleterre.

Une fois en haute mer, les marins lâchent les cordes des barques et prennent des ris dans les voiles. Une légère brise se lève, les voiles se gonflent, la coque grince tandis que le vent emporte le navire. Nous commençons à fendre les flots bleus. Izzy et moi avons toujours adoré naviguer. Oubliant sa peur, elle me rejoint sur le pont, à la recherche de dauphins dans l'eau limpide. À l'horizon s'étend une ligne de nuages, tel un rang de perles laiteuses.

Nous arrivons au large du port de Southampton, où mouille le reste de la flotte de Père. Ce dernier envoie une petite embarcation pour leur dire de nous rejoindre. Ballotés dans les courants tourbillonnants du Solent, nous patientons, le regard tourné vers la terre, nous attendant à voir à tout moment une forêt de voiles, notre richesse, notre fierté et la source de la puissance de Père – la maîtrise des mers. Toutefois, seuls deux navires apparaissent. Ils nous accostent et Père se penche par-dessus bord pour entendre les nouvelles : nous étions attendus. Avec la prévoyance maudite de sa famille, le fils Rivers, Anthony Woodville, a chevauché comme un fou avec sa troupe afin d'arriver avant nous, et a commandé les équipages, arrêté certains, tués d'autres. En tout cas, il tient toute la flotte de Père, y compris notre nouveau vaisseau la

Trinité, entre ses mains avides. Les Rivers nous ont pris nos bateaux, comme ils nous ont pris notre roi, comme ils nous prendront toutes nos possessions.

— Descendez dans l'entrepont ! me crie furieusement Père. Dites à votre mère que nous arriverons à Calais demain matin. Je reviendrai chercher la *Trinité* et mes autres navires. Anthony Woodville regrettera de me les avoir volés.

Nous naviguerons toute la soirée et toute la nuit, sous le vent de la Manche, jusqu'à notre port d'attache de Calais. Père connaît bien cette mer, son équipage s'est battu pour chaque centimètre de ses profondeurs. Ce bateau est récent, armé comme un navire de guerre mais avec des quartiers dignes d'un roi. Nous progressons vers l'est sous un vent dominant et un ciel dégagé. Isabelle se repose dans la cabine royale sur le pont principal, que je partagerai avec elle. Père et Mère logeront dans la grande cabine sous le gaillard d'arrière, Georges dans la cabine du second. Bientôt, le dîner sera servi, puis nous jouerons aux cartes à la lueur vacillante d'une bougie. Enfin, nous irons nous coucher. J'écouterai le grincement de la coque, humerai le sel de la mer, et m'endormirai bercée par les vagues. Je me rends compte que je suis libre : mon temps passé à la cour de la reine est bel et bien terminé. Jamais plus je ne reverrai Élisabeth Woodville. Jamais plus je ne la servirai. Elle ne me pardonnera jamais et n'entendra plus mon nom, tout comme je n'aurai plus jamais à supporter son mépris silencieux.

— Le vent se lève, fait remarquer Izzy pendant notre petite promenade sur le pont principal avant le repas.

Je lève la tête. L'étendard en haut des voiles claque violemment, et les mouettes qui suivaient le bateau sont reparties vers l'Angleterre. Les petits nuages nacrés suspendus à l'horizon se sont amoncelés, désormais aussi gris et épais qu'un plumage.

— Ce n'est rien. Allons, Iz, nous pouvons rentrer dans la cabine. C'est la première fois que nous avons la plus belle.

Nous faisons demi-tour mais alors qu'elle pose la main sur la poignée en cuivre, le navire s'incline soudain. Elle chancèle et s'écroule contre la porte, qui cède, la faisant tomber dans la cabine, contre le lit. Je me précipite derrière elle pour la tenir.

— Tu n'es pas blessée ?

Une nouvelle grosse vague nous envoie à l'autre bout de la petite pièce. Izzy tombe sur moi et me projette contre le mur.

— Va t'allonger, lui conseillé-je.

Dans le fort roulis, nous atteignons péniblement le lit, dont Isabelle saisit le bord surélevé. Cramponnée au côté, j'essaie de rire de la brusque houle qui nous a fait tituber comme des idiotes, mais Iz, les yeux écarquillés dans l'obscurité de la cabine, s'écrie :

— C'est une tempête, comme je l'avais prédit !

— Impossible, ce ne sont que quelques grosses vagues.

Je regarde par le hublot. Les nuages se sont assombris pour former des raies noir et jaune devant le soleil, devenu rouge foncé, bien que l'on soit encore l'après-midi.

— Le ciel se couvre, voilà tout, ajouté-je d'un ton faussement joyeux alors que de toute ma vie je n'ai jamais vu un ciel pareil. Veux-tu te reposer ? Tu ferais aussi bien.

Je l'aide à monter dans le lit qui oscille, quand subitement le bateau chute dans le creux d'une vague, et l'impact m'envoie à genoux par terre.

— Viens, toi aussi, insiste Izzy. Viens avec moi. J'ai si froid.

Après avoir ôté mes souliers, j'hésite. Tout semble en suspens. Immobile, comme si le monde s'était arrêté, comme si le ciel attendait. Le navire est silencieux, encalminé sur une mer d'huile, et le vent qui nous poussait progressivement vers l'est, chez nous, soupire comme d'épuisement et cesse. Nous entendons les voiles claquer puis s'immobiliser. Tout est étrangement, terriblement calme.

Je regarde de nouveau par le hublot. La mer est plate, aussi plate qu'un marécage. Il n'y a pas un souffle de vent.

Les nuages pèsent sur le mât, sur les eaux. Rien ne bouge, les mouettes ont disparu. Un marin, assis sur la barre de flèche du grand mât, s'écrie « Mon Dieu, sauvez-nous ! » avant de redescendre en toute hâte sur le pont. Sa voix résonne étrangement, comme si nous étions tous piégés sous un dôme en verre.

— Mon Dieu, sauvez-nous, répété-je.

— Décrochez la voile ! hurle le capitaine. Prenez un ris !

Nous entendons le bruit des pieds nus des marins sur le pont, partis carguer les voiles. Sous mes yeux, la mer d'huile, qui reflétait le ciel, passe du bleu foncé au noir et commence à s'agiter.

— Elle inspire, me dit Izzy, les yeux sombres dans son visage pâle et tourmenté.

— Quoi ?

— Elle inspire.

— Mais non, répliqué-je en cherchant à paraître sûre de moi bien qu'effrayée par l'immobilité de l'air et la prémonition d'Isabelle. Ce n'est rien qu'une accalmie.

— Elle inspire avant de siffler.

Elle se détourne et s'allonge sur le dos, son gros ventre rond et plein. Elle empoigne chaque côté du lit en bois admirablement sculpté, tout en s'étirant jusqu'au bout du cadre, comme si elle se préparait au danger.

— Dans un instant, elle va siffler.

J'essaie de répondre avec entrain : « Non, non, Izzy… » quand le hurlement du vent me coupe le souffle. Mugissant tel un sifflet, ou une *banshee*[1], il jaillit du ciel sombre. Le bateau gîte, et soudain la mer nous soulève vers les nuages qui se déchirent dans un éclair jaune blafard. La porte de la cabine s'ouvre en grand.

— Ferme la porte ! Empêche-la d'entrer ! hurle Izzy.

Je tends la main puis reste stupéfiée. Devant la cabine se trouve la proue du navire et derrière, probablement, la

1. Fée de la mythologie irlandaise dont les cris présagent la mort. (*N.d.T.*)

mer. Mais je ne vois devant moi que la proue, qui s'élève encore et encore, verticale dans le ciel, comme si le navire se tenait sur sa poupe. C'est alors que je comprends pourquoi. Derrière la proue se trouve une énorme vague, aussi haute que la muraille d'un château, et notre petit bateau tente de la franchir. Dans un instant, la crête de la vague, d'une blancheur glaciale contrastant avec le noir du ciel, va se retourner et s'écraser sur nous. Soudain, une tempête de grêle s'abat dans un crépitement sur le pont, en une seconde aussi blanc qu'un champ de neige, me cingle le visage et les bras, et crisse sous mes pieds nus tels des éclats de verre.

— Ferme la porte ! crie de nouveau Izzy.

Je me jette contre la porte alors que la vague se brise sur nous. Un mur d'eau s'écroule sur le pont, qui tremble et vacille. Une deuxième vague se dresse au-dessus de nous. La porte se rouvre brusquement pour laisser entrer un flot d'eau à hauteur de la taille, puis claque. Isabelle hurle. Le bateau vibre, luttant sous le poids supplémentaire de l'eau. Les marins se démènent pour contrôler les voiles, accrochés aux espars comme des pantins aux jambes ballantes, songeant alors à la fragilité de leur vie. Le capitaine braille des ordres et tente de ramener la proue dans la mer, pendant que le vent tourbillonnant soulève des vagues hostiles, telle une chaîne de montagnes d'un noir lisse.

Le navire tournoie, la porte se rouvre et Père entre avec une cascade d'eau, sa cape de mer ruisselante, ses épaules blanches de grêle. Il claque la porte derrière lui, puis retrouve son équilibre, appuyé contre l'encadrement.

— Tout va bien ? demande-t-il, les yeux posés sur Isabelle, qui se tient le ventre.

— J'ai mal ! crie-t-elle. Père ! Emmenez-nous au port !

Il m'interroge du regard. Je hausse les épaules et rétorque sèchement :

— Elle a toujours mal. Le bateau ?

— Nous allons rejoindre la côte française pour nous mettre à l'abri. Aidez-la. Tenez-lui chaud. Tous les feux sont éteints, mais quand ils seront rallumés je vous enverrai de la bière chaude.

Le navire tangue violemment et nous tombons tous deux à la renverse. Isabelle hurle depuis la couchette :

— Père !

Nous nous relevons péniblement en nous tenant au mur de la cabine. Alors que je me hisse sur le côté du lit, je cligne des yeux ; je dois être aveuglée par les éclairs à l'extérieur du hublot car j'ai l'impression que les draps d'Izzy sont noirs. Après m'être frotté les yeux de mes mains mouillées, sentant le sel sur mes doigts et mes joues, je vois que ses draps ne sont pas noirs. Je ne suis pas éblouie par les éclairs. Ils sont rouges.

— Le bébé ! s'écrie-t-elle en sanglotant.

— Je vais chercher votre mère.

Père se précipite dehors, referme la porte derrière lui et disparaît dans la tempête. De temps à autre, un éclair révèle la grêle tel un mur blanc, qui se brise sur nous, puis tout redevient noir. Ce néant est pire encore.

— J'ai mal, dit Isabelle pitoyablement. Annie, j'ai mal, c'est vrai.

Soudain, elle grimace et s'accroche à moi en gémissant.

— Je ne fais pas d'histoires, Annie. Je n'essaie pas d'être importante. Je ressens une douleur atroce. Annie, j'ai une contraction.

— Je crois que le bébé arrive.

— Pas déjà ! C'est trop tôt. Beaucoup trop tôt ! Il ne peut pas naître ici ! Pas sur un bateau !

Je lance un regard désespéré vers la porte. Ma mère va tout de même venir ? Nous pourrons bien compter sur Margaret, et les autres dames ? Ce n'est pas possible qu'Isabelle et moi restions cramponnées l'une à l'autre dans cette tempête et qu'elle accouche sans aucune aide.

— J'ai une ceinture, me confie-t-elle. Une ceinture bénie pour aider à l'accouchement.

Nos coffres ont été chargés dans la cale. Dans cette cabine, nous n'avons qu'une petite caisse avec des draps de rechange.

— Une icône et quelques écussons de pèlerins, poursuit-elle. Dans ma boîte sculptée. Il me les faut, Annie. Va me les chercher. Ils me protégeront…

Prise d'une nouvelle contraction, elle hurle et me saisit les mains. La porte derrière moi s'ouvre brusquement ; ma mère entre, accompagnée d'un flot d'eau et d'une rafale de grêle.

— Mère ! Mère !

— Je vois, répond-elle avec froideur avant de se tourner vers moi : Allez à la coquerie et dites-leur d'allumer un feu, que nous avons besoin d'eau chaude, de bière épicée et d'une cuillère en bois ou autre chose qu'elle pourra mordre. Précisez bien que c'est moi qui l'ordonne. Demandez aussi à mes dames d'apporter tout notre linge.

Une grande vague soulève le bateau et nous envoie à l'autre bout de la cabine. Ma mère saisit le bord du lit.

— Allez-y. Et demandez à un marin de vous tenir. Ne vous laissez pas emporter par une vague.

À ces mots, je n'ose plus ouvrir la porte à la tempête et à la mer démontée.

— Allez-y, répète sévèrement ma mère.

D'un air impuissant, je hoche la tête et sors de la cabine. Sur le pont, l'eau m'arrive jusqu'aux genoux ; dès qu'elle s'écoule, une nouvelle vague s'abat sur nous, la proue s'élève puis s'écrase en vibrant dans la mer. Une chose est sûre, le navire ne pourra pas tenir le coup encore bien longtemps et finira par se disloquer. Une silhouette, entourée d'eau, passe devant moi d'un pas chancelant. Je l'attrape par le bras.

— Emmenez-moi à la cabine des dames, puis à la coquerie, crié-je par-dessus le hurlement du vent.

— Que Dieu nous garde, que Dieu nous garde, nous sommes perdus !

— Emmenez-moi à la cabine des dames puis à la coquerie ! C'est un ordre. Un ordre de ma mère.

— La sorcière a soufflé. Le vent s'est levé brusquement quand les femmes sont montées à bord, l'une d'elles mourante. C'est un vent maléfique.

Il se dégage. Une soudaine secousse du navire me projette sur le bastingage. Je m'y accroche alors qu'un énorme mur d'eau qui monte devant la proue redescend sur nous. Je perds pied, seulement sauvée par mes mains qui saisissent les cordes et ma robe prise dans un taquet ; lui est emporté. J'aperçois son visage blême dans l'eau verte lorsqu'il passe devant moi. Il tournoie dans la vague, ses bras et ses jambes s'agitent violemment, sa bouche s'ouvre et se referme comme celle d'un poisson. En un instant, il a disparu.

— Un homme à la mer !

Ma voix n'est qu'un petit pipeau noyé sous les tambours battants de la tempête. Les marins sont attachés à leurs postes ; aucun n'ira l'aider. L'eau s'écoule du pont autour de mes genoux. Agrippée au bastingage, je regarde par-dessus bord, mais il a disparu dans les eaux sombres. La mer l'a englouti sans laisser de trace. Le navire est balloté dans le creux des vagues mais une nouvelle, imposante, nous menace. Soudain, un éclair m'indique l'entrée de la coquerie, j'arrache ma robe du taquet qui m'a sauvée et me précipite vers la porte.

Les feux sont éteints, la pièce remplie de fumée et de vapeur, les casseroles tanguent et s'entrechoquent sur leurs crochets. Le cuisinier s'est réfugié derrière la table.

— Vous devez allumer le feu, dis-je d'une voix pantelante. Apportez-nous de la bière épicée et de l'eau chaude.

Il me rit au nez, l'air fou.

— Nous sommes en train de couler et vous voulez de la bière épicée !

— Ma sœur a commencé le travail ! Il nous faut de l'eau chaude !

— Pour quoi faire ? me demande-t-il, comme si c'était un jeu de questions et de réponses. Pour la sauver, afin qu'elle accouche et donne à manger aux poissons ? Car cela ne fait aucun doute, son bébé va se noyer avec elle, comme nous tous.

— Je vous ordonne de m'aider ! répliqué-je, les dents serrées. Moi, Anne Neville, fille du faiseur de rois, vous l'ordonne !

— Hélas, elle devra faire sans.

Sous l'effet d'une violente embardée, la porte s'ouvre brusquement. Une vague déferle dans l'escalier, pour se briser dans la cheminée.

— Donnez-moi du linge, persisté-je. Des haillons. N'importe quoi. Et une cuillère pour qu'elle la morde.

S'arc-boutant, il tend la main sous la table, d'où il tire un panier de chiffons décolorés.

— Attendez.

D'une boîte il sort une cuillère en bois, et d'un placard une bouteille en verre sombre.

— Du cognac. Elle pourra en boire. Vous aussi, belle demoiselle, autant vous noyer gaie.

Le panier dans les bras, je commence à monter l'escalier quand une secousse du navire me projette en avant. Dehors dans la tempête, les bras chargés, je me précipite avant qu'une nouvelle vague ne déferle sur le pont.

Dans la cabine, ma mère est penchée sur Isabelle, qui gémit régulièrement. Lorsque je claque la porte derrière moi, ma mère se redresse.

— Le feu de la coquerie est éteint ?

Je hoche la tête. Nous titubons sous le fort roulis.

— Asseyez-vous, me dit-elle. Cela va prendre du temps. Nous allons vivre une longue nuit difficile.

*

Toute la nuit, je n'ai qu'une seule pensée : si nous arrivons à fendre ces flots, si nous survivons, alors à la fin de la traversée nous trouverons la digue de Calais et derrière elle l'abri du port. Sur le quai bien connu où l'on nous attend avec impatience, nous serons accueillis avec boissons chaudes et vêtements secs. Dès notre arrivée, nous serons aussitôt conduits au château. Isabelle pourra nouer sa ceinture bénite autour de son ventre tendu, et épingler à sa robe les écussons de pèlerins.

Ensuite, elle aura droit à un véritable confinement, enfermée dans ses appartements en ma compagnie. Elle accouchera avec une demi-douzaine de sages-femmes à sa disposition et des médecins préparés à intervenir. Tout sera prêt pour le bébé : la planche à emmailloter, le berceau, la nourrice, un prêtre pour le bénir à sa naissance et encenser la pièce.

Je dors dans le fauteuil tandis qu'Isabelle sommeille, ma mère couchée à ses côtés. De temps à autre, elle pousse un cri, alors ma mère se lève pour tâter son ventre, anguleux telle une boîte. Les poings serrés, elle hurle qu'elle ne supporte plus la douleur, ma mère lui répond que cela va passer. Puis Isabelle se rallonge en gémissant. La tempête se calme mais continue de gronder tout autour de nous : coups de tonnerre, éclairs à l'horizon, les nuages si bas que nous ne voyons pas la terre quoique nous entendions les vagues s'écraser sur les rochers de la côte française.

Malgré l'arrivée de l'aube, le ciel s'éclaircit à peine. Les vagues, arrondies et régulières, font tanguer le navire. Les marins s'approchent pas à pas de la proue, où une voile a été arrachée. Ils la découpent et la jettent par-dessus bord. Le cuisinier rallume le feu de la coquerie, puis sert à tous les hommes un petit verre de rhum chaud, et aux femmes de la bière épicée. Les trois dames de compagnie de ma mère viennent à la cabine avec ma demi-sœur Margaret. Elles apportent une robe propre pour Isabelle et emportent les draps tachés. Ma sœur dort ; elle est si fatiguée qu'à présent seules les plus atroces contractions la réveillent. Elle sommeille d'épuisement et de souffrance. Lorsque je pose la main sur son front, je constate qu'elle est brûlante, le visage toujours blanc mais les joues rouges et chaudes.

— Qu'est-ce qu'elle a ? demandé-je à Margaret.

Celle-ci se contente de secouer la tête.

— Elle est malade ? murmuré-je à ma mère.

— Le bébé est coincé à l'intérieur. Dès que nous débarquerons, une sage-femme devra le retourner.

Je la regarde, bouche bée. Je ne sais même pas de quoi elle parle.

— Est-ce grave ? demandé-je. Retourner un bébé ? Cela a l'air grave.

— Oui, répond-elle franchement. C'est grave. Je l'ai vu faire et c'est une souffrance inimaginable. Allez demander à votre père dans combien de temps nous arriverons à Calais.

Je ressors de la cabine. Il s'est mis à pleuvoir, une pluie régulière qui tombe à verse du ciel sombre. La mer pousse le navire avec force dans la bonne direction bien que le vent souffle contre nous. Père se trouve sur le pont, entre le timonier et le capitaine.

— Mère demande quand nous arriverons à Calais ?

Il baisse les yeux vers moi, choqué par mon apparence. Je n'ai plus de coiffe, mes cheveux sont emmêlés, ma robe déchirée et tachée de sang. Trempée jusqu'aux os et pieds nus, je suis également en proie à un furieux désespoir : j'ai veillé toute la nuit, consciente que ma sœur pouvait mourir, or tout ce que j'ai réussi à faire pour elle, c'est avancer dans l'eau jusqu'à la coquerie pour lui rapporter une cuillère en bois, qu'elle pourra mordre dans son martyre.

— Dans une heure ou deux, répond mon père. Il n'y en a plus pour longtemps. Comment va Isabelle ?

— Elle a besoin d'une sage-femme.

— Dans une heure ou deux, elle en aura une, m'assure-t-il avec un sourire chaleureux. Dites-lui qu'elle a ma parole. Elle dînera dans notre château, puis partira en confinement avec les meilleurs médecins de France.

Réconfortée par ces mots, je lui rends son sourire.

— Soyez présentable, ajoute-t-il sèchement. Vous êtes la sœur de la reine d'Angleterre. Remettez vos souliers et changez de robe.

Je m'incline, puis retourne à la cabine.

Nous attendons. Ces deux heures semblent très longues. Je secoue ma robe ; je n'ai pas de vêtements de rechange, mais je tresse mes cheveux et remets ma coiffe. Isabelle gémit dans le lit, s'endort, avant de se réveiller de douleur. C'est alors que j'entends le cri de la vigie :

— Terre en vue ! Par tribord avant ! Calais !

Je bondis de mon fauteuil pour regarder par le hublot. Je reconnais les hautes murailles de la ville, le toit voûté du Palais de l'étape et la tour de la cathédrale, puis le château au sommet de la colline, les remparts et nos propres fenêtres éclairées. J'aperçois même celle de ma chambre, les bougies allumées pour moi, les volets laissés ouverts en signe de bienvenue. En voyant ma maison, je sais que nous serons en sécurité. Nous voilà enfin arrivés. Le soulagement est incroyable. Je sens mes épaules s'alléger, comme libérées du poids de la peur. Nous sommes rentrés, et Isabelle est saine et sauve.

J'entends alors un grincement et un terrible bruit de ferraille. Sur les remparts du château, des dizaines d'hommes s'activent sur un grand treuil, dont le mécanisme cliquète et crisse en tournant. Devant nous, à l'entrée du port, une chaîne sort de la mer en draguant des algues des grandes profondeurs, et remonte lentement pour nous barrer le passage.

— Vite ! hurlé-je, comme si nous pouvions tous grimper sur la voile et passer par-dessus la chaîne avant qu'elle ne soit trop haute.

Mais nous n'avons pas besoin de nous hâter : dès qu'ils nous reconnaîtront, ils feront tomber la chaîne ; dès qu'ils verront la bannière avec le bâton noueux de Warwick, ils nous laisseront entrer. Père est le capitaine le plus aimé que Calais ait jamais eu. Calais n'est pas une ville dévouée à York ou Lancastre, mais fidèle à mon père et à lui seul. C'est la maison de mon enfance. Lorsque je relève les yeux vers la fenêtre de ma chambre, je constate que les meurtrières sont en train d'être armées, et les canons sortis, l'un après l'autre, comme si le château se préparait à une attaque.

C'est une erreur, me dis-je. *Ils ont dû confondre notre navire avec celui du roi Édouard.* Mais alors je regarde encore plus haut. Au-dessus des remparts ne flotte pas le drapeau de Père, le bâton noueux, mais la rose blanche de York et l'étendard royal. Même si nous avons changé de camp, Calais est resté fidèle à Édouard et à la maison d'York. Ce n'est pas une ville qui suit le vent. Elle est loyale comme nous l'étions autrefois ; seulement nous voilà devenus les ennemis.

Le timonier perçoit juste à temps le danger de la chaîne qui monte et lance un avertissement. Le capitaine descend d'un bond pour brailler dans les oreilles des marins. Père se jette sur le gouvernail, qu'il tire avec le timonier afin de détourner le navire de ce piège mortel. Les voiles claquent dangereusement tandis que nous virons de bord. La mer qui se soulève semble sur le point de nous faire chavirer.

— Tournez, tournez encore, prenez un ris dans la voile ! crie Père.

Le bateau vient au vent en gémissant. Du château nous parvient une terrible explosion, puis un boulet de canon tombe dans la mer près de la proue. Nous sommes dans leur ligne de tir, à portée. Ils vont nous couler si nous ne nous éloignons pas.

Je n'arrive pas à croire que notre propre maison se soit retournée contre nous, mais sans hésitation, Père a aussitôt fait tourner le navire. Une fois hors de portée de tir, il prend un rif dans la voile et jette l'ancre. Je ne l'ai jamais vu aussi furieux. Il envoie un officier dans une petite embarcation avec un message destiné à sa propre garnison, exigeant que les hommes auparavant sous ses ordres nous laissent entrer. Il nous faut attendre. La mer est agitée, le vent souffle sur nous si bien que la chaîne d'ancre est tendue ; le bateau tire furieusement puis plonge avec le roulis. Je sors sur le pont pour regarder ma maison. Je n'arrive toujours pas à croire qu'ils nous empêchent d'entrer, que je ne vais pas monter l'escalier en pierre jusqu'à ma chambre et demander un bain chaud et des vêtements propres. Je vois alors une embarcation sortir du port. Ensuite, j'entends le heurt de l'accostage, suivi des cris des marins qui lancent des cordes. Ils montent quelques fûts de vin, des biscuits et du fromage pour Isabelle. C'est tout. Ils ne délivrent aucun message, car il n'y a rien à dire. Ils larguent les amarres et retournent à Calais. Nous voilà exclus de chez nous, avec du vin, envoyé à Isabelle par pitié.

— Anne ! appelle ma mère dans le vent. Venez ici.

Alors que je retourne à la cabine d'un pas chancelant, j'entends le grincement de la chaîne d'ancre, qui remonte dans un bruit de ferraille pour nous libérer. Le navire gémit, de nouveau à la merci de la mer, battu par les vagues, poussé par le vent. J'ignore quel cap va choisir Père. Où pouvons-nous aller maintenant que nous avons été bannis de notre propre maison ? Nous ne pouvons pas retourner en Angleterre car nous avons trahi le roi. Calais refuse de nous laisser entrer. Existe-t-il un endroit où nous serons en sécurité ?

Dans la cabine, à quatre pattes sur le lit, Isabelle meugle telle une vache mourante. Elle est à peine reconnaissable : blême, les yeux rouges, les cheveux emmêlés, aussi laide qu'un animal torturé. Ma mère soulève sa robe, son jupon est couvert de sang. Je jette un coup d'œil puis me détourne.

— Vous allez devoir glisser les mains à l'intérieur pour retourner le bébé, me dit ma mère. Les miennes sont trop grandes. Je ne peux pas le faire.

Je la fixe avec horreur.

— Pardon ?

— Comme nous n'avons pas de sage-femme, nous devons retourner le bébé nous-mêmes, répond-elle avec impatience. Elle est trop étroite pour mes mains. Il faut que ce soit vous.

Je regarde mes mains fines, mes longs doigts.

— Je ne sais pas quoi faire.

— Je vous expliquerai.

— Je ne peux pas.

— Il le faut.

— Mère, je suis une demoiselle, une fille… Je ne devrais même pas être là…

Je suis interrompue par un hurlement d'Isabelle, qui laisse tomber sa tête sur le lit.

— Annie, pour l'amour de Dieu, aide-moi. Fais-le sortir ! Fais-le sortir de moi !

Ma mère me prend par le bras et me traîne au pied du lit. Margaret soulève le jupon d'Isabelle ; son postérieur est affreusement couvert de sang.

— Enfoncez votre main à l'intérieur, ordonne ma mère. Forcez. Que sentez-vous ?

Isabelle pousse un cri de douleur lorsque je glisse ma main dans sa chair molle et brûlante. Le dégoût et l'horreur – voilà tout ce que je sens. Puis quelque chose d'abominable, qui ressemble à une jambe.

Le corps d'Isabelle se contracte sur ma main tel un étau, et m'écrase les doigts.

— Arrête ! Tu me fais mal !

Elle halète comme un animal agonisant.

— Je n'y peux rien. Annie, fais-le sortir.

À mon contact, la jambe glissante donne un coup de pied.

— Je le tiens. Je crois que c'est une jambe, ou un bras.

— Pouvez-vous trouver l'autre ? demande ma mère.

Je secoue la tête.

— Alors tirez quand même.

Je la regarde, atterrée.

— Nous devons le faire sortir. Tirez doucement.

Je commence à tirer. Isabelle hurle. Je me mords la lèvre. C'est une besogne répugnante et horrifiante. Isabelle me répugne et m'horrifie : elle ressemble à une grosse jument, à une traînée en travail. Je grimace et détourne la tête. Je me tiens aussi loin que possible du lit, d'elle, de ma sœur, ce monstre, que je palpe sans pitié. Malgré mon aversion, j'obéis et serre ce membre.

— Pouvez-vous glisser l'autre main ?

Ma mère doit être folle. C'est impossible.

— Voyez si vous pouvez glisser l'autre main pour attraper le bébé.

Si choquée par l'odeur nauséabonde et la sensation du petit membre glissant, j'avais oublié qu'il y avait un bébé. Doucement, j'essaie d'enfoncer mon autre main. Je sens quelque chose céder puis, du bout des doigts, peut-être un bras, une épaule. Je serre les dents afin d'éviter un haut-le-cœur.

— Un bras ?

— Repoussez-le et cherchez l'autre jambe.

Impatiente que le travail soit fini, ma mère se tord les mains et tapote le dos d'Isabelle comme celui d'un chien malade.

— Je tiens l'autre jambe.

— À mon signal, vous devez tirer les deux.

Elle prend la tête d'Isabelle entre ses mains.

— Quand vous sentirez une contraction, poussez. Poussez fort.

— Je ne peux pas, répond Isabelle en sanglotant. Je ne peux pas, Mère.

— Il le faut. Vous n'avez pas le choix. Dites-moi quand vous sentez la contraction.

S'ensuit un silence puis le gémissement d'Isabelle s'amplifie.

— Maintenant, tout de suite !

— Poussez.

Les dames saisissent ses poings serrés et tirent sur ses bras, comme pour la déchirer. Margaret lui glisse la cuillère en bois dans la bouche, Isabelle hurle et mord dessus.

— Tirez le bébé, me crie ma mère. Allez-y, tirez.

J'obéis. Avec horreur, je sens quelque chose craquer sous mes mains.

— Non ! C'est cassé !

— Tirez. Tirez quand même !

Je continue. Du sang jaillit, suivi d'un liquide nauséabond, et de deux petites jambes ballantes. Isabelle hurle et halète.

— Encore une fois.

Alors que Mère semble étrangement triomphante, je suis remplie d'effroi.

— C'est presque fini maintenant. Encore une fois, Isabelle. Quand vous sentirez la contraction.

Isabelle gémit et se soulève.

— Tirez, Anne, ordonne Mère.

Je serre les petites jambes glissantes et tire de nouveau. Tout d'abord, absolument rien ne bouge. Ensuite sort une épaule, puis l'autre. Isabelle hurle lorsque la tête passe ; je vois clairement sa chair se déchirer, tel un brocart carmin et bleu, du sang rouge et des veines bleues. Une fois le cordon sorti, je dépose le bébé sur les draps et me détourne pour vomir par terre.

Le navire tangue, nous chancelons toutes. Mère s'approche pas à pas du lit, soulève doucement l'enfant et l'enveloppe dans un linge. Tremblante, j'essuie mes mains couvertes de sang sur des haillons, et le vomi de ma bouche, tout en attendant le signe qu'un miracle est arrivé. Ce premier petit cri miraculeux.

Silence.

Isabelle gémit doucement. Je vois qu'elle saigne mais personne ne panse ses blessures. Ma mère tient le bébé emmailloté. L'une des femmes lève les yeux en souriant, les joues baignées de larmes. Nous attendons toutes le petit cri, le sourire de ma mère. Son visage est gris, épuisé.

— C'est un garçon, dit-elle d'une voix dure.

La seule chose que nous voulions toutes entendre. Pourtant, curieusement, il n'y a aucune joie dans sa voix, aucun sourire sur ses lèvres.

— Un garçon ? répété-je avec espoir.

— Oui, c'est un garçon, mais il est mort.

Embouchure de la Seine, mai 1470

Les marins décrochent les voiles, qu'ils envoient en réparation, et récurent le plancher de la cabine royale, taché par le sang d'Izzy et mon vomi. Selon eux, c'est un miracle que nous ne soyons pas morts noyés dans la tempête. Ils évoquent leur propre horreur lorsqu'ils ont vu la chaîne monter devant l'entrée du port de Calais, et racontent que seul le poids de mon père sur le gouvernail a permis au timonier de virer de bord. Ils ne veulent plus jamais refaire une traversée pareille, mais s'il le fallait, ce serait à la condition d'avoir mon père à la barre, car ce dernier les a sauvés. Toutefois, jamais plus ils ne navigueront avec des femmes à bord, chassées par un vent maléfique. Non, jamais plus. Ils exultent d'avoir survécu. Tous pensent en effet que le bateau était maudit avec une femme en travail et un bébé mort à bord, soumis au vent soufflé par une sorcière, la reine, pour nous envoyer en enfer. Sur mon passage s'abat aussitôt un silence absolu. Ils croient que ce vent continuera de nous suivre et nous rendent responsables de tous leurs malheurs.

Une fois les coffres remontés de la cale, nous pouvons enfin nous laver et nous changer. Isabelle saigne encore mais elle se lève et s'habille, bien que sa robe tombe curieusement sur elle. Maintenant que son ventre protubérant a disparu, elle paraît seulement grosse et malade. Sa ceinture bénite et ses écussons de pèlerins destinés à son confinement sont déballés avec ses bijoux. Sans un mot, elle les range dans la caisse au pied de notre lit. Une gêne muette nous sépare. Il s'est passé quelque chose de terrible, si terrible que nous ne savons même pas comment l'appeler. Elle me répugne, elle se répugne elle-même, alors nous n'en parlons pas. Mère emporte le bébé mort dans une boîte, que quelqu'un bénit et jette à la mer. Personne ne nous raconte rien, et nous ne posons aucune question. Je sais que c'est mon inexpérience qui a déboîté sa jambe, mais j'ignore si je l'ai tué, si Izzy le pense ou si Mère le sait. Quoi qu'il en soit, personne ne me dit rien, et plus jamais je n'en reparlerai. Je suis malade de dégoût et d'horreur.

Isabelle devrait rester en confinement jusqu'à sa bénédiction, nous devrions toutes être enfermées avec elle dans ses appartements pendant six semaines, avant d'en ressortir pour être purifiées. Seulement il n'existe pas de traditions quand l'on accouche d'un bébé mort dans une tempête maléfique ; rien ne semble normal. Une fois la cabine lavée et le lit pourvu de draps propres, Georges vient la voir. Elle se repose, le regarde à peine. Il se penche au-dessus du lit pour embrasser son front pâle, et me sourit.

— Toutes mes condoléances pour votre perte.

— Notre perte, le corrige-t-elle. C'était un garçon.

Son beau visage demeure impassible. Je suppose que Mère l'a déjà prévenu.

— Il y en aura d'autres, réplique-t-il.

Cela ressemble davantage à une menace qu'à une parole de réconfort. Il se dirige vers la porte comme pressé de sortir de la cabine. Je me demande s'il sent sur nous la mort et la peur.

— Si nous n'avions pas failli faire naufrage en mer, je pense que le bébé serait vivant, lance-t-elle avec une soudaine violence. Si j'avais été au château de Warwick, j'aurais eu ma ceinture bénite, et des sages-femmes à mon service. Le prêtre aurait prié pour moi. Si Père et vous n'étiez pas partis combattre le roi, j'aurais accouché chez moi et mon bébé serait en vie.

Elle s'interrompt, mais il ne réagit pas.

— C'est votre faute.

— J'ai appris que la reine Élisabeth attendait un nouvel enfant, annonce-t-il, comme en réponse à son accusation. Plaise à Dieu qu'elle ait une autre fille, ou un bébé mort elle aussi. Nous devons avoir un fils avant elle. Ce n'est qu'un revers, ce n'est pas la fin, ajoute-t-il en esquissant un sourire. Non, ce n'est pas la fin.

Après son départ, Isabelle me fixe d'un regard vide.

— Assurément, c'est la fin de mon bébé.

*

Personne ne sait ce qui se passe sauf Père ; bien que nous soyons apparemment sans foyer et vaincus, échoués à l'embouchure de la Seine, il est étrangement joyeux. Sa flotte de navires de guerre s'échappe de Southampton pour nous rejoindre, il a donc une fois de plus des combattants et la *Trinité* sous ses ordres. Il envoie sans cesse des messages au roi de France Louis XI, mais ne nous confie pas ses projets. Il se commande de nouveaux habits à la mode française, qu'il porte avec une cape en velours sur ses épais cheveux bruns. Nous partons à Valognes, près du port de Barfleur, où la flotte pourra se préparer pour une invasion de l'Angleterre. Isabelle emménage en silence avec Georges dans de beaux appartements à l'étage supérieur du manoir. Toutefois, elle l'évite et passe la majeure partie de son temps avec moi, dans la chambre de parement de Mère. Avec les fenêtres ouvertes pour l'air et les volets fermés contre le soleil, nous restons assises toute la journée dans l'obscurité et la chaleur. Isabelle se plaint d'un mal de tête continuel et de fatigue, dès le matin au réveil. Un jour, elle fait remarquer qu'elle ne voit plus d'intérêt à rien. Lorsque je lui demande ce qu'elle entend par là, elle se contente de secouer la tête, les yeux remplis de larmes. Assises sur le rebord en pierre de la fenêtre, à contempler le fleuve et les champs verdoyants, aucune de nous ne voit plus d'intérêt à rien. Nous ne parlons jamais du bébé emporté par Mère dans la petite boîte et jeté à la mer. Ni de la tempête, du vent ou des vagues. Nous ne parlons pas beaucoup. La plupart du temps, nous restons assises en silence, car rien ne sert de parler.

— Si seulement nous étions rentrés à Calais, déclare soudain Isabelle par une chaude et calme matinée.

Je comprends ce qu'elle veut dire : elle aimerait que rien de tout cela ne soit jamais arrivé – la révolte contre le roi endormi et la méchante reine, la victoire de Père, sa rébellion contre le roi Édouard, et surtout le mariage avec Georges. Comme si elle souhaitait effacer chaque événement de notre enfance, faire disparaître tout rêve de grandeur.

— Qu'aurait-il pu faire d'autre ?

Bien sûr, il devait combattre le roi endormi et la méchante reine, qui devaient être chassés du trône. Ensuite, lorsqu'ils ont été vaincus et renversés, il n'a pas supporté le couple qui les a remplacés. Il ne pouvait pas vivre dans une Angleterre gouvernée par les Rivers ; il lui fallait se soulever contre le roi Édouard. Il est résolu à placer le royaume sous l'autorité d'un bon roi, conseillé par notre famille ; or Georges devrait être ce roi. Je comprends que ma vie sera déterminée par cette lutte sans fin pour nous conduire à notre place : juste derrière le trône. Isabelle devrait s'en rendre compte. Nous sommes les filles du faiseur de rois, gouverner l'Angleterre est notre héritage.

— Si Père ne s'était pas retourné contre le roi, j'aurais accouché à la maison, poursuit-elle avec ressentiment. Si nous n'avions pas pris la mer ce jour-là, sous ce vent, je tiendrais un bébé dans mes bras. Aujourd'hui je n'ai rien, et c'est tout juste si je m'en soucie.

— Tu auras un autre bébé.

Comme me l'a expliqué Mère, Isabelle ne doit pas oublier qu'elle aura un autre enfant. Elle n'a pas le droit de se complaire dans le désespoir.

— Je n'ai rien, répète-t-elle simplement.

Nous réagissons à peine lorsqu'on tambourine à la porte. L'un des gardes l'ouvre pour laisser entrer une femme. Isabelle lève la tête.

— Je suis navrée, Mère est absente. Nous ne pouvons pas accéder aux requêtes.

— Où est la comtesse ? demande la femme.

— Avec mon père. Qui êtes-vous ?

— Et où est votre père ?

Si nous l'ignorons, nous n'allons certainement pas l'admettre.

— Il est absent. Qui êtes-vous ?

La femme repousse sa capuche. Avec stupeur, je reconnais l'une des dames de compagnie des Yorks : Lady Sutcliffe. Je me lève d'un bond et me place devant Isabelle, comme pour la protéger.

— Que faites-vous ici ? Que voulez-vous ? Êtes-vous venue de la part de la reine ?

Soudain terrifiée à l'idée qu'elle soit venue nous tuer, je regarde ses mains, glissées dans sa grande cape comme si elle tenait un couteau. Elle sourit.

— Je suis venue vous voir, Lady Isabelle, et vous aussi, Lady Anne. J'aimerais également parler avec votre époux Georges, le duc.

— Pourquoi ? demande Isabelle d'un ton brusque.

— Connaissez-vous les nouveaux projets de votre père pour vous ?

— Pardon ?

La femme me lance un regard, comme si elle me trouvait trop jeune pour être présente.

— Peut-être Lady Anne devrait-elle aller dans sa chambre pendant que je m'entretiens avec vous ?

— Anne reste avec moi, rétorque Isabelle en m'agrippant la main. Quant à vous, vous ne devriez même pas être ici.

— Je suis venue de Londres en tant qu'amie pour vous prévenir, toutes les deux. Le roi lui-même ignore que je suis ici. Votre belle-mère, la duchesse Cécile, m'a envoyée vous mettre en garde, pour votre bien. Vous savez qu'elle vous apprécie et que votre époux, Georges, est son fils préféré. Elle m'a demandé de vous dire que votre père négocie maintenant avec l'ennemi de l'Angleterre, Louis de France.

Elle poursuit sans tenir compte de notre air choqué :

— Pire encore, il cherche à s'allier avec Marguerite d'Anjou. Il prévoit d'entrer en guerre contre le vrai roi, Édouard, pour remettre l'ancien, Henri, sur le trône.

— Il ne ferait jamais cela, protesté-je.

Toute mon enfance, j'ai été bercée par le récit des victoires de Père sur la méchante reine, Marguerite d'Anjou, et le roi endormi, Henri VI ; nourrie par sa haine et son mépris à leur égard. Il a mené bataille sur bataille pour les chasser du trône et les remplacer par la maison d'York. Jamais, au grand jamais, il ne s'allierait avec eux. Son propre père est mort en les combattant ; Marguerite d'Anjou a embroché la tête de mon grand-père et de mon oncle, tels des traîtres, sur les remparts de York. Nous ne le lui pardonnerons jamais, quand bien même nous lui pardonnerions toutes ses autres dépravations. Elle était le cauchemar de mon enfance et restera notre ennemie jusqu'à la mort.

— Jamais il ne s'allierait avec elle.

— Oh si.

Lady Sutcliffe se tourne vers Isabelle.

— Je suis venue en toute amitié prévenir votre époux Georges, duc de Clarence. Et le rassurer. Il peut revenir en Angleterre, son frère le roi l'y recevra. Sa mère a tout arrangé et désire vous accueillir vous aussi. Vous êtes toutes les deux appréciées par la maison d'York, maintenant et pour toujours. Georges reste l'héritier du trône d'Angleterre. Si le roi et la reine n'ont pas de fils, alors vous pourriez un jour devenir reine. Mais – réfléchissez – ce ne sera pas le cas si votre père remet l'ancien roi sur le trône. Tout ce que vous avez enduré n'aura servi à rien.

— Nous ne pouvons pas rallier Lancastre, dis-je presque à moi-même. Ce n'est pas possible que Père l'envisage.

— Non, admet-elle sèchement. Vous ne pouvez pas. Cette idée est absurde. Nous le savons tous, sauf votre père. Voilà pourquoi je suis venue vous prévenir. C'est vous que je voulais voir, pas lui. Vous devez consulter votre époux et songer à ce qui compte le plus pour vous. La duchesse Cécile veut que vous sachiez ceci : si vous rentrez, elle s'occupera de vous comme une mère, même si votre père est l'ennemi de la maison d'York et de toute l'Angleterre. Rentrez et elle veillera à ce que vous ne manquiez de rien. Nous sommes choqués par le fait que votre père vous fasse courir un tel danger. La duchesse a de la peine pour vous et le cœur brisé par la perte de votre enfant. Il aurait été son premier petit-fils. Elle a prié toute la nuit pour le repos de son âme. Vous devez rentrer et nous laisser prendre soin de vous.

À la pensée de la duchesse Cécile priant pour l'âme du bébé, Isabelle a les larmes aux yeux.

— Je veux rentrer, murmure-t-elle.

— C'est impossible, répliqué-je aussitôt. Nous devons rester avec Père.

— S'il vous plaît, dites à la duchesse que je la remercie, bredouille Isabelle. Je suis ravie de ses prières, mais je ne sais pas comment… Je dois obéir à mon pè… à mon époux.

— Nous avons peur que vous soyez en deuil, dit Lady Sutcliffe tendrement. En deuil et seule.

Isabelle cligne des yeux pour chasser les larmes qui lui viennent si vite ces temps-ci.

— Bien sûr que je suis en deuil, répond-elle avec dignité. Mais ma sœur m'est d'un grand réconfort.

— Je vais prévenir votre époux des projets de votre père. Le duc doit se sauver, et vous aussi, de la reine lancastrienne Marguerite. Ne mentionnez pas ma visite à votre père. Il serait furieux d'apprendre que vous m'avez reçue et savez désormais qu'il est déloyal.

Je m'apprête à rétorquer que Père n'est pas déloyal, qu'il ne pourrait jamais l'être, et que nous ne lui cacherons jamais rien. Seulement je me rends compte que nous ne savons pas où il se trouve en ce moment ni ce qu'il fait – dans ses nouveaux habits français.

Angers, France, juillet 1470

Père nous convoque à Angers et envoie une belle garde en livrée pour notre longue chevauchée. Il ne précise pas la raison de ce voyage ni où nous logerons. À notre arrivée, après cinq jours passés sur les routes poussiéreuses, nous sommes donc surprises de le retrouver à l'extérieur de la ville, l'air beau et fier, monté sur Minuit, une garde à cheval à ses côtés. Il nous escorte sous les portes fortifiées, dans les rues où les habitants se découvrent sur notre passage, jusque dans la cour d'un grand manoir sur la grand-place, qu'il a réquisitionné. Il n'autorise pas Isabelle, pourtant blême de fatigue, à se reposer dans sa chambre, mais annonce que nous allons immédiatement dîner.

Dans la grande salle, ma mère nous attend devant une table carrée chargée de nourriture, tel un banquet. Elle nous accueille, Isabelle et moi, avec un baiser et sa bénédiction, puis lance un regard à mon père. Il fait asseoir Isabelle d'un côté de la table, tandis que Georges prend place à côté d'elle après avoir murmuré des salutations. Nous inclinons la tête pour le bénédicité. Ensuite, Père nous sourit à tous et nous enjoint de manger. Il ne remercie pas Isabelle d'avoir effectué ce long voyage, ni ne loue son courage auprès de son époux.

Quant à moi, il fait l'éloge de ma beauté, qui selon lui s'épanouit en France – comment se fait-il que les expériences qui épuisent ma sœur me rendent si jolie ? Il me place entre ma mère et lui-même, verse le meilleur vin dans mon verre, me découpe des tranches de viande. Je suis servie avant Isabelle, avant ma mère. Je regarde la nourriture dans mon assiette mais n'ose y toucher. Qu'est-ce que cela signifie de recevoir les meilleurs morceaux de viande avant tout le monde ? Soudain, après avoir passé chaque instant de ma vie à suivre Isabelle et ma mère, je passe en premier.

— Père ?

Il sourit et devant son air cordial, je lui rends son sourire.

— Ah, vous êtes bien maligne, me dit-il tendrement. Vous avez toujours été la fille la plus intelligente. Vous vous demandez quels sont mes projets pour vous.

Je n'ose regarder Isabelle, qui l'aura sûrement entendu m'appeler « la fille la plus intelligente », ni Georges. Je n'ose jamais regarder ma mère. Je sais que Georges a rencontré Lady Sutcliffe en secret, il doit craindre que Père ne l'ait appris. Ces soudaines faveurs à mon égard pourraient être sa façon de prévenir Georges qu'il ne peut pas se jouer de nous. Isabelle cache ses mains tremblantes sous la table.

— J'ai arrangé un mariage pour vous, déclare calmement mon père.

— Pardon ?

C'est la dernière chose à laquelle je m'attendais. Je suis si stupéfaite que je me tourne vers ma mère, qui m'observe, parfaitement sereine ; de toute évidence, elle est déjà informée.

— Un grand mariage, poursuit mon père.

Je perçois l'enthousiasme derrière le ton posé de sa voix.

— Le plus grand que vous pouviez avoir. Et le seul à présent. Je suppose que vous devinez de qui je parle ?

Devant mon silence abasourdi, il rit gaiement.

— Devinez !

Je regarde Isabelle. Un court instant, je me dis que peut-être nous rentrons chez nous. Nous allons nous réconcilier avec la maison d'York et je vais épouser Richard. Mais à l'air maussade de Georges, je comprends que c'est impossible.

— Père, je ne sais pas.

— Ma fille, vous allez épouser le prince Édouard de Lancastre, et devenir la prochaine reine d'Angleterre.

Le couteau de Georges tombe par terre avec fracas. Figés comme par enchantement, Isabelle et lui fixent mon père. Georges devait espérer – désespérément – que Lady Sutcliffe rapportait de fausses rumeurs. En réalité, elle ne disait qu'une partie de la vérité, or la suite est pire que ce qu'aucun d'entre nous aurait pu imaginer.

— Le fils de la méchante reine ? demandé-je naïvement.

Aussitôt, toutes les vieilles histoires effrayantes me reviennent. J'ai été élevée en considérant Marguerite d'Anjou comme un monstre, une louve à la tête de sauvages, détruisant tout sur leur passage. En proie à sa terrible ambition, accompagnée d'un roi qui ne faisait que dormir, elle a anéanti l'Angleterre, tué mon grand-père, mon oncle, et tenté d'assassiner mon père dans la cuisine avec un tournebroche, ou dans la cour d'un coup d'épée. Ce n'est que par mon père et par Édouard, notre Édouard, qu'elle a finalement été vaincue, au cours de la plus terrible bataille que l'Angleterre ait jamais connue. Puis comme la neige tachée de sang dans le blizzard, elle a disparu dans le nord glacial. Ils ont capturé son époux, qu'ils ont laissé dormir, impuissant, dans la Tour ; mais la reine et son garçon de glace, inexplicablement conçu par une mère louve et un père endormi, n'ont plus jamais réapparu.

— Le prince Édouard de Lancastre, le fils de la reine Marguerite d'Anjou. Ils vivent en France, soutenus par son père René d'Anjou, roi de Hongrie, de Sicile et de Jérusalem. Elle est parente du roi Louis de France.

Mon père prend soin d'ignorer mon exclamation.

— Ce dernier nous aidera à organiser l'invasion de l'Angleterre. Nous vaincrons la maison d'York, libérerons le roi Henri de la Tour, et vous serez sacrée princesse de Galles. Le roi Henri et moi gouvernerons l'Angleterre ensemble jusqu'à sa mort – le Ciel le préserve ! Ensuite, je vous guiderai et vous conseillerai, le prince Édouard de Lancastre et vous, alors devenus roi et reine. Votre fils, mon petit-fils, sera le prochain roi d'Angleterre – peut-être aussi de Jérusalem. Imaginez un peu.

Georges s'étrangle comme s'il se noyait dans son vin. Nous nous tournons tous vers lui. Pris d'un accès de toux, il s'agite violemment sans parvenir à reprendre son souffle. Mon père, qui l'observe sans sympathie, attend que sa quinte cesse.

— C'est un revers pour vous, Georges, concède-t-il honnêtement. Mais vous serez l'héritier du trône après le prince Édouard, et le beau-frère du roi d'Angleterre. Vous serez toujours aussi proche du trône, seulement les Rivers auront été renversés. Votre influence sera évidente, et vos récompenses importantes.

Mon père lui adresse un signe de tête bienveillant. Il ne regarde même pas Isabelle, qui allait devenir reine d'Angleterre mais devra me céder la préséance.

— Georges, je veillerai à ce que vous conserviez votre titre et toutes vos terres. Vous n'êtes pas moins bien loti qu'avant.

— Moi, je suis moins bien lotie, fait remarquer Isabelle. J'ai perdu mon bébé pour rien.

Personne ne lui répond, comme si elle était désormais si insignifiante qu'on ne daignait plus lui parler.

— Et si, à votre arrivée à Londres, le roi était toujours endormi ? demandé-je. Si vous ne pouviez pas le réveiller ?

— Peu importe. Qu'il soit endormi ou réveillé, je gouvernerai en son nom jusqu'à ce que le prince Édouard et, ajoute-t-il avec un sourire, la princesse Anne montent sur le trône pour devenir le roi Édouard et la reine Anne d'Angleterre.

— La maison de Lancastre restaurée !

Georges se lève d'un bond, rouge de colère, de la malvoisie aux lèvres, les mains tremblantes. Isabelle pose timidement la sienne sur son poing serré.

— Avons-nous subi tout cela pour restaurer la maison de Lancastre ? Avons-nous affronté de tels dangers sur terre et en mer dans ce seul but ? Est-ce la raison pour laquelle j'ai trahi mon frère et abandonné ma maison d'York ?

— La maison de Lancastre possède un bon titre à la couronne, rétorque mon père, rejetant ainsi l'alliance forgée avec York et défendue par sa famille depuis deux générations. Celui de votre frère est plus médiocre s'il est en effet, comme vous le suggérez, un bâtard.

— Je l'ai traité de bâtard pour devenir le prochain héritier du trône ! Nous nous battions pour m'installer, moi, sur le trône. Nous avons discrédité Édouard pour prouver mon titre à la couronne. Nous n'avons jamais diffamé la maison d'York ! Ni dit que quiconque devrait être roi sauf moi !

— C'était impossible, réplique mon père sur un ton de regret comme s'il évoquait une bataille perdue il y a très longtemps dans un pays lointain, plutôt que ce printemps en Angleterre. Nous avons essayé deux fois, Georges, vous le savez. Édouard était trop fort pour nous, il avait trop de partisans. Mais la reine Marguerite nous apportera la moitié de l'Angleterre. Tous les vieux seigneurs et bourgeois de Lancastre qui n'ont jamais apprécié votre frère nous rallieront. Elle a toujours été puissante dans le nord et les Midlands. Jasper Tudor soulèvera le pays de Galles pour elle. Édouard ne sera jamais capable de vaincre une telle alliance : vous, moi et Marguerite d'Anjou.

Que c'est étrange pour moi de ne plus entendre son nom maudit mais cité comme celui d'un allié ! Je faisais autrefois des cauchemars sur cette femme, pourtant la voilà bientôt devenue notre grande amie.

— Anne, vous devez aller avec votre mère voir les couturières. Vous aussi, Isabelle. Vous aurez toutes de nouvelles robes pour les fiançailles d'Anne.

— Mes fiançailles ?

Il sourit comme s'il croyait me faire la plus grande joie.

— Oui, puis le mariage dès que nous aurons reçu l'autorisation du pape.

— Je vais être fiancée tout de suite ?

— Après-demain.

Cathédrale d'Angers, 25 juillet 1470

Devant le maître-autel de la cathédrale se tiennent deux silhouettes silencieuses, mains liées. La lumière qui entre par le grand vitrail éclaire leurs visages graves. Ils s'inclinent l'un vers l'autre, tout proches, comme s'ils se promettaient non seulement la loyauté mais aussi l'amour jusqu'à la mort. À voir leur proximité et l'intensité de leurs regards, on pourrait croire à un mariage d'amour.

Ce sont les grands ennemis, mon père et Marguerite d'Anjou, côte à côte, qui célèbrent leur union ; son fils et moi ne ferons que rejouer les fiançailles de nos parents. Tout d'abord, elle pose la main sur un fragment de la Sainte Croix – la véritable croix apportée du royaume de Jérusalem – et du fond de la cathédrale, je l'entends réciter de sa voix claire un serment de fidélité à mon père. Ensuite vient son tour. Lorsqu'il place la main sur la croix, elle s'assure que toute sa paume et ses doigts soient en contact avec la croix sacrée, comme si, au moment même de se jurer leur alliance, elle ne lui faisait pas confiance. Il récite son serment, puis ils se tournent l'un vers l'autre pour le baiser de réconciliation. Les voilà désormais alliés, jusqu'à la mort ; ils ont prêté serment sur la sainte croix et rien ne peut plus les séparer.

— Je ne peux pas, murmuré-je à Isabelle. Je ne peux pas épouser son fils, devenir la belle-fille de la méchante reine, du roi endormi. Et si leur fils était aussi fou que tout le monde le dit ? S'il me tuait, ordonnait ma décapitation, comme pour ces deux seigneurs d'York qui gardaient son père ? On raconte que c'est un monstre, qu'il a du sang sur les mains depuis tout petit, et tue des hommes pour le plaisir. Et s'ils me décapitaient comme notre grand-père ?

— Chut, dit-elle en frottant doucement mes mains froides dans les siennes. Tu parles comme une enfant. Tu dois être courageuse. Tu vas devenir une princesse.

— Je ne peux pas entrer dans la maison de Lancastre.

— Si, et il le faut.

— Un jour, tu m'as avoué craindre que notre père ne se serve de toi comme d'un pion.

— Ah oui ?

— Pour ensuite te laisser tomber.

— Si tu deviens reine d'Angleterre, il ne te laissera pas tomber, fait-elle remarquer avec sagacité. Il t'aimera et sera à ton service jour et nuit. Tu as toujours été sa favorite, alors tu devrais être ravie d'être le centre de son ambition.

— Izzy, tu étais le centre de son ambition quand il a failli te noyer en mer.

— Je sais, répond-elle d'un ton morne, le teint presque verdâtre dans la faible lumière de l'église.

C'est alors que notre mère s'approche et me dit sèchement :

— Je vais vous présenter à Sa Majesté la reine.

Je la suis dans le long bas-côté de la cathédrale. L'éblouissant vitrail forme un tapis de couleurs sous mes pieds, comme si je marchais sur un soleil aux nombreux rayons. Je prends conscience que c'est la seconde fois que ma mère me présente à une reine d'Angleterre. La première fois, j'ai rencontré la plus belle femme que j'aie jamais vue. Cette fois-ci, la plus féroce. Lorsqu'elle nous voit venir, elle se retourne et attend, avec la patience d'une tueuse, que nous montions les marches du chœur. Ma mère et moi lui adressons une profonde révérence. En me relevant, je découvre une petite femme dodue, vêtue d'un magnifique brocart en drap d'or, une très haute coiffe drapée de dentelle d'or sur la tête, et une ceinture en or accrochée sur ses larges hanches. Son visage rond est sévère, sa bouche en bouton de rose austère.

— Vous êtes Lady Anne, me dit-elle en français.

— Oui, Votre Majesté.

— Vous allez épouser mon fils, et devenir ma fille.

J'incline la tête. De toute évidence, elle ne s'interroge pas sur mon bonheur. Quand je la regarde de nouveau, son visage irradie de triomphe.

— Lady Anne, vous n'êtes aujourd'hui qu'une jeune femme, une inconnue, mais je vais faire de vous la reine d'Angleterre. Vous vous assiérez sur mon trône et porterez ma couronne.

— Lady Anne a été préparée à cette position, intervient ma mère.

La reine l'ignore. Elle s'avance et me prend les deux mains, comme si je lui jurais allégeance.

— Je vous apprendrai à être une souveraine courageuse. Mon fils sera roi mais vous serez à ses côtés, prête à défendre le trône de votre vie. Vous deviendrez une reine comme moi : une reine qui peut commander, gouverner, conclure des alliances et les respecter. À mon arrivée en Angleterre, je n'étais qu'une petite fille, pas beaucoup plus âgée que vous, et j'ai appris bien assez vite que pour garder le trône, on doit rester fidèle à son époux et lutter pour lui jour et nuit, Anne. Jour et nuit. Je ferai de vous une épée au service de l'Angleterre, tout comme je suis devenue une lame. Je vous apprendrai à être un poignard à la gorge de la trahison.

Je songe aux horreurs que cette reine a déchaînées sur le pays, avec ses favoris de la cour et son ambition. À mon père, qui jurait que le roi s'était lui-même plongé dans un sommeil éternel car il ne supportait plus de vivre éveillé avec elle. À cette époque, où mon père gouvernait l'Angleterre et que cette femme levait une armée en Écosse, pour marcher sur le sud. Telle une bande de brigands, à moitié nus, ils ont volé, violé et tué sur leur passage ; et ce, jusqu'à ce que le pays ne tolère plus cette reine, que les Londoniens lui ferment les portes de la ville et supplient sa meilleure amie, Jacquette Woodville, de lui demander de ramener son armée dans le nord.

Une partie de ces pensées doit se lire sur mon visage car elle rit brusquement.

— Il est facile d'être délicate quand l'on est une fille, d'avoir des principes quand l'on n'a rien d'autre. Mais quand l'on est une femme avec un fils destiné au trône, une reine qui veut conserver sa couronne, on est prête à tout, absolument tout. Même à tuer des innocents, si besoin est. Vous serez bien contente que je vous apprenne tout ce que je sais. Quand vous ferez tout pour garder votre trône, votre couronne, et votre époux à sa place, alors vous saurez que vous avez retenu ma leçon. Vous serez devenue ma fille.

Elle me rebute et me terrifie tant que je n'ose rien répondre. Elle se tourne vers le maître-autel. J'aperçois une petite silhouette à côté de mon père : le prince Édouard. Devant lui, un archevêque tient son missel ouvert à la page de l'office du mariage.

— Venez, me dit la méchante reine. Ceci est la première étape, je vous guiderai dans toutes les autres.

Elle me prend par la main et me conduit vers lui.

À quatorze ans, je suis la fille d'un traître en exil dont la tête est mise à prix, bientôt fiancée à un garçon qui a presque trois ans de plus que moi, le fils de la femme la plus terrifiante que l'Angleterre ait jamais connue. Par ce mariage, mon père ramènera la « louve » en Angleterre, et dès lors, je devrai appeler ce monstre Mère.

Je jette un coup d'œil en arrière à Isabelle, qui me semble très loin. Elle tente de m'encourager par un sourire, mais son visage est tendu et pâle dans l'obscurité de la cathédrale. Je me souviens de ses mots lors de sa nuit de noces : « Ne pars pas. » Je remue les lèvres silencieusement, puis me retourne et rejoins mon père pour respecter sa volonté.

Amboise, France, hiver 1470

Je n'arrive pas à croire à ma nouvelle vie. À mon réveil, couchée à côté d'Isabelle, je dois rester immobile et regarder les murs en pierre de la chambre et les tapisseries, ternes dans la froide lumière des matins d'hiver, pour me rappeler où je me trouve, ce que nous avons accompli, et mon avenir éblouissant. Ensuite, je me répète une fois de plus : *Je suis toujours Anne de Warwick, fiancée au prince Édouard de Lancastre, princesse de Galles jusqu'à la mort de l'ancien roi, puis je deviendrai la reine Anne d'Angleterre.*

— Tu marmonnes encore, se plaint Isabelle. Comme une vieille folle. Tais-toi, tu as l'air ridicule.

Je serre les lèvres. C'est devenu mon rituel, observé aussi religieusement que la première prière du matin. Je ne peux pas commencer la journée sans récapituler ce qui a changé dans ma vie, mes attentes et mes espoirs incroyables. En ouvrant les yeux, je redécouvre l'une des plus belles pièces du magnifique château d'Amboise. Dans ce château de conte de fées, nous sommes les invités de notre ancien plus grand ennemi : Louis, roi de France, désormais notre plus grand ami. Je suis fiancée au fils de la méchante reine et du roi endormi, seulement à présent je dois me rappeler de l'appeler Mère, et lui, le roi Henri. Georges et Isabelle ne seront pas les souverains d'Angleterre. Elle sera ma première dame de compagnie, et moi la reine. Mais le plus extraordinaire, c'est que Père a déjà pris l'Angleterre par surprise, marché sur Londres et libéré de la Tour le roi endormi, qu'il a rendu à son peuple et proclamé haut et fort roi d'Angleterre. Le peuple s'en réjouit. Avec incrédulité, nous apprenons en France à célébrer le triomphe de Lancastre, à appeler la rose rouge « notre maison », à renverser toutes nos loyautés.

Terrifiée par l'hostilité déclarée de mon père, enceinte d'un nouvel enfant et abandonnée par son époux, la reine Élisabeth s'est réfugiée au sanctuaire avec sa mère et ses filles. Peu importe à présent si elle a un garçon, une fille, ou la fausse couche que lui a souhaitée Georges – son fils ne montera jamais sur le trône d'Angleterre car la maison d'York a été renversée. Le beau et autrefois puissant roi Édouard, notre ancien ami et héros, a fui l'Angleterre comme un lâche, accompagné seulement par son fidèle frère Richard et une demi-douzaine d'autres hommes ; ils attendent quelque part en Flandre, craignant pour leur avenir. L'année prochaine, Père ira leur faire la guerre. Il les traquera et les tuera comme les hors-la-loi qu'ils sont devenus.

La reine, jadis si belle dans son triomphe et si inflexible dans son aversion, est revenue à son point de départ : veuve sans le sou ni perspectives d'avenir. Je devrais me réjouir, car c'est là ma vengeance pour les milliers d'affronts qu'elle nous a infligés, à Isabelle et moi. Cependant, je ne peux m'empêcher de songer à elle, de me demander comment elle va pouvoir accoucher dans le sombre sanctuaire sous l'abbaye de Westminster, et si elle en sortira un jour.

De nouveau victorieux et irrésistible, Père a conquis l'Angleterre. Georges est resté à ses côtés durant cette campagne, malgré les tentations de traîtrise de la part de la maison d'York, et Père a tenu toutes ses promesses. Après notre mariage, le prince Édouard et moi le rejoindrons en Angleterre ; nous n'attendons plus qu'une dispense du pape pour confirmer nos fiançailles. Ensuite, nous serons proclamés prince et princesse de Galles. La reine Marguerite d'Anjou sera ma conseillère et ma guide. Ils renverront les hermines de la reine Élisabeth, seulement cette fois-ci elles seront cousues sur mes robes.

— Tais-toi ! s'écrie Isabelle. Tu recommences.

— Je n'arrive pas à y croire. Ni à comprendre. Je dois le répéter, encore et encore.

— Eh bien, dans quelque temps tu pourras marmonner à ton époux et voir si cela lui plaît de se réveiller à côté d'une folle. Quant à moi, je pourrai dormir le matin.

Comme elle s'en doutait, sa remarque me fait taire. Je vois mon fiancé chaque jour, l'après-midi lorsqu'il vient rejoindre sa mère, puis le soir au dîner. Il lui prend la main, et je les suis. Elle a la préséance d'une reine, je ne suis qu'une future princesse. Il a trois ans de plus que moi, peut-être est-ce la raison pour laquelle il ne se préoccupe guère de moi. Il a dû apprendre à considérer mon père avec la même horreur et la même haine que nous sa mère ; cela explique peut-être sa froideur. Car j'ai l'impression que nous sommes encore des inconnus, voire des ennemis.

Il a les cheveux blonds de sa mère, presque cuivrés, son visage rond et sa petite bouche. Agile et fort, il a été élevé pour monter à cheval et combattre. Il est aussi courageux, je le sais car on raconte qu'il est un bon jouteur. Depuis l'enfance, il a connu les champs de bataille, peut-être s'est-il endurci et ne peut donc éprouver d'affection pour une fille, de surcroît celle de son ancien ennemi. À seulement sept ans, il aurait demandé la décapitation des chevaliers d'York qui protégeaient son père, bien qu'ils l'aient défendu pendant la bataille. Personne ne dément cette histoire, mais je n'ai jamais demandé à aucun courtisan de sa mère si un aussi jeune garçon pouvait faire une chose pareille, donner cet ordre meurtrier avec insouciance. Je n'ose pas demander à sa mère si elle a vraiment demandé à son fils de sept ans de choisir le mode d'exécution de ces deux hommes honorables. En réalité, je ne lui pose jamais aucune question.

L'air toujours circonspect, les yeux voilés par ses cils, il me regarde rarement, se détourne souvent. Quand quelqu'un lui parle, il baisse les yeux comme s'il n'osait pas croiser son regard. Sauf avec sa mère, la seule personne à pouvoir le faire sourire. J'ai l'impression qu'elle est la seule en qui il a confiance.

— Il a passé sa vie en sachant que des gens lui refusaient le trône, certains niant même qu'il était le fils de son père, m'explique Isabelle. Tout le monde disait qu'il était celui du duc de Somerset, le favori.

— C'est notre grand-père qui a répandu cette rumeur, pour la déshonorer. Elle me l'a dit. C'est pourquoi elle a embroché sa tête sur les remparts de York. Elle dit qu'une reine doit affronter de constantes calomnies et ne peut compter que sur elle-même pour se défendre. Elle dit…

— « Elle dit ! Elle dit ! » Et les autres, alors ? Tu parles tout le temps d'elle, pourtant elle peuplait tes mauvais rêves quand tu étais petite. Tu te réveillais en hurlant que la louve arrivait, tu la croyais cachée dans le coffre au pied de notre lit. Tu me demandais de te serrer dans mes bras afin qu'elle ne t'attrape pas. C'est drôle que tu finisses suspendue à ses lèvres et fiancée à son fils, en m'oubliant complètement.

— Je ne crois pas qu'il veuille m'épouser, rétorqué-je d'un ton désespéré.

Elle hausse les épaules. Ces temps-ci, rien ne l'intéresse.

— Probablement pas. Il doit obéir aux ordres, comme nous tous. Peut-être vous en sortirez-vous mieux que nous.

Parfois, il m'observe lorsque je danse avec les dames, mais il ne m'admire pas, son regard n'est pas chaleureux. Il m'observe comme pour me juger, me comprendre, comme un mystère qu'il voudrait résoudre. Les dames de compagnie de la reine me disent que je suis belle : une petite reine en miniature. Elles louent les boucles naturelles de mes cheveux auburn, le bleu de mes yeux, ma silhouette souple et mon teint de rose ; mais lui ne dit jamais rien qui me laisse penser qu'il m'admire.

Quelquefois, il se promène avec nous. Alors il chevauche à mes côtés, sans un mot. Il est bon cavalier, aussi bon que Richard. Je lui jette un coup d'œil et me dis qu'il est beau. J'esquisse un sourire, tente de faire la conversation. Je devrais me réjouir que mon père m'ait choisi un époux qui a presque le même âge que moi, et l'air si princier sur un cheval. En outre, il va devenir roi d'Angleterre ; cependant sa froideur reste insondable.

Nous nous parlons chaque jour, mais jamais de choses importantes, et sous la surveillance constante de sa mère. Si elle n'entend pas l'une de mes remarques, elle me crie : « Que murmurez-vous, Lady Anne ? » Je dois alors lui répéter une phrase qui semble totalement ridicule, telle que « Je demandais à Son Altesse s'il y avait des poissons dans les douves » ou « Je disais à Son Altesse que j'aime bien les coings au four ».

Dans ce cas, elle lui sourit comme si elle le plaignait de devoir passer sa vie à supporter une idiote pareille. Surnommée « la louve », elle regarde toujours son fils comme une louve son louveteau, d'un regard féroce et possessif. Il est tout pour elle, elle ferait tout pour lui. Elle m'a achetée pour lui, et avec moi le seul commandant qui pouvait vaincre le roi Édouard d'York : son ancien tuteur, l'homme qui lui a appris à se battre. Le prince Édouard, le louveteau, doit épouser cette fille atrocement pénible afin qu'ils puissent remonter sur le trône. Ils me supportent car je suis le prix à payer pour les services du grand général, mon père. Elle se consacre à faire de moi une épouse digne de son fils, une reine digne de l'Angleterre.

Elle me raconte les batailles qu'elle a livrées pour le trône de son époux, l'héritage de son fils. Elle a appris à s'aguerrir contre la souffrance, à se réjouir de la mort de ses ennemis. Elle m'apprend qu'une reine doit considérer tout obstacle comme sa victime. Parfois, le destin voudra qu'un seul survive, notre ennemi ou nous, peut-être son enfant ou le nôtre, et le choix est évident : notre vie, notre avenir, notre enfant – quel qu'en soit le prix.

Quelquefois, elle me dit avec un sourire :

— Anne de Warwick, petite Anne de Warwick ! Qui donc aurait cru que vous seriez ma belle-fille, et votre père mon allié ?

Cela me rappelle tant mes propres marmonnements perplexes qu'un jour je lui réponds :

— N'est-ce pas incroyable ? Après tout ce qui s'est passé ?

Mais devant mon impertinence, elle me fusille de ses yeux bleus et réplique aussitôt d'un ton dur :

— Vous ignorez tout de ce qui s'est passé. Vous n'étiez qu'une enfant protégée par un traître alors que je me battais pour défendre le trône contre la trahison. J'ai vu la roue de la fortune tourner et m'écraser. Vous n'avez rien vu, rien compris.

Je baisse la tête, honteuse d'être réprimandée devant toutes les dames, y compris ma mère. Isabelle, assise à côté, se rapproche légèrement de moi pour me soutenir en silence.

À d'autres moments, elle me convoque dans sa chambre de retrait, où elle m'apprend ce que, selon elle, je devrais savoir. Un jour, je vois une carte du royaume étalée sur sa table.

— Ceci, dit-elle en la lissant de la main, est un document très précieux.

Père conserve des cartes dans sa bibliothèque au château de Warwick, dont l'une du royaume d'Angleterre, mais plus petite et où ne figure que notre région des Midlands. Celle-ci représente la côte sud de l'Angleterre, face à la France. Les ports du sud sont soigneusement dessinés, bien que vers l'ouest et le nord le tracé devienne plus imprécis. Autour des ports est indiquée la présence de bonnes terres arables pour nourrir des troupes ou ravitailler une flotte, et à l'entrée des ports, le lit du fleuve ou les bancs de sable.

— C'est Sir Richard Woodville, Lord Rivers, qui a réalisé cette carte, dit-elle en posant le doigt sur sa signature. Il a étudié les ports du sud pour ma défense à l'époque où nous redoutions une invasion par les armées de votre père.

Embarrassée, j'incline la tête, mais je commence à m'y faire. Mon père était son plus grand ennemi, toutes ses histoires sont des récits de guerre contre lui.

— Lord Rivers était mon plus grand ami et défenseur. Jacquette Woodville, son épouse, était ma plus chère amie et dame de compagnie, comme une sœur pour moi.

L'espace d'un instant, elle semble nostalgique, alors je n'ose rien dire. Comme tous les autres, Jacquette a changé de camp après la défaite de la reine et s'en est bien sortie. Aujourd'hui, elle est la mère de la nouvelle reine, sa petite-fille une princesse, et elle a même un prince comme petit-fils ; Élisabeth a accouché d'un fils au sanctuaire, à qui elle a donné le nom de son père, Édouard, le roi en exil. Jacquette et Marguerite se sont quittées après la victoire de mon père pour Édouard à la dernière bataille de Towton. Les Rivers se sont rendus avant de rallier les Yorks. Ensuite, Édouard a choisi d'épouser leur fille, veuve. C'est à ce moment-là qu'il a agi sans les conseils de mon père : c'était sa première erreur, son premier pas vers la défaite.

— Je pardonnerai à Jacquette, promet la reine. Elle sera de nouveau à mes côté à Londres, je la consolerai pour la terrible perte de son époux. Tué par votre père, me rappelle-t-elle avec un regard plein de ressentiment. Qui l'a accusée de sorcellerie.

— Il l'a relâchée.

— Eh bien, espérons qu'elle lui en soit reconnaissante, réplique-t-elle d'un ton sarcastique. L'une des plus grandes femmes du royaume, la plus chère amie que j'aie jamais eue – et votre père l'a traitée de sorcière ? C'est tout de même incroyable.

Je ne réponds rien, car pour moi aussi, c'est incroyable.

— Connaissez-vous le signe de la roue de la fortune ? demande-t-elle brusquement.

Je secoue la tête.

— C'est Jacquette qui me l'a montré. Elle m'a dit que je connaîtrais la vie quand je serais montée très haut et descendue très bas. Bientôt, je vais remonter.

Elle tend l'index puis trace un cercle dans l'air.

— L'ascension et la chute. Mon conseil, protégez-vous en montant et anéantissez vos ennemis en descendant.

*

Au bout de plusieurs demandes, nous recevons enfin la dispense du pape pour notre mariage, bien qu'Édouard et moi soyons des parents éloignés. Après une cérémonie discrète, nous sommes mis au lit par ma mère et la sienne. J'ai si peur de ma belle-mère la reine que j'entre dans la chambre sans protester, sans vraiment songer au prince ou à ce qui m'attend cette nuit, et m'assieds dans le lit. À son arrivée, c'est tout juste si je le remarque, occupée à observer le visage avide de sa mère, qui lui ôte sa cape et lui murmure « bonne nuit » avant de ressortir. Sa façon de le regarder, comme si elle souhaitait pouvoir rester, me donne des frissons.

Une fois seuls, nous gardons le silence. Isabelle m'a dit que c'était horrible. J'attends qu'il m'explique ce que je dois faire, mais il ne dit rien. Lorsqu'il se couche, l'épais matelas en plumes s'affaisse de son côté et le sommier du lit grince sous son poids. Il ne dit toujours rien.

— Je ne sais pas quoi faire, avoué-je d'un ton gêné. Je suis désolée, personne ne m'a expliqué. J'ai interrogé Isabelle mais elle a refusé de me répondre. Je ne pouvais pas demander à ma mère…

Il soupire, comme si c'était pour lui un nouveau fardeau infligé par cette alliance conclue entre nos parents.

— Ne faites rien. Contentez-vous de rester allongée.

— Mais je…

— Restez allongée sans parler, répète-t-il d'une voix forte. Pour l'instant, la meilleure chose à faire pour vous est de vous taire. Surtout ne me rappelez pas qui vous êtes, je ne le supporte pas.

Sur ces mots, il se soulève et se laisse retomber sur moi de tout son poids. J'ai l'impression d'être transpercée par une épée.

Paris, Noël 1470

Le roi de France, Louis, est tellement ravi de notre mariage qu'il nous convie à Paris pour fêter Noël avec lui. J'ouvre la danse, puis m'assieds à sa droite au dîner. Je suis le centre de l'attention : la fille du faiseur de rois et future reine d'Angleterre.

Chaque fois que nous entrons dans une pièce, Isabelle me suit. Parfois, elle se penche pour libérer ma traîne si elle est coincée dans une porte ou balaie les joncs parfumés[1]. Elle me sert sans un sourire ; son ressentiment et sa jalousie sont manifestes. La reine Marguerite, ma belle-mère, se moque de l'air maussade d'Isabelle et me tapote la main.

— Maintenant, vous comprenez. En accédant à la grandeur, une femme devient l'ennemie de toutes les autres. Et si elle lutte pour conserver cette grandeur, alors tout le monde, hommes et femmes, la haïssent. Sur le visage vert de votre sœur se lit votre triomphe.

Je jette un coup d'œil au teint blafard d'Isabelle.

— Elle n'est pas verte.

— Verte de jalousie, précise la reine en riant. Mais peu importe. Vous serez débarrassée d'elle demain.

— Demain ?

Je me tourne vers Isabelle, assise à côté de moi sur la banquette près de la fenêtre.

— Tu pars demain ?

— Pas que je sache, répond-elle, l'air aussi abasourdi que moi.

1. Au Moyen Âge, le sol était recouvert de joncs ou d'herbes pour se protéger du froid. (*N.d.T.)*

— Ah oui, dit la reine doucereusement. Vous allez rejoindre votre époux à Londres. Nous vous suivrons de près, avec l'armée.

— Ma mère ne m'en a pas parlé, rétorque Isabelle. Je ne suis pas prête à partir.

— Vous pourrez faire vos bagages ce soir, car vous partez demain.

— Veuillez m'excuser.

Ma sœur se lève et adresse une profonde révérence à la reine, puis une petite à moi. Je me précipite derrière elle. Elle descend à toute allure la galerie qui mène à mes appartements, je la rattrape devant l'un des magnifiques oriels.

— Iz !

— Je ne supporterai pas une nouvelle tempête ! Plutôt mourir sur le quai que repartir en mer.

Malgré mon assurance, je porte la main à mon ventre comme si je craignais d'être à mon tour enceinte, et que mon bébé soit lui aussi mis dans une boîte, jetée dans les sombres vagues, comme le fils d'Isabelle.

— Ne sois pas ridicule, me dit-elle d'un ton sec. Tu n'es pas enceinte, encore moins sur le point d'accoucher. J'aurais dû refuser de monter à bord. Tu aurais dû m'aider. Ma vie a été brisée… et tu n'as rien fait.

— Iz, comment aurais-je pu m'opposer à Père ? Comment aurions-nous pu ?

— Et maintenant ? Je dois aller les rejoindre en Angleterre, Georges et lui, et simplement te laisser ici ? Avec elle ?

— Que pouvons-nous faire ? Que pouvons-nous dire ?

— Rien, répond-elle furieusement.

Elle se retourne et s'éloigne.

— Où vas-tu ?

— Leur dire de faire mes bagages, lance-t-elle par-dessus son épaule. Ils peuvent emporter un linceul, je m'en moque. Peu m'importe si je me noie cette fois-ci.

*

Le roi Louis a fourni un beau petit navire marchand à Isabelle et ses quelques dames de compagnie. Sur le quai, ma mère, la reine Marguerite et moi sommes venues assister à son départ.

— Vraiment, je ne peux pas. Je ne peux pas partir toute seule, implore Isabelle.

— Votre père dit que vous devez rejoindre votre époux, décrète ma mère. Vous devez partir immédiatement.

— Je croyais qu'Annie viendrait avec moi. Je devrais rester avec elle pour lui expliquer comment se conduire. Je suis sa dame de compagnie, elle a besoin de moi.

— C'est vrai, confirmé-je.

— Anne est maintenant sous les ordres de la reine Marguerite, lui dit ma mère. Elle garantit le respect de notre accord par sa simple présence, et son union au prince Édouard. Cela suffit. Elle n'a besoin d'aucun conseil, elle n'a qu'à obéir à la reine. Quant à vous, vous devez remplir votre devoir avec Georges. Le garder fidèle à notre cause et loin de sa famille. Interceptez tous les messages de leur part, veillez à sa loyauté envers votre père. Rappelez-lui qu'il vous a juré allégeance, à tous les deux. Nous n'arriverons que quelques jours après vous, et votre père est déjà victorieux en Angleterre.

Isabelle tend le bras pour me prendre la main.

— Oh, allez-y ! s'écrie ma mère avec irritation. Lâchez votre sœur. Vous serez simplement à Londres avec votre père, à vous amuser à la cour pendant que nous serons coincés avec l'armée dans le Dorset, dans une longue marche vers Londres. Vous serez au palais de Westminster, occupée à choisir vos tenues à la garde-robe royale, pendant que nous remonterons péniblement la route.

Ils emportent ses coffres et ses sacs.

— Ne pars pas, murmuré-je. Ne me laisse pas avec la méchante reine et son fils.

— Comment puis-je refuser ? Ne les mets pas en colère, contente-toi d'obéir. Nous nous reverrons à Londres, me dit-elle avec un sourire. Imagine, Annie, tu seras princesse de Galles.

Son sourire s'efface, et nous nous regardons d'un air triste. Mère lui fait signe avec impatience.

— Je dois partir.

Avec notre demi-sœur Margaret et deux autres dames de compagnie, elle longe le quai jusqu'au petit bateau. En montant sur la passerelle, elle se retourne et me salue de la main. Je dois être la seule à me soucier du fait qu'elle aura le mal de mer.

Harfleur, France, mars 1471

Les vents nous retiennent au port depuis plus de deux semaines. Ma belle-mère, la reine Marguerite, s'impatiente ; chaque jour à l'aube, elle se rend sur le quai pour discuter avec les capitaines de sa flotte. Ces derniers l'assurent que puisque nous sommes retenus au port par des vents qui soufflent si fort sur terre que nous ne pouvons pas sortir nos bateaux en mer, alors ces mêmes vents doivent repousser la flotte d'invasion du roi Édouard contre la côte flamande, le rendant aussi impuissant que nous.

Car il s'avère qu'il n'a pas perdu son temps en exil. Pendant que mon père prenait le contrôle de l'Angleterre, libérait le roi de la Tour pour le sacrer de nouveau, rendait la gloire aux seigneurs de Lancastre et annonçait mon mariage au prince, le roi vaincu Édouard empruntait de l'argent, levait une flotte et une armée, et attendait des vents favorables – tout comme nous – pour regagner l'Angleterre. Depuis que sa femme a accouché d'un garçon au sanctuaire, ses amis et partisans, qui voient cette naissance comme un signe de leur destinée, l'exhortent à attaquer mon père. Nous devons donc arriver en Angleterre avant Édouard d'York, son fidèle frère Richard, ses amis et sa flotte, afin de soutenir mon père contre cette invasion. C'est une nécessité, non un choix ; malheureusement, un vent puissant souffle sans cesse contre nous et nous retient à quai depuis seize jours. Pendant ce temps, la reine, le visage blême, peste contre ses capitaines, se cramponne aux poings serrés de son fils, et me regarde comme si j'étais un lourd fardeau à transporter sur une mer houleuse.

À présent, elle regrette d'avoir attendu notre mariage en France. Elle pense que nous aurions dû partir avec mon père. Nous serions à Londres aujourd'hui, occupés à recevoir des serments d'allégeance. Mais elle ne faisait confiance ni à mon père ni à moi. Seule mon union, consommée, avec son fils la rassurait sur notre loyauté. Et secrètement, elle souhaitait ce délai. Elle voulait s'assurer que mon père conquière l'Angleterre avant de gâcher son précieux fils avec moi. Maintenant qu'elle a attendu d'être certaine de sa victoire, la voilà piégée du mauvais côté de la Manche par un vent inexplicable.

Harfleur, France, 12 avril 1471

— Nous appareillons demain, annonce la reine en passant devant Mère et moi.

Comme chaque jour, nous sommes sur le quai, à regarder la mer. C'est ce que nous faisons tous depuis deux semaines : observer l'horizon, attendre que le vent tombe et que la mer se calme.

— Ils pensent que le vent va tomber pendant la nuit. Même si ce n'est pas le cas, nous devons partir demain. Nous ne pouvons plus tarder.

J'attends que mon époux réponde à sa mère que nous ne pouvons pas risquer de naviguer dans une tempête, mais il a les mêmes yeux froids et la bouche figée. Je crois qu'il préférerait se noyer que de rester ici plus longtemps.

— Nous accueillerons le faux roi Édouard quand il débarquera, déclare-t-il. Nous le ferons passer au fil de l'épée, il tombera face contre terre dans les galets, puis nous embrocherons sa tête sur le pont de Londres.

— Nous ne pouvons pas naviguer contre le vent, protesté-je.

— Nous le ferons, rétorque-t-il, le regard vide.

Le lendemain matin, le vent est tombé mais les vagues sont toujours recouvertes d'écume, et à l'extérieur du port, la mer grise se soulève, comme prête pour une tempête. J'ai un mauvais pressentiment, que je ne peux confier à personne ; de toute façon personne ne se soucie de mes sentiments.

— Quand verrons-nous mon père ? demandé-je à Mère.

Seule la pensée de sa victoire de l'autre côté de cette mer me donne le courage de partir. Je veux tant être auprès de lui, qu'il sache que j'ai rempli mon rôle dans cette grande aventure : j'ai épousé le prince qu'il m'a choisi, et je n'ai reculé ni devant l'autel ni au lit. Mon époux ne me parle jamais et accomplit son devoir sur moi comme sur une jument bonne à remplir. Mais j'ai fait tout ce que demande mon père, et même davantage lorsque j'appelle la méchante reine « Mère » et m'agenouille pour recevoir sa bénédiction. Je suis prête à prendre le trône qu'il a gagné pour moi. Je suis sa fille, son héritière, et je traverserai cette mer si terrifiante pour ne pas le décevoir. Je deviendrai une reine comme Marguerite d'Anjou, avec une volonté de louve.

— Nous accueillera-t-il quand nous débarquerons ?

— Nous le retrouverons à Londres, répond ma mère. Il a préparé une entrée officielle dans la ville. Le peuple jettera des rameaux verts et des fleurs devant vous, des poètes chanteront vos louanges, et le roi vous accueillera sur le perron du palais de Westminster. Des défilés et des spectacles célébreront votre arrivée, du vin coulera à flots des fontaines. Ne vous en faites pas, il a tout prévu pour vous. C'est l'apogée de son ambition. Il a gagné ce qu'il désire depuis des années – et qu'il a d'abord offert aux autres. Quand vous aurez un fils, votre père aura placé un garçon de Warwick – un Neville – sur le trône d'Angleterre. Il porte bien son nom, le faiseur de rois, car vous serez la mère d'un roi.

— Mon fils, le petit-fils de mon père, sera roi d'Angleterre, répété-je, incrédule.

— Guy de Warwick.

Ma mère cite le grand fondateur de notre maison.

— Vous l'appellerez Guy Richard de Warwick, il sera le prince Guy de Warwick et Lancastre.

Un sifflement strident du maître d'équipage annonce le départ. Ma mère adresse un signe de tête aux dames de sa cour.

— Montez à bord. Nous prenons ce bateau.

Puis elle se tourne vers moi :

— Vous naviguerez avec la reine.

— Ne venez-vous pas avec moi ? demandé-je, aussitôt effrayée. Vous embarquez avec moi, n'est-ce pas, Mère ?

— Vous pouvez traverser la Manche toute seule avec elle, j'espère bien, répond-elle en riant. Elle passe tout son temps à vous apprendre à être reine, et vous tout votre temps à l'écouter. Je ne vous manquerai guère.

— Je…

Je ne peux pas avouer à ma mère que sans elle et sans Isabelle, je me sens totalement abandonnée. Le titre de princesse de Galles n'est pas une compensation ; l'enseignement d'une femme à l'ambition folle ne remplace pas l'amour d'une mère. Je n'ai que quatorze ans, j'ai peur de la mer houleuse, de mon époux, de sa mère féroce.

— Vous voyagerez tout de même avec moi ?

— Allons, lance-t-elle sèchement. Allez vous asseoir aux pieds de la reine tel un chien bien dressé.

Elle monte sur la passerelle de son bateau sans se retourner, comme si elle m'avait déjà à moitié oubliée. Elle a hâte de retrouver sa résidence de Londres, et son époux, à la droite du trône d'Angleterre, là où le destinait sa naissance. Je trouve le mien qui rit avec sa mère, bras dessus bras dessous. Il me fait signe d'embarquer. Je saisis la corde et grimpe sur la passerelle, mes souliers glissant sur les planches humides. Le bateau est petit et mal agencé ; ce n'est pas l'un des grands vaisseaux de mon père. Fourni par le roi Louis à sa parente Marguerite, il est équipé pour transporter soldats et chevaux, non pour notre confort. À l'étroit dans la cabine principale, les dames de compagnie et moi nous asseyons gauchement sur des tabourets, réservant le meilleur siège à la reine. Nous gardons le silence. Je sens le parfum de ma peur imprégné dans ma somptueuse robe.

Nous entendons les cris des marins qui larguent les amarres, puis la porte de la cabine s'ouvre en claquant et la reine entre, le visage rayonnant d'enthousiasme.

— Nous voilà partis, déclare-t-elle avec un rire nerveux. Nous arriverons avant Édouard. Il le faut car nous devons lever nos troupes pour l'affronter. Il s'empresse sûrement d'attraper ce vent, tout comme nous, mais nous devons le prendre de vitesse. C'est une course, qu'il nous faut gagner.

Abbaye de Cerne, Weymouth, 15 avril 1471

La reine est assise en tenue d'apparat dans la grande salle de l'abbaye de Cerne, son fils debout derrière elle comme son garde personnel, la main sur son épaule, son beau visage grave. Je suis placée à côté d'elle sur un siège plus bas – en réalité, un tabouret – telle une petite mascotte, pour rappeler à tout le monde que le nom et la fortune de Warwick sont liés à cette aventure. Nous attendons que les seigneurs de Lancastre nous accueillent dans le royaume. Dans ce tableau d'unité manque ma mère. Son bateau et quelques autres de notre flotte ont débarqué plus au nord sur la côte, à Southampton. En ce moment, elle doit être en chemin pour nous rejoindre.

Au bout de la salle, la porte à double battant s'ouvre et les frères de la maison de Beaufort entrent. La reine se lève et offre d'abord ses mains puis sa joue à Edmond, duc de Somerset, le fils de l'homme dont tout le monde disait qu'il était son premier amour. Elle salue ensuite son frère : Jean, marquis de Dorset. Jean Courtenay, comte de Devon, s'agenouille devant elle. Ces hommes étaient ses favoris lorsqu'elle était reine ; restés fidèles en exil, ils ont rallié mon père pour elle.

Je m'étais attendue à ce qu'ils arrivent pleins d'enthousiasme, or ils ont l'air grave. Leur entourage et les autres seigneurs derrière eux ne sourient pas non plus. Mon regard passe d'un visage sombre à un autre, alors je comprends que quelque chose a mal tourné. Je jette un coup d'œil à la reine : son visage a perdu sa couleur rosée. L'excitation de l'accueil a disparu, la laissant blême et glaciale. Même si elle aussi a compris, elle continue de saluer les hommes, souvent par leur nom, en demandant des nouvelles de leurs amis et famille. Trop souvent ils secouent la tête, comme s'ils ne supportaient pas d'annoncer les morts. Je commence à me demander si ces décès sont récents, s'il y a eu une attaque à Londres, ou une embuscade sur la route. Leurs craintes et leur chagrin semblent nouveaux. Que s'est-il passé pendant que nous attendions en France ? Quelle catastrophe s'est produite alors que nous étions en mer ?

Elle se décide à apprendre le pire et, la traîne de sa robe balayant le sol, elle retourne s'asseoir sur son trône, les mains jointes sur ses genoux, les dents serrées. Je la vois rassembler son courage pour parler.

— Racontez-nous, dit-elle sèchement en indiquant son fils et même moi.

— Le prétendant York, l'imposteur Édouard, a débarqué dans le nord il y a un mois, annonce sans ambages Edmond Beaufort.

— Il y a un mois ? C'est impossible. Le vent a dû le retenir au port…

— Il est parti malgré la tempête et a failli faire naufrage. Il a perdu sa flotte en mer, mais ils se sont retrouvés et ont marché sur York, puis Londres. Comme toujours, il a une chance diabolique : sa flotte s'est dispersée et réunie à nouveau.

Son fils la regarde, l'air déçu. Elle répète :

— Le vent a dû le retenir au port comme nous.

— Pas lui.

Elle esquisse un geste de la main comme pour repousser les mauvaises nouvelles.

— Et mon seigneur Warwick ?

— Toujours fidèle. Il a rassemblé son armée et marché contre Édouard. Mais il a été trahi.

— Par qui ? crache-t-elle.

— Georges, duc de Clarence, a rallié son frère Édouard, répond Somerset en me lançant un rapide coup d'œil. Le plus jeune, Richard, les a réunis. Les trois fils d'York se sont réconciliés. L'armée, la fortune et tous les partisans de Georges sont passés dans le camp d'Édouard.

Elle me fusille du regard comme si c'était ma faute.

— Votre sœur Isabelle ! Nous l'avons envoyée pour garantir la fidélité de son époux ! Elle était là pour lui faire tenir sa parole !

— Votre Majesté…

Que pouvait-elle faire ? Que pouvait-elle obliger Georges à faire, s'il avait choisi de changer de camp ?

— Ils se sont rencontrés près du village de Barnet, sur la grande route du nord.

Nous attendons la suite. Ce lent dévoilement des événements a quelque chose de terrible. Je serre les mains sur mes genoux pour me retenir de crier : « Mais qui a gagné ? »

— Un brouillard, pareil à un nuage bas, est tombé dans la nuit. Un brouillard maléfique. Si épais et si sombre qu'on ne voyait rien à moins d'un mètre. Les deux armées ne se voyaient plus. En tout cas, nous, nous ne les voyions plus.

Nous attendons, comme ils ont attendu.

— Mais eux nous voyaient. À l'aube, quand ils sont sortis du brouillard pour nous attaquer, ils étaient bien plus proches que nous le pensions : juste au-dessus de nous. Ils connaissaient notre position alors que toute la nuit, nous avions tiré des boulets de canon à l'aveuglette. Nous avons paré la charge, lutté, puis durant la journée les lignes de bataille se sont déplacées, et même si le combat était serré avec Édouard, le comte d'Oxford, notre fidèle allié, a enfoncé leurs lignes. Quand il est ressorti du brouillard, nos hommes ont cru que le comte les avait trahis. Certains ont pensé qu'il s'agissait de renforts pour Édouard, venus de l'arrière, car il garde souvent des forces en réserve… En tout cas, ils ont rompu les rangs et se sont enfuis.

— Enfuis ? répète-t-elle comme si elle ne comprenait pas ce mot.

— Beaucoup de nos hommes ont été tués, des milliers. Les autres sont retournés à Londres. Édouard a gagné.

— Édouard a gagné ?

Il pose un genou à terre.

— Votre Majesté, je suis au regret de vous apprendre qu'il a remporté la première bataille. Il a battu votre commandant, le comte de Warwick, mais je suis persuadé que nous pouvons le vaincre à présent. Nous avons réuni les soldats, ils sont en route.

Je m'attends à ce qu'elle demande où se trouve mon père et quand il arrivera avec les hommes qui sont parvenus à s'échapper. Mais elle se tourne vers moi et me lance par dépit :

— Ainsi, Isabelle n'a rien fait pour nous, alors que nous l'avions envoyée rejoindre son époux. Elle n'a rien fait pour que Georges respecte notre alliance. Je m'en souviendrai. Et vous avez intérêt à vous en souvenir aussi. Elle n'a pas réussi à le garder fidèle, ni à vous, ni à moi, ni à votre père. C'est une mauvaise fille, une mauvaise épouse, et une piètre sœur. Elle le regrettera. Je veillerai à ce qu'elle regrette le jour où son époux nous a trahis.

— Mon père ? murmuré-je. Est-il en chemin ?

Le duc de Somerset grimace et, du regard, demande à la reine la permission de répondre.

— Mon père ? demandé-je d'une voix plus forte.

— Il est mort pendant la bataille. Je suis navré, Madame.

— Mort ? s'écrit la reine. Warwick est mort ?

— Oui.

Elle esquisse un sourire amusé.

— Tué par Édouard ?

Il acquiesce en s'inclinant. C'est plus fort qu'elle : elle éclate de rire, se couvrant la bouche de la main pour se retenir, en vain.

— Qui l'aurait cru ? Qui donc aurait cru une chose pareille ? Mon Dieu ! La roue de la fortune : Warwick tué par son propre protégé ! Édouard et ses deux frères réunis, après tout ce que nous avons fait et juré…

Lentement, elle se calme.

— Et mon époux, le roi ?

Elle passe à la question suivante comme s'il n'y avait plus rien à dire sur la mort de mon père.

— Comment est-il mort ? demandé-je, mais personne ne me répond.

— Le roi ? répète-t-elle avec impatience.

— Sain et sauf à Londres, de retour dans la Tour. Ils l'ont fait prisonnier et ramené après la bataille.

— Il se portait bien ?

Somerset s'agite avec embarras.

— Il chantait dans sa tente.

Le fils et l'épouse du roi fou échangent un bref regard.

— Mon père est-il mort au combat ? demandé-je.

— Les frères d'York sont rentrés à Londres victorieux, mais ils vont se reposer, s'armer et venir ici, la prévient Beaufort. Ils ont sûrement appris votre débarquement, tout comme nous. Ils doivent être à nos trousses.

— Oh mon Dieu ! Si seulement nous étions arrivés plus tôt !

— Georges, duc de Clarence, vous aurait peut-être tout de même trahis, réplique posément le duc. Le comte de Warwick aurait peut-être été tué. Dans la situation actuelle, votre arrivée nous apporte des troupes fraîches, et d'autres se rassemblent pour soutenir votre cause. Édouard a déjà utilisé tous ses fonds, fait appel à tous ses amis, et n'a plus personne à recruter. Ils ont livré une importante bataille et subi de grosses pertes, ils sont tous fatigués. C'était un rude combat et une longue marche. Tout est en notre faveur.

— Il va venir ici ?

Tous acquiescent ; la maison d'York va jouer un dernier coup de dés, cela ne fait aucun doute.

— Nous chercher ?

— Oui, Votre Majesté. Nous devons nous retirer.

— La roue de la fortune, dit-elle d'un ton presque songeur en traçant un cercle dans l'air. Jacquette avait raison. Son gendre va m'attaquer après avoir tué mon allié ; sa fille et mon fils sont rivaux pour le trône. Nous voilà toutes deux très loin l'une de l'autre. Ennemies, je suppose.

— Mon père…

— Ils ont emporté son corps à Londres, Votre Altesse, me répond le duc. Édouard a également pris celui de votre oncle Lord Montagu. Je suis navré, Votre Altesse. Il présentera les corps au peuple londonien, afin que tout le monde sache qu'il est mort et sa cause perdue.

Je ferme les yeux. Je songe à la tête de mon grand-père embrochée sur les remparts de York, par cette reine. Bientôt, le cadavre de mon père sera exposé par le garçon qui l'aimait comme un frère.

— Je veux ma mère.

Je me racle la gorge et répète :

— Je veux ma mère.

— Que conseillez-vous ? demande la reine à Edmond Beaufort, en m'ignorant.

Je me tourne vers mon époux, le jeune prince.

— Je veux voir ma mère. Je dois lui apprendre la mort de son époux. Je dois aller la retrouver.

Il écoute le duc et me jette à peine un coup d'œil.

— Nous devons marcher vers le nord-ouest, rejoindre Jasper Tudor au pays de Galles, répond le duc à la reine. Il nous faut partir tout de suite, pour devancer Édouard. Une fois associés aux armées de Tudor au pays de Galles, nous pourrons revenir en Angleterre en force et attaquer Édouard à l'endroit de notre choix. Mais il faut d'abord recruter des hommes.

— Nous devrions partir tout de suite ?

— Dès que vous serez prêts. Édouard se déplace toujours rapidement, nous devons garder une avance sur lui, pour arriver au pays de Galles avant qu'il ne puisse nous couper la route.

Je la vois se métamorphoser aussitôt : d'une femme mise en garde, elle devient la commandante qui conduira la marche. Elle a déjà chevauché à la tête d'une armée, mené des soldats au combat. Elle répond à l'appel de l'action, sans peur.

— Nous sommes prêts ! Rassemblez les hommes. Ils ont débarqué, mangé et bu, alors ils sont prêts à partir. Dites-leur de former les rangs.

— Je dois voir ma mère, répété-je. Votre Majesté, elle ne sait peut-être même pas que son époux est mort. Et j'ai besoin d'elle, ajouté-je d'une voix tremblotante. Mon père est mort, je dois aller voir ma mère !

Enfin, elle m'entend.

— Et Madame la comtesse de Warwick ?

L'un des hommes d'Edmond Beaufort lui murmure à l'oreille, puis celui-ci se tourne vers moi.

— Votre mère a appris la mort de son époux. Son bateau est arrivé, et ceux qui étaient à bord viennent de nous rejoindre. Ils ont reçu à Southampton les nouvelles de la bataille.

— Je dois la voir, dis-je en me levant. Veuillez m'excuser.

— Elle n'a pas accompagné les hommes.

La reine Marguerite fait claquer sa langue d'agacement.

— Oh, pour l'amour du ciel ! Où est-elle ?

Le messager reparle au duc.

— Elle s'est retirée à l'abbaye de Beaulieu et ne viendra pas. Elle s'est réfugiée au sanctuaire.

— Ma mère ? À l'abbaye de Beaulieu ?

Je ne comprends pas. Mon regard passe du duc à la reine, puis à mon jeune époux.

— Que vais-je faire ? Pouvez-vous m'emmener là-bas ?

— Impossible. Je n'ai pas le temps.

— Votre mère vous a abandonnée, déclare la reine d'une voix éteinte. Ne comprenez-vous pas ? Elle se cache car elle craint pour sa vie. De toute évidence, elle pense qu'Édouard va gagner et elle ne veut pas être avec nous, les vaincus. Vous allez devoir nous accompagner.

— Je ne…

— Comprenez bien, fillette ! s'écrie-t-elle, le visage blanc de rage. Votre père a été battu, son armée presque détruite. Il est mort. Votre sœur n'a pas su garder son époux dans notre camp. Votre mère s'est cachée dans une abbaye. Votre influence ne vaut rien, votre nom ne signifie presque rien. Votre famille ne vous soutient plus. Je vous ai donné mon fils en mariage en croyant que votre père vaincrait Édouard, mais c'est l'inverse qui s'est produit. Je croyais que votre père pourrait détruire la maison d'York – le soi-disant faiseur de rois ! – mais son protégé s'est révélé le meilleur. Les promesses de votre père sont vaines. Il est mort, votre sœur une traîtresse, et votre mère à l'abri au sanctuaire, pendant que nous luttons pour nos vies. Je n'ai plus besoin de vous, vous ne m'êtes d'aucune utilité, et je ne tiens pas particulièrement à vous garder. Alors si vous voulez vous rendre à l'abbaye de Beaulieu, libre à vous. Vous n'êtes plus rien pour moi. Allez à Beaulieu et attendez d'y être arrêtée pour trahison. Violée avec les autres nonnes par les soldats d'Édouard. Ou bien venez avec nous et vous aurez une chance de victoire.

Je tremble devant sa rage soudaine. Son fils s'adresse à moi avec indifférence, comme si je n'étais pas son épouse, tenue de rester avec lui :

— Vous avez le choix. Nous pouvons envoyer quelques hommes avec vous. Plus tard, nous pourrons faire annuler le mariage. Que décidez-vous ?

Je songe à mon père, mort pour m'installer sur le trône, après avoir combattu une armée surgie du brouillard. Je songe à sa perpétuelle ambition : qu'une fille Neville monte sur le trône d'Angleterre et donne naissance à un roi. Il a fait cela pour moi. Il est mort pour moi. Alors je peux bien faire cela pour lui.

— Je viens avec vous.

*

Commence alors une marche exténuante. À chaque halte, des hommes rallient nos bannières. La reine est bien-aimée dans les comtés de l'ouest ; ses amis et alliés ont depuis longtemps promis qu'elle débarquerait sur leurs côtes et conduirait une armée contre la maison d'York. Nous avançons vers le nord-ouest. La ville de Bristol nous fournit argent et canons, et ses citoyens affluent dans les rues, leurs chapeaux remplis de pièces d'or. Derrière nous, Édouard doit recruter des soldats en déroute, dans une région qui n'apprécie aucunement la maison d'York. Nos espions nous rapportent qu'il n'arrive pas à progresser sans le soutien dont il a besoin ; son armée est fatiguée, et chaque jour l'écart entre nos forces se creuse. Il se laisse distancer, retardé par la nécessité de lever une plus grande armée, incapable de nous rattraper. À la fin de la journée, Marguerite saute de cheval en riant telle une fillette. Quant à moi, je descends avec lassitude, tout le corps douloureux et le postérieur endolori.

Nous ne nous reposons que quelques heures. Je m'endors allongée par terre, enveloppée dans ma cape de cavalerie. Je rêve que mon père arrive, contourne précautionneusement le garde assoupi et m'annonce que la méchante reine et le roi endormi sont vaincus et que je peux rentrer chez moi, de nouveau en sécurité derrière les hauts remparts du château de Calais, protégé par la mer. Je me réveille avec le sourire et le cherche du regard. Sous la faible pluie, je suis glacée dans ma robe humide. Je dois me lever et monter sur une selle mouillée, sur un cheval mouillé, le ventre vide car nous n'osons pas prendre le temps d'allumer des feux pour le déjeuner.

Nous traversons la large vallée de la Severn. Sous le soleil levant, il fait chaud et lourd ; il n'y pas d'arbres donc pas d'ombre. Les grands champs verdoyants semblent s'étendre à perte de vue. Il n'y a pas de routes, seulement des chemins de boue séchée, si bien que les cavaliers soulèvent un nuage de poussière qui étouffe tous ceux derrière eux. Les chevaux penchent la tête et trébuchent sur les ornières et les cailloux. Lorsque nous trouvons un ruisseau, les hommes se jettent à plat ventre pour boire avant que les chevaux ne salissent l'eau. Mon garde m'en apporte une tasse mais elle a mauvais goût. Dans l'après-midi, les mouches essaiment autour de ma bouche et de mes yeux. Mon cheval ne cesse de secouer la tête pour éviter les piqûres d'insectes, tandis que je me frotte le visage. En feu et en sueur, je suis si lasse que j'aimerais pouvoir me laisser tomber, comme certains hommes, qui se jettent sur le côté de la route et laissent les autres passer, apathiques.

— Nous traverserons le fleuve à Gloucester, annonce la reine. Alors Édouard rebroussera chemin, car il n'osera pas nous attaquer au pays de Galles. Une fois de l'autre côté du fleuve, nous serons en sécurité, et à mi-chemin de la victoire. Jasper Tudor lèvera des hommes pour moi, puis nous pénétrerons en Angleterre telle une épée dans la gorge.

Radieuse, elle éclate d'un petit rire excité et m'adresse un grand sourire.

— C'est cela, être une reine militante. Souvenez-vous de cette marche. Parfois, on doit se battre pour ce qui nous appartient de droit. Il faut se tenir prêt à tout.

— Je suis si fatiguée.

— Rappelez-vous ce sentiment. Si nous gagnons, vous n'aurez jamais plus à marcher. Laissez la fatigue et la douleur se glisser dans votre âme. Jurez-vous que vous ne lutterez plus jamais pour votre trône. Vous gagnerez une bonne fois pour toutes.

Nous atteignons Gloucester par le sud, mais en approchant, nous voyons les grandes portes de la ville se fermer devant nous. Je me rappelle alors ce que m'a raconté mon père : jadis, Londres avait fermé ses portes à cette reine et l'avait suppliée de retourner dans le nord avec son armée de sauvages. Le maire de Gloucester en personne sort sur les remparts pour nous crier ses excuses, mais il a reçu un ordre d'Édouard – il l'appelle le roi Édouard – et ne lui désobéira pas. Tout en marchant, tout en recrutant, tout en nous poursuivant, assoiffé sous le soleil brûlant, Édouard a pensé à envoyer des éclaireurs à Gloucester pour s'assurer de leur loyauté. Curieusement, j'ai envie de sourire. C'est mon père qui a appris à Édouard à prévoir, à considérer une bataille comme une partie d'échecs. Il lui avait sûrement conseillé non seulement de s'assurer de pouvoir franchir une rivière, mais aussi de bloquer son ennemi.

Le duc avance pour discuter mais le canon de la ville s'abaisse vers lui et le maire répète qu'il obéit aux ordres du roi. Le pont sur le grand fleuve de la Severn est la porte de sortie ouest ; il n'y a pas d'autre moyen d'y accéder qu'en traversant la ville. Le duc offre de l'argent, des faveurs, la gratitude de l'ancienne reine qui le redeviendra bientôt. Le maire secoue la tête. La ville contrôle le franchissement du fleuve, et s'ils refusent de nous laisser entrer, nous ne pourrons pas le traverser ici. De toute évidence, ils ne céderont pas. La reine se mord la lèvre.

— Continuons notre route.

Et c'est ce que nous faisons. Je commence à compter les pas de mon cheval. Penchée en avant pour soulager mes cuisses et mon postérieur douloureux, j'agrippe sa crinière et serre les dents. Devant moi, la reine chevauche le dos droit, indomptable. Je sombre dans un état d'hébétude à la nuit tombée puis, alors que les étoiles apparaissent et que nous ralentissons de plus en plus, je l'entends dire :

— Tewkesbury. C'est là que nous traverserons le fleuve. Il y a un gué.

Mon cheval s'arrête, et je m'étends sur son encolure. Je suis si lasse que peu m'importe où nous nous trouvons. J'entends un éclaireur arriver et parler avec insistance à la reine, au duc de Somerset et au prince : Édouard nous suit, de près. Aucun mortel n'aurait pu marcher aussi vite. Il avance à la vitesse du diable et il est à nos trousses.

Je relève la tête.

— Comment a-t-il pu être aussi rapide ?

Personne ne me répond.

Nous n'avons pas le temps de nous reposer, mais nous ne pouvons pas non plus franchir le fleuve dans l'obscurité – il faut passer avec précaution de banc de sable en banc de sable, en évitant les bas-fonds. Nous ne pouvons pas pénétrer dans les eaux froides et profondes sans lumière. Nous ne pouvons donc pas lui échapper. Il nous a rattrapés du mauvais côté du fleuve et nous allons donc devoir le combattre ici, dès l'aube. Il ne faut pas oublier qu'il peut charger en un instant, préparer son armée dans l'obscurité, conquérir dans la brume ou le blizzard. Son épouse peut soulever un vent ou souffler un brouillard pour lui, et sa haine glacée peut faire tomber la neige. Nous devons nous mettre immédiatement en ordre de bataille. Peu importent la fatigue, la soif et la faim, les hommes doivent se préparer au combat. Le duc part à cheval ordonner le déploiement des troupes. La plupart des soldats sont si las qu'ils lâchent leurs ballots et s'endorment à leur poste, à l'abri des ruines du vieux château.

— Par ici, me dit la reine.

Un éclaireur nous conduit en contrebas, un peu à l'extérieur de la ville, dans un petit couvent où nous pourrons passer la nuit. Nous entrons dans l'écurie où, enfin, l'on m'aide à descendre de cheval. Lorsque mes jambes se dérobent sous moi, l'aumônière me guide jusqu'au havre d'un petit lit gigogne aux draps grossiers mais propres.

Tewkesbury, Gloucestershire, 4 mai 1471

Dès l'aube, des rapports nous parviennent presque toutes les heures, mais il est difficile de savoir ce qui se passe à quelques kilomètres à peine d'ici. La reine arpente la petite salle du prieuré où nous nous sommes installées. L'armée d'Édouard se bat contre la nôtre, bien placée derrière les ruines du vieux château de Tewkesbury. Puis les armées d'York progressent : Richard, duc de Gloucester, sur une aile, Édouard au centre avec son frère Georges, et son grand ami William Hastings à l'arrière pour les protéger d'une embuscade.

Je me demande si Isabelle est venue avec son époux et attend des nouvelles, aussi inquiète que moi. Elle s'interroge sûrement à mon sujet ; je sens presque sa présence. Je regarde par la fenêtre du prieuré, comme si je m'attendais à la voir arriver à cheval. Cela me paraît impossible que nous soyons aussi proches l'une de l'autre, et pourtant séparées. La reine me lance un regard froid lorsque nous apprenons que Georges est au cœur même de l'armée ennemie.

— Traître.

Je ne réponds pas. Que ma sœur soit à présent l'épouse d'un traître, et mon ennemie, que son époux tente de tuer le mien, qu'elle ait abandonné la cause pour laquelle mon père a donné sa vie : rien de tout cela n'a de sens pour moi. Je n'arrive pas à croire que mon père soit mort, que ma mère m'ait abandonnée, que ma sœur soit mariée à un traître à notre cause, et devenue elle-même une traîtresse. Surtout, je n'arrive pas à croire que je sois seule sans Izzy, pourtant à quelques kilomètres d'ici.

Ensuite, les messagers n'arrivent plus, personne ne vient nous dire ce qui se passe. Sorties dans le petit jardin potager du prieuré, nous entendons le bruit terrible du canon, tel le tonnerre en été ; mais impossible de savoir si ce sont nos canonniers qui ont la rose blanche dans leur ligne de tir et fauchent l'ennemi, ou si dans sa marche forcée, Édouard est tout de même parvenu à apporter sa propre artillerie.

— Le duc est un soldat expérimenté, dit la reine. Il saura quoi faire.

Aucune de nous ne fait remarquer que mon père était bien plus expérimenté ; il avait remporté toutes ses batailles, mais son élève Édouard l'a vaincu. Soudain, nous entendons le bruit d'un cheval au galop, puis voyons approcher un cavalier aux couleurs de Beaufort. Nous courons vers la porte ouverte. Il ne descend même pas, n'entre même pas dans la cour. Son cheval se cabre sur la route, en sueur et hors d'haleine.

— Mon seigneur m'a demandé de vous prévenir si jamais j'estimais la bataille perdue. Alors, me voilà. Vous devriez partir.

Marguerite se précipite pour saisir ses rênes mais il abaisse sa cravache pour l'empêcher de le toucher.

— Je ne resterai pas. Je lui ai promis de vous avertir, c'est chose faite. Je m'en vais.

— Le duc ?

— Enfui !

— Le duc de Somerset ! crie-t-elle d'une voix rendue perçante par la stupeur.

— Lui-même. Enfui tel un cerf.

— Où est Édouard ?

— Il arrive !

Sur ces mots, il redescend la route au galop, les fers de son cheval faisant jaillir des étincelles.

— Nous devons partir, déclare Marguerite d'une voix éteinte.

— En êtes-vous certaine ? demandé-je, accablée par la soudaine défaite. Ne devrions-nous pas attendre le prince Édouard ? Et si cet homme se trompait ?

— Oh oui, répond-elle avec amertume, j'en suis certaine. Ce n'est pas la première fois que je fuis un champ de bataille, et peut-être pas la dernière. Dites-leur d'amener nos chevaux. Je vais chercher mes affaires.

Elle se précipite à l'intérieur tandis que je cours à l'écurie secouer le vieux palefrenier. Je lui demande de préparer immédiatement ma monture et celle de la reine. Son sourire gluant creuse un millier de crevasses dans son visage ridé.

— Qu'est-ce qui ne va pas ? La bataille est trop violente pour vous, petite dame ? Vous voulez déjà partir ? Moi qui croyais que vous vouliez rentrer triomphalement !

— Sortez les chevaux.

Je tambourine à la porte du grenier à foin pour réveiller les deux hommes censés nous protéger, et leur ordonne de se préparer au départ. En toute hâte, je vais chercher ma cape et mes gants, puis je chausse mes bottes de cavalerie en sautillant sur le plancher en bois. Je ressors précipitamment dans la cour, un gant enfilé, l'autre encore dans la main, mais alors que je leur crie d'amener mon cheval au montoir, j'entends un martèlement de sabots à l'extérieur. Soudain, la cour se remplit d'une cinquantaine de cavaliers ; parmi eux, j'aperçois la tête brune et bouclée de Richard, duc de Gloucester, mon ami d'enfance, pupille de mon père et frère d'Édouard d'York. À ses côtés, je reconnais aussi son fidèle ami, Robert Brackenbury. Nos deux hommes ont déjà remis leurs piques et enlèvent leurs vestes, ravis de se débarrasser de l'insigne de la rose rouge et du cygne, l'écusson de mon époux, le prince Édouard.

Richard conduit son grand cheval gris jusqu'à moi, debout sur le montoir telle une martyre, comme s'il croyait que j'allais monter en croupe. Son jeune visage est grave.

— Lady Anne.

— Princesse. Je suis la princesse Anne.

— Princesse douairière, me corrige-t-il en se découvrant.

L'espace d'un instant, je ne saisis pas le sens de ses paroles. Puis je chancèle et il tend la main pour me rattraper.

— Mon époux est mort ?

Il hoche la tête. Je cherche ma belle-mère du regard. Elle est toujours à l'intérieur du prieuré, elle ne sait pas encore. L'horreur de la situation me dépasse totalement. Je crois que la nouvelle la tuera et j'ignore comment la lui annoncer.

— Tué par qui ?

— Il est mort au combat, en soldat, honorablement. Maintenant je vous emmène sous bonne garde, sur les ordres de mon frère le roi Édouard.

Je me rapproche de lui, pose une main implorante sur la crinière de son cheval, et fixe ses tendres yeux marron.

— Richard, pour l'amour de Dieu, pour l'amour de mon père, laissez-moi rejoindre ma mère. Elle est à l'abbaye de Beaulieu, et mon père est mort. J'ai mon cheval, laissez-moi partir.

Son visage est sévère, comme si nous étions des inconnus qui se rencontraient pour la première fois.

– Je suis navré, princesse douairière. Les ordres sont clairs : vous emmener, vous et Sa Majesté Marguerite d'Anjou, sous ma garde.

— Et mon époux ?

— Il sera enterré ici. Avec les centaines, les milliers d'autres.

— Je vais devoir l'annoncer à sa mère. Comment est-il mort ?

Son coup d'œil de biais, comme s'il avait trop peur de croiser mon regard, confirme mes soupçons. Il avait ce même air quand il était surpris à faire une bêtise dans la salle d'étude.

— Richard !

— Il est mort au combat.

— L'avez-vous tué ? Ou est-ce Édouard ? Georges ?

— Il est mort en soldat. Sa mère pourrait être fière de son courage. Vous aussi. Maintenant, je vous prie de monter sur votre cheval et de me suivre.

C'est alors que s'ouvre la porte du prieuré. Il lève les yeux et la voit descendre lentement l'escalier ensoleillé, sa cape de voyage sur le bras, une petite sacoche sur le dos ; à quelques secondes près, nous nous échappions. Lorsqu'elle découvre la cinquantaine de cavaliers, son regard passe du visage grave de Richard au mien, choqué, et elle comprend aussitôt la nouvelle. Elle pose la main sur l'encadrement en pierre de la porte pour se rattraper, à la même hauteur où elle tenait autrefois la petite main de son fils unique, à l'époque où elle était reine d'Angleterre et lui son précieux garçon.

— Mon fils, Sa Majesté le prince de Galles ? demande-t-elle en se raccrochant à son titre maintenant qu'elle ne serrera plus jamais le jeune homme dans ses bras.

— J'ai le regret de vous informer qu'Édouard de Westminster est mort au combat, répond Richard. Mon frère, le roi Édouard d'Angleterre, a gagné. Vos commandants sont morts, en fuite ou ont capitulé. Je suis venu vous emmener à Londres.

Je saute du montoir et m'approche d'elle, les mains tendues pour l'étreindre, mais elle ne me voit même pas. Ses yeux bleu clair sont froids.

— Je refuse de vous suivre. Ceci est un lieu de culte, un sanctuaire. Je suis princesse de France et reine d'Angleterre, vous ne pouvez pas poser la main sur moi. Ma personne est sacrée. La princesse douairière est sous ma garde. Nous resterons ici jusqu'à ce qu'Édouard vienne parlementer, et je ne parlerai qu'à lui seul.

Richard a dix-huit ans et n'est que le dernier fils d'un duc, alors qu'elle est née princesse et s'est battue la moitié de sa vie en tant que reine. Elle lui tient tête, et il baisse les yeux. Elle se détourne puis m'ordonne de la suivre d'un claquement de doigts. Consciente du regard de Richard dans mon dos, j'obéis tout en me demandant qui sortira vainqueur de ce conflit entre prestige et pouvoir.

— Votre Majesté, vous allez monter sur votre cheval et partir avec nous à Londres, ou je vous jette, ligotée et bâillonnée, dans une litière.

— Je réclame le sanctuaire ! Vous m'avez bien entendue ! Je suis en sécurité ici.

— En ce moment, nous arrachons les hommes du sanctuaire de l'abbaye de Tewkesbury pour les égorger dans l'enclos paroissial, déclare-t-il d'une voix posée, sans aucune trace de honte. Nous ne reconnaissons pas le sanctuaire aux traîtres. Nous avons changé les règles. Vous devriez remercier Dieu qu'Édouard veuille vous exhiber dans son triomphe à Londres, sinon vous seriez dans la boue avec eux, la tête tranchée par une hache.

En un instant, elle change de tactique, elle s'approche de lui et pose la main sur ses rênes, l'air chaleureux et engageant.

— Vous êtes jeune, dit-elle d'une voix douce. Vous êtes un bon soldat, un bon général, mais vous ne serez jamais rien du vivant d'Édouard, car en tant que dernier fils, vous passerez toujours après lui et Georges. Venez avec moi et je vous désignerai comme mon héritier. Faites-nous sortir d'ici et vous épouserez Son Altesse Anne, la princesse douairière. Je vous nommerai prince de Galles. Remettez-moi sur le trône et je vous offrirai la fortune des Neville, puis ferai de vous le prochain roi, le successeur de mon époux.

Il éclate de rire, un rire chaud et franc, le seul bruit sain que j'aie entendu aujourd'hui. Il secoue sa tête bouclée, amusé par son obstination, son refus d'abandonner.

— Votre Majesté, je suis un garçon d'York, fidèle à mon frère comme à moi-même. Ma devise est « *Loyauté me lie* ». Je n'aime rien tant au monde que l'honneur. Plutôt mettre un loup sur le trône d'Angleterre que vous.

Elle reste un instant immobile. Dans cette jeune voix fière, elle perçoit sa défaite, et sait désormais qu'elle est vaincue. Elle lâche ses rênes, se détourne et porte la main à son cœur ; elle doit songer à son fils adoré, dont elle vient de piétiner l'héritage dans une dernière tentative désespérée.

Richard me regarde et prononce alors ces paroles étonnantes :

— La princesse douairière et moi prendrons nos propres dispositions.

*

Elle met des heures à faire ses bagages. Agenouillée devant son crucifix, elle pleure son fils en silence. Elle supplie les nonnes de dire une messe pour lui, d'essayer de se procurer son corps, de le laver, l'envelopper et l'enterrer avec les honneurs d'un prince. Elle m'ordonne de demander son corps à Richard, mais celui-ci répond que le prince sera enterré dans l'abbaye de Tewkesbury lorsque les soldats auront nettoyé le sang des marches de l'autel et que l'église aura été reconsacrée. Les Yorks ont souillé un lieu saint du sang des martyrs lancastriens et mon jeune époux reposera sous des pierres tachées. Curieusement, il s'agit de l'une des églises de ma famille, notre dernière demeure, dotée par les Neville depuis des générations. Mon époux reposera finalement auprès de mes ancêtres, sous les marches de notre chœur ; sa stèle sera éclairée par les rayons de soleil qui passent à travers nos vitraux.

La reine a mis le prieuré sens dessus dessous pour trouver deux robes blanches – couleur du deuil royal en France. Elle porte une cornette ternie qui efface toute couleur de son visage affligé, si bien qu'elle ressemble à la reine de glace, son ancien surnom. À trois reprises, Richard envoie un messager à la porte de sa chambre afin d'exiger qu'elle en sorte ; chaque fois elle le renvoie en répondant qu'elle se prépare. Finalement, elle ne peut plus retarder le départ.

— Suivez-moi, me dit-elle. Nous allons chevaucher, mais s'ils veulent nous ligoter à nos montures, nous refuserons. Faites comme moi, obéissez à tous mes ordres, et ne parlez pas sans ma permission.

— Je lui ai demandé si je pouvais rejoindre ma mère.

Elle tourne vers moi un visage de marbre.

— Ne faites pas l'idiote. Mon fils est mort, sa veuve devra elle aussi payer le prix. Vous serez déshonorée.

— Vous pourriez demander à ce que je sois libérée pour retrouver ma mère.

— Pourquoi ferais-je quoi que ce soit pour vous ? Mon fils est mort, mon armée vaincue, le combat de ma vie réduit à néant. Mieux vaut pour moi vous amener à Londres. Édouard est plus susceptible de gracier deux veuves réunies.

Je la suis dans la cour. Sa froide logique est indéniable, et je n'ai guère d'autre endroit où aller. À côté des gardes en rang, Richard est monté sur son cheval, rouge et tremblant de colère, la main serrée sur le manche de son épée. Elle le regarde avec indifférence, comme s'il n'était qu'un page grincheux dont la mauvaise humeur lui importait peu.

— Je suis prête. Vous pouvez ouvrir la marche, la princesse douairière chevauchera à côté de moi, et votre garde derrière nous. Je refuse d'être bousculée.

Il acquiesce sèchement. Elle monte sur son cheval tandis qu'ils amènent le mien au montoir. Je grimpe à mon tour, puis l'une des vieilles nonnes ajuste ma robe blanche de chaque côté du cheval et sur mes bottes usées. Elle lève les yeux vers moi.

— Bonne chance, princesse. Et bon voyage. Que Dieu vous bénisse, pauvre petite – guère plus qu'une enfant dans ce monde cruel.

Devant sa gentillesse si soudaine et si surprenante, les larmes inondent mes yeux et je dois cligner des paupières pour les chasser.

— En avant, marche ! lance Richard.

Les gardes forment les rangs devant, derrière et de chaque côté de la reine. Alors qu'elle s'apprête à protester, Richard Brackenbury lui arrache les rênes des mains et conduit sa monture. Ils sortent par l'arche. D'un coup de pied, je fais avancer mon cheval pour la rejoindre, mais Richard place son grand destrier entre la cavalcade de la reine et moi, puis il se penche et pose sa main gantée sur mes rênes.

— Quoi ?

— Vous ne l'accompagnez pas.

Entourée par les gardes, elle se retourne. Je n'entends pas sa voix mais vois qu'elle crie mon nom.

— Lâchez, Richard. Ne soyez pas stupide, je dois la suivre. Elle me l'a ordonné.

— Non. Vous n'êtes pas arrêtée, elle oui. Vous n'allez pas à la tour de Londres, elle oui. Votre époux est mort, vous n'appartenez plus à la maison de Lancastre. Vous êtes de nouveau une Neville et avez donc le choix.

— Anne ! je l'entends crier. Venez !

Je lui montre Richard, qui tient mes rênes. Elle tente d'arrêter son cheval, mais les gardes se resserrent autour d'elle et la forcent à avancer, dans un tourbillon de poussière. Ils la conduisent tel un cygne[1] prisonnier sur la route de Londres, loin de moi.

— Je dois la suivre, je suis sa belle-fille, sous ses ordres, insisté-je. Je lui ai juré allégeance.

— Elle va rejoindre son époux endormi dans la Tour. Sa vie est terminée, sa cause perdue, son héritier mort.

Je secoue la tête, perplexe face à cette succession trop rapide d'événements trop nombreux.

— Comment est-il mort ?

— Cela n'a pas d'importance. Ce qui importe est ce qui va vous arriver ensuite.

Je le regarde, privée de toute volonté.

— Richard, je suis perdue.

Il ne répond même pas. Il a vu de telles horreurs aujourd'hui que mes larmes ne comptent pas.

— Vous dites que je ne peux pas suivre la reine.

— Non.

— Puis-je rejoindre ma mère ?

— Non. De toute façon, elle sera jugée pour trahison.

— Puis-je rester ici ?

— Non.

— Alors que puis-je faire ?

Il sourit comme si je m'étais enfin rendu compte que je devais le consulter. Je ne suis pas libre, seulement un pion dans les mains d'un autre joueur. Une nouvelle partie a commencé et c'est à lui de jouer.

— Je vous emmène voir votre sœur, Isabelle.

1. Animal figurant sur l'écusson de son fils Édouard de Westminster. (*N.d.T.*)

Worcester, mai 1471

Bien sûr, Isabelle est victorieuse, membre de la maison d'York, fidèle épouse du plus beau frère d'York. Ce dernier est le vainqueur des batailles de Barnet et de Tewkesbury, et l'héritier du trône après le bébé d'Édouard donc, à deux doigts de la grandeur. Si Édouard venait à périr au combat, et si son fils venait à mourir – en ce moment même, la nursery royale dans la Tour est assiégée par des loyalistes de Lancastre – alors Georges deviendrait roi d'Angleterre. Isabelle réaliserait alors l'ambition de mon père et sa propre destinée. Ainsi, je suppose, mon père ne serait pas mort en vain. Il aurait placé une fille sur le trône d'Angleterre, seulement ce ne serait pas moi, mais Isabelle. Cela ne l'aurait pas dérangé, car peu lui importait laquelle de nous obtenait le trône tant qu'il s'agissait d'une fille de la maison de Warwick.

Isabelle me reçoit dans sa chambre de retrait avec trois dames de compagnie, que je ne connais pas. J'ai l'impression de rencontrer une étrangère dans des circonstances embarrassantes. Je lui adresse une révérence ; elle incline la tête.

— Iz.

La grandeur l'a rendue sourde. Elle se contente de me fixer.

— Iz, insisté-je.

— Comment as-tu pu faire une chose pareille ? Venir avec elle et nous envahir ainsi ? Comment as-tu pu, Anne ? Tu étais certaine d'échouer et de trouver la disgrâce ou la mort.

L'espace d'un instant je la regarde, atterrée, comme si elle parlait flamand. Puis en voyant les dames assises autour d'elle, l'air avide, je me rends compte que nous parlons pour le plaisir de la maison d'York. Dans ce tableau de remords et de loyauté, elle interprète la Loyauté ; je dois donc jouer le Remords.

— Ma sœur, je n'avais pas le choix. Mon père a arrangé mon mariage avec le fils de Marguerite d'Anjou, et elle m'a ordonné de les accompagner. Souviens-toi que je n'ai pas cherché cette union, elle m'a été imposée par mon père. Dès notre arrivée en Angleterre, j'ai demandé à rejoindre ma mère. Il y a des témoins.

Je pensais que la mention de notre mère, en deuil au sanctuaire, adoucirait Isabelle, or il s'avère que c'était une erreur. Son visage s'assombrit aussitôt.

— Notre mère sera jugée pour trahison. Elle perdra ses terres et sa fortune. Elle était informée du complot contre le roi Édouard mais n'a rien fait pour le mettre en garde. C'est une traîtresse.

Si elle perd ses terres, alors Isabelle et moi perdrons notre héritage. Toutes les possessions de mon père ont été prises sur le champ de bataille. Il ne nous reste plus que la fortune de ma mère. Isabelle ne peut pas vouloir la jeter, ce serait se condamner à l'indigence. Je lui lance un coup d'œil inquiet.

— Ma mère n'a fait qu'obéir à son époux.

— Mon père était un traître à son roi et ami, réplique Isabelle avec un regard mauvais. Notre mère est complice. Nous nous abandonnerons à la merci et à la sagesse d'Édouard. Vive le roi !

— Vive le roi ! répété-je.

Isabelle fait signe aux femmes de nous laisser, et à moi de venir m'asseoir à côté d'elle. Je m'effondre sur un petit tabouret en attendant qu'elle me dise quoi faire. Je suis si lasse, si accablée par la défaite que j'aimerais poser la tête sur ses genoux, comme autrefois, et la laisser me bercer pour m'endormir.

— Iz, dis-je d'un ton malheureux. Je suis si fatiguée. Que devons-nous faire ?

— Nous ne pouvons rien pour Mère. Elle a pris sa décision. Elle restera dans l'abbaye toute sa vie maintenant qu'elle s'y est enfermée.

— Enfermée ?

— Ne sois pas stupide. Elle n'est pas vraiment enfermée, mais elle a choisi de vivre au sanctuaire. Elle ne peut pas simplement ressortir une fois la bataille terminée, comme si de rien n'était.

— Et nous, alors ?

— Georges est un frère privilégié, un fils de la maison d'York. Il était du bon côté dans les deux dernières batailles. Tout ira bien pour moi.

— Et moi ?

— Tu vas habiter avec nous. Discrètement, d'abord, jusqu'à ce que l'agitation autour du prince de Lancastre et de la bataille soit retombée. Tu seras ma dame de compagnie.

Je suis tombée si bas que me voilà soulagée de servir ma sœur dans la maison d'York.

— Ah, alors maintenant je suis à ton service ?

— Oui, bien sûr.

— T'ont-ils parlé de la bataille de Barnet ? De la façon dont Père a été tué ?

— Pas vraiment. Je n'ai pas posé de questions. Il est mort. Peu importe comment, non ?

— Comment ?

Son visage s'adoucit comme si sous cette jeune femme aguerrie se cachait ma sœur, qui m'aime encore.

— Sais-tu ce qu'il a fait ?

Je secoue la tête.

— Il voulait que les soldats sachent qu'il ne les abandonnerait pas. Les hommes du peuple savent bien que les seigneurs font garder leurs chevaux par des palefreniers derrière les lignes de bataille. Ainsi, en cas de défaite, ils peuvent toujours se sauver. Tout le monde le sait. Ils laissent les fantassins se faire tuer pendant qu'eux partent à cheval.

Je hoche la tête.

— Père a dit qu'il affronterait la mort avec les soldats. Ils pouvaient compter sur lui pour prendre le même risque qu'eux. Il a appelé son beau destrier…

— Pas Minuit ?

— Si, Minuit, si beau et si courageux, celui qu'il aimait tant et qui l'avait porté dans d'innombrables batailles. Devant tous les hommes, tous les roturiers qui ne pourraient jamais s'échapper, il a dégainé sa grande épée et l'a plongée dans le cœur de Minuit. Le fidèle cheval est tombé à genoux. Il est mort, sa grosse tête noire dans les bras de Père, qui lui caressait le nez alors qu'il fermait les yeux.

— C'est vrai ? demandé-je, horrifiée.

— Il adorait Minuit. Il l'a tué pour leur prouver que ce serait une bataille jusqu'à la mort – pour eux tous. Il a reposé la tête de son cheval par terre, s'est relevé puis a dit à ses hommes : « Maintenant je suis comme vous, un simple fantassin. Je ne peux pas m'enfuir au galop comme un seigneur déloyal. Je suis ici pour me battre jusqu'à la mort. »

— Et alors ?

— Alors, c'est ce qu'il a fait.

Les larmes inondent ses joues, mais elle ne les essuie pas.

— Ils savaient qu'il lutterait à mort. Il voulait que ce soit la dernière bataille dans la guerre des Deux-Roses pour l'Angleterre.

— Iz… depuis ce terrible jour en mer, tout a mal tourné pour nous.

Je me couvre le visage des mains. Elle ne me touche pas, ne passe pas un bras autour de mes épaules, ne serre pas mes doigts mouillés de larmes. Elle sort seulement un mouchoir de sa manche pour se sécher les yeux, puis le replie et le remet à sa place. Elle est résignée au chagrin, à notre défaite.

— C'est terminé. Nous combattions les Yorks alors qu'ils étaient sûrs de gagner. Protégés par Édouard et la sorcellerie, ils sont invincibles. J'appartiens désormais à la maison d'York, qui gouvernera l'Angleterre pour toujours. Tu leur seras toi aussi fidèle.

Les mains sur la bouche, j'adresse mon murmure effrayé à ses seules oreilles :

— Es-tu sûre qu'ils ont gagné grâce à la sorcellerie ?

— C'est un vent maléfique qui a tué mon bébé et failli me noyer, répond-elle d'une voix si basse que je dois m'appuyer contre sa joue pour l'entendre. Ce même vent a fait rage tout le printemps et nous a retenus au port alors qu'il poussait Édouard vers l'Angleterre. À la bataille de Barnet, ses soldats étaient cachés par un brouillard qui les a enveloppés pendant qu'ils avançaient sans bruit. L'armée de Père, elle, se trouvait bien en vue sur une crête. C'est Sa magie qui a dissimulé les troupes d'York. Édouard est invincible tant qu'il L'a à ses côtés.

— Notre père est mort en les combattant. Il a sacrifié Minuit.

— Je ne peux plus penser à lui. Je dois l'oublier.

— Pas moi, dis-je presque à moi-même. Je ne l'oublierai jamais. Minuit non plus.

Elle hausse les épaules comme si peu lui importait, se lève, puis lisse sa robe et arrange sa ceinture dorée sur ses fines hanches.

— Tu dois aller voir le roi.

— Vraiment ? demandé-je, aussitôt effrayée.

— Oui. Je vais t'y conduire. Veille à ne dire ou faire aucune bêtise, ajoute-t-elle avec un regard froid et critique. Ne pleure pas. Ne réponds pas insolemment. Essaie de te comporter en princesse même si tu n'en es pas une.

Avant que je puisse répliquer, elle sort de ses appartements. Je la suis, les trois dames de compagnie alignées derrière moi. Je fais très attention à ne pas marcher sur sa robe tandis que nous traversons le château jusqu'aux appartements du roi. Sa traîne glisse dans l'escalier, balaie les joncs parfumés de la grande salle. Je suis sa trace comme un chaton un écheveau de laine, aveuglément.

Nous sommes attendues. Les portes s'ouvrent. Édouard, grand, blond et beau, est assis à une table recouverte de documents. À le voir, on ne croirait pas qu'il a livré une bataille meurtrière, tué son tuteur, puis mené une marche désespérée vers une seconde bataille à mort. Il semble plein de vie, infatigable. Lorsqu'il nous aperçoit, il nous adresse son grand sourire sincère comme si nous étions toujours ses amies, les filles de son plus proche ami et conseiller, et lui le plus charmant des frères.

— Ah, Lady Anne.

Il se lève et contourne la table pour me tendre la main. Je m'incline en une profonde révérence. Ensuite, il me relève et m'embrasse sur les deux joues.

— Ma sœur vous demande pardon, déclare Isabelle d'une voix vibrante de sincérité. Elle est jeune, elle n'a pas encore quinze ans, Votre Majesté. Elle a obéi à sa mère, qui a manqué de jugement, et à son père, qui vous a trahi. Mais je vais la prendre sous ma garde et elle vous sera fidèle, à vous ainsi qu'à votre famille.

Il me regarde. Il est aussi beau qu'un chevalier dans un conte de fées.

— Vous savez que Marguerite d'Anjou est vaincue et ne m'affrontera plus jamais ?

Je hoche la tête.

— Et que sa cause n'avait pas de mérite ?

Je sens, sans même la voir, qu'Isabelle tressaille de peur.

— Je le sais maintenant, je réponds prudemment.

— Cela me suffit, dit-il avec un petit rire décontracté. Jurez-vous de m'accepter comme votre roi et suzerain, de soutenir l'héritage de mon fils et héritier, le prince Édouard ?

Je ferme les yeux un court instant au nom de mon époux, associé à son titre.

— Je le jure.

Je ne sais pas quoi dire d'autre.

— Prêtez allégeance, ordonne-t-il.

Isabelle me pousse, alors je m'agenouille devant celui qui était comme un frère pour moi, puis un roi, et enfin un ennemi. Je me demande s'il me fera signe d'embrasser sa botte. Jusqu'où vais-je devoir m'abaisser ? Je joins les mains en un geste de prière ; Édouard place les siennes, chaudes, de chaque côté.

— Je vous pardonne et vous gracie, déclare-t-il joyeusement. Vous habiterez avec votre sœur. Elle et moi arrangerons votre mariage à la fin de votre année de veuvage.

— Ma mère…

Isabelle esquisse un mouvement comme pour m'arrêter, mais Édouard lève la main, l'air sévère.

— Votre mère a trahi son rang et son obédience à son roi. Elle est morte pour moi.

— Pour moi aussi, ajoute hâtivement Isabelle, la traîtresse.

Tour de Londres, 21 mai 1471

Voici un autre tableau, joué par la maison d'York pour les citoyens de Londres. La reine d'Angleterre, Élisabeth Woodville, se tient debout sur une grande estrade en bois érigée devant la porte de la Tour blanche, ses trois filles à côté d'elle, et son bébé dans une robe en drap d'or, affectueusement porté par sa grand-mère, la sorcière Jacquette. Isabelle se trouve près de la reine, et moi près d'Isabelle. Le frère de la reine, Anthony Woodville, qui a hérité du titre de son père, Lord Rivers, sauvé sa sœur alors assiégée dans la Tour et vaincu ce qui restait de l'armée de Lancastre, est à la tête de ses gardes personnels, en rang au pied des marches. Les propres gardes de la reine sont de l'autre côté. Derrière des balustrades aux couleurs de York, bleu et carmin foncé, le peuple londonien attend le spectacle avec impatience, comme s'il était venu assister à une joute.

Les grandes portes de la Tour s'ouvrent, le pont-levis descend sur les douves avec un grand bruit sourd ; voici Édouard, élégant dans son armure vernissée, son heaume ceint d'un bandeau en or, sur un beau destrier alezan, à la tête de ses seigneurs, encadré de ses frères et suivi de ses gardes. Au son des trompettes, les étendards, qui ondulent dans le vent venu du fleuve, dévoilent la rose blanche de York et leur insigne du soleil aux nombreux rayons : trois soleils, pour les trois fils d'York réunis. Derrière les frères victorieux arrive une litière tendue de drap d'argent, tirée par des mulets blancs, les rideaux ouverts afin que tout le monde voie, assise à l'intérieur, l'ancienne reine, ma belle-mère Marguerite d'Anjou, dans une robe blanche, le visage impassible.

Je regarde mes pieds, les bannières ondulantes, tout sauf elle, de peur de croiser son regard. Édouard descend de son destrier, dont il tend les rênes à son écuyer, puis monte les marches de l'estrade. Souriante, la reine Élisabeth vient vers lui ; il lui prend les mains et l'embrasse sur la bouche. Ensuite, Jacquette s'avance. Des applaudissements éclatent lorsqu'il prend son fils et héritier pour le présenter à la foule : Édouard, prince de Galles, prochain roi d'Angleterre. C'est un bébé qui prend la place du défunt prince de Lancastre, que ni sa mère ni moi n'avons vu enterré. Ce bébé sera roi, son épouse sera reine. Pas moi, ni Isabelle.

— Souris, me souffle cette dernière.

Aussitôt, je souris et joins les mains comme si, muette de joie, j'applaudissais moi aussi le triomphe de York.

Édouard tend son bébé à son épouse et redescend les marches jusqu'à la litière. Je vois la princesse aînée, la petite Élisabeth, âgée de seulement cinq ans, se serrer contre sa mère et se cramponner à sa robe. La reine pose doucement la main sur l'épaule de sa fille. Depuis toute petite, celle-ci a dû être tourmentée par des légendes sur Marguerite d'Anjou, tout comme moi ; à présent, la femme qui nous effrayait tant est emprisonnée, asservie. Édouard le vainqueur la prend par la main pour l'aider à sortir de la litière, puis lui fait monter le large escalier en bois. Une fois sur l'estrade, il la fait tourner, tel un animal capturé venu agrandir la collection de bêtes sauvages dans la Tour. Elle fait face à la foule, qui hurle de triomphe de voir enfin la louve.

Totalement impassible, elle regarde par-dessus leurs têtes le ciel bleu du mois de mai, comme si elle ne les entendait pas, comme si aucun de leurs cris ne pouvait avoir d'importance. Devant eux, elle est reine jusqu'au bout des ongles. Je ne peux pas m'empêcher de l'admirer. Elle m'a appris que se battre pour le trône peut tout vous coûter, à vous ou à votre ennemi, mais que cela en vaut la peine. En ce moment même, j'imagine qu'elle regrette seulement sa défaite ; jamais elle ne regrettera sa lutte incessante. Sa main, tenue fermement par Édouard, ne tremble pas. Le voile de sa haute coiffe ne frémit même pas dans le vent. C'est une reine sculptée dans la glace.

Il la garde sur l'estrade, car tout le monde doit voir qu'elle est sa captive. Chaque garçon dans la foule, soulevé dans les bras de son père, doit voir que la maison de Lancastre est réduite à ceci : une femme impuissante devant la Tour et, caché dans ses appartements telle une vieille chauve-souris, un homme endormi. Enfin, Édouard incline légèrement la tête, d'un geste courtois, tourne Marguerite d'Anjou vers la porte d'entrée de la Tour blanche et lui fait signe d'aller rejoindre son époux en prison.

Elle fait un pas vers la porte puis s'arrête. L'air inspiré, elle passe lentement devant chacun d'entre nous. Elle inspecte la reine, ses filles et ses dames comme sa garde d'honneur. C'est un magnifique et interminable affront infligé par la vaincue à ses vainqueurs. La petite princesse Élisabeth recule derrière les jupes de sa mère pour se cacher aux yeux de la prisonnière au visage pâle. Le regard inébranlable de Marguerite passe d'Isabelle à moi avec un petit signe de tête, comme si elle comprenait que je suis désormais le pion d'un nouveau joueur, dans une nouvelle partie. Elle se rend compte que sa défaite m'a fait perdre toute ma valeur ; je suis un bien abîmé, ruiné. À cette pensée, elle ne parvient pas à dissimuler son sourire amusé.

C'est alors qu'avec une terrible lenteur, elle tourne son regard vers Jacquette, la mère de la reine, la sorcière dont le vent a détruit nos espoirs en nous retenant au port si longtemps, celle dont le brouillard a camouflé l'armée d'York à Barnet, et qui a délivré son petit-fils du sanctuaire avant de ressortir victorieuse.

Je retiens mon souffle et m'efforce d'entendre ce que dira Marguerite à sa plus chère amie, qui l'a abandonnée à la bataille de Towton, sa défaite absolue, et ne l'a plus jamais revue depuis ; dont la fille a épousé l'ennemi et changé de camp ; aujourd'hui ennemie de Marguerite et témoin de son déshonneur.

Les deux femmes s'observent, leurs visages laissent entrevoir les jeunes filles qu'elles étaient autrefois. Un petit sourire réchauffe celui de Marguerite tandis que les yeux de Jacquette sont remplis d'amour. Les années ne semblent guère plus compter que les brouillards de Barnet ou les neiges de Towton ; elles sont révolues et il est difficile de croire qu'elles aient jamais existé. Marguerite tend la main, non pour toucher son amie mais pour faire un geste, secret et commun, aussitôt imitée par Jacquette. Les yeux dans les yeux, toutes deux lèvent l'index et tracent un cercle dans l'air, tout simplement. Ensuite, elles se sourient comme si la vie elle-même était une plaisanterie, dénuée de sens, dont une femme sage peut se moquer. Enfin, sans un mot, Marguerite pénètre dans l'obscurité de la Tour.

— Qu'est-ce que c'était ? demande Isabelle.

— Le signe de la roue de la fortune, murmuré-je. Celle qui a fait monter Marguerite d'Anjou sur le trône d'Angleterre, héritière des royaumes d'Europe, avant de la faire retomber. Jacquette l'a mise en garde il y a bien longtemps. Elles savent toutes les deux que la fortune nous conduit à la grandeur puis nous réduit au désastre. On ne peut que subir ces retournements.

*

Cette nuit-là, tel de sombres assassins, les frères d'York se rendent dans la chambre du roi endormi et plaquent un oreiller sur son visage. Ils mettent ainsi fin à la lignée de Lancastre, en introduisant dans leur propre foyer la mort perfide qu'ils infligent sur le champ de bataille. Avec son épouse et son fils innocent sous le même toit, Édouard a ordonné la mort d'un roi d'Angleterre dans la pièce voisine. Ce n'est que le lendemain matin, à notre réveil, que nous apprenons le décès du pauvre roi Henri – mort de chagrin, selon Édouard.

Je n'ai nul besoin d'être une voyante pour prédire qu'après cette nuit-là, personne ne dormira plus en sécurité sous la garde du roi. C'est une nouvelle manière de faire la guerre pour la couronne d'Angleterre. Un combat à mort, comme le savait mon père lorsque Minuit a posé sa tête noire sur le champ de Barnet. Impitoyable et meurtrière, la maison d'York ne s'en laisse imposer par personne ; Isabelle et moi ferions bien de ne pas l'oublier.

L'Erber, Londres, automne 1471

Je suis la dame de compagnie de ma sœur dans la maison qui appartenait autrefois à mon père, désormais passée, avec toute sa fortune, aux mains de mon beau-frère Georges. Je reçois tous les honneurs dus à mon lien de parenté avec elle. Toujours en deuil, je ne suis pas encore censée servir la reine d'Angleterre, mais après ce sombre automne, Noël et le printemps prochain, je vais devoir me rendre à la cour, servir à la fois la reine et ma sœur, puis le roi arrangera mon mariage. Le titre de mon défunt mari a été donné au fils de la reine, né au sanctuaire. Édouard, prince de Galles, exactement comme mon Édouard, prince de Galles. J'ai perdu mon époux et mon nom.

Je me rappelle que lorsque j'étais petite, la reine avait demandé à ce qu'Isabelle et moi soyons ses demoiselles de compagnie, mais mon père avait refusé car il nous considérait trop bien pour sa cour ; je chéris le souvenir de sa fierté, aussi ardente que la braise.

Pour ma part, je n'ai pas vraiment de raisons d'être fière. Je suis tombée bien bas, sans aucun protecteur. Je n'ai ni fortune, ni affinité, ni grand nom. Mon père est mort en tant que traître, ma mère quasi emprisonnée. Personne ne voudra de moi comme épouse pour favoriser sa lignée. Aucun homme n'a la certitude que je pourrai lui donner des fils, car ma mère n'a eu que deux filles, et je n'ai conçu aucun enfant pendant mon bref mariage au prince. Dès la fin de mon deuil, je pense que le roi Édouard octroiera une minuscule part des terres de mon père, avec ma main, à un petit chevalier en récompense de quelque action sur le champ de bataille. Alors je serai envoyée à la campagne nourrir des poules, garder des moutons, et élever des enfants si je suis féconde.

Je sais que mon père avait d'autres projets pour moi. Mes parents avaient amassé une fortune pour leurs deux filles chéries. Isabelle et moi étions les plus riches héritières d'Angleterre. Aujourd'hui, je n'ai plus rien. La fortune de mon père a été offerte à Georges, et celle de ma mère doit nous être enlevée sans protestation de notre part. Isabelle les laisse traiter ma mère de traîtresse et lui confisquer sa fortune, si bien que nous sommes toutes deux devenues indigentes.

Quand je finis par lui demander pourquoi, elle me rit au nez. Devant une grande tapisserie attachée sur un métier à tisser, elle entrelace les derniers fils, sous le regard admiratif de ses dames. Plus tard, les tisserandes viendront terminer le travail. Isabelle joue pour l'instant sur sa navette avec des fils d'or d'une valeur inestimable. Duchesse de la très cultivée maison d'York, elle est devenue une connaisseuse.

— C'est évident, me répond-elle.

— Pas pour moi.

Elle enfile avec soin la navette dans la tapisserie, dont l'une des dames carde les fils pour elle. Elles reculent toutes pour admirer le résultat. Irritée, je serre les dents.

— Je ne comprends pas pourquoi tu laisses ma mère dans l'abbaye de Beaulieu et sa fortune saisie par le roi. Pourquoi ne lui demandes-tu pas de la partager entre nous deux si elle doit lui être enlevée ? Pourquoi n'implores-tu pas le roi de nous rendre au moins quelques-unes des terres de Père ? Au moins le château de Warwick, notre maison ? Les Neville y habitent depuis la nuit des temps. Pourquoi laisses-tu tout à Georges ? Si tu refuses d'implorer le roi, alors je le ferai moi-même. Nous ne pouvons pas rester ainsi sans rien.

Elle tend la navette et les fils à l'une de ses dames, puis me prend par le bras et me conduit à l'écart, afin que personne ne l'entende me murmurer :

— Tu n'imploreras pas le roi. Mère ne cesse de lui écrire, ainsi qu'à toutes les dames de la famille royale, mais cela ne changera rien. Tout est déjà arrangé.

— Qu'est-ce qui est arrangé ?

— La fortune de Père reviendra au roi car il a été déclaré coupable de trahison.

— Il n'a pas été déclaré coupable…

Elle me pince le bras.

— Il l'aurait été. En outre, il est mort en tant que traître. Le roi a tout octroyé à Georges. Et la fortune de Mère lui est enlevée.

— Pourquoi ? Elle n'a pas été jugée pour trahison. Elle n'a même pas été accusée.

— Sa fortune sera transmise à son héritière. Moi.

Je mets un moment à comprendre.

— Et moi, alors ? Je suis cohéritière. Nous devons tout partager.

— Je te donnerai une dot pour ton mariage.

Je fixe Isabelle, qui se détourne de la fenêtre pour me lancer un regard nerveux.

— N'oublie pas que tu étais l'épouse d'un prétendant au trône. Il faut que tu sois punie.

— Mais c'est toi qui me punis !

— Non, c'est la maison d'York. Je ne suis qu'une duchesse de cette maison.

Son petit sourire rusé me rappelle qu'elle est dans le camp des vainqueurs alors que j'étais mariée au vaincu.

— Tu ne peux pas tout me prendre !

Elle hausse les épaules. De toute évidence, c'est possible.

— Isabelle, si tu fais cela, tu n'es plus ma sœur !

— Je le ferai, et je veillerai à ce que tu aies un formidable mariage.

— Je ne veux pas d'un formidable mariage, je veux mon propre héritage. Les terres que mon père m'aurait données. La fortune que ma mère me destinait.

— Si tu ne veux pas te marier, alors il y a une autre solution…

Elle hésite. J'attends la suite.

— Georges dit qu'il peut t'obtenir une autorisation pour entrer au couvent. Si tu veux, tu pourrais rejoindre notre mère à l'abbaye de Beaulieu.

— Tu laisserais ta mère emprisonnée à vie, et moi enfermée avec elle ?

— Georges dit…

— Je me moque de ce que dit Georges. Georges est le perroquet du roi, et le roi celui d'Élisabeth ! Les Yorks sont nos ennemis et tu as pris leur parti. Tu es aussi mauvaise qu'eux !

En un instant, elle m'attire à elle et me couvre la bouche de sa main.

— Tais-toi ! Ne parle pas ainsi d'eux ! Jamais !

Sans réfléchir, je lui mords la main. Elle pousse un cri de douleur et recule pour me gifler. Je hurle à mon tour et la repousse ; elle se cogne contre le mur. Nous échangeons un regard menaçant. Soudain, je prends conscience du silence abasourdi dans la pièce et de l'air ravi des dames. Isabelle me fixe, rouge de colère. Je sens ma propre rage s'évanouir. D'un air penaud, je ramasse sa coiffe tombée par terre et la lui tends. Isabelle la prend et lisse sa robe, sans un regard.

— Va dans ta chambre, siffle-t-elle.

— Iz…

— Va dans ta chambre et demande conseil à la Vierge. Je crois que tu es devenue folle, à mordre comme un chien enragé. Tu n'es qu'une enfant stupide, méchante, et je ne veux plus de ta compagnie.

*

Je vais dans ma chambre mais ne prie pas. Je sors mes vêtements, dont je fais un ballot, puis compte l'argent dans mon coffre. Je vais fuir Isabelle et son époux idiot ; ils ne me diront plus jamais ce que je dois ou ne dois pas faire, plus jamais. Je prépare mes bagages dans une hâte fébrile. J'ai été une princesse, la fille de la reine louve. Vais-je laisser ma sœur faire de moi une indigente, dépendante d'elle pour ma dot, et de mon nouveau mari pour un toit au-dessus de ma tête ? Je suis une Neville de la maison de Warwick, vais-je devenir une moins que rien ?

Mon ballot à la main, ma cape de voyage sur les épaules, je m'approche sans bruit de la porte, l'oreille tendue. Dans la grande salle règne l'habituelle agitation avant le dîner. J'entends le garçon chargé du bois de chauffage apporter les bûches et ramasser les cendres, le fracas des dessus de table qui claquent sur les tréteaux, suivi du grincement des bancs en bois traînés sur le parquet. Je peux passer sans me faire remarquer et sortir avant que quiconque ne remarque mon absence.

L'espace d'un instant, j'hésite sur le seuil de la porte, mon cœur battant à se rompre, prête à courir. Mais je ne pars pas. La résolution et l'enthousiasme m'ont quittée. Je referme la porte et retourne m'asseoir sur le bord de mon lit. Je n'ai nulle part où aller. Pour rejoindre ma mère, je devrais effectuer un long voyage, traverser la moitié de l'Angleterre, or je ne connais pas le chemin, n'ai pas de garde, et au bout de la route m'attendent un couvent et la certitude de l'emprisonnement. Malgré son beau sourire et son pardon facile, le roi Édouard m'enfermera avec elle, une bonne solution à ce petit problème. Au château de Warwick, je pourrais être accueillie avec amour et loyauté par les anciens serviteurs de mon père, mais pour autant que je sache, Georges a déjà remplacé le métayer ; celui-ci m'arrêtera et me ramènera, ou pire, couvrira mon visage d'un oreiller pendant mon sommeil.

Je me rends compte que, même si je ne suis pas emprisonnée comme ma belle-mère Marguerite d'Anjou dans la Tour, ni comme ma mère à l'abbaye de Beaulieu, je ne suis pas non plus libre. Sans argent pour engager des gardes, sans grand nom pour inspirer le respect, je ne peux pas partir. Si je veux m'échapper, je dois trouver quelqu'un qui me fournira des gardes et se battra pour ma fortune. Il me faut un allié, avec de l'argent et des combattants.

Assise sur le lit, je lâche mon ballot et pose le menton dans mes mains. Je déteste Isabelle, pour être complice de ma situation. Elle m'a rabaissée plus bas que la défaite à Tewkesbury. Là-bas, c'était une bataille ouverte et je faisais partie des nombreux vaincus. Ici, je me bats contre ma propre sœur et suis la seule à souffrir. Elle les a laissés me réduire à une moins que rien, jamais je ne lui pardonnerai.

Palais de Westminster, Londres, Noël 1471

Isabelle et Georges accompagnent le roi et sa reine à leur fête de Noël triomphale, dans leur magnifique palais, à l'aise parmi leurs amis et alliés, symboles de beauté, de galanterie et de grâce. Le pays n'a jamais rien vu de tel. Les citoyens de Londres ne parlent que de l'élégance et de la prodigalité de cette cour restaurée. Le roi dépense sa récente fortune dans de somptueux habits pour la reine et ses jolies princesses ; chaque nouvelle mode de Bourgogne embellit la famille royale, de la pointe retroussée de leurs souliers aux vives couleurs de leurs capes. La reine Élisabeth est un véritable flamboiement de pierres précieuses à chaque grand dîner, servi dans des plats en or. Chaque jour a lieu une nouvelle célébration de leur pouvoir : musique, danses, joutes, canotage sur le fleuve froid, mascarades et spectacles.

Le frère de la reine Anthony Woodville, Lord Rivers, organise une rencontre d'érudits, au cours de laquelle des théologiens de la Bible débattent avec des traducteurs de textes arabes. Le roi entre déguisé dans la chambre des dames et, parmi moult cris et terreur feinte, les attaque tel un pirate, leur dérobe leurs bracelets et colliers pour les remplacer par de plus beaux bijoux. Son fils dans les bras, sa mère à ses côtés et ses filles dans son sillage, la reine savoure chaque jour de fête.

Non que je sois témoin de quoi que ce soit. Au service d'Isabelle et de Georges, j'habite à Westminster, ce palais aux multiples coins et recoins, mais ne suis jamais conviée aux dîners, non comme la fille d'un ancien grand homme ni une princesse douairière. Je suis cachée comme la veuve d'un prétendant vaincu et la fille d'un traître, dans des appartements qui donnent sur le fleuve, près des jardins. Aux heures des repas, ma nourriture m'est apportée en privé. Je me rends à la chapelle royale deux fois par jour et m'assieds derrière Isabelle, la tête inclinée avec contrition, mais ne parle ni à la reine ni au roi. Lorsqu'ils passent devant moi, je leur adresse une révérence sans recevoir un seul regard.

Ma mère est toujours emprisonnée dans l'abbaye de Beaulieu. On ne prétend plus qu'elle s'est retirée au sanctuaire. Tout le monde a parfaitement compris qu'elle est la prisonnière du roi, à vie. Ma belle-mère est détenue dans la Tour, dans les anciens appartements de son défunt mari, où elle prie pour lui chaque jour, et sans cesse pour le repos de l'âme de son fils. Même si je n'aimais pas ce dernier, je sais combien elle se sent seule. Quant à moi – la dernière survivante après la tentative pour détrôner Édouard – je suis détenue dans ce monde nébuleux par ma propre sœur : je suis sa captive et sa pupille. On raconte qu'après m'avoir sauvée du champ de bataille, Georges et Isabelle s'occupent de moi. Je vis avec ma famille, dans la paix et l'aisance. Ils m'aident à me remettre de la terreur du combat, du calvaire de mon mariage forcé puis de mon veuvage. En vérité, comme tout le monde le sait, ce sont mes geôliers, de même que les gardes de la Tour détiennent ma belle-mère, et les sœurs laies de Beaulieu protègent ma mère. Nous sommes toutes trois prisonnières, sans amis, argent ni espoir. Dans une lettre, ma mère me demande de m'adresser à ma sœur, à Georges, au roi lui-même. Je lui réponds laconiquement que personne ne me parle jamais si ce n'est pour me donner des ordres, qu'elle va donc devoir se libérer toute seule, et qu'elle n'aurait jamais dû s'enfermer.

Malgré tout, je suis encore une jeune fille, je ne peux m'empêcher d'espérer. Certains après-midis, allongée sur mon lit, je rêve que mon époux le prince n'a pas été tué mais a fui la bataille et viendra me chercher : il grimpera par la fenêtre, se moquera de mon air stupéfait, et me confiera qu'il a un plan merveilleux, une armée qui va renverser Édouard, alors je deviendrai reine d'Angleterre comme le souhaitait mon père. Parfois, j'imagine que Père a été déclaré mort à tort ; il est toujours en vie, tous deux rassemblent une armée dans nos terres du nord et viendront me sauver, mon père monté sur Minuit, les yeux brillants sous son heaume.

Je fais comme si rien de tout cela n'était jamais arrivé, et le matin à mon réveil, je garde les yeux fermés afin de ne pas voir la petite chambre ni la demoiselle de compagnie qui partage mon lit. Alors, je peux faire comme si Iz et moi étions à Calais, que Père rentrait bientôt pour nous annoncer sa victoire sur la méchante reine et le roi endormi, et que nous allions l'accompagner en Angleterre, devenir les plus grandes dames du royaume et épouser les ducs d'York.

Lorsque j'ouvre les volets, je vois les nuages laiteux de l'aube et hume l'air en me demandant s'il va neiger. Je n'arrive pas à croire que ma vie soit terminée, que j'aie parié et perdu. Ma mère est peut-être à genoux à Beaulieu, ma belle-mère prie peut-être pour l'âme de son fils, mais moi je n'ai que quinze ans et je ne peux m'empêcher de croire chaque jour – peut-être aujourd'hui – que quelque chose va changer, qu'une occasion va se présenter à moi. Car tout de même, je ne peux pas rester détenue ici, sans nom ni fortune, éternellement.

Je reviens de la chapelle avec les dames d'Isabelle quand je me rends compte que j'ai laissé mon rosaire par terre, là où j'ai prié à genoux. Je m'excuse auprès de mes compagnes et fais demi-tour. C'est une erreur, car au même moment le roi sort de la chapelle, bras dessus bras dessous avec son grand ami William Hastings, suivi de son frère Richard, et d'un long défilé d'amis et de parasites.

Soumise, je recule, m'agenouille et baisse les yeux en signe de repentir, car je suis indigne de fouler les mêmes joncs que ce roi, qui a tué mon père et mon époux sur le champ de bataille, et mon beau-père par perfidie. Il passe devant moi avec un sourire aimable :

— Bonjour, Lady Anne.

— Princesse douairière, murmuré-je aux joncs sous mes genoux, trop bas pour que quiconque m'entende.

Je garde la tête baissée pendant que les nombreuses paires de bottes admirablement gaufrées passent en traînant, puis je me relève. Richard, le frère du roi, maintenant âgé de dix-neuf ans, est encore là. Appuyé contre l'encadrement en pierre d'une porte, il me sourit, comme s'il se rappelait enfin qu'autrefois nous étions amis, qu'il était le pupille de mon père et que chaque soir il s'agenouillait pour recevoir le baiser de ma mère, comme son propre fils.

— Anne.

— Richard.

S'il ne me donne aucun titre, je ne lui en donnerai pas non plus, bien qu'il soit le duc royal de Gloucester, et moi une fille sans nom.

Il jette un coup d'œil dans le couloir, où son frère et ses amis s'éloignent sans se presser tout en discutant de chasse et d'un nouveau chien ramené de Hainault.

— Je serai bref. Si vous êtes heureuse avec votre sœur, privée de votre héritage, et votre mère emprisonnée, alors je ne dirai pas un mot de plus.

— Je ne suis pas heureuse.

— Si vous les considérez comme vos geôliers, je pourrais vous délivrer d'eux.

— Je les considère comme mes geôliers et mes ennemis, et je les hais tous les deux.

— Vous haïssez votre sœur ?

— Encore plus que lui.

Il hoche la tête, comme si ce n'était pas choquant mais tout à fait raisonnable.

— Pouvez-vous sortir de vos appartements ?

— Je me promène dans le jardin privé presque tous les après-midis.

— Seule ?

— Puisque je n'ai pas d'amis.

— Venez à la tonnelle d'ifs cet après-midi avant le dîner. Je vous y attendrai.

Il se retourne sans un mot et rattrape les courtisans de son frère. Je rejoins rapidement les appartements de ma sœur.

Dans l'après-midi, Isabelle et toutes ses dames se préparent pour une mascarade et vont essayer leurs costumes à la garde-robe. Je n'ai pas de rôle à apprendre ni de costume à choisir. Tout à leurs essayages, elles m'oublient complètement, alors je saisis cette occasion pour m'éclipser. Je descends un escalier de pierre en colimaçon qui mène directement au jardin, et de là à la tonnelle d'ifs.

J'aperçois sa silhouette mince, assise sur un banc en pierre, avec son chien. Ce dernier tourne la tête et dresse les oreilles au bruit de mes pas sur le gravier. Richard se lève.

— Quelqu'un sait-il que vous êtes ici ?

À ces mots, cette question de conspirateur, mon cœur se met à battre plus fort.

— Non.

— Combien de temps avez-vous ?

— Peut-être une heure.

Il m'attire à l'ombre de la tonnelle, où il fait froid et sombre, mais les épaisses branches nous cachent aux regards. Pour nous voir, il faudrait venir jusqu'à l'entrée de la plantation d'arbres circulaire et scruter l'intérieur. Nous sommes comme enveloppés dans une petite serre verte. Je resserre ma cape autour de mes épaules, m'assieds sur le banc en pierre et lève les yeux vers lui, pleine d'espoir. Il rit de mon air enthousiaste.

— Je dois connaître vos désirs avant de pouvoir vous soumettre mes suggestions.

— Pourquoi feriez-vous quoi que ce soit pour moi ?

— Votre père était un homme bon et un excellent tuteur, et je me souviens de vous avec affection. J'ai passé une enfance heureuse chez vous.

— C'est pour cette raison que vous voudriez me sauver ?

— Je pense que vous devriez être libre de faire vos propres choix.

Je le regarde avec scepticisme. Il doit me prendre pour une idiote, car il ne songeait pas à ma liberté lorsqu'il m'a conduite à Worcester pour me livrer à Georges et Isabelle.

— Alors pourquoi ne m'avez-vous pas laissée rejoindre ma mère, quand vous êtes venu chercher Marguerite d'Anjou ?

— À l'époque, je ne savais pas qu'ils vous retiendraient prisonnière. Je croyais vous ramener à votre famille, en sécurité.

— C'est une question d'argent. Pendant ce temps-là, Isabelle peut récupérer tout l'héritage de ma mère.

— Et tant que votre sœur ne proteste pas, ils peuvent continuer à détenir votre mère. Georges possède les terres de votre père, et si Isabelle obtient celles de votre mère, ce grand héritage sera réuni, mais hérité par une seule des filles de Warwick, et sous la garde de Georges.

— Je n'ai même pas le droit de parler au roi, alors comment soumettre ma cause ?

— Je pourrais être votre champion. Si vous le voulez, je pourrais lui parler pour vous.

— Pourquoi feriez-vous cela ?

Il me sourit et dans ses yeux sombres se lit une véritable invitation.

— À votre avis ?

*

« À votre avis ? » Cette question m'obsède telle une chanson d'amour, tandis que je quitte en toute hâte le jardin froid pour remonter dans les appartements d'Isabelle. J'ai les mains glacées et le nez rouge, mais personne ne s'en aperçoit. J'ôte ma cape et m'assieds près du feu en faisant mine de les écouter parler de leurs tenues pour la mascarade, alors que mon esprit n'a de place que pour sa question : « À votre avis ? »

Ensuite vient l'heure de s'habiller pour le dîner. Les servantes d'Isabelle lacent sa robe. Je dois lui tendre sa petite fiole de parfum, ouvrir sa boîte à bijoux. Pour une fois, je la sers sans ressentiment ; c'est tout juste si je remarque qu'elle me demande un collier de perles puis change d'avis, avant de revenir sur son premier choix. Je me contente d'obéir : je sors le collier de la boîte, l'y remets, pour finalement le ressortir. Peu m'importe si elle porte des perles dérobées par son époux. Elle ne me volera plus rien, plus jamais, car j'ai quelqu'un de mon côté.

J'ai trouvé un soutien, un frère du roi tout comme Georges, membre de la maison d'York. Mon père l'a aimé et éduqué comme un fils. En outre, il est l'héritier du trône après Georges, mais plus apprécié, dévoué et fidèle que son aîné. Si l'on devait choisir l'un des garçons d'York, ce serait Georges pour la beauté, Édouard pour le charme, mais Richard pour la loyauté.

« À votre avis ? » Il m'a posé cette question avec un sourire malicieux et les yeux brillants ; il m'a presque fait un clin d'œil comme si c'était une plaisanterie entre nous, un délicieux secret. Je croyais me montrer maligne et prudente en lui demandant pourquoi il souhaitait m'aider, mais il semblait penser que je connaissais déjà la réponse. Il y avait quelque chose dans sa question, dans l'éclat de son sourire, qui m'a donné envie de rire bêtement, et qui encore maintenant, alors que ma sœur s'assied devant son miroir en argent battu et me fait signe de nouer les perles autour de son cou, me donne envie de rougir.

— Qu'est-ce que tu as ? demande-t-elle avec froideur, son regard croisant le mien dans le miroir.

— Rien.

Isabelle se lève et ses dames se rassemblent autour d'elle. La porte s'ouvre, Georges et sa cour les attendent. Il est temps pour moi de regagner ma chambre. En effet, il est convenu que mon deuil est si profond que je ne peux me trouver en présence d'hommes. Seuls Georges, Isabelle et moi savons que ce sont eux qui ont créé cette règle : ils m'interdisent de voir ou de parler à quiconque, et me gardent tel un faucon encapuchonné qui devrait voler librement. Nous sommes les seuls à le savoir, mais Richard aussi. Il l'a deviné car il nous connaît, Isabelle et moi, et comprend la maison de Warwick ; il était comme un fils pour mon père. Et il se soucie assez pour penser à moi, pour se demander comment je m'en sors à la cour d'Isabelle, pour voir la vérité derrière cette façade : je suis leur prisonnière.

J'adresse une révérence à Georges mais garde les yeux baissés afin qu'il ne voie pas mon sourire. Dans ma tête, j'entends de nouveau ma question : « Pourquoi feriez-vous cela ? » et sa réponse : « À votre avis ? »

*

Lorsque l'on frappe à la porte de la chambre de retrait, je l'ouvre moi-même car je m'attends à trouver l'un des valets de service avec mon dîner. Mais il n'y a personne dans la chambre de parement, hormis Richard, élégant dans son pourpoint et ses hauts-de-chausses en velours rouge, sa cape bordée de zibeline sur les épaules. Il se tient là comme si de rien n'était.

— Vous ? dis-je d'une voix pantelante.

— J'ai pensé venir vous voir pendant le dîner.

Il entre sans se presser, puis s'assied dans le fauteuil d'Isabelle sous le dais d'apparat, au coin du feu.

— Les serveurs vont arriver d'un instant à l'autre.

Il écarte ma remarque d'un geste insouciant de la main.

— Avez-vous réfléchi à notre discussion ?

Chaque seconde de cet après-midi.

— Oui.

— Voudriez-vous que je sois votre champion ?

De nouveau, il me sourit comme s'il me proposait le jeu le plus délicieux, comme si un complot contre mon tuteur et ma sœur n'était qu'une simple invitation à danser.

— Que ferions-nous ?

Je tente de garder mon sérieux mais je lui rends son sourire.

— Oh, murmure-t-il, il faudrait se rencontrer souvent, j'en suis certain.

— Vraiment ?

— Au moins une fois par jour. Pour une véritable conspiration, j'aurais besoin de vous voir une fois par jour, probablement deux. Peut-être même tout le temps.

— Et que ferions-nous ? répété-je.

Avec le bout de sa botte, il approche un tabouret de son fauteuil et me fait signe de m'asseoir. J'obéis, tel un faucon bien dompté. Il se penche vers moi, son souffle chaud sur mon cou.

— Nous parlerions, Lady Anne, quoi d'autre ?

Si je devais tourner très légèrement la tête, alors ses lèvres toucheraient ma joue. Je reste assise tout à fait immobile et me force à ne pas me tourner vers lui.

— Pourquoi ? Qu'aimeriez-vous faire ? me demande-t-il.

J'aimerais jouer à ce jeu délicieux, toute la journée. Que ses yeux restent posés sur moi. Savoir qu'enfin, il n'est plus mon ami d'enfance mais mon courtisan.

— Mais comment cela me rendrait-il ma fortune ?

— Ah oui, la fortune. L'espace d'un instant, je l'avais complètement oubliée. Eh bien, tout d'abord je dois parler avec vous pour m'assurer de ce que vous voulez. Je serai sous vos ordres, votre cavalier, votre chevalier servant, n'est-ce pas ce que veulent les filles ? Comme dans un conte de fées ?

Ses lèvres frôlent mes cheveux, je sens sa chaleur.

— Les filles peuvent être très stupides, rétorqué-je en essayant de paraître adulte.

— Ce n'est pas stupide de vouloir un homme dévoué à son service. Si je trouvais une dame, une dame de mon choix, qui accepterait mon aide et me donnerait sa faveur, je m'engagerais à défendre sa sécurité ainsi que son bonheur.

Il recule légèrement afin de pouvoir étudier mon visage. Je me sens rougir mais je ne peux détacher mon regard de ses yeux sombres.

— Ensuite, je parlerai à mon frère pour vous. Vous ne pouvez pas être détenue ainsi contre votre volonté, votre mère non plus.

— Le roi vous écouterait-il ?

— Bien sûr. Sans aucun doute. Je lui suis resté fidèle depuis que j'ai assez de force pour tenir une épée au combat. Il m'aime, et je l'aime. Nous sommes non seulement frères de sang mais aussi frères d'armes.

On frappe à la porte. Richard se glisse derrière si bien que lorsque les deux serveurs entrent avec une demi-douzaine de plats et un pichet de bière, ils ne le voient pas. Ils s'affairent à la table, sortent l'assiette, servent la bière, puis attendent pour me servir.

— Vous pouvez disposer, dis-je. Fermez la porte derrière vous.

Ils s'inclinent et quittent la pièce, tandis que Richard sort de l'ombre et approche un tabouret de la table.

— Vous permettez ?

Nous partageons le plus charmant repas, en tête à tête. Il boit dans ma tasse, mange dans mon assiette. Les dîners dans la solitude, pris par faim et non par plaisir, sont oubliés. Il choisit pour moi de petits morceaux de bœuf en ragoût, sauce le jus de viande avec un bout de pain. Il loue le chevreuil et insiste pour que je le goûte, puis partage avec moi les pâtisseries. Il n'y a aucune gêne entre nous, nous pourrions être de nouveau des enfants, avec ces continuels éclats de rire, mais aussi un autre sentiment est sous-jacent : le désir.

— Je ferais mieux de partir, dit-il en se levant. Le dîner doit être terminé dans la salle et ils vont me chercher.

— Ils vont penser que je suis devenue gourmande, fais-je remarquer en regardant les plats vides sur la table.

Je me lève à mon tour, soudain embarrassée. Je voudrais lui demander quand nous nous reverrons, et comment, mais je sens que je ne dois pas.

— Je vous verrai demain, déclare-t-il d'un air décontracté. Irez-vous à la première messe ?

— Oui.

— Restez après le départ d'Isabelle, je viendrai vous voir.

— D'accord, je réponds, le souffle coupé.

Alors qu'il s'apprête à partir, je pose la main sur sa manche, incapable de résister à l'envie de le toucher. Il se retourne avec un petit sourire et se penche pour embrasser doucement ma main posée sur son bras. C'est tout. Pas un baiser sur la bouche, ni une caresse, mais ce seul effleurement de ses lèvres qui me brûle les doigts. Enfin, il sort discrètement de la chambre.

*

Vêtue de ma robe de deuil bleu foncé, je suis Isabelle dans la chapelle et jette un coup d'œil vers le bas-côté, là où s'assoient le roi et ses frères pour écouter la messe. La loge royale est vide. J'éprouve une profonde déception en pensant qu'il m'a oubliée. Il m'avait dit qu'il serait là ce matin, or ce n'est pas le cas. À genoux derrière Isabelle, je tente de me concentrer sur l'office mais les mots latins s'écoulent comme dénués de sens, tel un boniment : « Je vous verrai demain. Irez-vous à la première messe ? »

À la fin du service, lorsqu'Isabelle se relève, je ne la suis pas mais baisse la tête comme en prière. Elle me jette un coup d'œil impatient, puis me laisse seule. Elle sort de la chapelle avec ses dames et j'entends la porte se refermer derrière elles. Pendant que le prêtre dispose ses affaires sur l'autel derrière l'écran, le dos tourné, je reste à genoux avec dévotion, les mains jointes et les yeux fermés, si bien que je ne vois pas Richard se glisser entre les bancs et s'agenouiller à côté de moi. Cruellement, je prends le temps de le sentir avant de le regarder : le léger parfum de savon sur sa peau, l'odeur propre du cuir neuf de ses bottes, la senteur de lavande quand il écrase une fleur sous son genou, puis la chaleur de sa main sur mes doigts serrés. Je finis par ouvrir lentement les yeux, comme si je me réveillais. Il me sourit.

— Pour quoi priez-vous ?

Cet instant précis. Vous. La délivrance.

— Pour rien.

— Alors je vous conseille de prier pour votre liberté et celle de votre mère. Voulez-vous que je parle à Édouard ?

— Pourriez-vous lui demander la libération de ma mère ?

— Oui. Le voulez-vous ?

— Bien sûr. Mais pourrait-elle aller au château de Warwick ? Que reste-t-il là-bas pour elle ? Ou dans l'une de nos autres résidences ? À votre avis, resterait-elle à Beaulieu même si elle était libre de partir ?

— Si elle devait décider de demeurer à l'abbaye, dans une retraite honorable, alors elle pourrait conserver sa fortune, vous n'auriez toujours rien et devriez rester avec votre sœur. Si Édouard lui pardonne et la libère, alors elle sera une dame très fortunée, mais jamais la bienvenue à la cour : une riche recluse. Vous devrez vivre avec elle, sans héritage jusqu'à sa mort.

Le prêtre nettoie le calice, qu'il range soigneusement dans un coffret, tourne les pages de la Bible pour y placer un signet en soie, puis s'incline avec révérence devant la croix et sort de la chapelle.

— Iz sera furieuse contre moi si elle n'obtient pas la fortune de notre mère.

— Et comment vous en sortiriez-vous sans argent ?

— Je pourrais habiter avec ma mère.

— Voudriez-vous vraiment vivre retirée du monde ? Vous n'auriez aucune dot, uniquement ce qu'elle choisira de vous donner, si jamais vous voulez un jour vous marier.

Il s'interrompt, comme si l'idée venait de lui traverser l'esprit.

— Voulez-vous vous marier ?

— Ils m'interdisent toute compagnie. Je suis une veuve, dans ma première année de deuil. Qui donc épouserais-je, puisque je ne vois personne ?

Ses yeux sont posés sur ma bouche.

— Vous me voyez, moi.

— Oui, murmuré-je, mais ce n'est pas comme si nous nous courtisions ou envisagions le mariage.

La porte au fond de la chapelle s'ouvre, quelqu'un entre pour prier.

— Peut-être vous faut-il à la fois votre part de la fortune et votre liberté, me chuchote Richard à l'oreille. Peut-être votre mère pourrait-elle rester à l'abbaye, et sa fortune serait également partagée entre votre sœur et vous. Alors vous pourriez être libre de mener votre propre vie, de faire vos propres choix.

— Je n'aurais pas le droit de vivre seule. Je n'ai que quinze ans.

Il me sourit et se rapproche légèrement si bien que son épaule est tout contre la mienne. Je voudrais m'appuyer sur lui, qu'il me prenne dans ses bras.

— Avec votre fortune, vous pourriez épouser l'homme de votre choix. Vous lui apporteriez un énorme domaine et une grande richesse. N'importe quel Anglais serait ravi de vous épouser. La plupart le voudraient à tout prix.

Il s'interrompt pour me laisser y réfléchir et tourne vers moi un regard sincère.

— Soyez-en certaine, Lady Anne. Si je vous rends votre héritage, alors tout Anglais serait ravi de vous épouser. Grâce à votre fortune et votre appartenance à une grande famille anglaise, il deviendrait l'un des plus importants propriétaires terriens du royaume. Vous pourriez choisir le meilleur d'entre eux.

J'attends la suite.

— Mais un homme bon ne vous épouserait pas pour votre fortune.

— Ah non ?

— Il vous épouserait par amour.

*

Après les festivités de Noël, mon beau-frère Georges fait les adieux les plus affectueux à son frère le roi, et surtout à son cadet, Richard. Iz embrasse la reine, le roi, Richard, tous ceux qui paraissent assez importants pour recevoir ses baisers. Ce faisant, elle observe son époux, tel un bon chien de chasse qui n'a même pas besoin d'un sifflet mais guette le signe de tête et le geste de la main du maître. Georges l'a bien dressée. Elle a appris à lui être aussi dévouée qu'elle l'était à mon père, il est son seigneur. Elle a eu si peur du pouvoir de la maison d'York

– sur le champ de bataille, en mer, et dans le monde des mystères – qu'elle s'accroche à lui comme sa seule protection. Lorsqu'elle nous a laissés en France pour le retrouver, elle a choisi de le suivre partout où il irait, plutôt que de se battre pour qu'il nous reste fidèle.

Ses dames et moi montons sur nos chevaux. Le roi Édouard me salue de la main. Il n'oublie pas qui j'étais, bien que sa cour fasse tout son possible pour oublier l'existence de précédents souverains, d'un autre prince Édouard, de tous les événements passés – l'invasion, la marche, la bataille. La reine Élisabeth me regarde posément de ses beaux yeux gris sombre. Pour sa part, elle n'oublie pas que mon père a tué le sien, ainsi que son frère. Ce sont des dettes de sang qui devront un jour être remboursées.

Je déploie ma robe, serre les rênes et ma cravache, brosse la crinière de mon cheval, m'obligeant à retarder le moment où je chercherai Richard.

Il est à côté de son frère, comme toujours – j'ai appris que rien n'altérera jamais son amour ni sa fidélité. Alors qu'il croise mon regard, il m'adresse un grand sourire affectueux, le visage rayonnant. Quiconque le voit comprendra, il est d'une indiscrétion désespérante. Il porte la main à son cœur comme s'il me jurait fidélité. Je jette un coup d'œil à gauche, à droite, Dieu merci personne ne regarde. Ils montent tous sur leurs chevaux, Georges crie des ordres aux gardes. Imprudemment, Richard reste la main sur le cœur, comme s'il voulait que le monde entier sache qu'il m'aime.

Il m'aime.

Je secoue la tête de réprobation et baisse les yeux vers mes rênes. Lorsque je les relève, il continue de me fixer, la main toujours sur le cœur. Je sais que je devrais me détourner, faire mine de ne ressentir que du dédain – c'est ainsi que se comportent les dames dans les poèmes de troubadours. Mais je suis une jeune fille, seule au monde, et lui un beau jeune homme qui a demandé à me servir et se tient à présent devant moi, la main sur le cœur et le regard rieur.

L'un des gardes a trébuché en montant en selle, son cheval a bronché et heurté le cavalier voisin. Tous les regards sont tournés dans leur direction. J'ôte mon gant et, d'un geste rapide, le lance à Richard. Il l'attrape et le glisse dans sa veste, contre sa poitrine. Personne ne l'a vu. Personne ne sait. Le garde retient son cheval, monte, puis s'excuse d'un signe de tête auprès de son capitaine. La famille royale se retourne pour nous saluer de la main.

Après avoir boutonné sa veste, Richard m'adresse un sourire chaleureux et confiant. Il a mon gant, ma faveur. C'est un gage que je lui ai donné en toute connaissance de cause, car je ne veux plus être le pion de personne. Le prochain coup sera le mien, je choisirai ma liberté et mon époux.

L'Erber, Londres, février 1472

Le duc Georges et sa duchesse Isabelle conservent un grand apparat à Londres, dans leur résidence aussi imposante qu'un palais, avec des centaines de serviteurs et la propre garde de Georges en livrée. Il s'enorgueillit de sa générosité en suivant la règle de mon père, qui voulait que tous ceux qui se présentent à la porte des cuisines aux heures des repas puissent enfiler des morceaux de viande sur leurs dagues. Devant le flot continuel de pétitionnaires venus demander aide ou faveurs, la porte de sa chambre de parement reste ouverte à tout homme jusqu'au plus pauvre métayer. Tout le monde doit savoir que si l'on offre son allégeance à Georges, il sera alors un bon seigneur. Ainsi, des dizaines, des centaines de personnes, qui lui seraient autrement indifférentes, le considèrent comme un bon seigneur, un véritable allié, un ami – le pouvoir et l'influence de Georges s'étendent telle une rivière en crue.

Comme une grande dame, Isabelle se rend à la chapelle, donne l'aumône aux pauvres, intercède pour la clémence de Georges, fait le bien dès qu'on l'observe. Dans son sillage, je ne suis que l'un des nombreux objets de sa charité ostentatoire ; de temps à autre, quelqu'un fait remarquer la bonté de ma sœur et de mon beau-frère, qui m'ont recueillie malgré mon déshonneur, et me gardent chez eux bien que je sois sans le sou.

J'attends de pouvoir parler à Georges, puisqu'Isabelle n'est désormais guère plus que sa porte-parole. Un après-midi, alors que je passe devant l'écurie, il arrive et descend de son cheval sans, pour une fois, de grande foule autour de lui.

— Cher frère, puis-je vous parler ?

Il sursaute car je me tiens dans l'ombre de la porte, or il se croyait seul.

— Bien sûr, chère sœur. C'est toujours un plaisir de vous voir.

Il m'adresse son beau sourire confiant et passe la main dans ses épais cheveux blonds d'un geste étudié.

— Comment puis-je vous aider ?

— C'est au sujet de mon héritage, je réponds effrontément. J'ai cru comprendre que ma mère allait rester à l'abbaye alors je me demande ce qu'il adviendra de ses terres et de sa fortune.

Il lève les yeux vers les fenêtres de la maison, comme s'il souhaitait qu'Isabelle nous voie et descende en toute hâte.

— Votre mère a choisi le sanctuaire, et son époux était un traître. Leurs terres sont confisquées par le roi.

— Les terres de mon père seraient saisies s'il avait été jugé pour trahison, mais ce n'est pas le cas. Et à ma connaissance, elles n'ont pas été légalement confisquées. Je crois que le roi vous les a simplement données, n'est-ce pas ? C'est un présent sans l'autorité de la loi.

Il sourcille. Il ignorait que je savais tout cela. De nouveau, il jette un coup d'œil autour de lui, mais hormis les palefreniers venus chercher son cheval, sa cravache et ses gants, il n'y a personne pour m'interrompre.

— En tout cas, les terres de ma mère sont encore sous sa garde. Elle n'a pas été jugée pour trahison.

— Non.

— Si j'ai bien compris, vous proposez de lui prendre ses terres et de les conserver pour Isabelle et moi ?

— Ce sont les affaires. Inutile…

— Alors quand recevrai-je ma part ?

Avec un sourire, il me prend par le bras et me fait entrer dans la maison par la porte arquée.

— Allons, ne vous inquiétez pas, dit-il en me tapotant la main. Je suis votre frère et tuteur, je me chargerai de cctte question pour vous.

— Je n'ai pas de tuteur, et j'ai le droit de posséder mes propres terres en tant que veuve.

— Veuve d'un traître, me corrige-t-il doucement comme s'il était navré de devoir dire une chose pareille. Vaincu.

— Le prince ne pouvait pas être un traître dans son propre pays. Quant à moi, quoique son épouse, je n'ai pas été accusée de trahison. J'ai donc droit à mes terres.

Nous entrons ensemble dans la salle et, à son grand soulagement, Isabelle s'y trouve avec ses dames. À notre vue, elle s'approche aussitôt.

— Qu'y a-t-il ?

— Lady Anne m'a rencontré dans l'écurie. Je crains qu'elle ne soit peinée et s'inquiète de choses qui ne la concernent pas.

— Va dans ta chambre, m'ordonne Isabelle.

— Pas avant de savoir quand je recevrai mon héritage, insisté-je.

Je ne bouge pas. De toute évidence, je ne partirai pas avec une révérence polie.

Isabelle regarde son époux, impuissante. Elle redoute que je recommence à me bagarrer et ne peut guère demander aux hommes de la cour de m'emmener de force.

— Ah, chère enfant, me dit doucement Georges. Laissez-moi donc me charger de tout cela.

— Quand ? Quand recevrai-je mon héritage ?

Volontairement, j'ai parlé d'une voix forte. Les nombreux courtisans, qui nous fixent, m'ont bien entendue.

— Dites-lui, marmonne Isabelle. Sinon elle va faire une scène. Elle a toujours été au centre de l'attention, et elle va piquer une crise…

— Je suis votre tuteur, intervient calmement Georges. Désigné par le roi. Vous le savez ? Vous êtes une veuve mais aussi une enfant, quelqu'un doit donc vous héberger et s'occuper de vous.

— Je le sais mais…

— Votre fortune est sous ma garde. Les biens de votre mère vous seront transmis, à Isabelle et vous. Je les gérerai jusqu'à votre mariage, puis je remettrai votre part à votre époux.

— Et si je ne me marie pas ?

— Alors vous pourrez toujours rester chez nous.

— Et vous garderez mes terres ?

En voyant la rapide lueur de culpabilité traverser son beau visage, je comprends que c'est là son plan.

— Alors assurément, vous n'autoriserez jamais mon mariage ? demandé-je avec sagacité.

Il se contente de s'incliner devant moi, avec grand respect, avant d'embrasser la main de son épouse et de sortir de la salle. Sur son passage, les hommes se découvrent, les femmes font une révérence : c'est un seigneur fort apprécié. Il feint de ne pas m'entendre lorsque je m'écrie :

— Je ne veux… Je refuse…

— C'est la dernière fois que nous en entendons parler, déclare ma sœur d'une voix glaciale. Ou je t'enferme dans ta chambre.

— Tu n'as aucun droit sur moi, Isabelle !

— Je suis l'épouse de ton tuteur. Il t'enfermera dans ta chambre si je lui dis que tu nous calomnies. Tu as perdu à Tewkesbury, Anne, tu étais dans le mauvais camp et ton époux est mort. Tu vas devoir t'habituer à la défaite.

*

La grande salle de L'Erber est le théâtre d'un va-et-vient continuel. Sur ordre du duc, les portes qui donnent sur la rue restent ouvertes toute la journée, et le soir des brasiers sont allumés devant l'entrée. Je me rends dans la salle à la recherche d'un garçon, pas un mendiant ni un voleur, mais n'importe quel garçon qui accepterait de faire une course pour un sou. Des dizaines viennent travailler chaque jour : ils nettoient l'écurie, enlèvent les cendres, apportent de petits articles du marché pour les vendre aux servantes de la garde-robe. Je fais signe du doigt à l'un d'eux, un polisson aux cheveux blond filasse vêtu d'un pourpoint en cuir. Il s'approche et s'incline.

— Connais-tu le palais de Westminster ?

— Bien sûr.

— Prends ceci, trouve un courtisan du duc de Gloucester, et dis-lui de le remettre au duc. Tu t'en souviendras ?

— Bien sûr.

— Ne le donne ni n'en parle à personne d'autre.

Je lui confie un papier enroulé. À l'intérieur j'ai écrit :

J'aimerais vous voir, A

— Si tu le remets au duc en personne, il t'offrira une deuxième pièce.

Je lui tends la première. Il la prend, la mordille de ses dents noires pour vérifier qu'elle est authentique, puis porte la main à son front en guise de salut.

— C'est une lettre d'amour ? demande-t-il avec impertinence.

— C'est un secret. Tu recevras un autre sou de sa part si tu gardes ce secret.

Ensuite vient l'attente.

Isabelle s'efforce de se montrer gentille avec moi. Elle m'autorise à dîner dans la salle avec ses dames et me place à sa droite, m'appelle « chère sœur ». Un jour, elle m'emmène à sa garde-robe et me demande de choisir les habits qui me plaisent, car elle en a assez de me voir tout le temps en bleu. Elle passe un bras autour de mes épaules.

— Tu viendras à la cour avec nous, à la fin de ton année de deuil. Et cet été, nous pourrons voyager, peut-être aller à Warwick. Ce serait merveilleux de rentrer chez nous, n'est-ce pas ? Cela te ferait plaisir ? Nous pourrions retourner à Middleham, et au château de Barnard. Tu apprécieras de revoir nos anciennes maisons.

Je garde le silence.

— Nous somme sœurs, poursuit-elle. Je ne l'oublie pas. Anne, ne sois pas si dure avec moi, et avec toi-même. Nous avons tant perdu mais nous restons sœurs. Redevenons amies. Je veux vivre en harmonie avec toi.

*

J'ignore quand Richard viendra me voir, mais j'espère qu'il viendra. Au fil des jours, je commence à réfléchir à ce que je ferai si ce n'est pas le cas. Je crois que je suis piégée.

Durant les sombres et froides journées du mois de février, je sors à peine de la maison. Georges se rend presque tous les jours au palais de Westminster ou dans la ville. Parfois, des hommes lui rendent visite ; ils entrent par une porte latérale et montent directement dans sa chambre, comme pour une réunion secrète. Il entretient une grande parade, aussi grandiose que celle d'un roi. Je me demande s'il projette de rivaliser avec la cour de son frère, s'il espère amasser tant de terres et d'affinités qu'il pourra s'établir comme prince d'Angleterre. Isabelle est toujours à ses côtés, aussi élégante et gracieuse qu'une reine. Elle l'accompagne à Westminster pour les festins et fêtes, ou les dîners avec la reine et ses dames. Pour ma part, je ne reçois ni invitation ni autorisation à m'y rendre.

Un jour, ils sont conviés à un dîner royal spécial. Isabelle se couvre d'un flamboiement d'émeraudes : robe verte, voile vert, et ceinture en or sertie d'émeraudes. Je l'aide à s'habiller, lace les rubans verts aux pointes dorées sur ses manches, mon visage maussade reflété dans son miroir éclairé aux chandelles. Toutes ses dames s'affairent pour cette visite au palais de Westminster ; je suis la seule à rester à l'Erber.

Depuis l'étroite fenêtre de ma chambre, je les regarde monter sur leurs chevaux dans la cour. Isabelle possède un cheval blanc et une nouvelle selle en cuir vert avec des harnachements en velours assorti. À côté d'elle, Georges est tête nue, ses cheveux blonds brillant au soleil, aussi dorés qu'une couronne. Il sourit et salue de la main les gens venus crier leurs bénédictions de chaque côté de la grande porte. Ce cortège ressemble à une procession royale, et Isabelle à la reine promise par notre père. Je recule dans les appartements déserts. Derrière moi entre un serviteur.

— Voulez-vous que je rallume le feu, Lady Anne ?

— Laissez, je réponds par-dessus mon épaule.

Ils ont franchi la porte et descendent au trot Elbow Lane, le soleil hivernal illuminant les fanions de Georges. Celui-ci salue de la tête de gauche à droite, et lève sa main gantée en réponse aux acclamations.

— Mais le feu s'éteint, insiste l'homme. Je vais rajouter du bois.

— Laissez, répété-je avec impatience.

Je me retourne et le découvre. Il a ôté son chapeau et sa cape en futaine qui dissimulait sa somptueuse veste, sa belle chemise, ses hauts-de-chausses et ses bottes en cuir souple. C'est Richard, qui rit de mon air surpris.

Sans réfléchir, je cours vers lui, premier visage amical que je vois depuis Noël. En un instant, je me retrouve dans ses bras. Il m'étreint, embrasse mes paupières, ma bouche souriante. Ses baisers me coupent le souffle si bien que je dois me dégager.

— Richard ! Oh, Richard !

— Je suis venu vous emmener.

— M'emmener ?

— Vous sauver. Ils vous garderont enfermée jusqu'à ce qu'ils récupèrent la fortune de votre mère, puis ils vous mettront dans un couvent.

— Je le savais ! Il prétend qu'il est mon tuteur et me donnera ma part de la fortune après mon mariage, mais je ne le crois pas.

— Ils ne vous laisseront jamais vous marier. Édouard vous a placée sous la garde de Georges, ils vont détiendront éternellement. Vous allez devoir vous enfuir si vous voulez vous en sortir.

— Je suis prête à partir, dis-je avec une soudaine résolution.

Il hésite comme s'il doutait de moi.

— Tout de suite ?

— Je ne suis plus la petite fille que vous connaissiez. J'ai grandi. Marguerite d'Anjou m'a appris qu'il me faudrait parfois choisir la meilleure voie pour moi, et la prendre sans crainte ni hésitation. Maintenant que j'ai perdu mon père, je ne suis sous les ordres de personne, certainement pas d'Isabelle et Georges.

— Bien. Je vais vous emmener au sanctuaire, c'est notre seule solution.

— Serai-je en sécurité là-bas ?

J'entre dans ma petite chambre, juste à l'extérieur de la chambre de parement. Il me suit sans gêne tandis que j'ouvre mon coffre pour en sortir ma boîte à bijoux.

— Ils ne violeront pas le sanctuaire à Londres. J'ai obtenu une place pour vous au collège de St. Martin's le Grand. Ils vous protégeront.

Il me prend la boîte des mains.

— Autre chose ?

— Ma cape d'hiver. Et mes bottes de cavalerie.

Je m'assieds sur le lit et enlève mes souliers. À genoux devant moi, il tient une botte ouverte. J'hésite ; c'est un geste si intime entre une jeune femme et un homme. Son regard souriant m'indique qu'il comprend mon hésitation mais n'en tient pas compte. La pointe tendue, je glisse mon pied nu dans la botte, qu'il remonte sur ma jambe. Il noue les lacets en cuir sur ma cheville, puis mon mollet, enfin juste sous mon genou. Il lève les yeux vers moi, la main doucement posée sur mon pied. Sentant sa chaleur à travers le cuir souple, j'imagine mes orteils qui se recroquevillent de plaisir.

— Anne, voulez-vous m'épouser ?

— Vous épouser ?

— Oui. Après vous avoir emmenée au sanctuaire, je trouverai un prêtre. Nous pourrons nous marier en secret. Alors, je pourrai m'occuper de vous et vous protéger. Vous serez mon épouse et Édouard vous accueillera comme sa belle-sœur. Il vous accordera votre part d'héritage, car il ne pourra pas le refuser à ma femme.

Il tend l'autre botte, sans même attendre ma réponse. Je glisse mon pied à l'intérieur. De nouveau, il noue les lacets jusqu'à mon genou. Il y a quelque chose de très sensuel dans sa façon de serrer soigneusement les liens en remontant lentement ma jambe. Je ferme les yeux, désirant que ses doigts effleurent l'intérieur de ma cuisse. Mais il rabat ma jupe sur mes chevilles, comme s'il voulait préserver ma pudeur, me montrer qu'il est digne de confiance. Il pose les mains sur le lit de chaque côté, toujours à genoux, les yeux levés vers moi, le visage empreint de désir.

— Dites oui, murmure-t-il. Épousez-moi.

— Vous obtiendrez ma fortune, fais-je remarquer. Après notre mariage, tout ce que je possède sera à vous. Tout comme Georges garde ce qui appartient à Isabelle.

— C'est pourquoi vous pouvez compter sur moi. Quand vos intérêts et les miens ne feront plus qu'un, vous pourrez être sûre que je m'occuperai de vous comme de ma propre personne. Vous serez à moi, et vous constaterez que je prends soin des miens.

— Vous me serez fidèle ?

— La loyauté est ma devise. Quand je donne ma parole, je la tiens.

J'hésite un instant.

— Oh, Richard, depuis que mon père a trahi votre frère, tout a mal tourné pour moi ! Depuis sa mort, le chagrin ne m'a pas quittée un seul jour.

Il prend mes deux mains dans sa poigne chaude.

— Je sais. Je ne peux pas vous rendre votre père, mais je peux vous ramener dans son monde : à la cour, dans les palais, à votre place en héritière du trône. Je peux reprendre ses terres pour vous. Avec ses métayers, vous pourrez réaliser ses projets.

Je secoue la tête, souriant malgré les larmes dans mes yeux.

— C'est impossible. Il avait de très grands projets. Il m'a promis que je serai reine d'Angleterre.

— Qui sait ? Si quelque chose devait arriver à Édouard, à son fils et à Georges – Dieu nous en garde – alors je deviendrai roi.

— C'est peu probable, répliqué-je, tout en me rappelant l'ambition de mon père.

— Vous avez raison, mais vous et moi, entre tous, savons que l'avenir est imprévisible ; aucun de nous ne sait ce qui peut arriver. En revanche, imaginez ce que vous pourriez être tout de suite. Je peux faire de vous une duchesse royale, l'égale de votre sœur, et vous défendre contre son époux. Quant à vous, vous pouvez faire de moi un homme riche. Je vous serai fidèle. Et – je pense que vous le savez, n'est-ce pas ? – je vous aime, Anne.

J'ai l'impression d'avoir vécu trop longtemps dans un monde sans amour, depuis le départ de mon père pour l'Angleterre.

— Sincèrement ?

— Oui.

Il se relève et m'attire à lui. Mon menton lui arrive à l'épaule, nous sommes tous deux menus, lestes, allègres, bien assortis. Je tourne mon visage contre sa veste.

— Voulez-vous m'épouser ? murmure-t-il.

— Oui.

*

Toutes mes possessions rentrent dans un ballot. Il m'a apporté la cape d'une cuisinière, avec une capuche que je peux relever pour dissimuler mon visage. Je proteste lorsqu'il me la met sur les épaules.

— Elle empeste la graisse !

— Tant mieux, réplique-t-il en riant. Si nous sortons d'ici en serviteur et cuisinière, personne ne se retournera sur nous.

Les grandes portes sont ouvertes, les gens vont et viennent comme toujours. Nous nous éclipsons avec quelques filles de ferme qui conduisent leurs vaches. Personne ne nous voit partir, et personne ne s'apercevra de mon absence. Les domestiques présumeront que j'ai accompagné ma sœur et ses dames à la cour, ce n'est donc qu'à leur retour dans quelques jours qu'ils découvriront ma fuite. À cette pensée, j'éclate de rire, et Richard, qui me tient la main dans les rues très fréquentées, me sourit puis rit à son tour, comme si nous étions des enfants partant à l'aventure.

La nuit tombe à notre arrivée au collège, situé à l'abri de la cathédrale Saint-Paul. Une foule se fraie un chemin par la porte latérale ouverte sur le chœur. À l'intérieur se tient un marché, avec des étals de toutes sortes de marchandises, des changeurs de monnaie et des transactions secrètes qui s'effectuent dans les recoins. Emmitouflés contre la brume froide venue du fleuve, les passants gardent la tête baissée et jettent parfois un coup d'œil à la ronde.

J'hésite car je ne me sens pas en sécurité. Richard baisse les yeux vers moi.

— J'ai fait préparer une chambre pour vous, vous ne serez pas avec les gens du peuple. Ils offrent le sanctuaire à toutes sortes de personnes : criminels, faussaires, faux-monnayeurs, simples voleurs. Mais vous serez en sécurité ici. Le collège est fier de son pouvoir de sanctuaire et n'abandonne jamais quiconque demande la protection de l'Église. Même si Georges découvre où vous vous trouvez et exige qu'ils vous livrent à lui, ils ne le laisseront pas vous emmener. Ce collège a la réputation d'être peu serviable et défierait même mon frère le roi s'il le fallait.

Il glisse ma main froide sous son bras et me conduit à l'intérieur. La cloche du couvre-feu se met à sonner dans la tour au-dessus de nous, alors que l'un des moines s'approche et reconnaît Richard. Sans un mot, il nous mène jusqu'à la pension. Je serre encore plus fort la main de Richard.

— Vous serez en sécurité ici, me répète-t-il.

Devant la porte, le moine s'efface et Richard me fait entrer dans une petite chambre, semblable à une cellule. Au fond se trouve une autre pièce encore plus petite, telle une alcôve, et un lit étroit avec à sa tête un crucifix cloué au mur. Une servante se lève de son tabouret au coin du feu pour me faire une révérence. Son fort accent du nord rend ses paroles presque incompréhensibles :

— Je m'appelle Megan. Mon seigneur m'a demandé de veiller à ce que vous ne manquiez de rien.

— Megan restera avec vous, et en cas de problème, elle enverra me chercher ou viendra elle-même me trouver, m'explique Richard.

Ses mains sont posées sur les liens de ma cape, et lorsqu'il l'ôte de mes épaules, ses doigts effleurent mon menton en une douce caresse.

— Je reviendrai demain.

— Ils vont s'apercevoir de mon absence quand ils rentreront à L'Erber.

— Ils vont devenir fous de rage, dit-il avec un sourire amusé. Mais ils ne pourront rien y faire ; l'oiseau s'est envolé et trouvera bientôt un nouveau nid.

Il incline la tête et m'embrasse doucement sur la bouche. À son contact, je désire davantage, qu'il m'embrasse comme lorsque j'ai couru vers lui ; il est venu me voir déguisé à la manière d'un chevalier qui rendrait visite à une dame prisonnière. À la pensée de cette délivrance, je me rapproche de lui. Il me serre un moment dans ses bras.

— Je serai là demain à midi.

Il me laisse alors pour ma première nuit de liberté. Je regarde par la petite fenêtre voûtée les rues sombres, dans l'ombre de la cathédrale Saint-Paul. Je suis libre mais n'ai pas le droit de quitter l'enceinte de l'église, ni de parler à quiconque. Megan est ma servante mais elle est aussi chargée de me surveiller. En réalité, je suis emprisonnée au sanctuaire. Si Richard ne revenait pas demain, je serais une prisonnière, tout comme la reine Marguerite dans la Tour, et ma mère à Beaulieu.

St. Martin's, Londres, février 1472

Il vient comme promis, l'air grave. Il m'embrasse les mains mais ne me prend pas dans ses bras, alors que j'en brûle d'envie. J'ignorais que le désir était une telle sensation, une douleur semblable à la faim.

— Qu'y a-t-il ? demandé-je d'une voix plaintive.

Avec un rapide sourire pour me rassurer, il s'installe à la petite table près de la fenêtre et me fait signe de m'asseoir en face.

— Des ennuis. Georges a découvert votre fuite, il en a parlé à Édouard et exige votre retour. En guise de concession, je peux vous épouser mais nous n'aurons pas votre héritage.

— Il sait déjà que je suis partie ? Que dit Isabelle ? Et le roi ?

— Édouard se montrera juste envers nous, mais il doit soutenir Georges et le garder à l'œil. Georges a trop de pouvoir et d'affinités pour risquer son inimitié. En ce moment même, il complote peut-être avec votre famille, les Neville, pour tenter de nouveau de s'emparer du trône. Assurément, il a beaucoup d'amis à L'Erber. Édouard ne lui fait pas confiance, mais il doit le favoriser pour le garder à la cour.

Un court instant, je crains que Richard ne m'abandonne.

— Qu'allons-nous faire ? Que pouvons-nous faire ?

Il me prend la main et l'embrasse.

— Vous allez rester ici, en sécurité, sans vous inquiéter. Je vais offrir à Georges mon poste de chambellan d'Angleterre.

— Chambellan ?

— Je sais, répond-il avec une grimace. C'est un lourd tribut. J'étais fier car c'est la plus haute fonction d'Angleterre – et la plus lucrative – mais ceci vaut plus pour moi. *Vous* valez plus pour moi. Plus que tout. En revanche, nous avons un autre problème : votre mère écrit à tout le monde qu'elle est emprisonnée à tort et que ses terres lui sont dérobées. Elle exige sa libération. La situation est fâcheuse. Édouard a promis d'être un roi juste, il ne peut pas donner l'impression de voler une veuve réfugiée au sanctuaire.

Je regarde ce jeune homme qui a promis de me sauver et qui se retrouve à présent opposé aux deux hommes les plus puissants du royaume, ses propres frères. Me soutenir va lui coûter cher.

— Je ne rentrerai pas. Je ferai tout ce que vous voulez, mais je ne retournerai pas chez Georges et Isabelle. Je ne peux pas. Je partirai toute seule s'il le faut, mais je ne retournerai jamais dans cette prison.

— Cela n'arrivera pas. Nous ferions mieux de nous marier tout de suite. Si vous m'épousez, ils ne pourront rien vous faire, et en tant que mari je pourrai me battre pour votre héritage.

— Nous aurons besoin d'une dispense du pape. Père a dû en faire la demande deux fois pour Georges et Isabelle. Ils ont le même lien de parenté que nous, mais leur mariage nous a encore rapprochés. Nous ne sommes plus seulement cousins mais aussi beau-frère et belle-sœur.

L'air renfrogné, il tapote la table.

— Je sais, je sais. J'y ai réfléchi. J'enverrai un émissaire à Rome, mais cela prendra des mois.

Il me regarde comme pour évaluer ma détermination.

— M'attendrez-vous ici, en sécurité mais confinée, jusqu'à ce que nous recevions notre dispense du Saint-Père ?

— Je vous attendrai.

Si je fais cette promesse telle une jeune femme éprise pour la première fois, en mon for intérieur je sais que je n'ai nulle part d'autre où aller, et que personne d'autre n'est assez puissant et assez riche pour me protéger contre Georges et Isabelle.

St. Martin's, Londres, avril 1472

À mesure que les matinées s'éclaircissent et se réchauffent, toujours au sanctuaire, j'attends ma liberté avec de plus en plus d'impatience. Le matin, j'assiste aux offices et lis dans la bibliothèque. L'après-midi, je joue du luth, prêté par Richard, ou je couds. J'ai l'impression d'être prisonnière, à la fois terriblement ennuyée et inquiète. Je dépends totalement de Richard pour ma sécurité, les visites, même pour ma nourriture et mon logement. Je ressemble à une jeune fille dans un château ensorcelé, et lui au chevalier venu me délivrer, or je découvre que c'est là une position fort peu commode : je suis tout à fait impuissante mais incapable de me plaindre.

Il me rend visite chaque jour, m'apporte parfois des rameaux aux bourgeons non éclos ou un bouquet de narcisses jaunes pour me montrer l'arrivée du printemps, la saison des amours. Il m'envoie une couturière qui me confectionne une nouvelle tenue pour le jour du mariage ; je passe une matinée à essayer une robe en velours or clair avec un jupon en soie jaune. Une dame d'atour vient me fabriquer une haute coiffe avec un voile en dentelle d'or. Je me contemple dans le miroir de la couturière : une grande fille svelte au visage grave et aux yeux bleu foncé. Je souris à mon reflet mais je n'aurai jamais l'air joyeux de la reine, ni la beauté naturelle de sa mère Jacquette, et de toutes les femmes de cette famille. Contrairement à moi, elles n'ont pas été élevées dans la guerre, mais sûres de leur pouvoir – qui m'a toujours effrayée. La dame d'atour remonte quelques mèches brun-roux sur le sommet de ma tête.

— Vous serez une belle mariée, m'assure-t-elle.

Un matin, Richard arrive, l'air grave.

— Je suis allé voir Édouard pour lui confier notre projet de mariage, mais le bébé de la reine est en avance. Je n'ai pas pu voir le roi car il est parti à Windsor pour être auprès d'elle.

Aussitôt, je songe au calvaire d'Isabelle en couches, un cauchemar dû au vent maléfique de la reine qui a balloté le navire telle une cosse de pois sur une rivière, et causé la perte du bébé, un garçon, un petit-fils pour mon père. Si je n'éprouve aucune compassion envers la reine, je ne peux pas le montrer à Richard, fidèle à son frère et affectueux avec son épouse et leurs enfants.

— Oh, je suis navrée, déclaré-je sans aucune sincérité. Mais n'a-t-elle pas déjà sa mère auprès d'elle ?

— La duchesse douairière est malade. On raconte que c'est son cœur. Elle aurait le cœur brisé, ajoute-t-il avec un regard gêné.

Il n'a pas besoin d'en dire plus. Jacquette a eu le cœur brisé lorsque mon père a exécuté son époux et son jeune fils bien-aimé. Toutefois, elle prend son temps pour mourir, plus de deux ans. Et elle n'est pas la seule à avoir perdu un être cher. Mon père et mon époux sont morts dans cette guerre, or qui a jamais tenu compte de mon chagrin ?

— Je suis vraiment désolée.

— Ce sont les hasards de la guerre. Mais je n'ai donc pas pu voir Édouard avant son départ, et son attention sera maintenant accaparée par la reine et son nouveau bébé.

— Qu'allons-nous devenir ?

Une fois de plus, il semble que je ne puisse rien faire à l'insu de la reine ni sans sa permission. Il est très peu probable qu'elle bénisse mon mariage à son beau-frère s'ils sont convaincus que sa mère meurt de chagrin à cause de mon père.

— Richard, je ne peux pas attendre que la reine conseille le roi en notre faveur. Je ne crois pas qu'elle pardonne un jour à mon père.

Soudain résolu, il tape de la main sur la table.

— Je sais ce que nous allons faire ! Nous allons nous marier maintenant, les informer et obtenir la dispense du pape plus tard.

— Le pouvons-nous ?

— Pourquoi pas ?

— Parce que le mariage ne sera pas légal ?

— Il le sera aux yeux de Dieu, puis avec la dispense du pape, aux yeux des hommes également.

— Mais mon père…

— Si votre père vous avait mariée au prince Édouard sans attendre cette dispense, vous auriez tous pu partir ensemble et il aurait gagné à Barnet.

Le regret me transperce telle une épée.

— C'est vrai ?

— Vous le savez. La dispense n'est pas arrivée plus vite parce que vous l'attendiez en France. Si Marguerite d'Anjou, le prince et vous aviez accompagné votre père, alors il aurait eu toutes ses forces à Barnet. Il nous aurait vaincus grâce aux armées de Lancastre qu'elle aurait commandées. Attendre la dispense était une grave erreur, un délai est toujours fatal. Cette dispense rendra notre mariage légal, mais il le sera déjà devant Dieu si nous prononçons nos vœux devant un prêtre.

J'hésite.

— Vous ne voulez pas m'épouser ?

Il me regarde avec son sourire entendu. Il sait très bien que je veux l'épouser et que mon cœur bat plus vite lorsque sa main touche la mienne, comme à l'instant. Lorsqu'il approche son visage du mien pour m'embrasser.

— Je le veux.

C'est vrai, je veux à tout prix l'épouser, quitter ce semblant de vie au sanctuaire. En outre, je n'ai pas d'autre solution.

St. Martin's, Londres, mai 1472

Pour la deuxième fois de ma vie, je vais me marier. Je remonte l'allée vers le maître-autel, tandis qu'un beau jeune homme m'attend sur les marches du chœur. Je ne peux m'empêcher de songer au prince Édouard, qui m'attendait lui aussi, sans savoir que notre alliance le conduirait à sa mort, que vingt semaines à peine après notre mariage, il devrait partir défendre son titre à la couronne, pour ne jamais revenir.

Je me dis que cette fois-ci, c'est différent : je me marie de mon plein gré, sans être dominée par une belle-mère terrifiante, sans obéir aveuglément à mon père. Je réalise ma propre destinée – pour la première fois de ma vie, j'ai su prendre la situation en main. À quinze ans, j'ai déjà été mariée et veuve, belle-fille d'une reine d'Angleterre puis pupille d'un duc royal. J'ai servi de pion à un joueur après l'autre ; à présent, je prends mes propres décisions et joue mes propres cartes.

Richard attend sur les marches du chœur ; notre parent, l'archevêque Thomas Bourchier, se tient devant lui, son missel ouvert au service du mariage. Je jette un coup d'œil dans la chapelle. Elle est aussi vide que pour l'enterrement d'un indigent. Qui croirait que c'est pourtant le mariage d'une princesse douairière et d'un duc royal ? Pas de sœur, elle est désormais mon ennemie. Pas de mère, elle est toujours emprisonnée. Pas de père, je ne le reverrai plus jamais. Il est mort en tentant de me placer sur le trône d'Angleterre, et ses espoirs sont ruinés. Je me sens très seule alors que je remonte l'allée, mes souliers en cuir tapant légèrement sur les stèles comme pour me rappeler que sous mes pieds, dans l'obscurité éternelle, reposent tous ceux qui ont voulu jouer leurs propres cartes.

*

Nous n'avons nulle part où aller. Voilà la grande ironie de notre situation. Je suis la plus grande héritière d'Angleterre avec, si nous pouvons les récupérer, des centaines de maisons et plusieurs châteaux, que j'apporterai à mon époux, lui-même riche avec les rentes de quelques-uns des plus grands comtés d'Angleterre et nous n'avons nulle part où aller. Il ne peut pas me ramener dans sa résidence de Londres – le château de Baynard – car sa mère y habite et la redoutable duchesse Cécile m'a déjà effrayée en tant que belle-mère de ma sœur, alors comme la mienne, elle me terrifiera. Je n'oserai pas l'affronter après avoir épousé en secret l'un de ses fils, contre la volonté des deux autres.

De toute évidence, nous ne pouvons pas nous rendre chez Georges et Isabelle, qui seront fous de colère quand ils apprendront nos agissements, et je refuse catégoriquement de retourner à la pension de St. Martin's sous ma cape de cuisinière. Finalement, notre parent l'archevêque Bourchier nous invite à rester dans son palais aussi longtemps que nous le souhaiterons. Ce geste l'associe encore davantage à ce mariage secret, mais Richard me murmure que l'archevêque n'aurait jamais célébré notre mariage sans l'autorisation privée d'Édouard. Aujourd'hui, en Angleterre, rares sont les choses qui se passent à l'insu du roi et sans le consentement de la reine. Alors, même si je nous considère comme des amants rebelles qui ont agi en secret, se sont mariés par amour pour vivre cachés, cela n'a jamais été le cas. Jamais. Je croyais organiser ma propre vie, à l'insu des autres ; or il s'avère que le roi et mon ennemie, sa reine aux yeux gris, savaient tout, depuis le début.

Palais de Lambeth, Londres, été 1472

C'est notre été, notre saison. Chaque matin, à mon réveil, je découvre les rayons dorés du soleil entrant à flots par l'oriel qui donne sur le fleuve, et dans mon lit le corps chaud de Richard, endormi comme un enfant. Après nos ébats amoureux, les draps sont emmêlés, le couvre-lit admirablement brodé en tas, à moitié par terre, et le feu dans l'âtre réduit à des cendres, car il ne laisse personne entrer dans notre chambre avant d'y être appelé : c'est mon été.

À présent, je comprends la loyauté servile d'Isabelle envers Georges. Le lien passionnel entre le roi et la reine. Je comprends même que Jacquette meure de chagrin après avoir perdu l'homme qu'elle avait épousé par amour. J'apprends qu'aimer un homme qui partage mes intérêts, m'offre sa passion librement et sans retenue, et dont la seule joie est de reposer chaque nuit son jeune corps souple et aguerri auprès du mien, va bouleverser ma vie. J'ai déjà été mariée, mais jamais ébranlée, caressée, intriguée, adorée. J'étais une épouse, pas une amante. Avec Richard, je deviens épouse et amante, conseillère et amie, partenaire, camarade d'armes et compagne de voyage. Avec lui, je ne suis plus une fille mais une femme.

— Et la dispense, alors ? lui demandé-je un matin avec désinvolture.

Il est occupé à m'embrasser en comptant soigneusement ses baisers ; son ambition est d'arriver à cinq cents.

— Vous m'avez interrompu, se plaint-il. Quelle dispense ?

— Celle du pape. Pour notre mariage.

— Ah oui, elle est en chemin. Ces choses-là peuvent prendre des mois, vous le savez. J'ai fait une demande par écrit et je vous tiendrai informée de la réponse. Où en étais-je ?

— Trois cent deux.

Doucement, sa bouche descend sur ma poitrine.

— Trois cent trois…

*

Nous passons chaque nuit ensemble. Lorsqu'il doit se rendre à la cour, pendant son voyage estival dans le Kent, il part à cheval à l'aube avec un groupe d'amis – Brackenbury, Lovell, Tyrrell et une demi-douzaine d'autres – et revient au crépuscule, afin d'avoir le temps de voir le roi avant de rentrer auprès de moi. Il jure que nous ne serons jamais séparés, ne serait-ce qu'une seule nuit. Je l'attends dans la grande chambre des invités au palais de Lambeth, avec un dîner prêt pour lui. À son retour, couvert de poussière, il mange, boit et parle en même temps. Il me confie que Jacquette, la mère de la reine, est morte et que celle-ci est silencieuse et triste ; certains ont entendu une complainte dans les tours du château. À cette rumeur, il se signe en riant de sa superstition. Sous la table, je croise les doigts, signe contre la sorcellerie.

— Lady Rivers était une dame remarquable, concède-t-il. La première fois que je l'ai rencontrée, je n'étais encore qu'un enfant. Elle était la femme la plus terrifiante et la plus belle que j'avais jamais vue. Mais quand elle m'a accepté dans sa famille, après le mariage d'Élisabeth avec Édouard, j'ai fini par l'aimer et l'admirer. Elle était toujours si cordiale avec les enfants – non seulement les siens mais aussi tous ceux de la cour royale – et fidèle à Édouard ; elle était prête à tout pour lui.

— À la fin, elle est devenue mon ennemie, mais je me rappelle l'avoir trouvée merveilleuse quand je l'ai rencontrée. Sa fille aussi.

— Aujourd'hui, vous auriez pitié de la reine. Elle se sent très seule sans sa mère.

— Oui, mais elle a quatre enfants, rétorqué-je impitoyablement. Et l'un d'eux est un garçon.

— Nous, les Yorks, aimons avoir une grande famille, me dit-il en souriant.

— Et alors ?

— Alors j'ai pensé que nous pourrions aller au lit et essayer de faire un petit marquis ?

Rougissante, j'admets mon désir avec un sourire.

— Peut-être.

Il sait que cela veut dire « oui ».

Château de Windsor, septembre 1472

Une fois de plus, j'attends d'être reçue par le roi et la reine d'Angleterre, à la fois craintive et enthousiaste. Cette fois-ci, personne n'est là pour me précéder ou me réprimander. Je n'ai pas à craindre de marcher sur la traîne de ma mère car elle est toujours détenue à Beaulieu, et même libre, elle ne me précéderait pas puisque mon rang est désormais plus élevé que le sien. Je suis une duchesse royale. Rares sont les femmes que je suivrai.

Je n'ai pas à craindre les mots durs d'Isabelle car je suis désormais son égale, une duchesse royale de la maison d'York. Nous avons été contraintes de partager notre héritage, nos époux respectifs ont donc reçu la moitié de notre richesse. Nous avons également partagé les garçons d'York : elle a obtenu l'aîné, le beau Georges, et moi Richard, le cadet loyal et bien-aimé. À mes côtés, il m'adresse un sourire chaleureux. Il sait que je suis nerveuse mais aussi déterminée à entrer dans la grande cour royale pour être reconnue à ma juste place : une duchesse royale d'York, et l'une des plus grandes dames du royaume.

Je porte une robe rouge foncé. J'ai soudoyé l'une des dames de la garde-robe afin de découvrir ce que porterait Isabelle ce soir : ma sœur a commandé une robe violet clair, qu'elle assortira de ses améthystes, et qui paraîtra bien fade à côté de la mienne. Je porte des boucles d'oreilles et un collier de rubis ; la teinte foncée de ma robe et l'éclat flamboyant des pierres précieuses font ressortir ma peau couleur crème. Ma coiffe au voile écarlate s'élève au-dessus de nous tel un clocher. Le bas de ma robe est brodé de soie rouge foncé, et les manches audacieusement courtes pour découvrir mes poignets. Je suis consciente de ma beauté ; j'ai seize ans et un teint de rose. En comparaison, la reine d'Angleterre elle-même, l'épouse adorée d'Édouard, semblera vieille et fatiguée. Je suis à l'apogée de ma splendeur et de ma gloire.

Les grandes portes s'ouvrent devant nous. Richard me prend la main, me jette un coup d'œil et lance « En avant, marche ! » comme sur un champ de bataille. Nous pénétrons alors dans la chambre de parement de la reine, vivement éclairée et bien chauffée, au château de Windsor.

Comme toujours, ses appartements sont illuminés par les plus belles bougies, et ses dames ont revêtu leurs plus beaux atours. Elle joue aux boules ; à entendre les rires et les applaudissements, je suppose qu'elle gagne. Tout au bout de la pièce, des musiciens accompagnent les dames qui dansent en rond. Elles se tiennent par la main, regardent autour d'elles et sourient à leurs courtisans préférés, nonchalamment adossés aux murs pour les évaluer tels de grands chasseurs. Assis au centre de la chambre, le roi s'entretient avec Louis de Bruges, son seul ami lorsque la victoire de mon père semblait certaine. À l'époque, Louis l'a emmené à sa cour en Flandre, lui offrant sa protection et son soutien pendant qu'il levait hommes, navires et fonds, et regagnait l'Angleterre dans la tempête. Nommé comte de Winchester, il sera bientôt accueilli dans son comté par des journées de célébration. Le roi règle ses dettes et récompense toujours ses favoris. Heureusement pour moi, il pardonne aussi parfois à ses ennemis.

Le roi Édouard lève les yeux et s'exclame de plaisir à notre vue – son frère bien-aimé et sa jolie épouse – puis s'avance pour nous saluer en personne. Il est toujours décontracté et charmant avec ceux qu'il aime et qui l'amusent. Il me prend la main, m'embrasse sur la joue comme s'il n'avait aucun souvenir de notre dernière rencontre, lorsque ma disgrâce était telle que je n'avais pas le droit de lui parler mais devais m'incliner quand il passait devant moi.

— Regardez qui est là ! crie-t-il joyeusement à la reine.

Cette dernière vient recevoir nos révérences et laisse Richard l'embrasser sur les joues avant de se tourner vers moi. De toute évidence, ils ont décidé que je devais être accueillie comme une sœur. Seule une minuscule lueur de malveillance dans ses yeux gris me révèle qu'elle est amusée de me trouver ici – à la plus grande fête de l'année en l'honneur de l'allié de son époux – après avoir été rabaissée aussi bas.

— Ah, Lady Anne, lance-t-elle d'un ton sec. Tous mes vœux de bonheur. Quelle surprise ! C'est le triomphe du grand amour !

Elle se retourne et fait signe à ses dames. Le courage me manque en voyant ma sœur s'approcher d'un pas raide. Je ne peux m'empêcher de reculer contre l'épaule rassurante de Richard, alors qu'Isabelle, pâle et dédaigneuse, nous adresse à tous deux la plus petite des révérences.

— Vous voilà, les filles de Warwick, devenues duchesses royales et mes sœurs, dit la reine d'une voix riante. Qui l'aurait cru ? Votre père obtient ses gendres, son premier choix, depuis la tombe. Vous devez être si heureuses !

Son frère Anthony lui jette un coup d'œil comme s'ils partageaient une plaisanterie à nos dépens.

— C'est assurément une joyeuse réunion des sœurs Neville, fait-il remarquer.

Isabelle me serre dans ses bras afin de pouvoir me murmurer férocement à l'oreille :

— Tu t'es déshonorée et tu m'as embarrassée. Nous ne savions même pas où tu étais partie. T'enfuir ainsi comme une souillon ! Je n'imagine pas ce qu'en aurait pensé Père !

Je me dégage pour lui faire face.

— J'étais ta prisonnière et tu me volais mon héritage, rétorqué-je vivement. Qu'aurait-il pensé de cela ? Que croyais-tu que j'allais faire ? M'incliner et vénérer

Georges à mon tour ? Ou bien souhaitais-tu ma mort comme tu souhaites celle de notre propre mère ?

D'un geste vif, elle lève la main, puis la rebaisse aussitôt et me tourne le dos. Mais elle a révélé à tous son envie de me gifler. La reine éclate de rire. Richard hausse les épaules, s'incline devant elle et me conduit à l'écart.

À l'autre bout de la pièce, Georges entend parler de la querelle. Il rejoint rapidement Isabelle et nous lance un regard furieux, à Richard et moi. Ennemies déclarées, ma sœur et moi nous dévisageons un moment, aucune de nous prête à céder. Ensuite, Richard m'emmène pour nous présenter au nouveau comte. Je le salue aimablement, nous discutons quelques instants. Je profite alors d'une pause pour me retourner. Je ne peux pas m'en empêcher, comme si j'espérais une réconciliation. Isabelle bavarde en riant avec l'une des dames de la reine.

— Iz… appelé-je doucement.

Mais elle ne m'entend pas, et ce n'est qu'en partant que je crois percevoir sa réponse, tel un infime murmure :

— Annie.

*

Ce ne sont pas les dernières salutations familiales que j'entreprends cet automne, car je dois encore rencontrer la redoutable mère de Richard, la duchesse Cécile. Nous nous rendons chez elle à Fotheringhay, en remontant la grande route du nord sous un soleil radieux. Quasi exilée de la cour en raison de sa haine pour sa belle-fille la reine, elle n'a pas assisté à la plupart des grandes festivités royales, et lorsqu'elle a soutenu Georges dans sa révolte contre son frère, elle a perdu ce qui restait de l'amour qu'elle avait su extorquer à son fils Édouard. Ils sauvent tout de même les apparences ; elle a gardé une maison à Londres et se rend à la cour de temps à autre, malgré l'influence évidente de la reine. La duchesse Cécile n'est pas la bienvenue ; elle a hérité du château de Fotheringhay, seulement en partie réparé et équipé.

Je chevauche gaiement à côté de Richard, jusqu'à ce qu'il me lance un regard.

— Vous savez que nous allons traverser Barnet ? La bataille a eu lieu le long de cette route.

Bien sûr que je le savais ; mais je ne croyais pas que nous emprunterions la route où mon père est mort, où Richard, allié de son frère, a contre toute attente surgi du brouillard pour surprendre les forces de mon père et le tuer. C'est le champ de bataille où Minuit a rempli son dernier devoir envers son maître : baisser la tête et prendre une épée dans son grand cœur afin de prouver aux soldats qu'il n'y aurait ni repli, ni fuite, ni capitulation.

— Nous allons la contourner, ajoute Richard en voyant ma réaction.

Il donne l'ordre à ses gardes, qui nous ouvrent une barrière. Nous quittons alors le chemin pour contourner le champ de bataille à travers pâturages et chaumes d'avoine, jusqu'à rejoindre la grande route au nord du village. À chaque pas de mon cheval, je tressaille à l'idée qu'il marche sur des os, tout en songeant à ma trahison, car mon époux est l'ennemi qui a tué mon père.

— Il y a une petite chapelle. Ce n'est pas une bataille oubliée. Il n'est pas oublié. Édouard et moi finançons des messes pour le repos de son âme.

— C'est vrai ? Je l'ignorais.

C'est tout juste si j'arrive à parler tant je suis déchirée par la culpabilité de m'être unie à la maison ennemie de mon père.

— Je l'aimais aussi, vous savez, me confie Richard. Il m'a élevé, ainsi que tous ses pupilles, comme si nous représentions plus à ses yeux que des garçons qu'il aurait seulement été payé à éduquer. C'était un bon tuteur. Édouard et moi le considérions comme notre chef, notre frère aîné. Nous n'aurions pas pu grandir sans lui.

Je hoche la tête, sans répondre que mon père ne s'est retourné contre Édouard qu'à cause de la reine, de sa famille avide et de ses mauvais conseils. Si Édouard ne l'avait pas épousée… S'il ne l'avait jamais rencontrée…

Si Élisabeth et sa mère ne l'avaient pas ensorcelé avec leur puissante potion faite de sensualité et de sortilèges… mais je ne ferais qu'énoncer d'éternels regrets.

— Il vous aimait, dis-je simplement. Édouard aussi.

Richard secoue la tête, car il sait comme moi à qui incombe la faute, encore aujourd'hui : à l'épouse de son frère.

— C'est une tragédie.

J'acquiesce, puis nous poursuivons en silence notre chevauchée vers Fotheringhay.

Château de Fotheringhay, Northamptonshire, automne 1472

Le château, lieu de naissance et maison familiale de Richard, est en mauvais état, et ce depuis le début des guerres ; les Yorks ne pouvaient dépenser leur argent qu'à fortifier des châteaux qui leur serviraient de bases pour la révolte contre le roi endormi et la méchante reine. Richard fronce les sourcils à la vue des remparts extérieurs et des créneaux, où les freux construisent leurs nids de brindilles.

La duchesse me réserve un accueil chaleureux, bien que je sois la troisième femme à avoir épousé l'un de ses fils en secret.

— J'ai toujours voulu que Richard vous épouse, m'assure-t-elle. J'ai dû en discuter avec votre mère une dizaine de fois. C'est pourquoi j'étais tellement ravie que votre père soit son tuteur, car je voulais que vous vous rencontriez. J'ai toujours espéré vous avoir comme belle-fille.

Elle nous accueille dans la salle du château, une pièce lambrissée avec un grand feu à chaque extrémité, et trois immenses tables dressées pour le dîner : une pour les serviteurs, une autre pour les servantes, et la dernière pour les nobles. La duchesse, Richard et moi, ainsi que quelques-uns de ses parents, occuperons cette table d'honneur, d'où nous pourrons surveiller la salle.

— Nous vivons très simplement, déclare-t-elle malgré des centaines de domestiques et une dizaine d'invités. Nous ne cherchons pas à rivaliser avec Elle ou Sa cour. Les manières bourguignonnes et toutes leurs prodigalités !

— Mon frère le roi vous transmet ses amitiés, annonce solennellement Richard.

Il s'agenouille devant sa mère, qui pose la main sur sa tête en signe de bénédiction.

— Et comment va Georges ? demande-t-elle aussitôt.

Richard me fait un clin d'œil. Le favoritisme manifeste de la duchesse était une franche plaisanterie dans la famille jusqu'au moment où elle en est venue à favoriser le titre à la couronne de Georges. Les choses allaient trop loin, même pour l'affection indulgente du roi.

— Il va bien, même si nous n'avons pas encore réglé l'héritage de nos épouses, répond Richard.

— Une sale affaire. Un grand domaine ne devrait jamais être partagé. Vous devriez vous arranger avec votre frère. Vous êtes le cadet, après tout. Vous devriez donc lui céder votre part.

Ce favoritisme est à présent moins drôle.

— Je suis mon propre conseil, réplique froidement Richard. Georges et moi partagerons la fortune des Warwick. Je ferais un piètre époux pour Anne si je renonçais à son héritage.

— Mieux vaut un piètre époux qu'un piètre frère. Regardez Édouard, l'éminence grise qui ne cesse de trahir sa famille.

— Sur cette question, Édouard m'a soutenu. Et il a toujours été un bon frère pour moi.

— Ce n'est pas son avis que je redoute mais le Sien, rétorque-t-elle d'un ton sinistre. Attendez que vos ambitions aillent à l'encontre des Siennes, alors vous verrez bien de qui Édouard suivra les conseils. Elle sera sa perte.

— Eh bien, j'espère que non. Et si nous dînions, Mère ?

*

La ruine de la famille par les intrigues d'Élisabeth Woodville est le thème récurrent de notre visite, et bien que Richard fasse taire sa mère aussi souvent et poliment que possible, les nombreux cas qu'elle cite sont indéniables. Il est évident pour tout le monde que la reine parvient à ses fins et qu'Édouard la laisse donner à ses amis et à sa famille des postes qui devraient revenir à d'autres. Elle favorise ses frères et sœurs, exploite sa fortune royale plus que toute autre reine. Richard refuse d'entendre dire du mal de son frère le roi ; mais à Fotheringhay personne n'aime Élisabeth Woodville, et la jeune femme radieuse que j'ai rencontrée le grand soir de son triomphe a totalement disparu dans le portrait de la personne malveillante et avide dressé par la duchesse.

Un jour où nous sommes assises dans sa chambre privée, occupées à broder soigneusement les manchettes d'une chemise que la duchesse enverra pour Noël à son favori, Georges, elle me murmure derrière sa main :

— Elle n'aurait jamais dû être sacrée reine.

— Ah non ? Je me souviens très bien de son couronnement. À l'époque, je n'étais qu'une petite fille, et elle la plus belle femme que j'eusse jamais vue.

À son haussement d'épaules dédaigneux, je comprends ce que cette beauté vieillissante pense de l'apparence.

— Elle n'aurait jamais dû être sacrée reine parce que son mariage n'a jamais été valable. Nous savions tous qu'Édouard était déjà marié en secret avant même de la rencontrer. Il n'était pas libre de l'épouser. Personne n'a rien dit pendant que votre père préparait l'union avec la princesse Bonne de Savoie car ce précédent mariage pouvait être renié – il le faut quand une si grande occasion se présente. Mais les vœux qu'Édouard a échangés avec Élisabeth ne constituaient qu'un nouveau mariage secret, en réalité bigame, qui aurait dû être également renié.

— Sa mère était témoin…

— Cette sorcière aurait juré n'importe quoi pour ses enfants.

— Mais Édouard a fait d'elle la reine. Leurs enfants appartiennent à la famille royale.

Elle secoue la tête et coupe le fil de ses petites dents pointues.

— Édouard n'a aucun droit à la couronne, dit-elle tout bas.

Je lâche mon ouvrage.

— Votre Majesté…

J'ai très peur de ce qu'elle va ajouter. S'agit-il du vieux scandale propagé par mon père lorsqu'il voulait détrôner Édouard ? La duchesse va-t-elle s'accuser elle-même d'adultère licencieux ? Et que va-t-il m'arriver si j'apprends cet énorme et terrible secret d'État ?

— Ah, vous n'êtes qu'une enfant ! lance-t-elle cruellement en riant de mon air atterré. Qui vous confierait quoi que ce soit ? Qui prendrait cette peine ? Rappelez-moi, quel âge avez-vous ?

— J'ai seize ans, je réponds aussi dignement que possible.

— Une enfant. Je n'en dirai pas plus. Mais souvenez-vous que Georges n'est pas mon favori parce que je ne suis qu'une idiote qui l'aime à la folie. Il l'est pour une bonne raison, une excellente raison. Ce garçon est né pour devenir roi. Lui, et nul autre.

Château de Windsor, Noël 1472

La période de Noël est toujours une grande fête pour Édouard, et cette année, il célèbre en outre son plus grand triomphe. De retour à la cour, Richard et moi sommes finalement gagnés par l'animation de ces douze journées. Chaque dîner s'accompagne de chansons et de représentations d'acteurs, de jongleurs ou de joueurs de toutes sortes. Chaque jour possède son thème et sa mascarade, avec également un combat d'ours et de chiens, une chasse au faucon dans les froids marécages riverains, et une joute – qui dure trois jours – où chaque noble présente sa bannière. Anthony Woodville, le frère de la reine, organise un tournoi de poètes ; debout en cercle, ils doivent réciter à tour de rôle un couplet, et le premier à trébucher sur sa rime s'incline et recule, jusqu'à ce qu'il ne reste plus que deux hommes, dont Anthony Woodville – qui finit par gagner. J'aperçois le sourire radieux qu'il adresse à sa sœur : il gagne toujours. On organise aussi une fausse bataille navale dans l'une des cours, inondée pour l'occasion, et une nuit une danse aux flambeaux dans les bois.

Toujours aux côtés de son frère, Richard fait partie du cercle restreint des camarades qui ont fui l'Angleterre avec Édouard avant de rentrer triomphalement. William Hastings, Anthony Woodville et lui sont les amis et frères de sang du roi, ensemble pour la vie. Jamais ils n'oublieront leur chevauchée sauvage lorsqu'ils croyaient que mon père les rattraperait, ni leur traversée quand ils guettaient avec inquiétude, par-dessus la poupe de leur petit bateau de pêche, les lumières des navires de mon père à leurs trousses. Ils racontent souvent leur cavalcade désespérée sur les sombres chemins pour trouver le port de Lynn, sans savoir s'ils pourraient y louer ou voler un bateau. Ensuite, ils rient aux éclats au souvenir de leurs poches vides ; le roi avait dû donner sa cape en fourrure au batelier en guise de paiement, puis ils avaient marché sans le sou dans leurs bottes de cavalerie jusqu'à la ville la plus proche. Dans ces moments-là, Georges traîne les pieds et regarde autour de lui, en espérant que la conversation prenne une nouvelle tournure. Car cette nuit-là, il était l'ennemi, même s'ils sont censés être désormais tous amis. Je pense que les hommes qui ont parcouru les routes dans l'obscurité, s'arrêtant parfois, en sueur, à l'affût d'un bruit de sabots derrière eux, n'oublieront jamais que Georges était alors leur ennemi, qu'il a vendu son propre frère et sa propre famille, trahi sa maison dans l'espoir de monter sur le trône. Malgré leur nouvelle amitié, malgré les anciennes batailles apparemment oubliées, ils savent qu'ils étaient cette nuit-là les proies, et que si Georges les avait capturés il les aurait tués. Ainsi va le monde : on doit tuer ou être tué, même s'il s'agit de son frère, de son roi ou de son ami.

Quant à moi, chaque fois qu'ils évoquent cette période, je me souviens que mon père était leur ennemi, et que leur camaraderie a été scellée par crainte de leur bon tuteur et conseiller qui soudain, du jour au lendemain, est devenu leur ennemi mortel. Ils ont dû lui reprendre le trône – il les avait vaincus et expulsés du royaume. Parfois, quand je songe à son triomphe puis à sa défaite, je me sens aussi étrangère dans cette cour que ma première belle-mère, Marguerite d'Anjou, leur prisonnière dans la tour de Londres.

Je suis certaine que la reine n'oublie jamais ses ennemis. Je soupçonne même qu'elle nous considère encore comme tels. Sur les ordres de son époux, elle nous accueille, Isabelle et moi, avec une courtoisie froide, et nous offre des positions à sa cour. Mais elle a toujours un petit sourire lorsqu'elle nous voit toutes deux assises en silence, ou qu'Édouard appelle Georges pour témoigner d'une bataille avant de s'interrompre au milieu d'une phrase en se rendant compte que son frère était alors dans l'autre camp. Voilà une reine qui n'oublie pas ses ennemis, et ne leur pardonnera jamais.

J'ai le droit de décliner une place dans sa cour, car Richard m'annonce que nous passerons la plupart de notre temps dans le nord. Il a enfin reçu ma part d'héritage, et Georges l'autre moitié. Le seul désir de Richard est de diriger lui-même ces grandes terres du nord qu'il a gagnées. Il souhaite remplacer mon père et aider la famille Neville, qui, grâce à mon nom et à l'amour qu'elle portait à mon père, sera prédisposée en sa faveur. S'il traite bien les habitants, de manière franche et honnête comme il leur sied, il deviendra aussi grand qu'un roi dans cette région. Nous transformerons Sheriff Hutton et le château de Middleham, nos résidences dans le Yorkshire, en palais. Je lui ai également apporté le beau château de Barnard à Durham ; nous vivrons derrière ses imposants remparts qui surplombent la Tees, en contrebas de la chaîne montagneuse des Pennines. La ville de York – toujours alliée de la maison qui partage son nom – sera notre capitale. Nous apporterons grandeur et prospérité au nord de l'Angleterre, à un peuple qui est prêt à aimer Richard car il appartient à la maison d'York, et qui m'aime déjà car je suis une Neville.

Édouard l'y encourage. En effet, il a besoin de quelqu'un pour maintenir la paix dans cette région et défendre les frontières de l'Angleterre contre les Écossais, or il n'y a personne en qui il ait plus confiance que son jeune frère.

Toutefois, j'ai une autre raison, bien meilleure, de refuser de rester à la cour. J'adresse une révérence à la reine.

— Votre Majesté doit m'excuser. Je suis…

Elle hoche la tête froidement.

— Bien sûr, je sais.

— Vous savez ?

Aussitôt, je me dis qu'elle a prévu cette conversation avec son regard de sorcière, et ne peux retenir un frisson.

— Lady Anne, je ne suis pas née d'hier. J'ai eu moi-même sept bébés, alors je vois bien lorsqu'une femme grossit sans manger. Je me demandais quand vous alliez nous l'annoncer. L'avez-vous appris à votre époux ?

— Oui, je réponds, le souffle toujours coupé par la peur.

— Et il était ravi ?

— Oui, Votre Majesté.

— Il espère sûrement un garçon, un comte pour ce si grand héritage. C'est une bénédiction pour vous deux.

— Si c'est une fille, voudriez-vous être sa marraine ?

Je dois lui demander, car elle est la reine et ma belle-sœur, et elle doit accepter. Je n'éprouve aucune cordialité ni aucun amour à son égard, et ne crois pas un seul instant qu'elle nous bénira réellement, moi ou mon bébé. Cependant, je suis surprise par la bonté qui se lit sur son visage alors qu'elle acquiesce :

— J'en serais ravie.

Je me tourne afin que les dames, dont ma sœur, m'entendent. La tête baissée sur sa couture, Isabelle tente de faire comme si de rien n'était, mais je dois croire qu'elle désire ardemment me parler. Elle ne peut pas rester insensible à sa sœur enceinte de son premier enfant.

— Si c'est une fille, je l'appellerai Élisabeth Isabelle, déclaré-je distinctement.

Feignant l'indifférence, elle regarde par la fenêtre la neige tourbillonnante, mais lorsqu'elle entend son propre nom, elle tourne la tête.

— Élisabeth Isabelle ?

C'est la première fois qu'elle me parle depuis notre dispute, le jour où je suis venue à la cour après mon mariage clandestin.

— Oui, je réponds avec vigueur.

Elle se lève à-demi, puis se rassied.

— Tu appelleras ta fille Isabelle ?

— Oui.

Rougissante, elle finit par se lever et s'approche de moi, loin de la reine et de ses dames.

— Tu lui donnerais mon nom ?

— Oui. Tu seras sa tante, j'espère que tu l'aimeras et t'occuperas d'elle. Et…

J'hésite – bien sûr, Isabelle entre tous connaît ma peur, évidente, de l'accouchement.

— Si quoi que ce soit devait m'arriver, j'espère que tu l'élèveras comme ton propre enfant, et… que tu lui parleras de notre père, Iz… et de ce qui s'est passé. De nous… de nos malheurs…

Isabelle grimace un instant en essayant de retenir ses larmes, puis elle ouvre les bras et nous nous cramponnons l'une à l'autre, entre rire et pleurs.

— Oh, Iz, murmuré-je. C'était horrible d'être en guerre contre toi.

— Je suis désolée, vraiment désolée, Annie. Je n'aurais pas dû agir ainsi, mais je ne savais pas quoi faire, tout est arrivé si vite. Nous devions obtenir la fortune… et Georges a dit… puis tu t'es enfuie…

— Je suis désolée, moi aussi. Je sais que tu ne pouvais pas t'opposer à ton époux. Je comprends mieux maintenant.

Elle hoche la tête, refusant de dire du mal de Georges. Comme elle le promet devant Dieu le jour de son mariage, une femme doit obéissance à son mari, et ce dernier, soutenu par le prêtre et la société, exige toujours son dû. Isabelle est tout autant la possession de Georges que sa servante ou son cheval. J'ai moi aussi juré allégeance à Richard. Une femme doit obéir à son époux comme un serf à son seigneur : ainsi va le monde régi par la loi divine. Même si elle pense, même si elle sait, qu'il a tort.

Isabelle porte timidement la main à mon ventre dur et gonflé sous les fronces de ma robe. Je la laisse me palper.

— Annie, tu es déjà si grosse. Te sens-tu bien ?

— Au début je vomissais, mais je vais mieux maintenant.

— Je n'arrive pas à croire que tu ne me l'aies pas dit tout de suite !

— J'en avais envie, vraiment, mais je ne savais pas comment t'aborder.

— As-tu peur ?

— Un peu… Beaucoup, avoué-je en voyant son regard sombre.

Nous restons toutes deux silencieuses, plongées dans nos pensées : le navire qui tanguait dans la tempête, ma mère qui me hurlait de faire sortir le bébé, l'horreur quand le petit corps a cédé à l'intérieur. Cette vision est si forte que je me sens vaciller, comme si la mer nous ballottait encore. Isabelle prend mes mains dans les siennes ; j'ai alors l'impression que nous venons de débarquer et je lui parle du petit cercueil que Mère a laissé couler dans les profondeurs.

— Annie, il n'y a aucune raison pour que cela se passe mal pour toi, dit-elle gravement. Mes contractions ont été aggravées par le fait d'être en mer, par la tempête et le danger. Toi, tu seras en sécurité, et ton époux…

— Il m'aime. Il m'emmènera au château de Middleham, où il fera venir les meilleurs médecins et sages-femmes du pays.

J'hésite.

— Tu… Je sais que peut-être tu…

Elle attend la suite. Je veux qu'elle m'accompagne en confinement, mais elle doit s'en douter.

— Je n'ai personne d'autre. Toi non plus. Quoi qu'il se soit passé entre nous, Iz, nous n'avons personne d'autre aujourd'hui.

Aucune de nous ne mentionne notre mère, toujours emprisonnée dans l'abbaye de Beaulieu, ses terres dérobées par nos époux, qui ont collaboré pour la voler, avant de rivaliser pour se voler l'un l'autre. Elle nous envoie à toutes deux des lettres remplies de menaces et de plaintes, jurant qu'elle n'écrira plus si nous ne promettons pas de lui obéir et de la faire libérer. Elle sait, comme nous, que nous avons laissé faire, car nous ne pouvions que respecter les volontés de nos époux.

— Nous sommes orphelines, déclaré-je d'un ton morne. Nous le sommes devenues de notre plein gré. Et nous n'avons personne d'autre vers qui nous tourner.

— Je t'accompagnerai.

Château de Middleham, Yorkshire, printemps 1473

Ces six semaines passées en confinement avec Isabelle dans la Tour des dames, au château de Middleham, me rappellent les longues journées de notre enfance. Les hommes n'ayant pas le droit d'entrer dans la chambre, le bois pour les feux couverts, les plats pour notre dîner, tout ce que nous désirons doit être remis au pied de la tour à l'une des femmes à mon service. Depuis le principal donjon du château, le prêtre traverse le pont en bois et reste à la porte derrière un écran pour lire la messe, puis me tend l'hostie à travers une grille métallique, sans me regarder. Nous ne recevons presque aucune nouvelle. Un soir, Isabelle dîne avec Richard dans la grande salle et revient nous annoncer que le petit prince de Galles va s'installer à Ludlow. L'espace d'un instant, je songe à mon premier époux ; le titre de prince de Galles était le sien, le beau château de Ludlow aurait été le nôtre. Marguerite d'Anjou avait prévu qu'après notre victoire, nous y habitions quelques mois afin d'imposer notre autorité aux Gallois, mais je me rappelle alors que cette époque est révolue. À présent membre de la maison d'York, je devrais me réjouir que leur prince soit assez grand pour avoir sa propre cour au pays de Galles, bien sûr sous la direction de son oncle, Anthony Woodville, qui, sans talent propre, est devenu baron de Scales grâce à sa défunte épouse.

— Les Rivers dirigeront le pays de Galles, seulement sans le titre, me murmure Isabelle. Le roi a placé son seul héritier sous leur garde, Anthony Woodville est le chef du conseil du prince et la reine régente tout. Ce n'est pas la maison d'York mais la maison de Rivers. Tu crois que les

Gallois toléreront cette situation ? Ils ont toujours soutenu la maison de Lancastre et les Tudors.

Je hausse les épaules. Enveloppée dans la sérénité des dernières semaines de grossesse, j'observe par la fenêtre les champs verdoyants et au-delà le pâturage rocailleux des landes, où tournoient les vanneaux en criant. Londres semble bien loin, Ludlow encore davantage.

— Qui d'autre que la reine devrait diriger son fils ? Il ne pourrait pas avoir de meilleur gouverneur que son oncle Anthony. Quoi que tu penses d'eux, ils forment une famille soudée. Anthony Woodville est l'un des meilleurs hommes d'Europe, il donnerait sa vie pour son neveu.

— Tu verras. Nombreux sont ceux qui redoutent la trop grande puissance des Rivers, et mettent le roi en garde contre le fait de confier tous les pouvoirs à une seule famille. Georges en fait partie. Même ton époux, Richard, n'apprécie pas de voir le pays de Galles sous leur garde.

Elle s'interrompt.

— Père disait qu'ils étaient de mauvais conseil, me rappelle-t-elle.

— C'est vrai. Le roi a eu vraiment tort de les choisir.

— Et Elle nous déteste, ajoute Isabelle d'une voix éteinte.

— Oui, je suppose que ce sera toujours le cas, mais elle ne peut rien contre nous. Tant que Georges et Richard soutiennent le roi, tout ce qu'elle peut faire, c'est se montrer aussi glaciale que la sirène sur le drapeau de sa famille. Elle ne peut même pas modifier l'ordre de préséance. Elle ne peut plus nous ignorer comme avant. De toute façon, après la naissance de mon bébé, je ne compte pas retourner à la cour. Personne ne peut me nuire ici, déclaré-je avec satisfaction en touchant le mur épais près de la fenêtre vitrée.

— Je ne retournerai pas non plus à la cour, et j'aurai une bonne raison. As-tu remarqué quelque chose à mon sujet ?

Je lève la tête et la regarde plus attentivement.

— Tu as l'air…

Je cherche un terme qui ne soit pas impoli.

— … en pleine forme.

— Tu veux dire grosse, réplique-t-elle en riant. Je deviens belle et grosse. Et je te demanderai de venir loger avec moi en août, ajoute-t-elle avec un grand sourire. Je voudrais que tu me rendes la pareille.

— Iz…

En un instant, je comprends, puis je lui prends les mains.

— Iz… tu attends un bébé ?

— Oui, enfin ! Je commençais à craindre…

— Bien sûr, bien sûr. Maintenant il faut que tu te reposes.

Aussitôt, je l'entraîne au coin du feu, la fais asseoir, glisse un tabouret sous ses pieds et l'observe en souriant.

— C'est merveilleux ! Mais tu ne dois plus te fatiguer. Tu repartiras en litière, non à cheval.

— Je vais bien. Je me sens bien mieux que la dernière fois. Je n'ai pas peur. Du moins pas trop… et – imagine un peu, Annie ! – nos bébés seront cousins, nés la même année.

S'ensuit un silence alors que nous songeons toutes deux à leur grand-père qui ne les verra jamais. Il les aurait considérés comme l'accomplissement de ses projets et en aurait conçu de nouveaux pour eux, tout aussi ambitieux, dès leur naissance.

— Père aurait déjà prévu leurs mariages et leurs blasons, dit Isabelle avec un petit rire.

— Il aurait obtenu une dispense pour les marier ensemble, et ainsi conserver leurs fortunes dans la famille.

Je m'interromps.

— Écriras-tu pour l'annoncer à Mère ? demandé-je d'un ton hésitant.

Elle hausse les épaules, le visage fermé et froid.

— À quoi bon ? Elle ne verra jamais ses petits-enfants. Elle ne sortira jamais, et elle m'a dit que si je ne pouvais pas la faire libérer, alors je n'étais plus sa fille. À quoi bon même penser à elle ?

*

Les contractions commencent à minuit, au moment où je vais me coucher dans le grand lit avec Isabelle. Je pousse un petit cri ; en un instant, elle se lève, jette une cape sur ses épaules, allume des bougies et envoie la servante chercher les deux sages-femmes.

Je vois qu'elle a peur pour moi ; son visage pâle et son ton dur lorsqu'elle commande de la bière m'effraient à mon tour. Sur le petit autel dans un coin de ma chambre est disposé un ostensoir, avec une hostie à l'intérieur. J'ai la ceinture spécialement bénie pour le premier bébé d'Isabelle nouée autour de mon ventre tendu. Après nous avoir servi la bière épicée, les sages-femmes ordonnent de réveiller les cuisiniers pour qu'ils préparent un grand dîner, car ce sera une longue nuit.

Lorsqu'elles m'apportent une fricassée de gibier suivie d'un poulet rôti et d'une carpe bouillie, l'odeur de la nourriture me retourne l'estomac. Je demande à ce que les plats soient remportés, puis je fais les cent pas entre la fenêtre et le lit, tandis que dans la chambre de parement, je les entends manger goulûment et réclamer davantage de bière. Seules Iz et deux servantes restent avec moi. Ma sœur n'a pas non plus d'appétit.

— Les contractions sont-elles violentes ? demande-t-elle avec inquiétude.

— Non, elles vont et viennent. Mais je crois qu'elles deviennent plus fortes.

Vers deux heures du matin, je souffre beaucoup plus. Les sages-femmes, rouges et gaies d'avoir bien mangé et bien bu, rentrent dans la chambre et me font marcher entre elles. Quand je m'arrête, elles me forcent à continuer. Quand je veux m'allonger pour me reposer, elles me poussent avec un claquement de langue. Ce n'est qu'au moment où les contractions se rapprochent qu'elles m'autorisent à m'appuyer sur l'une d'elles en gémissant.

Vers trois heures du matin, j'entends des pas traverser le pont depuis la grande chambre, puis l'on frappe à la porte et j'entends Richard crier :

— Je suis le duc ! Comment va mon épouse ?

— Parfaitement bien, répond la sage-femme avec bonne humeur, sans tenir compte de mon grognement de protestation. Elle se porte à merveille, mon seigneur.

— Elle en a encore pour longtemps ?

— Plusieurs heures. Allez dormir un peu, Votre Altesse, nous vous appellerons dès qu'elle se mettra au lit.

— Pourquoi, n'est-elle déjà pas au lit ? Que fait-elle ? demande mon jeune époux, perplexe derrière la porte close, ignorant tout des méthodes des sages-femmes.

— Nous la faisons marcher, explique la plus âgée. Pour soulager la douleur.

Inutile de leur dire que cela ne fonctionne aucunement, car elles continueront de faire comme elles ont toujours fait, et je leur obéirai, car je ne peux plus guère penser par moi-même.

— Vous la faites marcher ? Est-ce vraiment utile ?

— Si le bébé se faisait attendre, nous la balancerions dans une couverture, réplique la plus jeune avec un rire froid. Elle doit s'estimer heureuse que nous la fassions seulement marcher. C'est une tâche de femmes, Votre Altesse. Nous connaissons notre travail.

J'entends le juron étouffé de Richard, puis ses pas qui s'éloignent. Iz et moi échangeons un regard inquiet alors que les femmes me prennent par les bras pour me conduire de la cheminée à la porte, puis de nouveau à la cheminée.

Elles me laissent pour aller déjeuner dans la grande salle. Une fois de plus je n'arrive pas à manger, alors je me repose sur le lit. Assise près de moi, Isabelle me caresse le front comme lorsque j'étais malade. Les contractions sont si fréquentes et puissantes que je ne pense pas les supporter plus longtemps. Juste à ce moment-là, la porte s'ouvre et les deux sages-femmes rentrent, accompagnées cette fois-ci de la nourrice, qui arrange le berceau et étend les draps sur le lit d'accouchement.

— Il n'y en a plus pour longtemps, dit gaiement l'une des sages-femmes. Tenez.

Elle me tend une cale en bois, polie par l'usage, avec des marques de dents.

— Mordez ceci. Vous voyez ces traces ? Bien des femmes ont ainsi sauvé leur langue. Mordez quand la contraction arrive, et tenez bien ceci.

Elles ont attaché une cordelette entre les deux colonnes au pied de mon grand lit, et lorsque j'allonge le bras depuis la banquette, je peux la saisir et caler mes pieds contre le lit.

— Tirez dessus, et mordez la cale quand vous sentirez la contraction. Nous vous aiderons.

— N'avez-vous rien à lui donner pour soulager la douleur ? demande Isabelle.

La plus jeune débouche une bouteille en grès, dont elle verse un peu du contenu dans ma tasse en argent.

— Buvez-en une goutte. D'ailleurs, nous allons toutes en boire une goutte.

Le liquide me brûle la gorge et me fait pleurer, mais j'ai l'impression d'être plus courageuse et plus forte. Iz s'étrangle, puis se penche vers moi avec un grand sourire pour me murmurer à l'oreille :

— Ce sont deux vieilles ivrognes gloutonnes. Dieu seul sait où Richard les a dénichées.

— Ce sont les meilleures du pays. Dieu aide la femme en travail à Sa façon.

Nous rions en chœur, mais le rire me transperce le ventre telle une épée et je pousse un grand cri. Aussitôt, les deux femmes reprennent leur sérieux, me font asseoir sur le lit d'accouchement, placent la cordelette dans ma main, et demandent à la servante d'apporter de l'eau chaude de la carafe au coin du feu. Ensuite, pendant un long moment assez confus, je suis absorbée par la douleur, la lueur des flammes reflétée sur la carafe, la chaleur de la pièce, les mains fraîches d'Isabelle, qui me lave le visage. J'ai l'impression de souffrir jusque dans mes entrailles, et je lutte pour respirer. Je songe à ma mère, si loin de moi alors qu'elle devrait être ici, à mon père, qui a passé sa vie à combattre jusqu'à connaître la toute dernière terreur de la défaite et de la mort. Chose curieuse, je songe aussi à Minuit, levant sa grosse tête tandis que l'épée pénétrait dans son cœur. À la pensée de mon père, parti à pied se sacrifier dans les champs près de Barnet afin que je puisse devenir reine d'Angleterre, j'ai un haut-le-cœur. J'entends un cri, quelqu'un répète avec insistance : « Doucement, doucement », puis je vois Isabelle, les yeux voilés de larmes.

— Annie ! Annie ! C'est un garçon !

Alors je sais que j'ai accompli la seule chose que désirait mon père, la seule chose dont a besoin Richard : j'ai donné au premier un petit-fils, et au second un héritier. Dieu m'a bénie en m'offrant un garçon.

*

Mais il n'est pas vigoureux. Les sages-femmes affirment gaiement que bien des garçons fragiles deviennent des hommes courageux, et la nourrice m'assure que son lait le fera grossir en un rien de temps. Cependant, durant les six semaines de mon confinement après sa naissance, je tremble lorsque je l'entends crier, un petit son grêle dans la nuit ; le jour, je regarde ses paumes qui ressemblent à de petites feuilles pâles.

Isabelle doit rejoindre Georges à Londres après le baptême du bébé. Nous l'appelons Édouard d'après le roi, Richard lui prédit un grand avenir. Le baptême est petit et discret, tout comme ma bénédiction. Le roi et la reine ne peuvent pas venir, et bien que personne ne dise rien, il semble peu probable que le bébé grandisse ; il ne vaut donc guère le coût d'une grande robe de baptême, trois jours de célébrations au château et un dîner pour tous les serviteurs.

Dans la cour, Isabelle monte dans sa litière. Elle ne chevauchera pas car son ventre grossit.

— Il va prendre des forces, me murmure-t-elle pour me rassurer. Je lui trouvais déjà bien meilleure mine ce matin.

Ce n'est pas vrai, mais aucune de nous ne l'admet.

— En tout cas, au moins sais-tu maintenant que tu peux avoir un enfant, un enfant vivant.

La pensée du petit garçon mort en mer sans avoir jamais poussé de cri continue de nous hanter.

— Toi aussi, affirmé-je. Celui-ci, c'est certain. Je t'accompagnerai en confinement. Il n'y a aucune raison pour que cela ne se passe pas bien cette fois-ci. Tu auras un petit cousin pour Édouard, et plaise à Dieu qu'ils grandissent tous les deux.

Elle me regarde, les yeux creusés par la peur.

— Les garçons d'York sont robustes mais je n'oublie jamais que notre mère n'a conçu que deux filles. Or j'ai déjà eu un enfant, que j'ai perdu.

— Allons, courage, lui dis-je comme si j'étais l'aînée. Garde le moral et tout se passera bien pour toi comme pour moi. Je te rejoindrai avant ton terme.

— Que Dieu te bénisse, chère sœur.

— Que Dieu te bénisse, Iz.

*

Après le départ d'Isabelle, je repense à ma mère, qui ne verra peut-être jamais son premier petit-fils, ce garçon tant désiré. Je lui écris un message concis pour lui annoncer que l'enfant est né, et que pour l'instant il se porte bien, puis j'attends une réponse. Elle me renvoie une diatribe rageuse. Pour elle, mon enfant, mon garçon chéri, est illégitime ; elle l'appelle « le bâtard de Richard » car elle n'a pas autorisé notre mariage. Le château où il est né n'est pas à lui mais à elle, c'est donc un usurpateur, comme ses parents. Je dois abandonner immédiatement enfant et mari pour la rejoindre à Beaulieu. Ou aller implorer le roi à Londres. Ou encore ordonner à mon époux de la libérer. Georges et Richard doivent lui rendre sa fortune, et devraient être inculpés de vol. Si je ne fais rien de tout cela, alors je sentirai la froideur de sa malédiction : ma mère me reniera et ne m'écrira plus jamais.

Lentement, je plie la lettre en tout petit, puis je me rends dans la grande salle, où brûle toujours un feu. Je jette le papier au fond des braises et le regarde se consumer. Richard, qui passe à ce moment-là avec son lévrier écossais sur les talons, s'arrête devant mon visage grave et la petite flamme dans l'âtre.

— Qu'était-ce ?

— Rien, je réponds tristement. Ce n'est plus rien pour moi.

Château de Middleham, Yorkshire, juin 1473

C'est mon moment préféré de la journée : le début de la soirée, avant le dîner. Richard et moi faisons le tour des remparts carrés de ce grand château, une longue promenade qui nous conduit à tous les points cardinaux, commence et s'achève à la tour du prince, où mon petit Édouard chéri possède sa nursery. À notre droite se trouvent les douves profondes. En baissant les yeux, je vois des hommes remonter un filet de poissons argentés frétillants. Je donne un coup de coude à Richard.

— Carpe au dîner ce soir.

Au-delà des douves s'étend un mélange de bâtiments en pierre et en ardoise – la petite ville de Middleham – et tout autour les riches pâturages qui remontent jusqu'à la lande. J'aperçois deux vachères avec leurs jougs et leurs seaux sur leurs larges épaules, et leurs tabourets à trois pieds. Elles partent dans les champs traire les vaches qui, en entendant leur appel, relèvent la tête et se dirigent lentement vers elles. Au-delà des champs, le versant inférieur des collines est couvert de fougères, vert foncé, et plus haut de bruyère, violet pâle. C'est ici que j'ai vécu, et ma famille aussi, depuis toujours. Dans les chaumières, la plupart des garçons s'appellent Richard d'après mon père, et son père avant lui, et la plupart des filles Isabelle ou Anne d'après ma sœur et moi. Presque tous les habitants m'ont juré allégeance, ainsi qu'au nouveau Richard – mon époux. Alors que nous tournons sur le sentier du château et nous éloignons de la ville, je vois une chouette effraie, d'une blancheur nébuleuse, planer, aussi silencieuse qu'une feuille tombant le long d'une haie touffue.

Le soleil disparaît derrière une couche de nuages rose et or. Ma main glissée sous le bras de Richard, j'appuie ma tête contre son épaule.

— Êtes-vous heureux ?

Il sourit à cette question, qu'il ne poserait jamais.

— Je suis heureux d'être ici.

— Vous voulez dire… pas à la cour ?

J'espère qu'il me dira adorer ma compagnie, aimer vivre avec le bébé et moi dans notre plus belle maison. Nous sommes encore de jeunes mariés, et j'ai toujours le sentiment de jouer le rôle de la dame du seigneur dans son manoir, comme si je n'étais pas assez âgée ou noble pour prendre la place de ma mère. Pour Richard, c'est différent. Cette vie a été durement gagnée ; il assume à présent les responsabilités de seigneur du nord de l'Angleterre. Pour moi, être son épouse et habiter ici, dans ma maison familiale, est mon rêve d'enfance. Souvent, je n'arrive pas à croire qu'un tel rêve se soit réalisé. Mais Richard se contente de répondre :

— Ces temps-ci, la cour ressemble à une mêlée générale dans un tournoi de joute. Les Rivers ne cessent de gagner, tandis que Georges et les autres seigneurs ne cessent de riposter. C'est un combat tacite et continuel. Pas un arpent de terre ni une pièce dans ma poche n'est à l'abri. Il y a toujours un parent de la reine qui pense y avoir droit.

— Le roi…

— Édouard est d'accord avec la dernière personne à laquelle il parle. Il rit en promettant n'importe quoi à n'importe qui. Il passe ses journées à chevaucher, danser et jouer, et ses nuits à faire ribote dans les rues de Londres avec William Hastings, et même ses beaux-fils – qui, je le jure, ne sont pas ses fidèles compagnons mais ne le suivent que pour servir leur mère, pour être ses yeux et ses oreilles. Ils le conduisent dans toutes sortes de tavernes et maisons closes, puis reviennent tout raconter à leur mère. Il n'a pas d'amis, seulement des espions et des flatteurs.

— C'est mal, dis-je avec cette morale rigoureuse propre à la jeunesse.

— C'est très mal, confirme Richard. Un roi devrait montrer l'exemple à son peuple. Édouard est bien-aimé et les Londoniens apprécient de le voir, mais quand il est ivre dans les rues et court après les femmes…

Il s'interrompt au milieu de sa phrase.

— De toute façon, ce n'est pas là un sujet pour vos oreilles.

J'adapte mon allure à la sienne, sans lui rappeler que j'ai passé presque toute mon enfance dans une ville de garnison.

— Georges cherche à en tirer parti à tout moment, poursuit Richard. Il ne peut pas s'en empêcher, il ne songe qu'à la couronne qu'il a perdue au profit d'Édouard, et à la fortune qu'il a perdue à mon profit. Son avidité est immense, Anne. Il ne cesse jamais d'essayer d'obtenir plus de terres, plus de fonctions. Il se promène à la cour telle une grosse carpe, la bouche ouverte pour engloutir les honoraires, et vit comme un prince. Dieu sait combien il dépense à Londres pour s'acheter des amis et étendre son influence.

Une alouette s'envole en chantant du pré en contrebas du château, s'interrompt puis reprend son ascension, interminable, comme si elle n'allait s'arrêter qu'au paradis. Je me rappelle que mon père me disait de l'observer attentivement, car en un instant elle repliera ses ailes et plongera en silence. À l'endroit où elle se posera se trouve son petit nid duveté et quatre œufs mouchetés, disposés la pointe vers le centre car l'alouette est un oiseau ordonné, comme devrait l'être tout prétendant au paradis.

Alors que nous descendons l'escalier en colimaçon de la tour du corps de garde, qui mène à la cour principale du château, les portes s'ouvrent pour laisser entrer avec fracas une litière aux rideaux tirés et une vingtaine de cavaliers.

— Qui est-ce ? demandé-je. Une dame ? Qui nous rend visite ?

Richard s'avance et salue le chef de la garde comme s'il l'attendait.

— Aucun problème ?

L'homme se découvre puis essuie son front en sueur. Je reconnais James Tyrrell, l'un des hommes de confiance de Richard, et derrière lui Robert Brackenbury.

— Aucun, répond-il. À ma connaissance, personne ne nous a suivis, et personne ne nous a défiés sur la route.

Je tire sur le bras de Richard.

— Qui est cette visiteuse ?

— Vous êtes dans les temps, fait-il remarquer en m'ignorant.

Une main ouvre les rideaux de la litière, Sir James se tourne pour aider la dame à descendre. Elle lui prend la main après avoir posé les couvertures qui lui ont tenu chaud pendant son voyage. Je ne vois pas son visage car il est debout devant elle.

— Pas votre mère ? murmuré-je à Richard, horrifiée à l'idée d'une visite officielle.

— Non.

Il regarde la dame sortir de la litière et se redresser avec un petit grognement. Sir James s'écarte. Avec une sensation de vertige, je reconnais ma mère, que je n'ai pas vue depuis deux longues années, surgie de la tombe, ou en tout cas de l'abbaye de Beaulieu. Tel un fantôme vivant, elle se retourne pour m'adresser un horrible sourire triomphant, à moi sa fille, qui l'ai laissée en prison, pour morte.

*

— Pourquoi est-elle ici ?

Nous sommes dans la chambre de retrait, totalement seuls, la porte fermée. Dans la grande chambre de parement, on nous attend pour le dîner, tandis qu'en bas les cuisiniers jurent car la viande est trop cuite, et les pâtisseries trop croquantes et dorées.

— Je l'ai sauvée, répond-il calmement. Je croyais que vous en seriez ravie.

Je m'arrête brusquement pour le regarder. Ce n'est pas possible qu'il ait cru cela. À son expression doucereuse, je comprends qu'il sait qu'en m'amenant ma mère, il provoque une guerre qui fait rage au sein de notre famille depuis deux longues années, entre lettres furieuses et pénibles excuses. Après sa dernière lettre dans laquelle elle a traité mon fils, son propre petit-fils, de bâtard, et mon époux de voleur, elle ne m'a plus écrit. Selon elle, j'avais déshonoré mon père, trahi ma mère, et je n'étais plus sa fille. Elle m'a maudite et a déclaré que je vivrais sans sa bénédiction, qu'elle irait dans sa tombe sans prononcer mon nom. Je n'ai pas répondu, pas un seul mot. Lorsque j'ai épousé Richard, j'ai décidé que je n'avais ni père ni mère. L'un était mort sur le champ de bataille, l'autre m'avait abandonnée et envoyée seule au combat. Isabelle et moi nous considérons comme orphelines.

Jusqu'à maintenant.

— Richard, pour l'amour de Dieu, pourquoi l'avez-vous amenée ici ?

Enfin, il se décide à être franc.

— Georges allait l'enlever, j'en suis certain. Il allait s'opposer à la décision du roi de partager sa fortune entre nous deux, et exiger justice en son nom. Tout lui redonner comme s'il était son chevalier errant, puis, quand elle aurait de nouveau les terres de Warwick sous sa garde, les lui reprendre. Il allait la garder à sa cour comme vous, obtenir tout ce que nous possédons, Anne. Je devais l'emmener avant lui.

— Donc, pour empêcher Georges de la prendre… vous l'avez prise, dis-je d'un ton sec. Commettant ainsi le crime dont vous le soupçonniez.

— Quand je vous ai épousée, réplique-il avec un regard sévère, j'ai promis de vous protéger. Aujourd'hui, je protège vos intérêts.

La mention de notre mariage me réduit au silence.

— Je ne pensais pas à cela.

— Moi non plus. Mais je fais ce qu'il faut pour tenir ma promesse.

— Où va-t-elle habiter ? demandé-je, de nouveau prise de vertige. Elle ne peut pas retourner au sanctuaire, n'est-ce pas ?

— Ici.

— Ici ? hurlé-je presque.

— Oui.

— Richard, j'ai peur ne serait-ce que de la voir. Elle a dit que je n'étais pas sa fille, que je n'aurais jamais sa bénédiction, que je n'aurais pas dû vous épouser. Elle vous traite de noms que vous ne pardonneriez jamais ! Elle a appelé notre fils…

Je m'interromps au milieu de ma phrase.

— Je refuse de le répéter. Même d'y penser.

— Je n'ai pas besoin de l'entendre, ni de lui pardonner. Et vous n'avez pas besoin de sa bénédiction. Elle sera notre invitée, avec ses propres domestiques. Vous n'aurez pas à la voir si vous ne le souhaitez pas. Elle pourra dîner dans ses appartements, prier dans sa chapelle. Dieu sait que nous ne manquons pas de place. Elle n'aura pas à vous troubler.

— Comment peut-elle ne pas me troubler ? C'est ma mère ! Elle a affirmé qu'elle irait dans sa tombe sans prononcer mon nom !

— Considérez-la comme votre prisonnière.

— Ma mère est ma prisonnière ? demandé-je en me laissant tomber dans un fauteuil.

— Elle l'était déjà à l'abbaye de Beaulieu. Elle ne va jamais récupérer sa fortune, elle l'a perdue quand elle s'est réfugiée au sanctuaire après avoir appris la mort de votre père. Elle a choisi alors de vous abandonner aux dangers de la bataille. Aujourd'hui, elle a la vie qu'elle a choisie, et doit se conformer à son choix : être une indigente, en prison. Il se trouve qu'elle est prisonnière ici plutôt qu'à Beaulieu. Cela pourrait lui plaire. C'était sa maison, après tout.

— Sa maison de famille. Elle est venue ici après son mariage. Chaque pierre de chaque mur lui rappellera ses droits.

— Eh bien alors…

— C'est toujours sa propriété.

En regardant son beau visage déterminé, je me rends compte que rien ne le fera changer d'avis.

— Nous habitons ici comme des voleurs, et voilà que la véritable propriétaire nous verra percevoir ses fermages, réclamer son dû, tout en vivant sous son propre toit, abritée par ses propres murs.

Il hausse les épaules alors je m'interromps. Je savais que c'était un homme capable – tout comme son frère – de décisions soudaines, d'actes puissants et rapides. Les garçons d'York ont passé leur enfance en révolte contre le roi, à regarder leur père puis leur frère tout risquer à la guerre. Les trois frères d'York sont capables de courage intrépide et d'endurance obstinée. Je savais qu'il suivrait ses propres intérêts, sans scrupules. En revanche, j'ignorais qu'il pourrait arrêter sa propre belle-mère et la détenir, contre sa volonté, lui dérober ses terres alors même qu'elle dort sous son toit. Si je savais que mon époux était un homme dur, j'ignorais qu'il était de marbre.

— Combien de temps restera-t-elle ici ?

— Jusqu'à sa mort, répond-il d'un ton mielleux.

Je songe au roi Henri dans la Tour, mort la nuit même du retour victorieux des frères d'York de Tewkesbury, résolus à mettre fin à sa lignée. Tous trois sont entrés sans bruit dans sa chambre sombre, pendant son sommeil. Je songe au roi, sous leur protection, endormi à jamais ; j'ouvre la bouche pour lui poser une question, puis la referme sans rien dire. Je me rends compte que j'ai peur de demander à mon époux combien de temps, à son avis, vivra ma mère.

*

Ce soir-là, après le dîner, c'est à contrecœur et avec la nausée que je me rends dans les appartements attribués à ma mère. Ils lui ont servi les meilleurs plats, un genou à terre, avec tout le respect dû à une comtesse. Elle a bien mangé ; ils emportent les plats vides lorsque j'entre. Richard a décrété qu'elle serait logée dans la tour nord-ouest, aussi loin de nous que possible. Il n'y a pas de pont entre sa tour d'angle et le donjon principal ; si elle avait le droit de sortir de ses appartements, elle devrait descendre l'escalier, franchir une porte pour entrer dans la cour, traverser cette cour, et enfin monter l'escalier qui mène au donjon pour parvenir à la grande salle. Des gardes sont postés à chaque porte. Elle ne nous rendra jamais visite sans invitation. Elle ne quittera jamais la tour sans autorisation. Pour le restant de ses jours, elle n'aura que la vue réduite de ses fenêtres : les toits de la petite ville, le vaste ciel gris, le paysage désert, et en contrebas les sombres douves.

Je lui adresse une révérence – c'est ma mère, je dois lui témoigner du respect – mais ensuite je reste debout devant elle, le menton relevé. Je ressemble peut-être à une enfant provocatrice, seulement je n'ai que dix-sept ans et l'autorité de ma mère me terrifie.

— Votre époux a l'intention de me retenir prisonnière, déclare-t-elle avec froideur. Lui servez-vous, ma propre fille, de geôlière ?

— Vous savez que je ne peux pas lui désobéir.

— Vous ne devriez pas me désobéir.

— Vous m'avez abandonnée, rétorqué-je, déterminée à parler franchement. Vous m'avez laissée avec Marguerite d'Anjou, qui m'a conduite à un terrible combat, à la défaite, et à la mort de mon mari. Je n'étais guère plus qu'une enfant quand vous m'avez abandonnée sur un champ de bataille.

— Vous avez payé le prix d'une ambition démesurée. Celle de votre père, qui nous a détruits. Après l'avoir suivi, vous suivez aujourd'hui un autre homme ambitieux, comme un chien. Vous vouliez devenir reine d'Angleterre. Vous ne saviez pas où était votre place.

— Mon ambition ne m'a pas menée très loin, protesté-je en sentant monter ma colère et mes larmes. Isabelle m'a emprisonnée, ma propre sœur ! Je n'avais personne pour me défendre. Vous avez laissé Isabelle et Georges me détenir contre ma volonté. Vous vous êtes réfugiée au sanctuaire et m'avez abandonnée sur le champ de bataille ! N'importe qui aurait pu me prendre, il aurait pu m'arriver n'importe quoi.

— Vous avez laissé votre époux et celui d'Isabelle me voler ma fortune.

— Comment pouvais-je les en empêcher ?

— Avez-vous essayé ?

Je ne réponds pas. Je n'ai pas essayé.

— Rendez-moi mes terres et libérez-moi. Demandez-le à votre époux. Ou au roi.

— Mère… je ne peux pas.

— Alors demandez-le à Isabelle.

— Elle ne peut pas non plus. Elle attend un bébé, elle n'est même pas à la cour. De toute façon, le roi ne reçoit pas nos requêtes. Il ne nous écouterait jamais aux dépens de ses frères.

— Je dois retrouver ma liberté, insiste ma mère d'une voix tremblante. Je ne peux pas mourir en prison. Vous devez me libérer.

— Rien ne sert de me le demander, Mère. Je suis impuissante. Je ne peux rien pour vous.

L'espace d'un instant, elle me fusille du regard ; elle est toujours capable de m'effrayer. Mais cette fois-ci, je soutiens son regard et hausse les épaules.

— Nous avons perdu la bataille. Je suis mariée à mon sauveur. Je n'ai aucun pouvoir, Isabelle non plus, et vous encore moins. Je ne peux rien pour vous si cela contrarie la volonté de mon époux. Vous allez devoir vous résigner, comme moi, comme Isabelle, à la défaite.

Château de Farleigh Hungerford, Somerset, 14 août 1473

C'est avec un immense soulagement que je pars de chez moi, où règne la présence silencieuse et menaçante de ma mère dans la tour nord-ouest, afin de rejoindre Isabelle pour la naissance de son bébé à Norton St. Philip, dans le Somerset. À mon arrivée, je la trouve dans les sombres appartements de confinement. Le bébé est en avance et les deux jours de travail ne sont pas très douloureux, quoique fatigants. La sage-femme me tend le nouveau-né.

— Une fille, annonce-t-elle.

— Une fille ! m'exclamé-je. Iz, quelle jolie fille !

Elle jette à peine un coup d'œil au bébé au visage parfait, aussi lisse et pâle qu'une perle, et aux cils foncés.

— Ah, une fille, dit-elle d'une voix terne.

— Vous aurez plus de chance la prochaine fois, réplique la sage-femme d'un ton sec.

Elle empaquète le linge taché de sang, puis se frotte les mains sur son tablier souillé et va chercher un verre de bière.

— Mais c'est déjà une grande chance ! protesté-je. Tu vois comme elle est belle ? Iz, regarde-la, elle ne pleure même pas !

Aussi charmant qu'un chaton, le minuscule bébé ouvre la bouche et bâille. Iz ne tend pas les bras pour le prendre.

— Georges voulait à tout prix un garçon. Il ne me remerciera pas mais la considérera comme un échec, mon échec.

— Peut-être un garçon la prochaine fois ?

— Elle passe son temps à accoucher, lance Isabelle avec irritation. D'après Georges, sa santé va bientôt se détériorer. Ils ont un bébé presque chaque année. L'un d'eux finira bien par la tuer en couches, non ?

Je me signe contre sa malveillance.

— Presque toujours des filles, dis-je pour la consoler.

— Déjà un garçon, suffisant pour la principauté de Galles, et un autre bébé qui doit naître ce mois-ci. Et si elle portait un deuxième garçon ? Alors elle aura deux fils pour hériter du trône usurpé par leur père, et Georges sera repoussé encore un peu plus loin de la couronne. Comment donc obtiendra-t-il le trône si elle a d'autres fils ?

— Chut !

La sage-femme nous tourne le dos, la nourrice entre dans la chambre, la servante range le linge et rabat les draps du grand lit, mais je crains tout de même que l'on nous entende.

— Tais-toi, Isabelle. Ne parle pas ainsi. Surtout pas devant des gens.

— Pourquoi pas ? Georges était l'héritier d'Édouard. C'était leur accord. Seulement Elle continue d'avoir des enfants, sans cesse, comme une portée de porcelets. Pourquoi Dieu lui donne-t-Il un garçon ? Pourquoi la rend-Il féconde ? Pourquoi ne fait-Il pas pleuvoir sur elle la pestilence et ne les envoie-t-Il pas en enfer, elle et son bébé ?

Je suis si choquée par sa brusque malveillance, si tôt après l'accouchement, que je ne réponds rien. Je me détourne pour tendre le bébé à la nourrice, qui s'installe dans un fauteuil à bascule et le porte à son sein tout en s'extasiant sur sa petite tête duvetée. L'air sévère, j'aide Isabelle à monter dans le grand lit.

— Tu ne penses pas cela, Georges non plus, je le sais, déclaré-je avec fermeté. Car critiquer le roi et sa famille est un acte de trahison. Tu es fatiguée par l'accouchement et enivrée par la bière chaude. Iz, tu ne dois jamais parler ainsi, pas même à moi.

Elle me fait signe de m'approcher pour me murmurer à l'oreille :

— Ne crois-tu pas que notre père voudrait que Georges défie son frère ? Qu'il pensait que les portes du paradis s'ouvriraient si Georges venait à prendre la couronne et me faire reine ? Ton époux serait le prochain héritier. Ce bébé est une fille, elle ne compte pas. Si Georges s'emparait du trône, alors Richard serait le suivant. As-tu oublié que le plus grand souhait de Père était de voir l'une de nous devenir reine d'Angleterre et son petit-fils prince de Galles ? Peux-tu imaginer sa fierté et son bonheur s'il me voyait devenir reine, puis toi, et enfin ton fils roi ?

— Cela lui a coûté la vie, répliqué-je d'un ton dur en m'écartant. Il est mort. Notre mère est emprisonnée, et toi et moi presque orphelines.

— Si Georges venait à gagner, alors le jeu en aura valu la chandelle. S'il devait récupérer le trône, Père serait en paix.

Je tressaille à la pensée que ce ne soit pas le cas.

— Ah non, Iz. Je paie suffisamment de messes pour le repos de son âme dans chacune de nos églises. Écoute, je vais te laisser te reposer. La bière t'est montée à la tête. Tu ne devrais pas dire des choses pareilles et je refuse de les entendre. Je suis mariée à un frère fidèle au roi, et toi aussi. Tenons-nous-en à cette vérité. Tout le reste ne nous conduira qu'au danger et à la défaite, aussi sûrement qu'une épée dans le cœur.

*

Nous n'évoquons plus ce sujet. À mon départ, lorsque Georges m'aide à monter sur mon cheval en me remerciant de m'être occupée d'Isabelle, je lui souhaite beaucoup de bonheur et que sa fille grandisse bien.

— Peut-être aura-t-elle un garçon la prochaine fois, dit-il, l'air aussi maussade qu'un enfant gâté.

Son charme est totalement ombragé par ce revers, son sourire transformé en un rictus. Je voudrais lui rappeler qu'elle a déjà eu un garçon, un magnifique bébé, le fils et héritier qu'il désire tant aujourd'hui, un vigoureux garçon qui aurait eu trois ans et courerait dans la salle poursuivi par sa nurse ; mais Iz a été si secouée par la tempête à bord du navire de mon père que l'accouchement s'est mal passé, elle n'avait que moi comme sage-femme, et le petit cercueil du bébé a été plongé dans la mer houleuse.

— Peut-être la prochaine fois, je réponds d'un ton apaisant. Mais c'est une très jolie fille, qui tète bien et prend des forces.

— Davantage que votre garçon ? raille-t-il. Comment l'avez-vous appelé déjà, Édouard ? Était-ce en mémoire de votre défunt mari ? Curieux hommage.

— Édouard d'après le roi, bien sûr.

— Notre bébé est-il plus vigoureux que le vôtre ?

— Je pense que oui.

Cela me peine de dire la vérité mais la petite Margaret a de l'appétit et se porte bien, alors que mon fils est calme et ne grandit pas.

— Enfin, peu importe. Une fille ne sert à rien car elle ne peut pas prendre le trône, lance-t-il en se détournant.

C'est tout juste si je l'ai entendu, mais je suis certaine d'avoir compris. L'espace d'un instant, j'envisage de le défier en lui demandant de répéter ce qu'il vient de dire, de le prévenir que parler ainsi est un acte de trahison. Cependant, j'y renonce et rassemble mes rênes dans mes mains froides. Il vaut mieux qu'il ne l'ait jamais dit, que je ne l'aie jamais entendu. Je fais mieux de rentrer chez moi.

Château de Baynard, Londres, été 1473

Je rejoins Richard au château de Baynard, sa résidence familiale de Londres. À mon grand soulagement, la cour a quitté la capitale, désormais paisible. La reine Élisabeth est partie à Shrewsbury pour la naissance de son bébé, le deuxième fils que redoutait Isabelle ; le roi, qui l'aime à la folie, l'a accompagnée. Sans aucun doute, ils célébreront joyeusement la naissance d'un nouveau garçon pour assurer leur lignée. Cela m'est égal qu'elle ait deux fils ou vingt – Richard est le troisième héritier du trône, devenir le quatrième ne change pas grand-chose – mais je ne peux m'empêcher de ressentir une pointe d'irritation face à sa constante fécondité qui lui est si utile.

Ils l'appellent Richard, en l'honneur de son grand-père et de son oncle, mon époux. Ce dernier est ravi pour eux ; il aime son frère et se réjouit donc de son succès. Pour ma part, je suis seulement ravie qu'ils soient loin d'ici, et de ne pas être convoquée à Shrewsbury avec les autres dames pour me pencher sur le berceau et la féliciter de ce nouveau garçon. J'espère que tout ira bien pour elle et son nouveau-né, comme pour toute femme en couches, mais je n'ai vraiment pas envie d'assister à son triomphe.

Les autres seigneurs et courtisans sont repartis chez eux pour l'été, car personne ne veut passer ces mois chauds à Londres, où sévit la peste. Richard et moi ne resterons pas longtemps avant d'entamer notre long voyage vers le nord jusqu'à Middleham, afin de revoir notre bébé.

Le jour de notre départ, je vais annoncer à Richard que je serai prête dans une heure, mais la porte de sa chambre de parement est fermée. C'est là qu'il entend les pétitions et requêtes, pour son jugement ou sa générosité ; la porte reste toujours ouverte comme un symbole de sa bonté. C'est sa salle du trône, où l'on voit le plus jeune fils d'York occupé à diriger le royaume. J'entre dans la pièce. La porte de sa chambre de retrait est également fermée. Alors que je vais tourner la poignée, je suspends mon geste au son d'une voix familière.

À l'intérieur, son frère Georges, duc de Clarence, parle de façon très calme et persuasive. Je lâche la poignée et écoute, immobile.

— Puisqu'il n'est pas le vrai fils de notre père, et que leur mariage a sans nul doute été engendré par la sorcellerie…

— Cette histoire ? Encore ? l'interrompt Richard d'un ton méprisant. Il a deux fils – dont l'un né ce mois-ci – et trois filles en bonne santé, à côté de ton garçon mort et de ta fille pleurnicharde, mais tu prétends que son mariage n'est pas béni de Dieu ? Assurément, Georges, tu vois bien que les preuves pèsent contre toi ?

— Édouard et Élisabeth Woodville ne sont pas mariés aux yeux de Dieu, alors tous leurs enfants ne sont que des bâtards.

— Tu es le seul idiot à le dire.

— Ils sont nombreux à le dire. Le père de ton épouse l'affirmait.

— Par malveillance. Et ceux qui ne sont pas malveillants sont idiots.

Un fauteuil grince sur le sol en parquet.

— Me traites-tu d'idiot ?

— Seigneur, oui ! Sans hésitation. Un idiot perfide, si tu veux. Un idiot médisant, si tu insistes. Crois-tu que nous ignorons tes rencontres avec Oxford ? Avec tous les idiots rancuniers, bien qu'Édouard ait fait tout son possible pour contenter les hommes aigris d'avoir perdu leurs positions ? Avec les Lancastriens qui l'ont combattu ? Avec les derniers partisans de Lancastre que tu peux trouver ? Avec tous les châtelains mécontents ? Et tes messages secrets aux Français ? Tu crois que nous ne savons pas tout ce que tu fais, et plus encore ?

— Édouard est informé ? demande Georges d'une voix où toute trace de fanfaronnade a disparu. Tu as dit « nous » ? Que sait Édouard ? Que lui as-tu raconté ?

— Bien sûr qu'il sait. Présume qu'il sait tout. Fera-t-il quoi que ce soit ? Non. Et moi ? Je n'hésiterais pas, car je ne tolère pas l'hostilité dissimulée et préfère frapper vite. Mais Édouard t'aime comme seul le pourrait un bon frère, et il a plus de patience que moi. Mais, mon cher frère, tu ne m'apprends rien en venant me dire que tu as déjà trahi et pourrais recommencer. Je le sais déjà. Nous le savons tous.

— Ce n'est pas pour cela que je suis venu. Seulement...

De nouveau, j'entends le grincement d'un fauteuil alors que quelqu'un se lève d'un bond, puis la voix forte de Richard :

— Qu'est-il écrit ? Lis-le à haute voix ! Qu'est-il écrit ?

Sans ouvrir la porte, je sais que mon époux montre du doigt sa devise, gravée dans l'énorme manteau de cheminée en bois.

— Pour l'amour de Dieu !

— *Loyauté me lie*, cite Richard. Je ne m'attends pas à ce que tu le comprennes, mais je suis fidèle corps et âme à mon frère Édouard. Je crois à l'ordre de la chevalerie, je crois en Dieu et le roi, et au fait qu'ils ne font qu'un. Mon honneur me lie aux deux. Comment oses-tu le mettre en doute ? Mes convictions dépassent ton imagination.

— Tout ce que je dis, insiste Georges d'une voix plaintive, c'est qu'il existe des doutes sur le roi, et sur la reine. Si nous sommes légitimes et pas lui, alors peut-être devrions-nous partager le royaume, équitablement – comme toi et moi avons partagé l'héritage des Neville – pour régner conjointement. Il t'a presque offert le nord en te laissant le gouverner comme une principauté. Pourquoi ne peut-il pas me donner les Midlands et conserver le sud ? Le prince Édouard a le pays de Galles. C'est équitable, non ?

S'ensuit un long silence. Je sais que Richard doit être séduit par l'idée d'un royaume du nord sur lequel il régnerait. Je me rapproche encore de la porte en priant pour qu'il résiste à la tentation, refuse la proposition de son frère et reste fidèle au roi. Mon Dieu, faites qu'il ne fasse rien pour nous attirer l'hostilité de la reine !

— Cela reviendrait à démembrer le royaume qu'il a gagné par un combat loyal, répond Richard sans ambages. Il l'a remporté en entier, par la force des armes dans une bataille honorable. J'étais à ses côtés, et toi aussi. Il ne le divisera pas. Ce serait détruire l'héritage de son fils.

— Je suis surpris de te voir défendre le fils d'Élisabeth Woodville, réplique Georges d'un ton suave. Toi entre tous, supplanté par leur clan dans le cœur de ton frère. Toi entre tous, autrefois son plus cher ami mais qui passes désormais après elle, après son frère le saint Anthony, après ses fils roturiers, Thomas et Richard, les fidèles compagnons d'Édouard dans toutes les maisons closes de Londres. Mais je vois que le petit Woodville a trouvé un champion en ta personne. Finalement, tu es un oncle aimant.

— Je ne dirai rien sur les Rivers. Édouard a épousé la femme de son choix, ce n'est pas moi qui l'ai choisie, mais je défends mon frère et le défendrai toujours.

— Tu ne peux pas être fidèle à cette femme. Ce n'est pas possible.

De nouveau, j'entends mon jeune époux hésiter ; c'est vrai, il ne peut pas lui être fidèle.

— Nous parlerons, conclut Georges. Pas maintenant. Plus tard. Quand le petit Woodville voudra monter sur le trône d'Angleterre. Quand ce garçon de Grafton, ce bâtard indigne, voudra prendre la couronne que nous avons gagnée pour notre frère et notre maison, pas pour eux, alors nous parlerons. Je sais que tu es fidèle à Édouard, moi aussi. Mais uniquement à mon frère, à ma maison et au sang royal. Pas à ce bâtard de basse naissance.

En l'entendant tourner les talons et traverser la pièce, je recule vers une baie vitrée. Lorsque la porte s'ouvre, je regarde autour de moi avec un petit sursaut, l'air étonnée de les trouver là. Georges m'adresse à peine un signe de tête, tandis que Richard le regarde partir.

Château de Middleham, Yorkshire, juillet 1474

Richard tient parole : bien que ma mère et moi vivions sous le même toit, je ne la vois jamais. Situés dans la tour nord-ouest, près du corps de garde par commodité, ses appartements donnent sur les toits de chaume et les pignons en pierre des petites maisons de Middleham, tandis que les nôtres se trouvent en haut du donjon central, avec une vue tout autour tel un nid d'aigle. Nous nous rendons à Londres, York, Sheriff Hutton, ou au château de Barnard, escortés par nos gardes, entourés par nos amis et compagnons, tandis qu'elle reste dans les mêmes appartements, à observer chaque matin le lever de soleil par les mêmes fenêtres, et chaque soir le coucher de l'autre côté, dans sa chambre parcourue par les mêmes ombres.

Je donne l'ordre que notre fils Édouard ne soit jamais emmené sur les remparts extérieurs pour voir sa grand-mère. Je ne veux pas qu'elle entre en contact avec lui. Il est le petit-fils au nom royal ardemment désiré par mon père et, même s'il est désormais très loin du trône, je lui inculque l'éducation et le courage d'un roi – comme l'aurait souhaité mon père, comme aurait dû le faire ma mère. Mais elle nous a maudits, moi et mon mariage ; elle ne verra donc jamais mon fils, ne serait-ce qu'un seul instant. Elle peut être morte pour lui, comme je le suis pour elle.

Au milieu de l'été, elle demande à nous rencontrer, Richard et moi. Le message vient de sa première dame de compagnie. Richard me jette un coup d'œil comme pour me demander mon avis.

— Nous devons accepter, dis-je avec embarras. Et si elle était malade ?

— Alors elle devrait voir un médecin, pas vous. Elle peut en faire venir un de Londres si elle veut. Elle sait que je ne lésine pas sur son confort.

— Que veut-elle ? demandé-je à Lady Worth.

— Elle m'a seulement dit qu'elle voulait vous voir. Tous les deux.

— Amenez-la, décide Richard.

Nous sommes assis dans des fauteuils assortis, tels des trônes, dans la grande chambre du château de Middleham. À l'entrée de ma mère, je ne me lève pas, bien qu'elle semble s'attendre à ce que je m'agenouille pour recevoir sa bénédiction. Elle regarde autour d'elle, sûrement pour chercher quels changements nous avons apportés à sa maison, et hausse un sourcil comme si elle n'appréciait guère nos tapisseries.

Richard claque des doigts à l'adresse d'un serviteur.

— Apporte un fauteuil à la comtesse.

Ma mère s'assied devant nous. La raideur de ses mouvements révèle son âge ; peut-être est-elle malade. Peut-être veut-elle vivre avec Isabelle au château de Warwick, alors nous pourrons la laisser partir. J'ai hâte de l'entendre annoncer qu'elle doit se rendre à Londres pour sa santé et habiter avec ma sœur.

— C'est au sujet du document, dit-elle à Richard.

— Je m'en doutais.

— Vous deviez savoir que j'en entendrais parler tôt ou tard.

— Je supposais que quelqu'un vous le révélerait.

— Que se passe-t-il ? Quel document ? demandé-je à Richard.

— Je vois que vous cachez vos agissements à votre épouse, raille ma mère. Craigniez-vous qu'elle essaie de vous empêcher de commettre un méfait ? Cela m'étonne. Elle n'est pas ma championne. Ou pensiez-vous que ce serait trop difficile à accepter, même pour elle ?

— Non, je ne crains pas son opinion, lui répond-il avec froideur avant de s'adresser à moi. Il s'agit de la résolution du problème des terres de votre mère, sur laquelle Georges et moi avons fini par nous accorder. Édouard l'a confirmée. Nous l'avons fait ratifier par le parlement. Les avocats ont mis du temps à s'entendre et à l'élaborer sous forme de loi. C'est la seule solution qui nous satisfaisait tous : nous l'avons déclarée légalement morte.

— Morte !

Je fixe ma mère, qui soutient mon regard avec arrogance.

— Comment pouvez-vous la déclarer morte ?

Il tape les joncs de son pied botté.

— C'est un terme juridique, qui résout le problème de ses terres. Nous ne pouvions pas les obtenir autrement. Ni Isabelle ni vous ne pouviez en hériter de son vivant. Alors nous l'avons déclarée morte. Personne ne vole rien à personne. Elle est morte, vous héritez. Les terres nous sont transmises, à Georges et moi, en tant qu'époux.

— Mais, et elle ?

Il la désigne en éclatant presque de rire.

— La voici, preuve vivante de l'échec de la malveillance. Nous l'avons déclarée morte et la voilà en pleine santé, qui me dépouille. Cela mériterait un sermon.

— Excusez-moi si vous me trouvez coûteuse, lance ma mère d'un ton cinglant. Enfin, je crois me souvenir que vous avez pris toute ma fortune pour me loger et me nourrir.

— Seulement la moitié. Votre gendre et votre fille aînée ont pris l'autre moitié. Inutile de rejeter la responsabilité sur Anne, Isabelle vous a elle aussi abandonnée. Le logement et la nourriture ont un coût, mais je ne demande pas de gratitude.

— Vous n'en aurez pas.

— Préféreriez-vous être emprisonnée dans un couvent ? Car je peux vous renvoyer en confinement à Beaulieu si vous voulez.

— Je préférerais vivre sur mes propres terres en liberté, plutôt que vous n'ayez abusé de la loi pour me supprimer. Quelle sera ma vie maintenant que je suis déclarée morte ? Suis-je au purgatoire ? Ou en enfer ?

— Vous nous posiez un problème délicat, qui est désormais résolu. Je ne voulais pas voler ma belle-mère et l'honneur du roi était en jeu. Il ne pouvait pas non plus donner l'impression de voler une femme sans défense au sanctuaire. Alors nous avons trouvé une solution très habile. La loi du parlement vous déclare morte, vous n'avez donc pas de terres, pas de maison et, je présume, pas de liberté. Ce sera ici, au couvent, ou dans la tombe. Vous avez le choix.

— Je resterai ici, répond péniblement ma mère. Mais je ne vous pardonnerai jamais, Richard. Je me suis occupée de vous quand vous étiez petit, dans ce même château. Mon époux vous a appris tout ce que vous savez sur la guerre et les affaires. Nous étions vos tuteurs, de bons tuteurs pour vous et votre ami Francis Lovell. Et voilà comment vous me remerciez.

— Votre mari m'a appris à avancer rapidement, à tuer sans remords, sur le champ de bataille et en dehors, parfois dans l'illégalité, à prendre tout ce que je voulais. Je suis un bon élève. À ma place, il agirait de la même façon. En réalité, son ambition était plus grande. Je n'ai pris que la moitié de vos terres, lui aurait pris toute l'Angleterre.

Elle ne peut pas le contredire.

— Je suis lasse, dit-elle en se levant. Anne, donnez-moi votre bras et raccompagnez-moi dans mes appartements.

— Ne croyez pas que vous pourrez la suborner, la prévient Richard. Anne sait à qui va sa loyauté. Vous l'avez abandonnée à la défaite, alors que je l'ai sauvée de votre négligence pour faire d'elle une grande héritière et une duchesse.

Je prends le bras de ma mère, qui s'appuie sur moi. À contrecœur, je la fais sortir de la chambre de parement, descendre l'escalier, puis traverser la grande salle, où les serviteurs sortent les tables pour le dîner. Nous arrivons au pont qui mène aux remparts extérieurs et à ses appartements. Elle s'arrête sous le porche de sa tour.

— Vous savez qu'un jour il vous trahira et vous vous retrouverez exactement comme moi : seule et perdue, au purgatoire, à vous demander si ce n'est pas l'enfer.

Parcourue d'un frisson, je voudrais me dégager, mais elle me serre le bras et s'appuie sur moi de tout son poids.

— Il ne me trahira pas. C'est mon époux, nos intérêts sont communs. Nous avons fait un mariage d'amour et nous nous aimons toujours.

— Ah, vous ne savez pas alors, lance-t-elle avec satisfaction. Je m'en doutais.

Elle soupire comme si elle recevait un présent de grande valeur. De toute évidence, elle ne fera pas un pas de plus. Soudain, je me rends compte que c'est pour ce moment-là, seule avec moi, qu'elle a demandé mon bras. Elle n'espérait pas se réconcilier avec sa fille. Non, elle voulait seulement me dire une chose affreuse que j'ignore, et ne désire pas savoir.

— Allez, lui dis-je, mais elle n'avance pas.

— Dans les termes de la loi qui me déclare morte, vous êtes sa traînée.

Je suis si choquée que je me fige.

— Que dites-vous ? Quelles folies me racontez-vous là ?

— C'est la nouvelle loi, répond-elle avec un petit rire de sorcière. Vous ne saviez pas.

— Je ne savais pas quoi ?

— La loi qui me déclare morte, et vous mon héritière, stipule ensuite qu'en cas de divorce, c'est votre époux qui gardera les terres.

— Divorce ?

— Il gardera les terres, les châteaux et les maisons, les navires et les trésors, les mines, les carrières, les greniers à blé, et tout le reste.

— Il a prévu notre divorce ? demandé-je d'une voix mal assurée.

— Comment une chose pareille pourrait-elle arriver ? Pourquoi divorcer ? fanfaronne-t-elle. Ce mariage a été consommé, vous avez prouvé votre fécondité en lui donnant un fils. Il n'y a aucun motif de divorce, n'est-ce pas ? Pourtant, dans cette loi du parlement, Richard prend ses dispositions. Pourquoi donc, si aucun divorce n'aura jamais lieu ? Pourquoi prévoir l'impossible ?

J'ai la tête qui tourne.

— Mère, si vous vous entêtez à me parler, alors parlez franchement.

Ce qu'elle fait, avec un grand sourire comme si elle m'annonçait une bonne nouvelle. Elle exulte de comprendre une situation qui reste confuse pour moi.

— Il prévoit le reniement de votre union. Si c'était un vrai mariage, il ne pourrait pas être annulé sans raison. Alors je me dis que vous vous êtes mariés sans la dispense du pape. Je me trompe, ma renégate de fille ? Vous êtes cousins, beau-frère et belle-sœur, et je suis sa marraine. Richard est même un parent de votre premier époux. Votre mariage nécessitait une dispense totale sur de nombreux, très nombreux points. Mais je ne crois pas que vous ayez eu le temps d'obtenir cette dispense papale. À mon avis, Richard vous a pressée de l'épouser en affirmant que vous pourriez l'obtenir plus tard. Je me trompe ? Je ne pense pas car dans cette loi qui montre pourquoi il vous a épousée – pour votre fortune – il est également décrété qu'il gardera vos terres s'il vous renie, ce qui est possible. Tout s'éclaire !

— C'est sûrement la formulation de la loi. Elle doit contenir la même disposition pour Georges et Isabelle.

— Non, ce n'est pas le cas. Mais vous avez raison. Si Georges et Isabelle étaient soumis aux mêmes conditions, vous pourriez être rassurée. Seulement c'est différent pour eux. Il n'y a aucune disposition pour l'annulation de leur mariage. Georges sait que c'est impossible, alors il ne le prévoit pas. Ils ont obtenu une dispense pour leur lien de parenté, leur mariage est valable. En revanche, Richard sait qu'il n'a pas obtenu de dispense totale et que son mariage n'est pas entièrement valable. Il a donc le pouvoir de l'annuler. J'ai lu le contrat très attentivement, avec tout l'intérêt qu'une femme porterait à son propre certificat de décès. À mon avis, si je devais demander au pape de me montrer la dispense légale pour votre mariage, il me répondrait qu'il n'en existe aucune, car elle n'a jamais été requise. Vous n'êtes donc pas mariés, votre fils est un bâtard et vous une traînée.

Je suis si stupéfaite que je me contente de la fixer. Au début, je me dis qu'elle divague, mais ensuite, l'une après l'autre, les pièces du puzzle se mettent en place. Notre hâte à nous marier et Richard qui affirme que nous obtiendrons la dispense plus tard. À l'époque, j'ai présumé, comme une idiote, que notre mariage était valable. J'ai juste oublié, après la nuit de noces, qu'être mariés par un archevêque avec la bénédiction du roi ne valait pas une dispense du pape. Lorsque j'ai été accueillie par sa mère, reçue par la cour, que nous avons conçu notre fils et hérité de mes terres, j'ai supposé que tout était normal, sans rien remettre en question. À présent, je sais que mon époux, lui, n'a pas oublié, ni supposé, mais prévu de pouvoir conserver sa fortune si jamais il décidait de me renier. S'il veut se débarrasser de moi, il n'a qu'à déclarer que notre mariage n'a jamais été valable. Il est fondé sur nos vœux devant Dieu – au moins ceux-là ne peuvent être reniés – mais ils ne suffisent pas. Notre union dépend également de son bon vouloir. Nous resterons mari et femme aussi longtemps qu'il le souhaite. À tout moment, il pourrait dénoncer notre mariage comme une imposture, alors lui serait libre et moi totalement déshonorée.

Je secoue la tête de stupéfaction. Moi qui croyais tout ce temps être à la fois la joueuse et le pion, je n'ai en réalité jamais été aussi impuissante, un simple pion dans la partie d'un autre joueur.

— Richard…

J'ai l'impression de l'appeler à mon secours une fois de plus. Ma mère me considère en silence, satisfaite.

— Que vais-je faire ? me murmuré-je à moi-même. Que puis-je faire maintenant ?

— Quittez-le, répond ma mère d'une voix aussi cinglante qu'une gifle. Quittez-le immédiatement et accompagnez-moi à Londres. Nous ferons annuler la loi, nierons le faux mariage et récupérerons mes terres.

— Ne comprenez-vous toujours pas que vous ne les récupérerez jamais ? Vous croyez pouvoir affronter le roi d'Angleterre en personne ? Défier les trois fils d'York réunis ? Avez-vous oublié qu'ils étaient les ennemis de mon père, de Marguerite d'Anjou ? Que nous avons été vaincus ? Tout ce que vous voulez, c'est vous jeter vous-même en prison dans la Tour, et moi avec.

— Vous ne serez jamais en sécurité mariée à lui. Il peut vous quitter quand il veut. Si votre fils meurt, et que vous n'arrivez pas à en concevoir d'autre, il pourra trouver une femme plus féconde et emporter votre fortune avec lui.

— Il m'aime.

— Peut-être, mais il veut ces terres, ce château, et un héritier plus que tout au monde. Vous n'êtes pas en sécurité.

— Je ne le suis pas avec vous, rétorqué-je. De cela au moins je suis sûre. Vous m'avez mariée à un prétendant au trône d'Angleterre puis abandonnée au moment de partir au combat. Et voilà que vous me demandez de commettre une nouvelle trahison.

— Quittez-le. Je vous soutiendrai cette fois-ci.

— Et mon fils ?

— Vous ne le reverrez jamais mais comme c'est un bâtard… qu'importe !

Je la prends violemment par le bras pour la conduire à ses appartements, où le garde s'efface pour nous laisser entrer. Il bloquera ensuite la porte pour l'empêcher de ressortir.

— Ne l'appelez pas ainsi. Jamais. Je resterai aux côtés de mon fils et de mon époux. Quant à vous, vous pouvez croupir ici.

Elle dégage son bras d'un mouvement brusque.

— Je vous préviens, je vais annoncer au monde que vous n'êtes pas une épouse mais une traînée, alors vous serez ruinée, crache-t-elle.

— Non, certainement pas ! répliqué-je en la poussant à l'intérieur. Car vous n'aurez ni plume ni papier, et aucun moyen d'envoyer des messages. Ni messagers ni visiteurs. Vous m'avez seulement appris que vous êtes mon ennemie, alors je vous garderai ici sous étroite surveillance. Entrez, Mère. Vous ne ressortirez plus, et aucune de vos paroles ne sera jamais répétée à l'extérieur de ces murs. Allez mourir, car vous êtes morte pour le monde et pour moi. Allez mourir !

Je lui claque la porte au nez avant de m'adresser au garde :

— Hormis ses domestiques, personne n'a le droit de la voir. Pas de messages, pas même de colporteurs à sa porte. Quiconque entre ou sort doit être fouillé. Elle ne voit personne, ne parle à personne. Vous avez compris ?

— Oui, Votre Altesse.

— C'est une traîtresse et une menteuse. Elle est notre ennemie, la mienne, celle du duc et de notre précieux fils. Le duc est un homme dur avec ses ennemis. Assurez-vous de l'être avec elle.

Château de Middleham, Yorkshire, printemps 1475

Je crois que je deviens une femme au cœur de pierre. La fillette que j'étais autrefois – qui appréhendait la réprobation de sa mère, se cramponnait à sa grande sœur, aimait son père tel un seigneur – est devenue une duchesse de dix-huit ans qui ordonne de garder sa mère comme une ennemie, et écrit à sa sœur avec un soin méticuleux. Richard me prévient que son frère Georges critique le roi de plus en plus ouvertement, et qu'Isabelle est bien connue pour partager ses opinions ; nous ne pouvons plus les fréquenter.

Il n'a pas besoin de me convaincre. Je ne veux pas les voir s'ils courent au danger. Lorsqu'Isabelle m'écrit qu'elle retourne en confinement et voudrait que je l'accompagne, je refuse. En outre, je ne peux pas l'affronter alors que notre mère est sous ma garde, incarcérée pour le restant de ses jours, avec ses terribles menaces dans mes oreilles et chaque nuit dans mes rêves. Isabelle sait à présent, elle aussi, que nous avons déclaré notre propre mère morte afin de pouvoir prendre ses terres pour les donner à nos époux. J'ai l'impression que nous sommes des meurtrières, aux mains tachées de sang. Et que lui dirais-je si elle me demandait si notre mère est bien traitée ? Si elle supporte son emprisonnement avec patience ? Que pourrais-je lui dire si elle me demandait de la relâcher ?

Je n'avouerai jamais que ma mère est détenue dans la tour pour l'empêcher de parler de mon mariage, que non seulement nos époux l'ont déclarée morte mais que maintenant même moi, je souhaite sa mort. Assurément, je la souhaite réduite au silence pour toujours.

Aujourd'hui, je crains l'opinion d'Isabelle. Je me demande si elle a lu cette loi aussi attentivement que ma mère, si elle a des soupçons sur mon mariage, si un jour Georges dira à tout le monde que je suis la traînée du duc au même titre qu'Élisabeth Woodville est celle du roi, qu'il est donc le seul fils d'York à avoir une honnête épouse. Je n'ose pas voir Isabelle avec toutes ces pensées en tête, alors je lui réponds que je ne peux pas venir car les temps sont trop durs.

En mars, je reçois une lettre de ma sœur : elle regrette de ne pas m'avoir vue mais elle a une bonne nouvelle. Elle a enfin un garçon, un fils et héritier. Lui aussi s'appellera Édouard, mais d'après son lieu de naissance et le comté de son grand-père : Édouard de Warwick. Elle me demande d'être heureuse pour elle. J'essaie, mais je ne pense qu'à une seule chose ; si Georges tente de prendre le trône, il pourra offrir à tous les traîtres potentiels une autre famille royale : un prétendant et à présent un héritier. Je réponds à Isabelle que je suis ravie pour elle et son fils, et espère que tout ira bien pour eux. Mais je n'envoie pas de présents, ne demande pas à être marraine. Je redoute les projets de Georges pour ce petit garçon, ce nouveau Warwick, petit-fils du faiseur de rois.

En outre, pendant que j'étais tourmentée par les paroles de ma mère, et mes craintes pour mon fils, le pays s'est préparé à partir en guerre contre la France à une allure folle. Toute la période de paix a été oubliée : les impôts doivent être augmentés, les soldats recrutés, les armes forgées, les chaussures réparées, les livrées cousues. Richard ne pense qu'à rassembler son armée, entraîner métayers, serviteurs, domestiques et tous ceux qui lui ont juré allégeance. Les gentilshommes doivent amener leurs propres métayers de leurs fermes ; les villes lèvent des fonds et envoient des apprentis. Richard se hâte de recruter ses hommes avant de rejoindre ses frères – ses deux frères. Ils partent envahir la France avec le royaume entier, tel un immense cortège.

Les trois fils d'York vont retrouver toute leur splendeur. Édouard s'est déclaré déterminé à restaurer la gloire d'Henri V[1]. Il sera de nouveau roi de France, et le déshonneur de l'Angleterre sous le règne de la méchante reine et du roi endormi sera oublié. Avant son départ, Richard se montre froid avec moi. Il se souvient que le roi de France, Louis, avait suggéré puis organisé mon premier mariage, m'appelait sa jolie cousine et m'avait promis son amitié lorsque je serais reine d'Angleterre. Richard vérifie et revérifie les chariots qui transporteront tout l'équipement en France, demande à son armurier d'emballer deux armures, puis monte enfin sur son cheval dans la cour, à la tête d'un millier d'hommes. D'autres encore le rejoindront durant leur marche vers le sud.

Je vais lui faire mes adieux. Mes yeux sont remplis de larmes, que je tente de chasser en clignant des paupières. Le sourire de Richard est distant ; son esprit est déjà concentré sur la tâche à accomplir.

— Prenez soin de vous, mon cher époux.

— Je pars à la guerre. Je doute de pouvoir prendre soin de moi.

Je secoue la tête. Je voudrais tant lui confier combien j'ai peur pour lui, que je ne peux pas m'empêcher de songer à mon père, qui nous a à peine dit au revoir dans sa hâte de rejoindre sa flotte pour partir en guerre. Je pense aussi à mon premier époux, dont la vie a été cruellement écourtée sur un champ de bataille si meurtrier que, encore aujourd'hui, personne ne parle de sa mort.

— J'espère seulement que vous nous reviendrez, à moi et à votre fils Édouard.

Je m'approche du flanc de son cheval et pose la main sur son genou.

— En tant qu'épouse, je vous donne ma bénédiction. Mon cœur vous accompagnera à chaque étape, je prierai pour vous chaque jour.

1. Vainqueur de la bataille d'Azincourt (1415), Henri V d'Angleterre parvient à se faire reconnaître comme héritier du trône de France mais meurt prématurément sans avoir pu ceindre la couronne. (*N.d.T.*)

— Je rentrerai sain et sauf, me rassure-t-il. Je combats aux côtés de mon frère Édouard, qui n'a jamais été vaincu sur un champ de bataille, seulement par traîtrise. Si nous pouvons reconquérir les terres anglaises en France, ce sera la victoire la plus glorieuse depuis des générations.

— Oui.

Il se penche pour m'embrasser sur les lèvres.

— Du courage. Vous êtes l'épouse d'un commandant d'Angleterre. Peut-être reviendrai-je avec des châteaux et de grandes propriétés en France. Protégez mes terres et mon fils jusqu'à mon retour.

Je recule et il fait tourner son cheval. Son porte-étendard soulève son fanion, qui se déploie dans la brise. Le signe du sanglier, l'écusson de Richard, déclenche une acclamation de la part de ses hommes, auxquels il donne le signal du départ. Lorsqu'il relâche les rênes, son cheval avance avec empressement. Les voilà partis : ils passent sous le large porche en pierre où le pas lourd des soldats résonne par-dessus le pont-levis qui enjambe les douves, provoquant l'envol des canards effrayés. Ensuite, ils descendent la route de Middleham vers le sud, pour rejoindre le roi, traverser la Manche, débarquer en France et enfin restaurer l'époque où les rois anglais gouvernaient la France et les fermiers anglais y cultivaient des olives et du raisin.

Londres, été 1475

Je quitte le château de Middleham pour celui de Baynard, notre résidence familiale à Londres, afin de me rapprocher de la cour et d'apprendre les nouvelles de la guerre menée contre la France par mon époux et ses frères.

La reine Élisabeth garde sa cour à Westminster. Son fils, le petit prince Édouard, est nommé gouverneur de l'Angleterre en l'absence de son père ; elle se glorifie de son importance en tant qu'épouse d'un roi en campagne, et mère du prince. Son frère Anthony Woodville ayant accompagné le roi en France, son fils est entièrement sous sa garde. Chef de son conseil, elle choisit tous ses conseillers et professeurs. Le pouvoir du royaume est censé être assigné à un conseil, officiellement dirigé par le cardinal Bourchier, mais puisqu'il doit son chapeau rouge au roi, il obéit à la reine au doigt et à l'œil. En l'absence de toute autre personne, Élisabeth Woodville est le chef de la maison d'York. C'est une femme qui a réussi par ses propres moyens à accéder à la grandeur : d'épouse de châtelain, elle est devenue reine, presque régente.

Comme la moitié de l'Angleterre, je n'imagine pas la catastrophe qui frapperait le pays si notre roi décédait en France, et le trône à être transmis à ce petit garçon. Comme la moitié du pays, je prends soudain conscience de l'extraordinaire pouvoir attribué à cette famille du Northamptonshire. Si le roi venait à mourir dans cette guerre, tout comme Henri V durant sa campagne en France, toute l'Angleterre se retrouverait entre les mains des Rivers pour toujours. Le prince de Galles est sous leur emprise, et ils renforcent petit à petit leur pouvoir à travers le pays, en nommant leurs amis ou parents à chaque poste qui se libère. Le conseiller et tuteur du prince est le frère bien-aimé de la reine, Anthony Woodville, Lord Rivers ; son conseil présidé par elle et contrôlé par lui. Le prince a de nombreux frères et sœurs, ainsi que de nombreux oncles et tantes, car Élisabeth Woodville et sa mère, la sorcière Jacquette, ont toutes deux été anormalement – étrangement – fécondes. Ceux d'entre nous qui appartenons à la famille du roi connaissons à peine les princes – toujours entourés par les Rivers et leurs amis ou serviteurs. Le petit garçon est le neveu de mon époux, pourtant nous ne le voyons jamais. Il vit seul à Ludlow avec Lord Rivers, et lors de ses rares visites à la cour pour Noël ou Pâques, il est accaparé par sa mère et ses sœurs, si heureuses de le revoir qu'elles ne le perdent jamais de vue.

Nous avons détruit la maison de Lancastre mais à sa place, je le comprends à présent, nous avons laissé s'installer une nouvelle maison rivale, la maison de Rivers. Les Woodville ont placé leurs amis, leurs favoris ou eux-mêmes à chaque poste de pouvoir du royaume. L'héritier est un garçon de leur lignée.

Si le roi venait à mourir en France, les Rivers deviendraient la nouvelle famille royale d'Angleterre. Ni Georges ni Richard ne seraient les bienvenus à la cour. S'ensuivrait, très certainement, une nouvelle guerre. Je ne doute pas un seul instant que Georges s'opposerait à l'usurpation des Rivers, et il aurait raison. Dépourvus de sang royal, ils n'ont pas été choisis pour gouverner. Ce que ferait Richard, je ne peux guère le deviner. Son amour et sa loyauté envers son frère Édouard sont ancrés en lui ; mais comme tous les témoins de l'avidité de la reine, il ne supporterait pas de laisser le pouvoir aux mains de l'épouse de son frère et de sa famille. Selon moi, il est presque certain que les deux frères d'York se retourneraient contre les Rivers. L'Angleterre serait alors déchirée par une nouvelle guerre entre maisons rivales.

La reine me convie à un dîner pour fêter la bonne nouvelle : ils sont arrivés à bon port et ont commencé leur marche en France. En entrant dans sa chambre de parement, bruyante et vivement éclairée, je suis surprise et ravie de découvrir ma sœur Isabelle à ses côtés.

J'adresse une révérence à la reine, puis elle m'offre sa joue froide ; je l'embrasse comme ma belle-sœur. J'embrasse également les trois filles d'York et m'incline devant le prince, âgé de bientôt cinq ans, et son petit frère. Encore agrandie récemment avec l'arrivée de la dernière née, Anne, ce n'est qu'après avoir salué cette immense famille, que je peux enfin me tourner vers ma sœur. Je craignais qu'elle ne soit fâchée contre moi pour ne pas l'avoir accompagnée en confinement mais elle me serre aussitôt dans ses bras.

— Annie ! Je suis si contente que tu sois là. Je viens juste d'arriver, sinon je serais venue chez toi.

Dans un brusque accès de joie, je l'étreins puis saisis son visage souriant.

— Richard n'a pas voulu me laisser te rejoindre en confinement. Je voulais venir, mais il me l'a interdit.

— Je sais. Georges ne voulait pas que je te le demande. Se sont-ils disputés ?

— Pas ici.

D'un infime signe de tête, je préviens Isabelle que la reine Élisabeth, apparemment occupée à parler à son fils, écoute très certainement chacune de nos paroles. Ma sœur glisse son bras autour de ma taille et nous faisons mine d'aller admirer le nouveau bébé royal. La nourrice nous la montre avant de l'emmener à la nursery.

— Je trouve mon Édouard plus vigoureux, fait remarquer Isabelle. Mais Elle a toujours de si beaux bébés, n'est-ce pas ? Comment fait-elle, à ton avis ?

Je secoue la tête. Je ne vais pas discuter des sujets dangereux que sont la remarquable fécondité de la reine ou l'excellente éducation de ses enfants. Isabelle suit mon exemple.

— Alors… tu sais ce qui s'est passé entre ton époux et le mien ? Se sont-ils querellés ?

— J'ai surpris leur conversation en écoutant à la porte, avoué-je. Ce n'est pas l'argent, Iz, ni l'héritage de Mère. C'est pire…

Je baisse la voix :

— Je crains que Georges ne se prépare à défier le roi.

Elle jette aussitôt un coup d'œil derrière elle, mais nous sommes à l'écart de la cour bruyante, personne ne peut nous entendre.

— L'a-t-il dit à Richard ? En es-tu certaine ?

— Tu ne le savais pas ?

— Il reçoit sans cesse des visiteurs, développe ses affinités, suit les conseils d'astrologues. Seulement je croyais qu'il préparait cette invasion de la France. Il a rassemblé plus de mille hommes. Richard et lui ont les plus grandes armées, plus grandes que celle du roi, mais je croyais que Georges réunissait ses hommes pour Édouard. Il ne peut pas envisager de revendiquer le trône alors qu'il vient de lever une armée pour soutenir son frère, n'est-ce pas ?

— Pense-il vraiment qu'Édouard n'a pas de véritable titre à la couronne ? demandé-je avec curiosité. C'est ce qu'il a dit à Richard.

— Nous savons tous ce qu'il a dit. Édouard est né à l'étranger, à une période où son père était parti combattre les Français, et il ne lui ressemble en rien. Il y a toujours eu des rumeurs à son sujet.

Elle lance un regard à la famille royale, à la reine au milieu de ses beaux enfants, qui rit d'une réflexion de sa fille Élisabeth.

— Du reste, personne n'a assisté à leur mariage. Comment savoir s'il a été célébré comme il convient, par un vrai prêtre ?

Je ne supporte pas de discuter de la validité d'un mariage avec Isabelle.

— Mon époux refuse d'en entendre parler. Je ne peux pas te répondre.

— Votre sœur vous raconte-t-elle tout sur son nouveau bébé ? crie la reine de l'autre bout de la pièce. Cela fait beaucoup d'Édouard, n'est-ce pas ? Nous avons chacune le nôtre maintenant.

— Beaucoup d'Édouard, mais un seul prince, réplique Isabelle avec élégance. Sa Majesté le roi et vous avez la chance d'avoir une belle nursery remplie d'enfants.

La reine regarde d'un air suffisant les filles qui jouent avec leur frère, le prince de Galles.

— Eh bien, que Dieu les bénisse tous, dit-elle aimablement. J'espère en avoir autant que ma mère, or elle a donné quatorze enfants à son époux. Espérons toutes être aussi fécondes que nos mères !

Isabelle reste figée sur place, le sourire disparaît de son visage. Lorsque la reine se détourne pour parler à quelqu'un d'autre, je demande avec insistance :

— Qu'est-ce qu'il y a ? Qu'est-ce qui ne va pas, Iz ?

— Elle nous a maudites, me murmure-t-elle d'une voix ténue. L'as-tu entendue ? Elle nous a souhaité d'avoir autant d'enfants que notre mère. Deux filles.

— Elle parlait seulement des quatorze enfants de la sienne.

— Non, elle sait que Georges hériterait du trône si ses fils venaient à mourir. Elle ne veut pas que mon garçon réussisse. Elle l'a maudit, devant tout le monde, en me souhaitant la descendance de ma mère : deux filles. Elle t'a maudite, toi aussi. Elle vient de souhaiter du mal à nos garçons, de souhaiter leur mort.

Isabelle est si bouleversée que je l'emmène hors de vue de la reine, derrière un groupe de gens qui apprennent une nouvelle danse. Ils font beaucoup de bruit tout en répétant sans cesse leurs pas. Personne ne nous prête la moindre attention. Nous restons près d'une fenêtre ouverte jusqu'à ce qu'elle reprenne des couleurs.

— Iz… tu ne peux pas avoir peur ainsi de la reine, dis-je avec inquiétude. Entendre des malédictions et voir de la sorcellerie dans chacune de ses paroles. Tu ne peux pas la soupçonner tout le temps et exprimer tes craintes. Nous sommes en sécurité aujourd'hui, le roi a pardonné à Georges et se tient à ses côtés. Toi et moi avons notre fortune. Richard et Georges se disputent peut-être sur l'avenir, mais nous devrions être en paix.

Elle secoue la tête, toujours effrayée.

— Tu sais que nous ne sommes pas en paix. Et maintenant, je me demande ce qui se passe en France en ce moment. Je croyais que mon époux réunissait une armée pour soutenir son frère le roi dans une guerre à l'étranger. Mais il a un millier d'hommes qui obéiront à tous ses ordres. Et si Georges projetait de se retourner contre le roi ? Si c'était son plan depuis le début ? Tuer Édouard en France et revenir prendre le trône aux Rivers ?

*

Pendant de sombres semaines, Isabelle et moi nous demandons si l'armée anglaise, loin de combattre les Français, en est venue à se combattre elle-même. Nous sommes toutes deux terrifiées à l'idée que Georges suive la stratégie de mon père : marcher à l'avant-garde puis se retourner pour attaquer. C'est alors que Richard m'envoie une lettre : tous leurs projets ont échoué. Leur allié, le duc de Bourgogne, est parti loin établir un siège, d'aucune utilité pour notre campagne. Sa duchesse, Marguerite d'York – la sœur de Richard – n'a pas le pouvoir de le rappeler pour soutenir ses frères, qui débarquent à Calais et marchent vers Reims pour le sacre d'Édouard en tant que roi de France. Née et élevée en fille d'York loyale, Marguerite désespère de ne pas pouvoir obliger son mari à aider ses trois frères. Mais le duc semble les avoir persuadés par la ruse de combattre la France pour son propre profit ; tous les alliés semblent avoir leurs propres ambitions. Seul mon époux respecterait le plan initial, s'il le pouvait. Voici son compte rendu amer :

La Bourgogne agit à sa guise. Le parent de la reine, notre célèbre allié Louis de Luxembourg-Saint-Pol, de même. Maintenant que nous sommes prêts au combat, nous découvrons que mon frère a perdu son désir de lutter. Le roi Louis lui a offert de superbes conditions pour laisser le royaume de France tranquille. De l'or et la main de sa fille la princesse Élisabeth afin qu'elle devienne la prochaine reine de France : voilà le prix de notre retraite. Ils ont acheté mon frère.

Anne, vous seule saurez combien j'ai honte de cette situation. Je voulais regagner les terres anglaises en France, voir la victoire de nos armées dans les plaines de Picardie. Or nous voilà devenus des négociants, occupés à marchander sur le prix de la paix. Je ne peux rien faire pour empêcher Édouard et Georges de se jeter sur ce traité, tout comme je n'avais aucun moyen de faire sortir mes hommes de la ville d'Amiens, où le roi *Louis a servi un festin de viandes et une provision sans fin de vin, conscient qu'ils boiraient et mangeraient jusqu'à être malades comme des chiens. Je suis mort de honte de voir mon écusson sur le col de ces hommes, empoisonnés par leur propre gloutonnerie.*

Je jure de ne plus jamais faire confiance à Édouard. Il n'est pas royal, comme Arthur de Camelot. Sa conduite est digne du bâtard d'un archer. Je n'arrive pas à croiser son regard quand je le vois s'empiffrer à la table du roi Louis et empocher les fourchettes en or.

Château de Baynard, Londres, septembre 1475

En septembre, les voilà tous rentrés, plus riches qu'ils ne l'avaient imaginé, les bras chargés d'argenterie, de bijoux, de couronnes, et de promesses d'autres présents. Le roi en personne a reçu soixante-quinze mille couronnes en échange d'un traité de paix censé durer sept ans ; le roi de France paiera cinquante mille livres par an, tant qu'Édouard ne réaffirme pas son droit sur les terres anglaises en France. Georges, duc de Clarence, resté aux côtés de son frère pendant le marchandage, toujours présent lorsqu'il y a de l'argent facile à se faire, est nommé pour arbitrer cette honteuse pension ; lui aussi est payé une fortune. La seule voix divergente est celle de mon époux. De tous les hommes revenus de France plus riches, seul Richard prévient Édouard que ce n'est pas une façon de vaincre le roi français, que le peuple anglais estimera ses impôts gaspillés, que les citoyens de Londres et les bourgeois du parlement se retourneront contre lui pour ce déshonneur. Il le supplie de ne pas vendre le droit d'aînesse de l'Angleterre pour cette pension. Richard est le seul de toute la grande armée anglaise à condamner le traité. Tous les autres sont trop occupés à compter leurs propres pots-de-vin.

Richard et moi nous trouvons dans nos appartements privés, la porte fermée aux indiscrets. Sa mère – Dieu merci – est à Fotheringhay et donc incapable d'ajouter sa voix aux plaintes contre le roi.

— Il savait que je déconseillais cet accord, que je voulais la guerre, pourtant le roi français m'a tout de même offert une dizaine de chevaux de chasse et une fortune en argenterie !

— Les avez-vous acceptés ?

— Bien sûr. Tous les autres ont pris une fortune. William Hastings recevra deux mille couronnes par an. Et ce n'est pas tout, Édouard a convenu de libérer Marguerite d'Anjou !

— Libérer la reine ?

— On ne doit plus l'appeler ainsi. Si elle renonce à son titre à la couronne d'Angleterre, elle sera libérée.

— Elle ne viendrait pas chez nous ? demandé-je, en proie à une terrible peur. Richard, je ne supporterais pas de l'accueillir dans l'une de nos maisons.

Il éclate de rire pour la première fois depuis son retour.

— Mon Dieu, non ! Elle part en France. Louis pourra s'occuper d'elle puisqu'il le désire tant. Ils sont bien assortis : tous les deux sans honneur, avides, menteurs, une honte pour leurs royaumes. À la place d'Édouard, j'aurais exécuté Marguerite et vaincu Louis. En tout cas, je ne me serais jamais abaissé à cette trêve déshonorante.

— Vous avez rempli votre devoir, dis-je, la main posée sur son épaule. Vous avez rassemblé vos hommes et vous êtes parti au combat.

— J'ai l'impression que mon frère est Caïn, confie-t-il d'un ton malheureux. Mes deux frères. Deux Caïn qui vendent leur droit d'aînesse pour un plat de lentilles. Je suis le seul à me soucier d'honneur. Ils se sont moqués de moi, m'ont traité d'idiot, ont affirmé que je rêvais d'un monde chevaleresque qui ne pourrait jamais exister, tout cela alors qu'ils avaient le groin dans l'auge.

Il tourne la tête et m'embrasse le poignet.

— Anne.

Je l'embrasse dans le cou, à la naissance de ses cheveux, puis lorsqu'il m'attire sur ses genoux, je continue mes baisers sur ses paupières, ses sourcils froncés, sa bouche. Alors qu'il m'allonge sur le lit et me prend, je le serre dans mes bras en priant pour que nous concevions un autre garçon.

Château de Middleham, Yorkshire, été 1476

À trois ans, mon fils Édouard échange ses robes contre des vêtements plus appropriés. Je demande au tailleur de Richard de reproduire en miniature les beaux costumes sombres de son père. Chaque matin, je l'habille moi-même, lace ses manches, enfile ses bottes de cavalerie sur ses petits pieds. Ses cheveux devront bientôt être coupés, mais tout l'été je brosse ses boucles dorées sur son col en dentelle blanche et les entortille autour de mes doigts. Chaque mois, je prie pour qu'un autre enfant arrive, un frère pour Édouard ; je prie même pour une fille si telle est la volonté de Dieu. Cependant les mois passent, mes saignements continuent, je n'ai jamais la nausée le matin, et n'éprouve jamais ce merveilleux malaise qui indique à une femme qu'elle attend un enfant.

Je rends visite à un herboriste, fais venir un médecin. L'herboriste me prescrit d'infectes potions, ainsi qu'un sachet d'herbes à porter autour du cou. Le médecin me dit de manger de la viande même le vendredi, et me prévient que je suis d'un naturel froid et sec mais dois devenir chaude et humide. Mes dames de compagnie me murmurent qu'elles connaissent une femme sage, qui possède des pouvoirs d'un autre monde ; elle peut créer ou faire disparaître un bébé, convoquer une tempête, souffler un vent… Je les interromps.

— Je ne crois pas à ces choses-là. Je ne pense pas qu'elles puissent exister. Si c'était le cas, elles iraient à l'encontre de la volonté divine et de la connaissance humaine. Je refuse d'y être mêlée.

Richard ne se plaint jamais du fait que notre deuxième enfant se fasse attendre. Il sait qu'il est un homme fécond ; il a deux enfants dont j'ai entendu parler, nés avant notre mariage, et peut-être d'autres. Son frère le roi a des bâtards dispersés dans tout le royaume, en plus de ses sept enfants avec la reine. Mais Richard et moi n'en avons qu'un, notre précieux Édouard, alors je me demande inévitablement comment la reine obtient tant de bébés d'un frère et moi un seul ; connaît-elle des choses en dehors de la volonté divine et de la connaissance humaine ?

Chaque matin, en longeant le rempart extérieur de la tour où loge Édouard, je sens mon cœur battre un peu plus vite de peur qu'il soit malade. Il a survécu aux affections de l'enfance, ses petites dents blanches sont sorties, il grandit, pourtant je continue de m'inquiéter pour lui. Il ne deviendra jamais un homme bien charpenté, comme son oncle le roi. Il tient de son père : agile, petit, fluet. Ce dernier a acquis de la force par un entraînement constant et une vie dure, peut-être en sera-t-il de même pour Édouard. Je l'aime de tout mon cœur, et je ne pourrais pas l'aimer davantage s'il se trouvait que nous étions pauvres, sans rien à laisser à notre fils. Or ce n'est pas le cas. Nous sommes une grande famille, la plus grande du nord, et je n'oublie jamais qu'il est notre unique héritier. Si nous venions à le perdre, alors nous perdrions non seulement notre fils mais aussi notre avenir, car l'immense fortune que Richard a amassée en associant les octrois de son frère le roi à mon énorme héritage serait entièrement gaspillée, morcelée entre nos parents.

Isabelle a bien plus de chance que moi. Ma jalousie envers sa facilité à concevoir et la santé solide de ses bébés est indéniable. Je ne supporte pas qu'elle me surpasse dans ce domaine. Dans une lettre, elle me confie ses anciennes craintes sur la faiblesse de notre lignée – notre mère n'a eu que deux filles, et ce après une longue attente. Elle me rappelle que la reine nous a maudites en nous souhaitant la même progéniture que notre mère. Cependant, cette malédiction ne touche pas Isabelle, qui a déjà deux enfants : la jolie Margaret, et un fils, Édouard. C'est avec exultation qu'elle m'annonce être de nouveau enceinte. Ce sera un deuxième garçon, elle en est sûre.

Sur la page, griffonnée de sa large écriture, tachée d'encre dans sa joie, elle m'explique qu'elle porte le bébé haut, signe certain d'un garçon, et qu'il gigote autant qu'un jeune seigneur. Elle me demande de transmettre la bonne nouvelle à notre mère. Je lui réponds froidement : je suis ravie pour elle, et il me tarde de voir son nouveau bébé, mais je ne rends jamais visite à notre mère dans sa tour. Si Isabelle veut qu'elle apprenne la bonne nouvelle, elle devra la lui dire elle-même. Elle peut lui écrire un message que je lui ferai parvenir car – ma sœur le sait bien – Mère n'a pas le droit de recevoir de lettres que nous n'avons pas lues auparavant, et n'a aucun droit d'y répondre. Elle est morte aux yeux de la loi. Isabelle désire-t-elle remettre cette loi en cause ?

Comme je m'en doutais, cela la réduit au silence. Elle aussi a honte d'avoir emprisonné notre mère et de lui avoir dérobé notre héritage. Je ne parle jamais d'Isabelle à notre mère ; en réalité, je ne lui parle jamais. Je ne peux me résoudre à reconnaître qu'elle vit toute seule, prisonnière dans ses appartements. Je ne lui rends jamais visite et elle n'envoie jamais me chercher.

Je devais lui imposer ce strict confinement, c'était la seule solution. Elle ne pouvait pas vivre libre, mener une vie normale de comtesse douairière, faisant ainsi perdre toute crédibilité à la loi du parlement qui la déclarait morte. Elle ne pouvait pas non plus être autorisée à rencontrer des gens et se plaindre auprès d'eux d'avoir été volée. Ni à continuer d'écrire, comme à l'abbaye de Beaulieu, à toutes les dames de la cour royale pour leur demander, en tant que femmes et pairs, de la défendre. Nous n'aurions jamais pu risquer qu'elle conteste mon héritage et le fondement même de notre richesse, notre possession de ce château, nos vastes terres, l'immense fortune de mon époux. En outre, de quoi aurait-elle vécu après avoir été dépouillée par Georges et Richard ? Où aurait-elle habité puisque

Georges et Richard lui ont pris toutes ses maisons ? Mais surtout, depuis notre si terrible et troublante conversation sur la possible invalidité de mon mariage, depuis le jour où elle m'a traitée, moi sa propre fille, de traînée, je ne supporte même plus de la voir.

Je ne me rends jamais dans sa chambre ; une fois par semaine, je m'informe de sa santé auprès de sa dame de compagnie. Je m'assure qu'elle ait les meilleurs plats des cuisines, le meilleur vin de la cave. Elle peut se promener dans sa cour, entourée d'un mur, sous la surveillance constante d'un garde ; recevoir des musiciens tant que je les connais et qu'ils sont fouillés à leur arrivée et à leur départ. Elle va à la chapelle pour suivre la messe et ne se confesse qu'avec notre prêtre, qui me préviendrait si jamais elle portait des accusations. Elle n'a aucune raison de se plaindre de sa situation, et de toute façon personne pour entendre ses plaintes. Toutefois, je veille à ne jamais me trouver dans la chapelle en même temps qu'elle, ne vais jamais dans son jardin. Si, par la haute fenêtre de ma chambre de retrait, je la vois tourner d'un air morne sur les chemins caillouteux, je me détourne. C'est en effet une femme morte, presque enterrée vivante. Comme je le craignais autrefois, emmurée.

*

Je n'ai pas raconté à Richard ce qu'elle a dit à son sujet. Je ne lui demanderai jamais si notre union est valable, si notre fils est légitime. Et je ne demanderai jamais à ma mère si elle en est sûre, ou si elle parlait seulement par dépit, pour m'effrayer. Je ne l'entendrai jamais redire que Richard m'a poussée au mariage par la ruse, que je dépends à présent de son bon vouloir, qu'il ne m'a épousée que pour ma fortune, et a pris des dispositions cruelles pour me renier tout en la gardant. Afin d'éviter qu'elle ne le redise, je suis prête à ne plus jamais entendre sa voix. Je ne la laisserai jamais le répéter de son vivant – ni à moi ni à personne d'autre.

Si seulement elle n'avait pas parlé, si seulement je ne l'avais pas entendue, ou pouvais tout simplement l'oublier. Cela me rend malade qu'elle m'ait dit une chose pareille et que je sois incapable de la réfuter. Et encore plus malade de savoir, en mon for intérieur, que c'est la vérité. Mon amour pour Richard s'en trouve miné. Non du fait qu'il m'ait épousé sans dispense papale en premier lieu – je n'oublie pas que nous étions si épris et emplis de désir que nous ne pouvions plus attendre. Mais qu'il n'ait pas demandé cette dispense après notre mariage, qu'il m'ait caché sa décision et – le plus effrayant, et de loin le pire – qu'il garantisse ses droits sur mon héritage même en cas de reniement.

Je suis liée à lui par mon amour, ma soumission à sa volonté, ma première passion, et le fait qu'il soit le père de mon fils et mon seigneur. Mais moi, que suis-je pour lui ? C'est ce que je voudrais savoir et ne pourrai plus jamais – à cause de ma mère – lui demander en confiance.

*

En mai, Richard vient me dire qu'il veut laisser Édouard à Middleham avec son tuteur et sa maîtresse de maison, pendant que nous nous rendrons à York, d'où partira la procession jusqu'à Fotheringhay pour un office solennel : la réinhumation de son père.

— L'armée de Marguerite d'Anjou l'a décapité, avec mon frère Edmond, et planté leurs têtes sur des pieux au-dessus de la porte de Micklegate Bar à York, déclare Richard d'un ton grave. Voilà le genre de femme qu'était votre première belle-mère.

— Vous savez bien que je n'avais pas choisi ce mariage, répliqué-je d'un ton posé, bien qu'irritée par le fait qu'il ne puisse pas oublier ni pardonner cette partie de ma vie. À l'époque, je n'étais qu'une enfant à Calais, et mon père se battait pour York, avec votre frère.

Il écarte ma remarque d'un geste de la main.

— Oui, enfin, tout cela n'a plus d'importance. Ce qui importe est que je vais offrir à mon père et à mon frère un enterrement honorable. Qu'en dites-vous ?

— Je pense que ce serait merveilleux. Ils reposent à Pontrefact, n'est-ce pas ?

— Oui. Ma mère aimerait qu'ils soient enterrés ensemble dans le caveau familial au château de Fotheringhay. Je voudrais que mon père reçoive les honneurs qui lui sont dus. C'est à moi, et non à Georges, qu'Édouard a confié l'organisation.

— Personne ne pourrait le faire mieux que vous.

— Merci, répond-il avec un sourire. Je sais que vous avez raison. Édouard est trop négligent, et Georges ne se soucie pas de chevalerie ni d'honneur. Mais je suis ravi de la tâche qui m'a été confiée et m'y appliquerai avec fierté.

Un court instant, je songe au corps de mon propre père traîné sur le champ de bataille à Barnet, le sang se déversant de son heaume, sa tête pendante, son grand cheval noir étendu par terre, comme endormi. Cependant, Édouard était un bon ennemi ; il n'a jamais malmené les corps de ses adversaires. Il les montrait en public afin que le peuple constate leur mort, puis autorisait leur enterrement. Mon père repose dans l'abbaye de Bisham, dans le caveau familial, inhumé avec honneur mais sans cérémonie. Isabelle et moi ne sommes jamais allées lui rendre hommage. Ma mère ne s'est pas rendue sur sa tombe et, dorénavant, n'ira jamais. L'abbaye de Bisham ne l'accueillera pas jusqu'à ce que je l'y enterre auprès de lui, meilleure épouse que mère.

— Puis-je me rendre utile ? demandé-je simplement.

Il réfléchit un moment.

— Vous pouvez m'aider à préparer le parcours et les cérémonies à chaque étape. Vous pouvez aussi me conseiller sur les tenues que devraient porter les gens et les offices que nous devrions commander. Rien de tel n'a jamais été accompli. Je veux que tout soit parfait.

Richard, son Maître de Cavalerie et moi-même préparons le voyage ensemble, pendant que notre prêtre à

Middleham nous explique la procession avec les corps et les prières à réciter à chaque halte. Richard commande une sculpture de son père, qui sera posée sur son cercueil afin que tout le monde voie le grand homme qu'il était, et une statue en argent d'un ange tenant une couronne dorée au-dessus de la tête de l'effigie, pour symboliser le fait que le duc était un prétendant légitime, mort dans sa lutte pour le trône. Tout cela prouve qu'Édouard a été sage de confier cette cérémonie à Richard et non à Georges. Lorsque ce dernier a rallié mon père, il a nié que le duc était légitime, et affirmé que son fils Édouard était un bâtard. Seuls Richard et moi savons qu'il continue de le dire, mais à présent en secret.

Richard organise une belle procession pour amener les corps de son père et de son frère depuis Pontrefact jusqu'à chez eux. Le cortège avance vers le sud pendant une semaine ; à chaque halte, il entre dans une église en grand apparat. Des milliers de personnes défilent en silence pour rendre un dernier hommage au roi qui n'a jamais été couronné, et se rappeler l'histoire glorieuse de la maison d'York.

Six chevaux drapés de noir tirent les chariots, précédés par un chevalier, tout seul, qui porte l'étendard du duc comme s'il partait au combat. Derrière lui chevauche Richard, la tête inclinée, suivis des grands hommes du royaume. Tous honorent notre maison et notre défunt père.

Pour Richard, il ne s'agit pas seulement de réenterrer son père, mais aussi de réaffirmer le droit de ce dernier aux couronnes d'Angleterre et de France. Son père était un grand soldat qui s'est battu pour son pays, un plus grand commandant et même stratège que son fils Édouard. Dans cette interminable procession, Richard honore son père, revendique sa royauté, rappelle au pays la grandeur et la noblesse de la maison d'York. Nous sommes tout le contraire des Rivers, Richard le prouve par la richesse et la grâce de cette commémoration.

Il veille sur les cercueils chaque nuit, et chevauche devant eux chaque jour, sur un cheval noir aux harnachements bleu foncé, sa bannière baissée. J'ai l'impression que pour la première fois de sa vie, il s'autorise à pleurer le père qu'il a perdu, et le monde de noblesse et d'honneur disparu avec lui.

À Fotheringhay, je le trouve prévenant et affectueux avec moi. Il se souvient que nos défunts pères étaient alliés, parents. Son père est mort avant l'alliance désastreuse entre le mien et la méchante reine, avant même de voir son fils monter sur le trône, avant que Richard n'ait livré sa première bataille. Ce soir-là, avant sa dernière veille auprès des cercueils, nous prions ensemble à genoux dans la belle église familiale.

— Malgré tout, il aurait été ravi de notre mariage, me confie Richard en se relevant.

L'espace d'un instant, les yeux levés vers lui, j'ai la question sur le bout de la langue : *Et ce mariage est-il valable ?* Mais je lis la tristesse solennelle sur son visage. Il va prendre sa place avec les trois autres chevaliers qui veilleront toute la nuit sur les cercueils, jusqu'à ce que l'aube les libère de leur devoir.

Georges et Isabelle viennent aux funérailles. Ma sœur et moi nous tenons côte à côte, toutes deux vêtues de belles robes bleu foncé, couleur du deuil royal, tandis que le roi, la reine et leur famille accueillent les deux cercueils au cimetière de l'église de Fotheringhay. Édouard embrasse la main de l'effigie, imité par Georges puis Richard. Georges apparaît alors particulièrement tendre et pieux, mais personne n'attire autant le regard que les petites princesses. Âgée de dix ans, la magnifique Élisabeth est au premier rang ; elle tient sa sœur Marie par la main. Suivent les ambassadeurs de tous les pays de la chrétienté, venus honorer le chef de la famille d'York.

C'est une mascarade, une représentation riche en symboles en plus d'un acte de deuil. Personne ne peut voir la famille royale enterrer son ancêtre tel un roi sans remarquer combien Édouard et ses frères sont majestueux, le petit prince respectueux, Élisabeth et ses filles ravissantes. Je ne peux m'empêcher de penser qu'ils ressemblent davantage à des comédiens qu'à de véritables souverains. La reine est si calme et belle, ses filles – en particulier la princesse Élisabeth – si conscientes d'elles-mêmes et de leur place dans la procession. À son âge, j'avais peur de marcher sur la traîne de ma mère, or la princesse marche la tête haute, sans regarder ni à gauche ni à droite, une petite reine en devenir.

Je devrais l'admirer – tous les autres semblent l'adorer – et peut-être que si j'avais une fille, je lui montrerais sa cousine du doigt en louant sa grâce. Mais puisque je n'en ai pas, malgré mes prières, je ne peux pas regarder la princesse Élisabeth sans irritation. Je la trouve gâtée et manquant de naturel – une favorite, précoce, qui serait mieux confinée dans la salle d'étude plutôt qu'ici, à participer à un cérémonial sérieux comme s'il s'agissait d'une danse, tout en se délectant des regards posés sur elle.

— Friponne, me murmure ma sœur à l'oreille.

Je dois baisser les yeux et réprimer mon sourire.

Comme toujours avec Édouard, il y a nécessairement un banquet et un grand spectacle. Assis à côté de son frère, Richard boit peu et mange encore moins, alors qu'un millier de convives dînent dans le château, et des milliers d'autres dans de magnifiques pavillons installés à l'extérieur. Pendant tout le dîner, on joue de la musique et sert de bons vins. Entre chaque plat, un chœur chante de beaux hymnes solennels. La reine Élisabeth est assise à la droite de son mari, telle une dirigeante du royaume et pas seulement une épouse, une couronne sur la tête et un voile en dentelle bleu foncé. Elle regarde autour d'elle avec la beauté sereine d'une femme qui sait que sa place est assurée, son existence incontestée.

Elle me surprend à la fixer et m'adresse le sourire glacial qu'elle nous réserve toujours, à Isabelle et moi. Je me demande si, lors de cette réinhumation cérémonielle de son beau-père, elle songe à son propre père, tué précipitamment tel un criminel. Mon père a traîné le sien sur la place de Chepstow, où il l'a accusé de trahison, avant de le faire décapiter – sans procès, illégalement – en public à

Coventry. Son fils John est mort près de lui ; sa dernière vision a sûrement été la tête coupée de son fils bien-aimé.

Assise à côté de moi, Isabelle frissonne comme si quelqu'un avait marché sur sa tombe.

— Tu vois comme elle nous regarde ? murmure-t-elle.

— Oh, Iz ! Que peut-elle faire pour nous nuire ? Alors que le roi aime tant Georges ? Que Richard est si honoré ? Que nous sommes toutes les deux des duchesses royales ? Ils sont partis en France alliés, et rentrés bons amis. Je ne crois pas qu'elle nous apprécie beaucoup, mais elle ne peut plus rien contre nous.

— Elle peut nous jeter un sort. Elle a soufflé une tempête qui a failli nous noyer, rappelle-toi. Chaque fois que mon petit Édouard a de la fièvre ou ne trouve pas le sommeil parce qu'il perce une dent, je me demande si elle a posé son regard maléfique sur nous, si elle brûle son portrait ou y enfonce une épingle. Alors je porte une ceinture spécialement bénie, ajoute-t-elle, la main posée sur son gros ventre. C'est le conseiller de Georges qui me l'a donnée, pour éloigner le mauvais œil et me protéger d'Elle.

Bien sûr, je songe aussitôt à mon propre fils à Middleham. Il pourrait tomber de son poney, se couper en s'exerçant à la joute, prendre froid, avoir de la fièvre ou une indigestion, respirer des miasmes, boire de l'eau croupie. Je secoue la tête pour chasser ces pensées.

— Je parie qu'elle ne pense même pas à nous, mais plutôt à sa propre famille, à ses deux précieux fils, et à ses frères et sœurs. Nous ne sommes rien pour elle.

— Non, elle a un espion dans chaque foyer du pays. Elle pense à nous, crois-moi. Ma dame de compagnie m'a raconté qu'elle priait chaque jour pour ne jamais avoir à retourner au sanctuaire, que son époux garde son trône sans rencontrer d'opposition. Elle prie pour l'anéantissement de ses ennemis. Mais elle ne se contente pas de prières. Il y a des hommes qui suivent Georges partout, et je sais qu'elle a placé un espion dans mon foyer. Dans le tien aussi, c'est certain.

— Enfin, Iz, on croirait entendre Georges !

— Parce qu'il a raison, réplique-t-elle avec sérieux. Il a raison de surveiller le roi et de craindre la reine. Tu verras. Un jour, tu apprendras que je suis morte subitement, sans bonne raison, car elle m'aura souhaité du mal.

— Ne dis pas cela !

Je me signe et jette un coup d'œil à la table d'honneur. La reine plonge les doigts dans un bol doré rempli d'eau de rose, puis les essuie sur une serviette en lin tendue par un serviteur à genoux. À la regarder, on ne dirait pas qu'elle se protège en plaçant des espions dans les foyers de ses belles-sœurs ou en enfonçant des épingles dans des portraits, mais plutôt qu'elle n'a absolument rien à craindre.

— Iz, dis-je doucement. Nous la craignons car nous savons ce que notre père a fait au sien, et combien c'était mal. Son péché pèse sur notre conscience et nous redoutons ses victimes. Nous la craignons aussi car elle sait que nous espérions toutes les deux lui voler son trône – l'une après l'autre – et que nous avons été mariées à des hommes qui ont dressé leurs étendards contre le sien. Elle sait que Georges et le prince, mon premier époux, l'auraient détenue dans la Tour et auraient tué Édouard. Malgré tout, après notre défaite, elle nous a accueillies. Sans nous accuser de trahison. Sans nous emprisonner. Elle n'a jamais fait montre que de courtoisie envers nous.

— C'est vrai. Elle n'a jamais fait montre que de courtoisie. Pas de colère ni de désir de vengeance, pas de bonté ni de cordialité non plus, en réalité aucun sentiment humain. T'a-t-elle déjà dit qu'elle n'arrivait pas à oublier ce que notre père a fait au sien ? Après cette première fois ? Ce jour terrible où sa mère la sorcière a soufflé un vent glacial qui a éteint toutes les bougies ?

— Une seule bougie.

— A-t-elle déjà avoué qu'elle était toujours furieuse ? Ou alors qu'elle te pardonnait ? T'a-t-elle jamais dit quoi que ce soit en tant que belle-sœur, de femme à femme ?

À contrecœur, je secoue la tête.

— À moi non plus. Pas une seule parole de colère, pas un mot de sa vengeance. N'est-ce pas la preuve que la malveillance s'est accumulée en elle comme la glace dans une glacière ? Elle nous regarde telle Mélusine, l'emblème de sa maison, mi-femme mi-poisson. Elle est froide comme le marbre avec moi, et je te jure qu'elle prépare ma mort.

Je secoue la tête à l'adresse du serveur qui nous propose un plat.

— Ne le refuse pas, souffle Isabelle avec inquiétude. Elle nous l'a envoyé de la table d'honneur.

Je prends une cuillerée de la terrine de lièvre et plaisante pour tenter de lui faire oublier ses craintes :

— Tu n'as pas peur qu'il soit empoisonné ?

— Tu peux bien rire, mais l'une de ses dames m'a raconté qu'elle a une boîte en émail secrète qui contient un bout de papier avec deux noms écrits dessus, en lettres de sang. Elle a juré que ces deux personnes mourraient.

— Quels noms ? murmuré-je.

Je laisse retomber la cuillère dans le plat, tout mon appétit a disparu. Je ne peux pas continuer à faire comme si je ne croyais pas Isabelle, que je ne craignais pas la reine.

— Quels noms ? répété-je.

— Je ne sais pas. La dame de compagnie n'a vu que le papier, pas les noms. Et si c'étaient les nôtres ? Le tien et le mien ? Et si elle avait écrit en lettres de sang : Anne et Isabelle ?

*

Isabelle et moi passons une semaine ensemble à Fotheringhay avant de retourner à Londres avec la cour. Ma sœur va accoucher dans leur maison de L'Erber ; cette fois-ci j'aurais le droit de partager son confinement. Richard ne voit pas d'objection à ce que je reste au palais de Londres, tant que je me rends de temps à autre à la cour pour rester en bons termes avec la reine, et m'assure de ne jamais écouter un seul mot prononcé contre la famille royale.

— Cela me fera si plaisir de passer de nouveau du temps avec toi, me confie Isabelle. Je préfère quand nous sommes ensemble.

— Richard ne me laissera venir que les dernières semaines. Il ne tient pas à ce que je reste trop longtemps sous la protection de Georges, car il critique de nouveau le roi et Richard ne veut pas que je sois soupçonnée.

— Que soupçonne le roi ? Et Elle ?

— Je l'ignore. Mais Georges est ouvertement impoli envers elle, Iz. Son comportement a empiré depuis les funérailles.

— C'est lui qui aurait dû organiser la cérémonie, mais le roi ne lui a pas fait confiance, lance-t-elle avec ressentiment. Il devrait être à ses côtés, seulement il n'est jamais invité. Crois-tu qu'il ne s'aperçoit pas du manque d'égards, chaque jour ?

— Ils ont tort de se conduire ainsi, lui accordé-je. Mais cela devient de plus en plus gênant. Il lance des regards en coin à la reine, murmure derrière sa main, et manque totalement de respect au roi et ses amis.

— Parce qu'Elle est toujours avec le roi, avant tout le monde. Si ce n'est pas elle, ce sont les fils Grey ou William Hastings ! Le roi devrait rester fidèle à ses frères, ses deux frères. En vérité, même s'il prétend avoir oublié et pardonné à Georges d'avoir suivi Père, jamais il n'oubliera ni ne pardonnera. Et s'il venait à oublier, un seul instant, alors Elle serait là pour le lui rappeler.

Je ne réponds rien. Bien qu'ostensiblement froide avec Isabelle et moi, la reine est glaciale avec Georges. Et son grand confident, son frère Anthony Woodville, sourit comme s'il trouvait le tempérament sanguin de Georges amusant et peu digne de respect.

— En tout cas, je pourrai venir les trois dernières semaines. Mais envoie-moi chercher si tu es malade. Dans ce cas, je viendrai immédiatement, quoi qu'on en dise, et de toute façon je serai là quand il naîtra.

— Tu as dit « il » ! s'écrie-t-elle joyeusement. Tu crois aussi que ce sera un garçon.

— C'est inévitable, puisque tu parles toujours d'un garçon. Comment l'appellerez-vous ?

— Richard d'après son grand-père, bien sûr, répond-elle avec un sourire. Nous espérons que ton époux sera son parrain.

— Alors vous aurez un Édouard et un Richard, tout comme les princes royaux.

— C'est ce que dit Georges ! Il dit que si le roi, la reine et sa famille venaient à disparaître, alors il y aurait toujours un prince Édouard Plantagenêt pour prendre le trône et un prince Richard Plantagenêt pour lui succéder.

— Oui, mais il est difficile d'imaginer quelle catastrophe pourrait faire disparaître le roi et la reine, rétorqué-je en baissant la voix par prudence.

— Je crois que mon époux l'imagine chaque jour, ricane Isabelle.

— Alors, qui souhaite du mal ici ? Certainement pas Elle !

Elle se détourne aussitôt, l'air grave.

— Georges ne souhaite aucun mal au roi. Ce serait un acte de trahison. Je ne faisais que plaisanter.

Palais de Westminster, Londres, automne 1476

Cette conversation aurait dû me servir d'avertissement, mais à notre retour à Londres, je suis stupéfaite par le comportement de Georges à la cour, tandis qu'Isabelle ne sort que rarement de leurs appartements privés, comme pour dédaigner la reine et sa suite. Georges se déplace toujours en compagnie de ses amis, des hommes de son choix qui montent la garde autour de lui, à croire qu'il redoute une attaque à l'intérieur des hauts murs du palais de Westminster.

Il vient dîner dans la grande salle, mais une fois assis, à la vue de tous, il ne fait pas mine de manger. Il fixe les plats posés devant lui l'air furieux, offensé, et ne touche même pas son couteau ou sa cuillère. Il regarde les serveurs comme s'il craignait que la nourriture n'ait été empoisonnée, et fait savoir à tout le monde qu'il mange uniquement ce que prépare son propre cuisinier, dans ses appartements privés.

À tout moment de la journée, on peut être sûr de trouver la porte des Clarence fermée à clé et surveillée par deux gardes, comme si quelqu'un pouvait prendre d'assaut leurs appartements pour enlever Isabelle. Quand je lui rends visite, je dois attendre à l'extérieur que quelqu'un crie mon nom, puis que la réponse nous parvienne de derrière la porte close, alors les gardes abaissent leurs piques et me laissent entrer.

— Il se conduit comme un idiot, déclare mon époux. Il fait parade de ses soupçons, c'est une vraie mascarade. Si Édouard le tolère parce qu'il est paresseux et indulgent, il peut être certain que ce n'est pas le cas de la reine.

— Il ne peut pas réellement se croire en danger ?

— Anne, je ne sais plus ce qu'il croit, répond-il d'un air renfrogné. Il ne m'a pas parlé d'Édouard depuis que j'ai qualifié ses mises en garde de trahison. En revanche, il en parle à beaucoup d'autres. Il dit sans cesse du mal de la reine…

— Que dit-il ?

— Et du roi.

— Oui, mais que dit-il ?

Richard se tourne pour regarder par la fenêtre à meneaux.

— Je n'ose pas, et ne m'abaisserai pas à le répéter. Disons qu'il s'agit des pires insultes pour un homme et une femme.

Je n'insiste pas car j'ai appris que son sens de l'honneur était infaillible. En outre, je n'ai pas besoin de poser la question, je devine la réponse. Georges raconte sûrement que son frère Édouard est un bâtard – calomniant et déshonorant ainsi sa propre mère pour prouver qu'il devrait être roi. Et qu'Élisabeth est entrée dans le lit du roi par sorcellerie, que leur mariage n'est ni sacré ni valable, et que leurs enfants sont donc eux aussi des bâtards.

— Je crains que Georges ne reçoive de l'argent de Louis de France.

— Comme tout le monde.

— Le roi encore plus que les autres, dit Richard en riant. Non, je ne parle pas des pensions, mais du fait que Louis paie Georges en secret pour se comporter ainsi, réunir des hommes et proclamer son titre à la couronne. Je crains que Louis ne le paie pour tenter de prendre le trône. Une nouvelle guerre en Angleterre arrangerait ses affaires. Dieu sait à quoi pense Georges.

Je ne réponds pas qu'il doit penser à ce que pense toujours Georges : Comment tirer le meilleur parti de toute situation, pensé-je. Mais je m'abstiens de le formuler à haute voix.

— Et le roi ?

— Il rit. Il dit que Georges est un chien infidèle, que notre mère lui parlera, et qu'après tout, son frère ne peut pas faire grand-chose d'autre que blasphémer et lancer des regards noirs.

— Et la reine ? demandé-je tout en sachant qu'elle ne tolère aucun affront fait à ses enfants, qu'elle lutterait à mort pour ses fils, et que le roi suivra son conseil.

— Elle ne dit rien, répond Richard d'un ton sec. En tout cas pas à moi. Mais je crois que si Georges continue ainsi, elle le considérera comme son ennemi, et celui de ses fils. Je ne voudrais pas être à sa place.

Je songe au bout de papier dans la boîte en émail et aux deux noms écrits en lettres de sang.

— Moi non plus.

*

Lorsque je me rends ensuite aux appartements des Clarence, la porte est ouverte. Les serviteurs emportent des boîtes, qu'ils descendent à l'écurie. Isabelle est assise auprès du feu, sa cape de voyage sur les épaules, la main sur son gros ventre.

— Que se passe-t-il ? Que faites-vous ?

— Nous partons, répond-elle en se levant. Accompagne-moi dans la cour.

— Tu ne peux pas voyager ainsi. Où allez-vous ? Je croyais que tu passerais ton confinement à L'Erber ?

— Georges dit que nous ne pouvons pas rester. Nous ne serons pas en sécurité, même à L'Erber. Je vais en confinement à l'abbaye de Tewkesbury.

— À mi-chemin du pays de Galles ? m'écrié-je, horrifiée. Iz, ce n'est pas possible !

— Je dois partir. Aide-moi, Anne.

Je lui offre mon bras ; elle s'appuie sur moi pendant que nous descendons l'escalier de pierre en colimaçon pour sortir dans la cour froide et humide. Elle a un petit sursaut dû à un élancement dans son ventre. Je suis sûre qu'elle n'est pas assez en forme pour entreprendre ce voyage.

— Isabelle, ne pars pas. Pas là-bas. Viens chez moi si tu ne veux pas aller à L'Erber.

— Elle a essayé de nous empoisonner, Georges et moi, murmure-t-elle. Elle a envoyé de la nourriture empoisonnée dans nos appartements.

— Non ?

— Si. Georges affirme que nous ne sommes pas en sécurité à la cour ni même à Londres, que l'inimitié de la reine est trop dangereuse. Annie, tu devrais partir toi aussi. Demande à Richard de rentrer à Middleham. D'après Georges, elle retournera Édouard contre ses deux frères et nous attaquera à Noël. Elle rassemblera la cour pour les fêtes, puis accusera nos époux et les fera arrêter.

J'ai si peur que je peux à peine parler. Je prends ses mains dans les miennes.

— Isabelle, c'est insensé. Georges mène une guerre dans sa tête, il parle sans cesse contre le roi et son titre à la couronne, murmure contre la reine. Il est entièrement responsable.

— Tu crois ? réplique-t-elle avec un rire sans joie.

Le Maître de Cavalerie de Georges amène la litière, tirée par des mulets assortis. Ses dames de compagnie ouvrent les rideaux et je l'aide à s'asseoir sur les coussins moelleux. Les servantes placent des briques chaudes sous ses pieds tandis que le marmiton apporte un plateau en cuivre chargé de braises.

J'essaie de refouler ma peur pour elle qui va partir à travers champs sur des routes boueuses. Je n'arrive pas à oublier qu'elle a déjà dû voyager aussi proche de son terme et que ce périple s'est terminé par la mort, le chagrin et la perte d'un fils. Son visage est blême de fatigue. Je me penche dans la litière pour lui murmurer :

— À Noël, le roi et la reine aiment s'amuser, exhiber leurs nouveaux habits et leurs innombrables enfants. Ils sont ivres d'orgueil et de luxe. Nous ne courons aucun danger, nos époux non plus. Ce sont les propres frères du roi, des ducs royaux. Édouard les aime. Nous sommes en sécurité.

— Un petit chien est mort après avoir chipé un morceau de poulet dans un plat qui m'était destiné. Je t'assure, la reine est déterminée à me tuer, et à te tuer toi aussi.

Muette d'horreur, je me contente de réchauffer ses mains entre les miennes.

— Iz, ne pars pas.

— Georges sait, crois-moi. Il en est certain. Il a été averti par un membre de la cour. Elle va faire arrêter et exécuter les deux frères.

J'embrasse ses mains et ses joues.

— Ma chère Iz…

— Rentre à Middleham, murmure-t-elle en me serrant dans ses bras. Pour moi, parce que je te le demande. Pour ta propre sécurité, parce que je te mets en garde. Pour ton garçon, afin de le protéger. Pour l'amour de Dieu, pars d'ici, Annie. Je te jure qu'ils vont tous nous tuer. Elle ne s'arrêtera pas avant que nos époux et nous soyons tous morts.

*

Pendant les jours froids de plus en plus sombres et venteux, j'attends des nouvelles d'Isabelle, en confinement dans les appartements de l'abbaye de Tewkesbury. Je sais que Georges lui a sûrement fourni les meilleures sages-femmes ; il doit y avoir un médecin à proximité, une nourrice, et des compagnes pour la réconforter. Sa chambre doit être chaude et confortable. La naissance du nouvel enfant d'un duc royal est un grand événement, et Georges n'a certainement rien laissé au hasard. Si c'est un garçon, il aura alors deux héritiers, autant que son frère le roi. Malgré tout, j'aurais aimé avoir le droit d'accompagner ma sœur, puisqu'il ne l'a pas autorisée à rester à Londres.

Je vais voir Richard, assis à sa table dans sa chambre de retrait, pour lui demander si je peux rejoindre Isabelle à Tewkesbury. Il refuse d'emblée.

— La cour de Georges est devenue un foyer de trahison, déclare-t-il d'une voix éteinte. J'ai lu quelques-uns des sermons et pamphlets écrits sous son patronage. Ils contestent la légitimité de mon frère, traitent ma mère de traînée et mon père de cocu. Ils insinuent que son mariage avec la reine n'est pas valable et que ses fils sont des bâtards. Ce que dit Georges est honteux, je ne peux pas le pardonner. Quant à Édouard, il ne peut pas fermer les yeux et va devoir réagir.

— Ferait-il quelque chose à Isabelle ?

— Bien sûr que non, répond Richard avec impatience. En quoi est-elle concernée ?

— Alors ne puis-je pas aller la voir ?

— Nous ne pouvons pas les fréquenter. Georges est insupportable.

— C'est ma sœur ! Elle n'a rien fait.

— Peut-être après Noël. Si Édouard n'arrête pas Georges avant.

Je me dirige vers la porte et pose la main sur la poignée en cuivre.

— Pouvons-nous rentrer à Middleham ?

— Pas avant Noël, ce serait un affront au roi et à la reine. Le départ soudain de Georges est déjà assez offensant. Je refuse d'aggraver les choses.

Il hésite, sa plume en suspens au-dessus d'un document à signer.

— Qu'y a-t-il ? Édouard vous manque ?

— J'ai peur, lui murmuré-je. Isabelle m'a confié quelque chose, elle m'a mise en garde…

Il ne cherche pas à me rassurer, ne m'interroge pas sur cette mise en garde. Plus tard, quand j'y repense, je me dis que c'est pire. Il se contente de hocher la tête.

— Vous n'avez rien à craindre. Je nous protège. En outre, notre départ précipité révélerait notre peur.

*

En novembre, je reçois une lettre d'Isabelle, salie par le voyage et retardée par les routes inondées. C'est l'un de ses longs griffonnages jubilants.

J'avais raison. C'est un garçon. Grand, leste et blond comme son père. Il tète bien. Pour ma part, je suis déjà sur pied. Le travail a été rapide et facile. J'ai dit à Georges que je voulais bien en avoir un autre comme celui-là ! Autant qu'il le souhaite ! J'*ai écrit au roi et à la reine, elle m'a envoyé du beau linge avec ses félicitations.*

Finalement, Georges ira à la cour à Noël, car il ne veut pas donner l'impression d'avoir peur. Ensuite, il me retrouvera au château de Warwick. Tu dois venir voir le bébé après les douze jours de fête. Georges ne voit pas d'objection à ce que vous nous rendiez visite en allant à Middleham, dis-le bien à ton époux.

Il a tant plu que cela m'était égal d'être en confinement, même si je commence à en avoir assez. Après ma bénédiction en décembre, nous rentrerons chez nous. Vivement que j'amène un nouveau Richard au château de Warwick. Père aurait été tellement ravi, je serais devenue sa fille préférée en lui apportant un deuxième petit-fils, il aurait conçu des plans pour son grand avenir...

Et ainsi de suite sur trois pages froissées, avec des réflexions ajoutées dans les marges. Je mets la lettre de côté et pose la main sur mon ventre, comme si la chaleur de ma paume pouvait faire éclore un nouveau bébé tel un oisillon dans une coquille. Isabelle a raison d'être heureuse et fière de son accouchement facile, et je suis ravie pour elle. Mais elle aurait pu réfléchir à l'effet de ses mots sur moi : sa cadette, âgée de seulement vingt ans mais avec un unique petit garçon dans sa nursery, après plus de quatre années de mariage.

Sa lettre n'est pas que fanfaronnade, car ce qu'elle écrit à la fin prouve qu'elle n'a pas oublié sa peur de la reine :

Prends garde à ce que tu manges au festin de Noël, ma chère sœur. Tu vois ce que je veux dire – Iz

La porte de ma chambre de parement s'ouvre et Richard entre avec sa demi-douzaine d'amis, pour nous escorter, mes dames et moi, au dîner. Je me lève et lui souris alors qu'il regarde la lettre posée sur la table.

— De bonnes nouvelles ?

— Oh oui ! je réponds en conservant mon sourire. Excellentes.

Palais de Westminster, Londres, jour de Noël 1476

En cette période de Noël, la famille royale resplendit de bijoux et de nouvelles étoffes aux couleurs éclatantes rapportées, pour une petite fortune, de Bourgogne. Édouard joue son rôle de roi dans un tourbillon de drap d'or et de couleur, avec la reine toujours à ses côtés, comme si elle était née à cette place – et non la parvenue chanceuse qu'elle est en réalité.

Ce jour le plus saint de l'année, nous nous réveillons de bonne heure pour assister à la messe dans la chapelle royale. On fait rouler une grande baignoire en bois, garnie du plus beau lin, dans ma chambre devant le feu. Les servantes apportent des carafes d'eau chaude, qu'elles versent sur mes épaules tandis que je me lave les cheveux et le corps avec le savon aux pétales de rose que Richard a acheté pour moi aux marchands maures.

Elles m'enveloppent dans des draps chauds puis sortent ma robe pour la journée. Je porterai du velours rouge foncé bordé de fourrure de martre, sombre et luisante, aussi belle que celle de la reine. J'ai également un nouveau jupon en lin, brodé cet été par mes dames sous ma direction. Ma nouvelle coiffe reposera confortablement sur ma tête, avec des rouleaux de fils d'or sur mes oreilles. Alors que je suis assise devant le feu, elles peignent mes cheveux puis les tressent et les enroulent sous la coiffe. De la salle au trésor, elles apportent ma boîte à bijoux, dans laquelle je choisis des rubis rouge foncé assortis à ma robe.

Richard vient me chercher pour m'accompagner à la messe. Vêtu de noir, sa couleur préférée, il est beau et semble heureux. En l'accueillant, j'éprouve ce désir familier. Peut-être ce soir me rejoindra-t-il dans ma chambre. Quel meilleur jour que celui où est né l'enfant Jésus pour concevoir un autre héritier pour le duché de Gloucester ?

Il m'offre son bras et les chevaliers de sa cour, tous très élégants, escortent mes dames à la chapelle royale. Nous attendons en rang ; le roi nous fait souvent attendre. Soudain, précédé d'un frémissement et du petit sursaut de quelques-unes des dames, le voilà qui entre, vêtu de blanc et d'argent. À ses côtés, dans les mêmes couleurs que lui, elle brille dans l'ombre comme illuminée par la lune. Ses cheveux blond clair sont lâchés sous sa couronne, sa robe au décolleté carré est couverte d'un voile de la plus belle dentelle. Suivent leurs enfants : d'abord le jeune prince de Galles, âgé de six ans, plus grand chaque fois qu'il vient à la cour, sa tenue assortie à celle de son père ; puis la nurse qui tient la main du petit prince, encore dans ses vêtements de bébé en dentelle ; la princesse Élisabeth, vêtue de blanc et d'argent comme ses parents, l'air solennel, un missel en ivoire dans la main, souriant d'un côté puis de l'autre avec son assurance habituelle ; enfin les autres, petites filles belles, royales et élégantes. Je ne peux pas les observer sans jalousie.

Comme la cour, je veille à sourire au passage de cette famille royale raffinée. Le regard gris et froid de la reine glisse sur moi ; je sens sa subtile appréciation, comme si elle devinait ma convoitise et ma peur. Lorsque le prêtre arrive, je peux enfin m'agenouiller et fermer les yeux pour ne plus les voir.

*

Devant la porte close de notre chambre de parement attend un homme, sali par le voyage, sa cape mouillée et couverte de boue jetée sur le rebord en pierre de la fenêtre. Notre garde lui barre le passage en attendant notre retour.

— Qu'est-ce que c'est ? demande Richard.

L'homme met un genou à terre et lui tend une lettre. J'aperçois un sceau en cire rouge. Après l'avoir brisé, Richard lit les quelques lignes sur la page. Je vois son visage s'assombrir, il me jette un coup d'œil puis regarde de nouveau la feuille.

— Qu'y a-t-il ?

Je ne peux pas exprimer mes craintes – je pense aussitôt avec horreur qu'il pourrait s'agir d'une lettre de Middleham au sujet de notre fils.

— Qu'y a-t-il, Richard ? Mon seigneur ? Je vous en prie…

Je reprends mon souffle.

— Dites-moi. Vite.

Il ne me répond pas tout de suite, mais adresse un signe de tête par-dessus son épaule à l'un des chevaliers de sa cour.

— Attendez là. Retenez le messager, je voudrais l'interroger. Assurez-vous qu'il ne parle à personne.

Il me prend par le bras et me fait entrer dans notre chambre de parement, traverser ma chambre de retrait, jusqu'à ma chambre à coucher où personne ne nous dérangera.

— Alors ? murmuré-je. Richard, pour l'amour de Dieu, qu'y a-t-il ? C'est notre garçon, Édouard ?

— C'est votre sœur.

Sa voix calme donne l'impression d'une question, comme s'il n'arrivait pas à croire ce qu'il avait lui-même lu.

— Isabelle ?

— Oui. Mon amour, je ne sais pas comment vous le dire. C'est une lettre de Georges. Il me demande de vous le dire, mais j'ignore comment…

— Quoi ? Que lui est-il arrivé ?

— Mon amour, mon pauvre amour, elle est morte.

L'espace d'un instant, je n'entends pas ses mots. Ensuite, ils semblent résonner telle une cloche, ici, dans ma chambre, où à peine deux heures plus tôt je revêtais ma robe et choisissais mes rubis.

— Isabelle ?

— Oui. Georges écrit qu'elle est morte.

— Mais comment ? Elle allait bien, son accouchement a été facile. Elle m'a envoyé une lettre, pleine d'éloges de sa propre personne. Elle se portait bien, à merveille même, elle me demandait de venir voir…

Il ouvre la bouche, comme s'il avait une réponse mais ne voulait pas la formuler.

— Je n'en sais pas plus. C'est pourquoi je vais parler avec le messager.

— Était-elle malade ?

— Je l'ignore.

— A-t-elle eu de la fièvre après l'accouchement ? A-t-elle saigné ?

— Georges ne le dit pas.

— Alors que dit-il ?

Je crois d'abord qu'il va refuser de me répondre, mais il ouvre la lettre, la lisse sur la table, et finit par me la donner, scrutant mon visage pendant que je lis :

22 décembre 1476

Chers frère et sœur Anne,

Ma femme bien-aimée Isabelle est morte ce matin, que Dieu ait son âme. Je ne doute pas un seul instant qu'elle a été empoisonnée par un agent de la reine. Protège ton épouse, Richard, et protège-toi. Je suis certain que nous sommes tous en danger à cause de la famille perfide amenée par notre frère le roi. Mon bébé est toujours vivant. Je prie pour vous et les vôtres. Brûlez cette lettre.

Richard me prend la feuille et, se tournant vers le feu, l'enfouit dans la braise rouge. Le papier noircit, se racornit, puis flamboie.

— Elle savait que cela arriverait. Elle me l'a dit.

Je tremble de la tête aux pieds, comme si la lettre m'avait gelée d'un coup de vent glacial. Richard me fait asseoir sur le lit alors que mes jambes se dérobent sous moi.

— Georges le disait lui aussi, mais je n'ai pas voulu l'écouter.

— Elle affirmait que la reine avait un espion chez elle, et chez nous également.

— Je n'en doute pas. C'est très certainement vrai. La reine ne fait confiance à personne et paie des serviteurs pour obtenir des renseignements. Comme nous tous. Mais pourquoi empoisonnerait-elle Isabelle ?

— Par vengeance, je réponds d'un ton malheureux. Parce qu'elle a nos noms sur un bout de papier, dans une boîte en émail cachée parmi ses bijoux.

— Pardon ?

— Isabelle savait, mais j'ai refusé de l'écouter. Elle soutenait que la reine avait juré de se venger des meurtriers de son père – c'est-à-dire notre père – en écrivant nos noms en lettres de sang sur un bout de papier. Isabelle m'a dit qu'un jour j'apprendrais sa mort et qu'elle aurait été empoisonnée.

Richard a la main posée sur son ceinturon, à la place de son épée, comme s'il croyait devoir défendre nos vies ici même, dans le palais de Westminster.

— Je ne l'ai pas écoutée !

Secouée par les sanglots, je prends soudain conscience de sa mort.

— Et son bébé ! Margaret ! Édouard ! Ils vont devoir grandir sans mère ! Et moi qui ne suis pas allée la voir ! Je l'ai assurée qu'elle était en sécurité.

Richard se dirige vers la porte.

— Je vais parler au messager.

— Vous avez refusé de me laisser la rejoindre !

— C'est tout aussi bien, réplique-t-il d'un ton sec.

Il tourne la poignée. Je me lève précipitamment.

— Je vous accompagne.

— Pas si vous pleurez.

D'un geste brusque, j'essuie mes larmes.

— Je ne pleurerai pas. Je vous le jure.

— Je ne veux pas que cette nouvelle se répande tout de suite, par accident. Georges a sûrement écrit aussi au roi pour lui annoncer la nouvelle. Je ne veux pas porter d'accusations. Vous allez devoir garder le silence, et votre calme. Rencontrer la reine sans rien dire. Nous allons devoir faire comme si nous ne pensions aucun mal d'elle.

Je serre les dents. Je ne tremble plus, ne sanglote plus.

— Si Georges a raison et que ses accusations sont fondées, alors la reine a tué ma sœur, et projette de me tuer à mon tour. Si c'est vrai, alors elle est mon ennemie mortelle, nous vivons dans son palais et mangeons les plats de sa cuisine. Vous voyez, je ne porte pas d'accusations, je ne pleure pas. Mais je vais nous protéger, moi et les miens, et je veillerai à ce qu'elle paie pour la mort de ma sœur.

— Si c'est vrai, dit Richard posément, comme une promesse.

— Si c'est vrai.

Palais de Westminster, Londres, janvier 1477

La cour porte le deuil de ma sœur en bleu foncé. Je reste dans mes appartements autant que possible, car je ne supporte pas de regarder la reine. Je crois réellement voir la meurtrière de ma sœur, et crains pour ma vie. Richard refuse catégoriquement d'en parler avant de s'être entretenu avec Georges pour en savoir plus. Cependant, il envoie son bras droit, Sir James Tyrrell, à Middleham avec des ordres clairs : protéger notre fils, s'assurer que sa nourriture soit toujours goûtée avant, et interroger tous les membres de notre cour, en particulier ceux qui ne sont pas originaires du Yorkshire.

Après avoir ordonné que mes repas soient cuisinés dans nos appartements privés du palais, je reste dans ma chambre de retrait. Lorsque l'on frappe soudain à la porte, je sursaute dans mon fauteuil et dois me rattraper à la table près de la cheminée. Le garde ouvre la porte et annonce Georges.

Vêtu du bleu le plus foncé, les traits tirés, l'air tragique, il entre, me prend les mains puis m'embrasse. Quand il recule pour me regarder, il a les larmes aux yeux.

— Oh, Georges, murmuré-je.

Toute son assurance suffisante a disparu ; il est mince et beau, endeuillé. Il appuie sa tête contre la cheminée sculptée.

— Je n'arrive toujours pas à y croire. Quand je vous vois ici, je n'arrive pas à croire qu'elle ne soit pas avec vous.

— Elle m'a écrit qu'elle allait bien.

— C'était vrai, dit-il avec empressement. Elle était si heureuse ! Et le bébé, une beauté, comme toujours. Mais soudain elle s'est affaiblie, éteinte presque du jour au lendemain. Au matin, elle était morte.

— Avait-elle de la fièvre ? demandé-je avec un espoir désespéré.

— Sa langue était noire.

Je le regarde, atterrée : c'est un signe certain de poison.

— Qui aurait pu ?

— Mon médecin interroge les membres de notre foyer et nos cuisiniers. Je sais que la reine avait placé une femme jusque dans la chambre de confinement d'Isabelle, pour lui annoncer aussitôt si nous avions un garçon ou une fille.

Je laisse échapper un petit sifflement horrifié.

— Oh, ce n'est rien. Je le sais depuis des mois. Elle a sûrement une servante qui vous surveille, vous aussi. Et un homme, peut-être dans vos écuries pour l'avertir quand vous avez l'intention de voyager, ou dans votre salle pour écouter les conversations. Elle nous surveille tous depuis notre arrivée à sa cour, vous aussi bien qu'Isabelle. Elle ne fait confiance à personne.

— Édouard fait confiance à mon époux. Ils s'apprécient et sont fidèles l'un à l'autre.

— Et la reine ?

Il éclate de rire devant mon silence.

— Allez-vous en parler au roi ? demandé-je. Dénoncer la reine ?

— Je pense qu'il essaiera de m'acheter. Et je crois savoir ce que sera son prix. Il voudra me faire taire, m'éloigner. M'empêcher de traiter son épouse d'empoisonneuse, et leurs enfants de bâtards.

— Chut !

Je jette un coup d'œil à la porte puis le rejoins auprès du feu afin que nous soyons tête contre tête, tels des conspirateurs, nos paroles s'envolant comme la fumée dans la cheminée.

— Édouard voudra se débarrasser de moi, m'envoyer quelque part où je ne pourrai plus m'opposer à lui.

— Que va-t-il faire ? Il ne va pas vous emprisonner ?

— Il m'ordonnera de me remarier, répond Georges avec un sourire grimaçant. C'est son plan, je le sais. Il m'enverra en Bourgogne épouser Marie de Bourgogne. Son père est mort, et sa veuve, notre sœur Marguerite, a suggéré mon nom. Marie est sa belle-fille, elle peut donc m'offrir sa main. Pour Édouard, c'est un moyen de me faire quitter le pays.

— Mais Isabelle est morte depuis moins d'un mois ! m'écrié-je, les joues baignées de larmes. Êtes-vous censé l'oublier aussi vite ? Va-t-elle être enterrée et remplacée par une nouvelle femme quelques semaines plus tard ? Et vos enfants, alors ? Allez-vous les emmener avec vous ?

— Je refuserai. Jamais je n'abandonnerai mes enfants, ou mon pays, et je ne laisserai certainement pas la meurtrière de mon épouse en liberté.

Je sanglote ; la perte d'Isabelle est si douloureuse, et la pensée de Georges se remariant si choquante. Je me sens tellement seule dans cette dangereuse cour sans elle. Georges passe un bras autour de mes épaules tremblantes et me dit tendrement :

— Ma chère sœur. Elle vous aimait tant, et voulait tant vous protéger. Elle m'a fait promettre de vous mettre en garde. Dorénavant, c'est moi qui vous protégerai.

*

Comme toujours durant l'heure avant le dîner, je dois attendre dans les appartements de la reine que le roi et sa cour nous rejoignent, afin d'entrer tous ensemble dans la grande salle. Les dames de la reine présument que je suis accablée de chagrin et me laissent tranquille. Seule Lady Margaret Stanley, récemment arrivée à la cour avec son nouvel époux Thomas, m'emmène à l'écart pour me dire qu'elle prie pour le repos de l'âme de ma sœur et la bénédiction de ses enfants. Curieusement touchée par sa bienveillance, je tente de sourire et la remercie pour ses prières. Elle a envoyé son propre fils, Henri Tudor, en sécurité à l'étranger, car elle ne fait pas confiance au roi. Le jeune Tudor, un garçon prometteur, appartient à la maison de Lancastre. Elle ne voulait pas le laisser sous la garde d'un tuteur York dans ce pays, et quoique remariée à l'un des seigneurs d'York et bien vue tant par le roi que par la reine, elle n'a pas encore assez foi en cette famille royale pour faire revenir son fils. Elle, entre tous, comprend sûrement ma situation : craindre le roi que l'on sert, s'incliner devant la reine sans trop savoir si elle est ou non votre ennemie.

Richard entre avec son frère le roi, tout sourire, et me prend par la main pour me conduire au dîner. En marchant près de lui, je murmure que Georges est venu à la cour et m'a promis de trouver le meurtrier de ma sœur.

— Comment s'y prendra-t-il depuis la Flandre ? demande Richard d'un ton caustique.

— Il refuse de partir.

Richard éclate de rire si fort que le roi se retourne.

— De quoi s'agit-il ?

— De rien, crie Richard à son frère. Mon épouse m'a simplement raconté une plaisanterie sur Georges.

— Notre duc de Bourgogne ? demande le roi en me souriant. Notre prince d'Écosse ?

Les yeux brillants, la reine tape le roi sur le bras en riant comme pour lui reprocher de se moquer publiquement de son frère. Je semble être la seule à ne pas comprendre la subtilité de son humour. Richard me tire à l'écart et laisse passer le cortège du dîner.

— Ce n'est pas vrai. C'est même le contraire de la vérité. C'est Georges qui réclame le duché de Bourgogne. Il espère devenir le duc de l'un des pays les plus riches d'Europe en épousant Marie de Bourgogne. Ou sinon, la princesse d'Écosse. Peu lui importe tant que sa nouvelle épouse est fortunée et à la tête d'un royaume.

— Non, il m'a dit lui-même qu'il refuserait. Il porte encore le deuil d'Isabelle, il ne veut pas partir. C'est le roi qui essaie de lui faire quitter le royaume pour le réduire au silence.

— Balivernes ! Édouard ne laisserait jamais Georges partir. Il ne lui ferait jamais confiance pour diriger la Flandre. Les terres des ducs de Bourgogne sont immenses. Aucun de nous ne confierait à Georges ce pouvoir ni cette richesse.

— Qui vous a dit cela ? demandé-je, circonspecte.

Par-dessus son épaule, je vois la reine s'asseoir à la table d'honneur qui domine la grande salle. Elle m'aperçoit, tête contre tête avec mon époux, se penche vers le roi pour lui dire quelques mots, puis ce dernier se tourne et nous voit à son tour. J'ai l'impression qu'elle me désigne, le met en garde à mon sujet. Alors que son regard glisse sur moi avec indifférence, je frissonne.

— Qu'y a-t-il ? demande Richard.

— Qui vous a dit que Georges voulait partir en Flandre ou en Écosse mais que le roi refusait ?

— Le frère de la reine, Anthony Woodville, Lord Rivers.

— Ah, alors ce doit être vrai.

À ce moment-là, elle baisse les yeux sur moi et m'adresse son beau sourire énigmatique.

*

Les rumeurs se propagent au sein de la cour ; tout le monde semble parler d'Isabelle, Georges et moi. Beaucoup de gens, qui savent que ma sœur est morte subitement après avoir survécu à son accouchement, commencent à se demander si elle aurait pu être empoisonnée, et si oui, par qui. Ces rumeurs deviennent de plus en plus véhémentes, détaillées, épouvantables, à mesure que Georges refuse de manger dans la grande salle ou de parler à la reine, se découvre mais n'incline pas la tête sur son passage, croise les doigts derrière son dos afin que tous ceux qui le suivent le voient faire le signe de protection contre la sorcellerie.

Il l'effraie, à son tour. Elle blêmit à sa vue et jette un coup d'œil à son époux comme pour lui demander que faire face à cette folle insolence. Elle se tourne vers son frère, Anthony Woodville, qui riait autrefois en voyant Georges arpenter la galerie sans saluer personne ; à présent, lui aussi le scrute, comme il jaugerait un adversaire. La cour est totalement divisée entre ceux qui ont profité du pouvoir des Rivers, et ceux qui les haïssent et sont prêts à les soupçonner de tout. De plus en plus de gens observent la reine, comme s'ils se demandaient quels pouvoirs elle possède et ce qu'elle aura le droit de faire.

Je vois Georges chaque jour car nous restons à Londres, bien que j'aie hâte de rentrer à Middleham. Cependant, les routes sont trop boueuses pour voyager et le château lui-même est enneigé. Je dois demeurer à la cour même si chaque fois que j'entre dans ses appartements, la reine Élisabeth accueille ma révérence avec un regard hostile, et sa fille, la princesse Élisabeth, recule en tirant sa robe, exactement comme sa grand-mère la sorcière.

J'ai peur de la reine, et elle le sait. Je ne connais pas l'étendue de ses pouvoirs ni ce qu'elle serait prête à me faire. J'ignore si elle a joué un rôle dans la mort de ma sœur, ou si ce n'était que le fruit de l'imagination craintive d'Isabelle – et de la mienne à présent. Je me sens terriblement seule avec mes peurs, dans cette belle cour enjôleuse, animée par les ragots et rumeurs. Je ne peux pas parler à mon époux, qui ne veut rien entendre contre son frère Édouard, et je n'ose pas être vue en conversation avec Georges, qui m'a juré lors de notre rencontre secrète de découvrir la meurtrière de ma sœur – il emploie toujours le féminin – et de l'anéantir, alors tout le monde saura ce dont est capable une femme malveillante aux pouvoirs maléfiques.

*

Georges vient chez nous au château de Baynard faire ses adieux à sa mère, qui part pour Fotheringhay le lendemain. Il reste un moment enfermé avec elle dans ses appartements ; il est son plus cher fils, et l'inimitié de la duchesse à l'égard de la reine est bien connue. Elle ne le dissuade pas de dire du mal de son frère ou de la reine. Cette femme, qui connaît le monde, jure qu'Élisabeth a épousé Édouard par ensorcellement et continue d'utiliser la magie noire malgré la couronne d'Angleterre sur sa tête.

En traversant la grande salle, Georges m'aperçoit sur le seuil de mes appartements et s'approche en tout hâte.

— J'espérais vous voir.

— Je suis ravie, cher frère.

Il me suit à l'intérieur. Mes dames s'écartent et adressent une révérence à Georges – c'est un bel homme et à présent, je m'en rends compte avec un pincement au cœur, un bon parti. Je dois me rattraper au rebord de la fenêtre à la pensée qu'une autre femme va peut-être prendre la place d'Izzy. Ses enfants accourront vers elle et l'appelleront « Mère ». Ils sont si jeunes qu'ils oublieront combien Isabelle les aimait, tout ce qu'elle désirait pour eux.

— Richard me dit que vous n'allez pas épouser Marie de Bourgogne.

— Non, mais à votre avis qui va épouser la sœur du roi d'Écosse ? Ils me l'ont également suggérée, mais selon vous qui est le candidat favori du roi ?

— Pas vous ?

Il éclate de rire.

— Mon frère a décidé qu'il valait mieux me garder à portée de main. Il ne m'enverra pas en Flandre ni en Écosse. Le futur mari de la princesse écossaise n'est autre qu'Anthony Woodville.

Assurément, le frère de la reine, fils d'un châtelain, ne peut pas espérer épouser un membre de la famille royale ? L'ambition de la reine n'a-t-elle aucune limite ? Devons-nous accepter tous les arrangements des Rivers ? Georges rit de mon air stupéfait, puis poursuit d'un ton sec :

— Une fille d'un petit manoir de Grafton sur le trône d'Angleterre, son frère sur celui d'Écosse. En voilà une ascension ! Élisabeth Woodville devrait planter sa bannière sur les sommets. Et puis quoi encore ? Son frère deviendra-t-il évêque ? Pourquoi pas pape ? Jusqu'où ira-t-elle ? Peut-elle devenir elle-même l'empereur romain germanique ?

— Comment fait-elle ?

Son regard sombre me rappelle que nous savons bien comment elle atteint ses objectifs. Je secoue la tête.

— Elle a l'oreille du roi car il l'aime de tout son cœur. Il est prêt à tout pour elle.

— Et nous savons comment, de toutes les femmes qu'il aurait pu avoir, c'est elle qui a conquis son cœur.

Château de Baynard, Londres, janvier 1477

Les festivités de Noël sont terminées, mais beaucoup de gens restent à Londres, piégés par le mauvais temps. Les routes du nord sont impraticables, et Middleham toujours enneigé. Je songe au château, protégé par les tempêtes, les blizzards et les grandes rivières de la région ; à mon fils, en sécurité et au chaud derrière ces murs épais, devant un bon feu, jouant sur le tapis avec les présents que je lui ai envoyés.

Au milieu du mois de janvier, on frappe doucement à la porte de ma chambre de retrait. Je reconnais le petit toc-toc de Georges et me tourne vers mes dames.

— Je vais à la chapelle. Seule.

Elles m'adressent une révérence lorsque je sors, avec mon missel et mon rosaire. Georges m'emboîte le pas, puis nous nous glissons ensemble dans la chapelle vide. Dans un coin, un prêtre entend en confession un couple de châtelains, qui marmonnent leurs péchés. Georges et moi entrons dans l'une des sombres alcôves. Je le regarde enfin.

Dans l'obscurité, il est aussi pâle qu'un noyé, les yeux caves. Toute sa beauté nonchalante a disparu. Il ressemble à un homme à bout de nerfs.

— Qu'y a-t-il ? murmuré-je.

— Mon fils, répond-il d'une voix brisée.

Je songe aussitôt au mien, mon Édouard. J'espère qu'il est en sécurité au château de Middleham, occupé à faire de la luge dans la neige, ou à regarder des mimes en buvant un breuvage chaud. J'espère qu'il est en bonne santé et fort, protégé de la peste ou du poison.

— Votre fils ? Édouard ?

— Mon bébé, mon bien-aimé Richard.

Je porte la main à ma bouche, et sous mes doigts je sens mes lèvres trembler.

— Richard ?

Orphelin de mère, le bébé est élevé par sa nourrice, Bessy Hodges, qui s'est déjà occupée de Margaret et d'Édouard, qu'elle a allaités comme une mère. Il n'y a aucune raison pour que le troisième enfant d'Isabelle ne grandisse pas aussi bien sous sa garde.

— Richard ? répété-je.

— Il est mort, murmure-t-il d'une voix étranglée. Je viens de recevoir un message du château de Warwick. Il est mort. Mon garçon, le garçon d'Isabelle. Il est monté au ciel rejoindre sa mère, que Dieu bénisse sa petite âme.

— Amen.

J'ai la gorge serrée, les yeux qui brûlent. Je voudrais me jeter sur mon lit et pleurer pendant une semaine ma sœur et mon neveu, disparus de ce monde cruel qui m'enlève, les uns après les autres, tous ceux que j'aime. Georges me prend la main.

— D'après le message, il est mort subitement, de manière inattendue.

Malgré mon chagrin, je recule et retire brusquement ma main. Je ne veux pas entendre la suite.

— Inattendue ?

— Oui, il tétait bien, grandissait, prenait du poids et commençait à faire ses nuits. Je ne l'aurais jamais laissé avec sa nourrice si je n'avais pas pensé qu'il allait bien. Mais c'était le cas, Anne. Je ne serais jamais parti si j'avais eu un doute.

— Les bébés peuvent s'affaiblir très rapidement. Vous le savez.

— Il est écrit qu'il était en forme à l'heure du coucher et mort avant l'aube.

— Les bébés peuvent mourir dans leur sommeil, dis-je avec un frisson. Que Dieu les épargne.

— C'est vrai. Mais je dois savoir s'il s'est juste endormi, de façon naturelle. Je pars pour Warwick immédiatement afin de connaître la vérité. Si je découvre que quelqu'un l'a tué en versant du poison dans sa petite bouche endormie, alors je lui prendrai la vie – peu importe son haut rang, son grand nom, ou son époux. Je le jure, Anne. Je me vengerai de la personne qui a tué mon épouse, surtout si elle a aussi tué mon fils.

Alors qu'il se tourne vers la porte, je lui saisis le bras.

— Écrivez-moi aussitôt, murmuré-je. Envoyez-moi quelque chose, un fruit, n'importe quoi, avec un petit mot. Rédigez-le de façon à ce que je sois la seule à pouvoir le comprendre. Et n'oubliez pas de me dire que Margaret et Édouard sont sains et saufs.

— Je vous le promets. Et si j'en vois le besoin, je vous enverrai une mise en garde.

— Une mise en garde ?

Je ne veux pas comprendre ce qu'il entend par là.

— Vous êtes en danger, votre fils aussi. Je ne doute pas un seul instant que cette attaque ne nous visait pas simplement, moi et les miens, même si elle me frappe en plein cœur. C'est une attaque contre les filles du faiseur de rois et ses petits-fils.

À l'entendre exprimer cette crainte, je frissonne et deviens aussi pâle que lui ; nous devons ressembler à deux fantômes murmurant dans l'obscurité de la chapelle.

— Une attaque contre les filles du faiseur de rois ? Mais pourquoi ? demandé-je tout en connaissant la réponse. Au printemps, cela fera six ans qu'il est mort. Tous ses ennemis ont oublié.

— Tous sauf un. Elle a deux noms écrits en lettres de sang sur un bout de papier dans sa boîte à bijoux.

Il n'a pas besoin de nommer ce « elle ».

— Le saviez-vous ?

D'un air malheureux, j'acquiesce.

— Savez-vous quels sont ces noms ?

Il attend que je secoue la tête.

— Isabelle et Anne. Isabelle est morte, je ne doute pas que vous soyez la prochaine.

— Par vengeance ? murmuré-je, tremblante de peur.

— Elle veut se venger de la mort de son père et de son frère. Elle se l'est juré. C'est son unique souhait. Votre père a pris leurs vies, alors elle a pris celles d'Isabelle et de son fils. Je ne doute pas qu'elle vous tuera, vous et votre fils Édouard.

— Revenez vite, Georges. Ne me laissez pas seule à sa cour.

— Je le jure.

Il m'embrasse la main puis disparaît.

*

— Je ne peux pas aller à la cour, dis-je à Richard d'une voix éteinte. Vraiment, je ne peux pas.

Il se tient devant moi, en somptueux velours sombre, prêt à partir à cheval à Westminster, où nous sommes conviés à dîner.

— Nous nous étions mis d'accord. Nous avions convenu que jusqu'à temps de connaître la vérité, vous iriez à la cour et dîneriez avec la reine si vous y étiez invitée, comme si rien ne s'était passé.

— Mais il s'est passé quelque chose. Vous savez sûrement que le petit bébé, Richard, est mort ?

Il acquiesce.

— Il grandissait, prenait des forces, or le voilà qui meurt, seulement trois semaines après sa naissance ? Dans son sommeil, sans raison ?

Mon époux se tourne vers le feu et remet une bûche en place de son pied botté.

— Les bébés meurent.

— Richard, je crois qu'Elle l'a tué. Je ne peux pas aller à la cour, m'asseoir dans Ses appartements sous Son regard interrogateur, manger les plats de Ses cuisines. Je ne peux pas me résoudre à La voir.

— Parce que vous la haïssez ? L'épouse de mon plus cher frère et la mère de ses enfants ?

— Parce que j'ai peur d'Elle. Peut-être devriez-vous avoir peur, vous aussi, et même lui.

Londres, février 1477

À son retour à Londres, Georges vient aussitôt chez sa mère voir Richard. Mes dames me rapportent que les frères discutent derrière les portes closes de la salle du conseil de Richard. Quelque temps plus tard, l'un de ses valets de chambre vient me demander si je veux rejoindre mon époux. Je laisse mes dames à leurs conjectures animées et traverse la grande salle jusqu'aux appartements de Richard.

À mon entrée, je suis choquée par l'apparence de Georges. Il a encore maigri pendant son absence ; le visage creusé et las, il ressemble à un homme lancé dans une tâche impossible. Richard lève les yeux et me tend la main. Je me place derrière son fauteuil, les mains jointes.

— Georges apporte de mauvaises nouvelles de Warwick, m'annonce Richard, laconique.

J'attends. Georges a l'air sévère, bien plus âgé que ses vingt-sept ans.

— J'ai trouvé la meurtrière d'Isabelle. Je l'ai arrêtée et traduite en justice. Elle a été déclarée coupable et mise à mort.

Je sens mes jambes se dérober, Richard se lève de son fauteuil pour me faire asseoir à sa place.

— Vous devez vous montrer courageuse. La suite est pire.

— Qu'est-ce qui peut être pire ? murmuré-je.

— J'ai également trouvé le meurtrier de mon fils, poursuit Georges d'un ton monocorde. Lui aussi a été déclaré coupable par le jury devant lequel je l'avais envoyé, et pendu. Ces deux-là, au moins, ne seront pas un danger pour vous ou votre famille.

Je serre la main de Richard.

— Depuis la mort d'Isabelle, je me renseigne sur sa meurtrière. Elle s'appelait Ankarette, Ankarette Twynho. C'était une domestique dans les appartements de mon épouse. Elle a servi les repas d'Isabelle, et lui a apporté de la bière quand elle était en travail.

Un court instant, je ferme les yeux, songeant à Isabelle qui a accepté ce service sans savoir qu'il venait d'une ennemie. C'est moi qui aurais dû être là pour la servir.

— Elle était à la solde de la reine. Dieu sait depuis combien de temps elle nous espionnait. Mais quand Isabelle a accouché et s'est réjouie de ce nouveau garçon, la reine a ordonné à sa servante d'utiliser les poudres.

— Les poudres ?

— Des poudres italiennes, du poison.

— Vous en êtres certain ?

— J'en ai la preuve. Le jury l'a déclarée coupable et condamnée à mort.

— Il a seulement la preuve qu'Ankarette travaillait pour la reine, intervient Richard. Nous ne pouvons pas être sûrs que la reine ait ordonné le meurtre.

— Qui d'autre nuirait à Isabelle ? demande Georges. N'était-elle pas bien-aimée par tous ceux qui la connaissaient ?

Je hoche la tête, les yeux remplis de larmes.

— Et son petit garçon ?

— Ankarette est partie dans le Somerset dès qu'Isabelle est morte et sa cour congédiée. Mais elle a laissé les poudres à son ami John Thursby, un valet de chambre à Warwick, qui les a fait avaler au bébé. Le jury les a tous les deux déclarés coupables, ils ont été exécutés.

Avec un soupir frémissant, je lève les yeux vers Richard.

— Vous devez vous protéger, me conseille Georges. Ne mangez rien qui vienne de ses cuisines, ne buvez pas de vin sauf de vos propres caves, et demandez à ce que les bouteilles soient ouvertes devant vous. Ne faites confiance à aucun de vos serviteurs. C'est tout ce que vous pouvez faire. Nous ne pouvons pas nous protéger de sa sorcellerie, à moins d'engager notre propre sorcière. Si elle utilise la magie noire contre nous, j'ignore comment nous défendre.

— La culpabilité de la reine n'est pas prouvée, persiste Richard.

— J'ai perdu mon épouse, rétorque Georges en riant. Une femme irréprochable que la reine haïssait. Je n'ai pas besoin d'autre preuve.

— Nous ne pouvons pas être divisés. Nous sommes les trois fils d'York. Édouard a vu un signe, les trois soleils dans le ciel. Après tant de chemin parcouru, nous devons rester unis.

— Je vous suis fidèle, à Édouard et à toi. Mais la reine est mon ennemie, et celle de ton épouse. Elle m'a enlevé la meilleure femme qu'un homme pouvait avoir, ainsi que mon garçon. Je vais m'assurer qu'elle ne nuise plus à personne en employant des goûteurs, des gardes, et un sorcier pour me protéger de ses ruses diaboliques.

Richard se détourne du feu et regarde par la fenêtre, comme s'il pouvait trouver une réponse dans les flocons de neige fondue.

— Je vais en parler à Édouard, déclare Georges. Je ne vois pas quoi faire d'autre.

Face à son devoir de fils d'York, Richard incline la tête.

— Je t'accompagne.

*

Richard ne me raconte pas en détail la réunion entre les trois frères, au cours de laquelle Édouard accuse Georges de s'être fait justice lui-même en se composant un jury favorable, d'avoir inventé des charges et exécuté deux innocents. Georges aurait répliqué à son frère qu'Élisabeth Woodville a envoyé des meurtriers tuer Isabelle et son petit garçon. Richard se contente de me dire que le gouffre entre ses deux frères s'est peut-être fatalement agrandi, que sa loyauté envers l'un est menacée par son amour pour l'autre, et qu'il se demande bien où cela va tous nous mener.

— Pouvons-nous rentrer à Middleham ?

— Nous allons dîner à la cour, répond-il, l'air grave. Il le faut. Je dois montrer à Édouard que je le soutiens, et la reine ne doit pas voir que vous avez peur d'elle.

Mes mains se mettent à trembler, alors je les joins derrière mon dos.

— Je vous en prie…

— Nous n'avons pas le choix.

*

La reine arrive au dîner le visage pâle, en se mordant les lèvres ; le regard qu'elle lance à Georges terrasserait un homme plus faible. Il la salue bien bas, avec un respect ironique, à la manière d'un comédien. Elle se détourne de la table de Georges et parle sans cesse au roi, comme pour l'empêcher de jeter un seul coup d'œil à son frère. Assise à côté de lui au dîner, puis pendant le spectacle, elle ne laisse personne l'approcher ; certainement pas Georges, qui, adossé au mur, la fixe comme s'il voulait la juger elle aussi. Le scandale a mis en émoi la cour, horrifiée par les accusations. Anthony Woodville se déplace les pouces dans son ceinturon, sur la pointe des pieds, comme prêt à bondir pour défendre l'honneur de sa sœur. Plus personne ne se moque de Georges, pas même l'insouciante famille Rivers, qui a toujours tout pris à la légère. Les choses sont devenues sérieuses : nous attendons tous de voir ce que fera le roi, s'il se laissera guider par la sorcière meurtrière, encore une fois.

Château de Baynard, Londres, 4 mars 1477

— Je n'ai pas peur, me dit Georges.

Le ciel est gris et la pluie, inhabituelle en cette saison, coule sur les fenêtres. Nous sommes assis au coin du feu, dans ma chambre de retrait au château de Baynard, tête contre tête, non pour nous réchauffer mais par peur. Richard est allé à la cour conférer avec Édouard, pour tenter de réconcilier ses frères et contrebalancer les incessants conseils pernicieux de la reine, ainsi que les ragots sans fin en provenance de L'Erber. La cour de Georges parle en effet d'un bâtard cramponné au trône, d'un roi envoûté par une sorcière, et d'une empoisonneuse à l'œuvre dans la famille royale. Richard croit que ses frères peuvent être réconciliés, que la maison d'York peut garder son honneur, malgré les Rivers et leur reine meurtrière.

— Je n'ai pas peur, répète Georges, car j'ai mes propres pouvoirs.

— Des pouvoirs ?

— Un sorcier pour me protéger de ses sortilèges. J'ai engagé un homme rusé du nom de Thomas Burdett, et deux astronomes de l'université d'Oxford. Ce sont des érudits très qualifiés et sérieux, qui ont présagé la mort du roi et le renversement de la reine. En étudiant l'influence de cette dernière, Burdett peut suivre son chemin à travers nos vies comme une traînée argentée. Il a vu l'avenir, et il m'assure que les Rivers mourront de leur propre main. La reine livrera ses fils à leur meurtrier et mettra ainsi fin à sa propre lignée.

— C'est illégal de prédire la mort du roi, murmuré-je.

— Comme d'empoisonner une duchesse, or la reine n'a subi aucune représaille. J'aimerais la voir me défier. Maintenant que je suis armé contre elle, je ne la crains plus.

Il se lève pour partir.

— Vous portez toujours votre crucifix ? Et l'amulette que je vous ai donnée ? Votre rosaire est toujours dans votre poche ?

— Toujours.

— Je demanderai à Burdett d'écrire un sortilège ancestral que vous porterez afin de la tenir en échec.

— Je ne crois pas à ces choses-là. Je m'y refuse. Nous ne devrions pas la combattre par la magie, cela signifie que nous ne valons pas mieux qu'elle. Qu'allons-nous faire ? Jusqu'où devrions-nous aller ? Invoquer le diable ?

— J'aurais appelé Satan en personne pour défendre Isabelle, lance-t-il avec amertume. Car j'ai perdu une épouse que j'aimais, tuée par l'empoisonneuse de la reine, et mon bébé par son complice. J'avais déjà perdu mon premier fils dans la tempête maléfique. Elle se sert de la magie, la magie noire. Nous devons retourner ses propres armes contre elle.

On frappe à la porte.

— Message pour le duc de Clarence ! crie quelqu'un à l'extérieur.

— Ici ! répond Georges.

Le messager entre dans la pièce, suivi de mon époux Richard.

— J'ignorais que tu étais là, fait-il remarquer à Georges.

Il me glisse un regard renfrogné ; il est très attaché à notre neutralité dans la lutte entre les deux frères. Georges ne répond pas, occupé à lire et relire le message. Enfin, il lève les yeux.

— Étais-tu informé ? demande-t-il à Richard. Ou en fais-tu partie ? Es-tu venu m'arrêter ?

— T'arrêter ? Pourquoi donc ? À moins que les incessants ragots, l'insolence et la morosité soient un crime, auquel cas je devrais.

Georges ne réagit aucunement à cette plaisanterie.

— Richard, es-tu au courant, oui ou non ?

— De quoi s'agit-il ?

— Le roi a arrêté mon ami, protecteur et conseiller, Thomas Burdett. Pour trahison et sorcellerie.

— Enfer et damnation ! s'écrie Richard, l'air grave. C'est vrai ?

— L'arrestation de mon plus proche conseiller ? Oui. C'est une menace.

— Ne dis pas cela, Georges. N'aggrave pas les choses. Je savais seulement qu'il l'envisageait. Mais tu l'as poussé si loin qu'il ne sait plus quoi faire.

— Tu ne m'as pas prévenu ?

— Je t'ai prévenu que tes accusations, ton colportage de calomnies et ton comportement offensant t'attireraient des ennuis.

— Il porte le deuil de son épouse ! protesté-je. Il sait qu'elle a été assassinée. Comment donc devrait-il se comporter ?

— Richard, tu dois me soutenir, dit Georges. Bien sûr que j'ai des conseillers pour me protéger contre la reine et ses malédictions, son poison et ses ensorcellements. Pourquoi ne devrais-je pas ? Alors que toute la cour sait ce qu'elle a fait à mon épouse ? Je n'ai rien fait de plus que toi.

— Doucement ! Je n'ai pas accusé la reine de meurtre.

— Non, mais as-tu chargé quelqu'un de surveiller ta maison ? Tes cuisines ? Ton épouse ? Ton fils ?

Richard se mord la lèvre.

— Georges…

— Cher frère, tu dois me soutenir. Elle m'a pris ma femme, je suis le prochain. Puis elle vous tuera, ton épouse et toi. Son inimitié est des plus terribles. Richard, mon frère, je te supplie de ne pas m'abandonner. Elle ne s'arrêtera pas avant que nous soyons tous les trois morts, et nos enfants aussi.

— C'est la reine. Et ce que tu racontes n'a absolument aucun sens. Dieu sait qu'elle est avide, qu'elle a trop d'influence sur Édouard, mais…

— Le roi ne touchera pas à un seul cheveu de cet innocent, déclare Georges en se ruant vers la porte. C'est Elle qui est derrière tout cela. Elle croit me faire payer la mort d'Ankarette : mon honnête serviteur pour son espionne et empoisonneuse. Mais elle va regretter de s'être attaquée à moi. Je suis un duc royal – s'imagine-t-elle que mes serviteurs peuvent être jetés dans une vulgaire prison ?

*

Georges se précipite pour sauver Burdett, en vain. L'enquête royale menée sur Burdett et ses collègues – car Georges a engagé deux autres conseillers, peut-être plus – révèle une conspiration : sortilèges, prédictions et menaces. De nombreuses personnes, sensées, n'en croient pas un mot ; pourtant, Thomas Burdett, le docteur John Stacey et Thomas Blake, son aumônier, sont déclarés coupables de trahison et condamnés à la décapitation. Thomas Blake échappe à l'échafaud par la grâce d'Édouard, mais les deux autres sont envoyés à la mort, affirmant leur innocence jusqu'au dernier moment. Ils refusent la traditionnelle confession de leur culpabilité, qui offre aux condamnés une mort plus rapide et protège leur héritage. À la place, ils vont à l'échafaud en criant qu'ils n'ont fait qu'étudier et n'ont commis aucun méfait, que la reine a retourné leur savoir contre eux et les a condamnés pour s'assurer de leur silence.

Georges accourt à la réunion du conseil royal à Westminster, pour proclamer son innocence et celle des morts. Son porte-parole lit leurs discours prononcés à la potence – des paroles puissantes d'hommes sur le point de rencontrer leur créateur, et se disant innocents de tout crime.

*

— C'est une déclaration de guerre, dit Richard, laconique.

Nous chevauchons côte à côte dans les rues de Londres, pour aller dîner à la cour. Il a été organisé en l'honneur de la reine, qui s'apprête à entrer en confinement pour la naissance d'un nouveau bébé. Elle quitte une cour bourdonnant de ragots sur les sorciers et les empoisonnements. Elle doit avoir l'impression que toute la paix et l'élégance pour lesquelles elle a œuvré s'effondrent, que sa véritable nature a été découverte, que le poison transperce la peau de la femme de sa tête écailleuse.

Par ce bel après-midi, je suis vêtue d'une somptueuse robe en soie rouge, assortie au cuir de la selle et de la bride de mon cheval. Richard porte un nouveau pourpoint en velours noir sur une chemise brodée en lin blanc. Nous allons peut-être au dîner, mais j'ai déjà mangé. Je n'avale plus rien qui vienne des cuisines de la reine, et quand elle me jette un coup d'œil, elle me trouve la fourchette suspendue, occupée à émietter du pain ou à étaler la sauce avec une cuillère, avant d'écarter mon assiette. Je fais mine de manger, et elle de ne rien voir. Comme nous le savons, je crois qu'elle m'empoisonnera si elle le peut. Mais je ne suis pas comme Georges ni ma sœur ; je n'ai pas le courage de la défier en public. Mon époux est bien décidé à rester son ami. Je suis une proie facile pour sa malveillance.

— Une déclaration de guerre ? répété-je. Pourquoi ?

— Georges affirme ouvertement qu'Édouard n'est pas le fils et héritier légitime de notre père. Il raconte à tout le monde que son mariage a été engendré par la sorcellerie et que ses fils sont des bâtards. Qu'Édouard l'a empêché d'épouser Marie de Bourgogne car l'armée de cette dernière lui aurait permis de prendre le trône d'Angleterre. Que nombreux sont ceux qui lui apporteraient leur soutien car il est plus apprécié que le roi. Il répète ouvertement tout ce qu'il murmurait auparavant. C'est aussi grave qu'une déclaration de guerre. Édouard va devoir le faire taire.

Nous sommes accueillis dans la cour du palais de Westminster au son des trompettes. Le héraut annonce nos titres, et les porte-étendards baissent les drapeaux pour reconnaître l'arrivée d'un duc royal et de sa duchesse. Mon cheval se tient immobile pendant que deux serviteurs en livrée m'aident à descendre de la selle. Je rejoins Richard, qui attend dans l'embrasure d'une porte.

— Comment le roi pourra-t-il faire taire son frère ? La moitié des Londoniens disent maintenant la même chose que lui. Comment Édouard pourra-t-il tous les réduire au silence ?

Richard me conduit par le bras, tout en souriant aux gens qui se pressent dans la galerie.

— Édouard peut faire taire Georges. Enfin, je crois qu'il y est déterminé. Il va lui donner un dernier avertissement, avant de l'accuser de trahison.

Le crime de trahison est passible d'une peine de mort. Le roi Édouard va tuer son propre frère. Sous le choc, je m'arrête, prise de vertige. Richard me serre la main. Nous restons ainsi un instant, comme cramponnés l'un à l'autre dans ce nouvel univers terrifiant, sans prêter attention aux serviteurs qui passent, ni aux courtisans pressés. Lorsque Richard me regarde dans les yeux, je revois en nous les enfants que nous étions autrefois, nous qui avons dû réaliser notre propre destinée dans un monde que nous ne comprenions pas.

— La reine a dit à Édouard qu'elle ne se sentirait pas en sécurité en confinement si Georges continuait de se promener en toute liberté. Elle a exigé son arrestation pour sa propre sécurité. Édouard doit la satisfaire. Elle oppose la vie de son enfant à celle de son frère.

— Tyrannie ! soufflé-je.

Pour une fois, Richard ne défend pas le roi. Son jeune visage est assombri par l'inquiétude.

— Dieu sait où nous allons, où la reine nous a conduits. Nous sommes les fils d'York, Édouard a vu nos trois soleils dans le ciel. Comment pouvons-nous être divisés par une seule femme ?

Nous tournons dans la grande salle du palais de Westminster. Richard lève les mains en réponse aux acclamations et aux saluts des personnes rassemblées dans la salle et la galerie pour observer l'arrivée des nobles.

— Mangez-vous les plats servis ? demande-t-il discrètement.

— Non, je ne mange jamais ce qui vient des cuisines de la reine, murmuré-je. Pas depuis la mise en garde de Georges.

— Moi non plus, soupire-t-il. Plus maintenant.

Château de Middleham, Yorkshire, été 1477

À notre départ de Londres, le sort de Georges n'est pas encore réglé. Richard et moi fuyons presque. Nous chevauchons vers le nord, loin de cette ville rongée par la rumeur et le soupçon, pour rentrer chez nous, où l'air est pur, où l'on parle franchement et sans arrière-pensée, où le grand ciel surplombe les collines verdoyantes et moussues. Là-bas, nous pouvons être en paix, loin de la cour, loin de la famille Woodville et des partisans des Rivers, loin du mystère fatal que représente la reine d'Angleterre.

Notre fils Édouard nous accueille avec joie car il a beaucoup à nous montrer, avec la fierté débordante d'un enfant de quatre ans. Il a appris à monter son poney et à jouter à la quintaine[1] ; son poney est un petit animal adroit, solide et expérimenté, qui trotte exactement selon le bon angle pour que la courte lance d'Édouard touche la cible. Son professeur le félicite en riant puis me jette un coup d'œil ; je rayonne de fierté. Mon fils progresse dans ses études, et commence à lire le latin et le grec.

— C'est difficile ! protesté-je.

— Plus tôt il débute, plus ce sera facile pour lui d'apprendre, m'assure son professeur. Il récite déjà ses prières et suit la messe en latin. Il s'agit simplement de consolider ses connaissances.

Son tuteur lui accorde quelques journées de liberté, pendant lesquelles mon fils et moi en profitons pour nous promener ensemble à cheval. Je lui achète un petit faucon

1. Jeu d'adresse médiéval consistant pour un chevalier à percuter une cible avec sa lance tendue. *(N.d.T.)*

merlin afin qu'il puisse nous accompagner à la chasse avec son propre oiseau. Il ressemble à un petit noble en miniature, à califourchon sur son poney trapu, le beau faucon posé sur son poignet. Il chevauche toute la journée mais nie être fatigué, même si à deux reprises il s'endort sur le chemin du retour. Monté sur son grand cheval de chasse, Richard porte son jeune fils dans ses bras, pendant que je mène le poney.

Le soir, notre fils dîne dans la grande salle, assis entre nous à la table d'honneur, les yeux baissés sur la magnifique pièce remplie de nos soldats, gardes et domestiques. Les habitants de Middleham viennent nous voir dîner, puis emportent les restes ; je les entends louer le maintien et le charme du petit seigneur, mon Édouard. Après le repas, quand Richard se retire dans sa chambre pour lire auprès du feu, j'accompagne Édouard à la nursery, où il est déshabillé, lavé et mis au lit. C'est à ce moment-là, lorsqu'il sent si bon, que son visage est aussi doux et pâle que le lin de son oreiller, que je l'embrasse. Je sais alors qu'il est possible d'aimer quelqu'un plus que sa propre vie.

Il prie avant de dormir, de courtes prières en latin que sa nurse lui a appris à réciter, sans vraiment comprendre leur signification. Néanmoins, il est très sérieux quand il prie pour son père et moi. Une fois qu'il est couché, ses cils sombres contre ses petites joues, je m'agenouille près de son lit et prie pour qu'il prenne des forces, et que nous puissions le protéger. Car, assurément, il n'existe pas de garçon plus précieux dans tout le Yorkshire – non, le monde entier.

Je passe chaque jour de cet été avec mon fils : je l'écoute lire dans la nursery inondée de soleil, puis nous nous promenons à cheval sur la lande, pêchons dans la rivière, jouons à la balle et au rounders[1] dans la cour intérieure, jusqu'à ce qu'il soit si fatigué qu'il s'endort sur mes genoux alors que je lui lis son histoire du soir. Ce sont là des journées très agréables pour moi ; je mange

1. Sport britannique, notamment à l'origine du baseball. *(N.d.T.)*

bien et dors profondément dans mon somptueux lit à baldaquin, dans les bras de Richard, comme si nous étions des amants mariés depuis peu. Le matin au réveil, j'entends le cri du vanneau sur la lande, et l'incessant pépiement des hirondelles et des merles qui ont fabriqué leurs nids dans les corniches.

Cependant, je ne tombe toujours pas enceinte. J'adore mon fils, toutefois je désire ardemment un autre enfant. Le berceau en bois reste vide sous l'escalier dans la tour de la nursery. Édouard devrait avoir un frère ou une sœur avec qui jouer, mais je ne tombe pas enceinte. J'ai le droit de manger de la viande les jours maigres ; une lettre spéciale du pape m'autorise à en manger pendant le carême et tous les jours de jeûne. Au dîner, Richard me réserve les meilleurs morceaux de l'agneau de lait, la graisse de la viande, la peau du poulet rôti, mais aucun petit corps ne se forme. Dans nos longues nuits de passion, nous nous enlaçons avec une sorte de désir désespéré, en vain ; aucun bébé ne grandit en moi.

*

Je croyais que nous passerions tout l'été et l'automne sur nos terres du nord, avec peut-être une visite au château de Barnard, ou à Sheriff Hutton pour surveiller les travaux de reconstruction, mais Richard reçoit un message urgent de son frère Édouard, qui le convoque à Londres.

— Je dois partir, Édouard a besoin de moi.

— Est-il malade ?

Je suis saisie de peur pour le roi, et l'espace d'un instant je pense l'impensable : peut-Elle avoir empoisonné son propre époux ? Richard est blême de stupeur.

— Édouard va très bien, mais il est allé trop loin. Il a décidé de mettre un terme aux éternelles accusations de Georges en l'inculpant de trahison.

Je porte la main à ma gorge, les battements de mon cœur s'accélèrent.

— Jamais… Il ne pourrait pas… Il ne le ferait pas exécuter ?

— Non, non, il va seulement l'inculper, puis l'enfermer. J'insisterai bien sûr pour que Georges soit détenu avec honneur, dans ses appartements de la Tour, où il pourra être servi par ses propres domestiques, et réduit au silence jusqu'à ce que nous trouvions un accord. Georges est intenable. Il paraît qu'il ne voulait épouser Marie de Bourgogne que pour lancer une invasion depuis la Flandre. Édouard a désormais des preuves. Comme nous nous en doutions, Georges recevait de l'argent des Français, avec qui il complotait contre son propre pays.

— Ce n'est pas vrai, je jurerais qu'il ne projetait pas de l'épouser, rétorqué-je gravement. Isabelle à peine enterrée, Georges était hors de lui. Souvenez-vous de sa visite à la cour ! Il m'a dit lui-même que c'était le plan d'Édouard pour lui faire quitter le pays, mais que la reine s'y opposait car elle voulait marier Marie à son propre frère Anthony.

Le visage de Richard est un masque d'inquiétude.

— Je ne sais pas ! Je ne distingue plus la vérité. C'est la parole d'un frère contre celle d'un autre. Je voudrais que la reine et sa famille ne se mêlent plus des affaires du pays. Si elle se contentait d'avoir des enfants et laissait Édouard gouverner comme il l'entend, alors rien de tout cela n'arriverait.

— Mais vous allez devoir partir… dis-je d'un ton plaintif.

— Oui, car je dois m'assurer que l'on ne fasse aucun tort à Georges. Si la reine parle contre mon frère, qui d'autre que moi le défendra ?

Il entre dans notre chambre, où ses serviteurs emballent ses habits de cavalerie.

— Quand reviendrez-vous ?

— Dès que possible. Je dois d'abord veiller à ce que les choses s'arrêtent là. Sauver Georges de la fureur de la reine.

Château de Middleham, Yorkshire, automne 1477

Alors que les journées d'été passées avec mon fils font place à l'automne, je fais venir le tailleur de York pour lui confectionner ses tenues d'hiver. Il a beaucoup grandi, et l'on s'exclame devant la longueur de ses pantalons d'équitation. Le bottier apporte de nouvelles bottes. Malgré mes craintes, j'accepte qu'il monte un plus grand poney ; le petit qui l'a si bien servi sera renvoyé dans la prairie.

J'ai l'impression d'être condamnée à la prison lorsque, à son retour, Richard m'annonce que nous devons retourner à la cour de Londres pour Noël. Au printemps, la reine Élisabeth est sortie de son confinement avec un nouveau garçon, son troisième ; et comme pour rendre son triomphe plus éclatant, elle a fait le nécessaire pour fiancer son cadet royal, Richard, à la splendide héritière du grand duché de Norfolk, la fillette la plus riche du royaume, Anne de Mowbray. La petite Anne, une de mes cousines, aurait été un excellent parti pour mon fils. Leurs terres réunies, ils auraient formé une alliance puissante. Nous sommes parentes, je m'intéressais à elle. Toutefois, je n'ai même pas pris la peine de leur proposer Édouard, car je savais que la reine ne céderait pas une héritière comme Anne. Je savais qu'elle garantirait sa fortune aux Rivers, à son précieux fils. Ils seront mariés encore enfants pour satisfaire son avidité.

— Richard, ne pouvons-nous pas rester ? Passer Noël ici pour une fois ?

— Non, Édouard a besoin de moi. Maintenant que Georges est emprisonné, Édouard a encore davantage besoin de ses vrais amis, or je suis le seul frère qui lui reste.

William Hastings est son bras droit, mais à part lui, à qui peut-il parler sauf aux Rivers ? Elle l'a isolé. Ils forment un chœur d'harmonie en lui conseillant tous d'envoyer Georges en exil, définitivement. Édouard confisque les biens de son frère, divise ses terres. Sa décision est prise.

— Mais leurs enfants ! m'exclamé-je en pensant à son fils Édouard et à la petite Margaret. Qui s'occupera d'eux si leur père est exilé ?

— Ils seront comme orphelins, répond Richard, l'air grave. C'est pourquoi nous devons aller à la cour, pour les défendre ainsi que Georges. En outre, je dois le soutenir. Je ne veux pas le laisser tout seul. Il est très isolé dans la Tour, personne n'ose lui rendre visite, et il commence à craindre ce qui pourrait arriver. Je suis sûr qu'Elle ne réussira jamais à convaincre Édouard de faire du mal à son frère, mais j'ai peur…

Il s'interrompt au milieu de sa phrase.

— Peur ? murmuré-je, même si nous sommes en sécurité derrière les murs épais du château de Middleham.

— Je ne sais pas. Parfois, j'ai l'impression d'être aussi peureux qu'une femme, ou aussi superstitieux que Georges avec ses propos sur la nécromancie, la sorcellerie et Dieu sait quelles ténèbres. Mais… j'ai peur pour lui.

— Peur de quoi ?

Richard secoue la tête ; il ne supporte guère d'exprimer ses craintes.

— D'un accident ? D'une maladie ? Qu'il mange quelque chose de mauvais ? Qu'il boive à l'excès ? Je n'ose même pas y songer. Qu'elle travaille sur son chagrin et ses peurs, si bien qu'il souhaite mettre fin à ses jours et qu'alors quelqu'un lui apporte un couteau ?

— Il ne ferait jamais cela, répliqué-je, horrifiée. C'est un si grand péché…

— Il n'est plus le même, me confie Richard d'un ton malheureux. Son assurance, son charme – vous le connaissez, – tout cela a disparu. Je crains qu'elle ne lui donne de mauvais rêves, ne lui enlève tout son courage. Il raconte qu'il se réveille terrorisé et la voit quitter sa chambre. Il prétend qu'elle lui rend visite la nuit pour remplir son cœur d'eau glacée. Il a une douleur qu'aucun médecin ne peut soigner, dans son ventre, son cœur, sous ses côtes.

— Non, c'est impossible. Elle ne peut pas travailler sur l'esprit d'un autre. Georges est en deuil, comme moi, et il est enfermé, ce qui suffirait à effrayer n'importe quel homme.

— En tout cas, je dois le voir.

— Je n'aime pas laisser Édouard.

— Je sais. Mais il a ici la meilleure enfance possible, croyez-moi. J'ai eu la même. Il ne sera pas seul, avec son tuteur et sa maîtresse de maison. Je sais que vous lui manquez et qu'il vous aime, mais il est préférable pour lui de rester ici plutôt que d'être emmené à Londres.

Il hésite.

— Anne, vous devez être d'accord sur ce point, je ne veux pas qu'il soit à la cour…

Il n'a pas besoin d'en dire plus. Je frémis à la pensée du regard glacial de la reine sur mon garçon.

— Non, non, nous ne l'emmènerons pas à Londres, dis-je précipitamment. Il restera ici.

Palais de Westminster, Londres, Noël 1477

La fête de Noël est toujours aussi grandiose. Sortie de son confinement, la reine exulte. Son nouveau bébé, porté par sa nourrice, est exhibé dans toute la cour, mentionné dans toutes les conversations. Je sens presque l'amertume dans ma bouche à la vue de son garçon et de ses six autres enfants.

— Elle l'a appelé Georges, m'annonce Richard.

— Georges ? En êtes-vous certain ?

— Oui, répond-il, l'air grave. C'est elle qui me l'a dit, en souriant comme si cela pouvait me plaire.

Son humour pernicieux me scandalise. Elle a fait arrêter l'oncle de cet enfant innocent pour avoir dit du mal d'elle, l'a menacé d'une accusation passible d'une peine de mort, et voilà qu'elle lui donne son nom ?

— C'est une sorte de folie malveillante, si ce n'est pire.

— Qu'est-ce qui pourrait être pire ? demande Richard, atterré.

— Si elle pensait remplacer un Georges par un autre, murmuré-je.

Tous ses enfants sont réunis à la cour pour Noël. Elle les exhibe partout où elle va, et ils la suivent d'un pas joyeux. L'aînée, la princesse Élisabeth, âgée de onze ans, arrive à l'épaule de sa mère ; elle est aussi élancée qu'un narcisse, la favorite de la cour, et celle de son père. Édouard, prince de Galles, plus grand et plus fort chaque fois qu'il revient à Londres, se montre gentil avec son frère Richard, qui n'est encore qu'un petit garçon, mais déjà plus vigoureux que mon propre fils. En les regardant passer suivis de la nourrice, qui ferme la marche avec le nouveau bébé Georges, je dois me rappeler de sourire d'admiration.

La reine, au moins, sait que mon sourire est aussi sincère et cordial que son hochement de tête glacial à mon adresse, et la joue lisse qu'elle me tend. Lorsque je la salue, je me demande si elle sent la peur dans mon souffle, dans la sueur froide sous mes bras ; si elle sait que je pense toujours à mon beau-frère, piégé dans la Tour, que je ne peux pas voir son bonheur et sa fécondité sans craindre pour mon fils unique, sans me souvenir de ma défunte sœur.

Après Noël a lieu une honteuse parodie de fiançailles entre le petit prince Richard, âgé de seulement quatre ans, et l'héritière de cinq ans, Anne de Mowbray. La fillette héritera de toute la fortune des ducs de Norfolk puisqu'elle est leur seule héritière. Ou plutôt était. Désormais, le prince Richard obtiendra cette fortune, car la reine a rédigé un contrat de mariage qui assure à son fils la richesse de sa promise, même si cette dernière meurt avant d'avoir atteint l'âge adulte, avant qu'ils ne soient assez grands pour être mariés. Quand mes dames m'en parlent, je dois réprimer un frisson. Je ne peux m'empêcher de penser que les Norfolk ont signé son arrêt de mort. Si la reine reçoit sa fortune à la mort d'Anne, combien de temps vivra la fillette après la signature du contrat ?

Ils organisent une grande cérémonie de fiançailles, à laquelle nous devons tous assister. La petite fille et le petit prince sont portés par leurs nurses en procession, puis installés côte à côte sur la table d'honneur dans la grande salle, telle une paire de poupées. Aucun témoin de ce tableau d'avidité ne peut douter un seul instant que la reine est à l'apogée de son pouvoir, libre de faire exactement ce qu'elle veut.

Bien sûr, les Rivers se réjouissent de cette union, qu'ils célèbrent avec un festin, des danses, une mascarade et une magnifique joute. Anthony Woodville, le frère bien-aimé de la reine, y participe déguisé en ermite dans une robe blanche, son cheval caparaçonné en velours noir. Richard et moi assistons aux fiançailles vêtus de nos plus beaux habits, en essayant de paraître heureux ; mais la table où s'asseyaient Georges et Isabelle avec leur cour est vide. Ma sœur est morte et son époux emprisonné sans procès. Lorsque la reine baisse les yeux sur moi, je lui souris, alors que sous la table je croise les doigts, signe contre la sorcellerie.

— Nous ne sommes pas obligés d'assister à la joute si vous ne le souhaitez pas, me confie Richard ce soir-là.

Il est assis en robe de chambre devant la cheminée, dans ma chambre du palais. Je grimpe dans le lit et remonte les couvertures sur mes épaules.

— Pourquoi ne sommes-nous pas obligés ?

— Édouard a dit que nous pouvions être dispensés.

Je pose la question qui prend de plus en plus d'importance à la cour ces temps-ci.

— Et Elle ? Cela ne La dérangera pas ?

— Je ne crois pas. Son fils Thomas Grey sera un des jouteurs, et son frère le premier chevalier. Les Rivers sont au complet. Notre présence ne lui importera pas.

— Pourquoi Édouard a-t-il dit que vous pouviez être dispensé ?

Je perçois la prudence dans ma propre voix. Nous avons désormais peur de tout à la cour.

Richard se lève, ôte sa robe de chambre, puis rabat les couvertures et s'allonge dans le lit auprès de moi.

— Parce qu'il voit bien que l'emprisonnement de Georges me fend le cœur, et que ce qui pourrait suivre me terrifie. Lui non plus n'a aucune envie de faire la fête alors que notre frère se trouve dans la tour de Londres et que la reine d'Angleterre exige sa mort. Serrez-moi dans vos bras, Anne. Je suis glacé jusqu'à la moelle.

Palais de Westminster, Londres, janvier 1478

Ils gardent Georges dans la Tour sans procès ni visiteurs, dans de confortables appartements, mais il reste emprisonné jusqu'à la fin de l'année. Ce n'est qu'au mois de janvier que la reine arrive à ses fins et convainc le roi de le faire juger pour trahison. Les partisans des Rivers ont retrouvé les jurés au procès d'Ankarette l'empoisonneuse, et les ont persuadés d'affirmer qu'ils la croyaient innocente depuis le début, alors même qu'ils l'ont envoyée à l'échafaud. Ma sœur, déclarent-ils à présent, est morte de manière tout à fait naturelle, des conséquences de son accouchement. Soudain, Isabelle a eu une fièvre, bien qu'ils aient juré qu'elle avait été empoisonnée. Et voilà que Georges a outrepassé ses pouvoirs en inculpant Ankarette, et agi comme un roi en la faisant exécuter. Ils font de lui un traître pour avoir puni la meurtrière de sa propre épouse. D'un coup de maître, ils ont dissimulé le meurtre, caché la meurtrière – la reine –, disculpé son instrument, et rejeté toute la responsabilité sur Georges.

La reine est omniprésente sur ce sujet : elle conseille le roi, l'avertit du danger, se plaint très gentiment du fait que Georges ne peut pas exercer les fonctions de juge et de bourreau dans sa ville de Warwick, suggère que cela s'apparente à une usurpation. S'il est prêt à suborner un jury, à ordonner une exécution, jusqu'où ira-t-il ? Ne devrait-il pas être stoppé ? Définitivement ?

Le roi finit par tomber d'accord avec elle et entreprend de poursuivre lui-même son frère en justice. Georges n'a personne – pas un seul homme – pour le défendre. Après la première journée d'audience, Richard rentre les épaules voûtées et le visage sombre. Sa mère et moi le retrouvons dans la grande salle. Il nous emmène dans sa chambre de retrait et ferme la porte au nez de notre cour, intéressée.

— Édouard l'a accusé d'essayer de détruire la famille royale et son titre à la couronne.

Richard jette un coup d'œil à sa mère.

— Il est prouvé que Georges a raconté à tout le monde que le roi est mal né, un bâtard. Je suis navré, Mère.

— C'est une vieille calomnie, réplique-t-elle en l'écartant de la main. Le vieux mensonge de Warwick, ajoute-t-elle à mon adresse. S'il faut trouver un coupable, c'est lui.

— Georges a aussi payé ses hommes pour parcourir le pays en proclamant que Thomas Burdett était innocent, et tué par le roi pour avoir prédit sa mort. Édouard a entendu les preuves, solides. Georges affirme que le roi utilise la magie noire – tout le monde présume qu'il accuse ainsi la reine de sorcellerie. Enfin, et presque pire que tout, il a reçu de l'argent de Louis de France pour fomenter une révolte contre Édouard et prendre le trône.

— Impossible, dit simplement sa mère.

— Ils avaient des lettres de Louis qui lui étaient adressées.

— Des faux.

— Qui sait ? soupire Richard. Pas moi. Je crains, Mère, qu'une partie – en réalité, la plupart – de ces accusations ne soient fondées. Georges a engagé le fils d'un métayer pour prendre la place de son propre fils, Édouard de Warwick. Il allait envoyer le jeune Édouard en Flandre, en lieu sûr.

J'ai le souffle coupé. Le fils d'Isabelle, mon neveu, envoyé en Flandre pour sa sécurité ?

— Pourquoi ne nous l'a-t-il pas confié ?

— Il a affirmé qu'il n'osait pas laisser le garçon en Angleterre car la malveillance de la reine causerait sa mort. Ils ont cité cette déclaration comme preuve de son complot.

— Où se trouve Édouard aujourd'hui ?

— L'enfant est en danger avec la reine, intervient sa grand-mère. Cela ne prouve pas la culpabilité de Georges, mais celle de la reine.

Richard me répond :

— Les espions du roi ont arrêté le garçon au port alors qu'il s'apprêtait à embarquer, et l'ont ramené au château de Warwick.

— Où se trouve-t-il aujourd'hui ? répété-je.

— À Warwick, avec Margaret, sa sœur.

— Vous devez parler avec votre frère le roi, dit la duchesse Cécile. Lui expliquer qu'Élisabeth Woodville mène cette famille à sa perte. Je ne doute pas un seul instant qu'elle a empoisonné Isabelle, et qu'elle détruira Georges. Vous devez le faire comprendre au roi, sauver Georges, protéger ses enfants. Édouard est votre neveu. S'il n'est pas en sécurité en Angleterre, vous devez le protéger.

— Pardonnez-moi, j'ai déjà essayé. Mais la reine tient Édouard sous son emprise, il refuse de m'écouter. Je ne peux plus le conseiller, en tout cas pas contre Elle.

La duchesse arpente la pièce, tête baissée. Pour la première fois, elle ressemble à une vieille femme, épuisée par le chagrin.

— Édouard condamnera-t-il son propre frère à mort ? Vais-je perdre Georges comme j'ai perdu votre frère Edmond ? D'une mort déshonorante ? Embrochera-t-Elle sa tête sur une pique ? L'Angleterre est-elle gouvernée par une nouvelle louve aussi mauvaise que Marguerite d'Anjou ? Édouard oublie-t-il qui sont ses amis, ses frères ?

— Je ne sais pas, répond Richard. Il m'a relevé de ma fonction de Grand Intendant d'Angleterre, pour m'éviter d'avoir à prononcer la condamnation à mort.

— Qui vous a remplacé ?

— Le duc de Buckingham. Il obéira aux ordres de son épouse Rivers. Irez-vous implorer Édouard ?

— Bien sûr. J'irai demander à un fils bien-aimé la grâce d'un autre. Je ne devrais pas avoir à le faire. C'est la conséquence d'une femme perfide, une épouse diabolique, une sorcière sur le trône.

— Taisez-vous, dit Richard d'un ton las.

— Je refuse de me taire. Je me tiendrai entre elle et mon fils Georges. Je le sauverai.

Château de Baynard, Londres, février 1478

Nous devons attendre, encore et encore, jusqu'au mois de février. Les membres des deux Chambres du Parlement envoient des délégations pour supplier le roi de prononcer une condamnation afin de mettre un terme, quel qu'il soit, au procès de son frère. Finalement, Georges est déclaré coupable de trahison. La trahison est passible de la peine de mort, mais le roi hésite encore à ordonner l'exécution de son frère. Personne n'a le droit de voir Georges, qui réclame depuis sa prison un jugement par duel – résolution chevaleresque d'une accusation déshonorante. C'est l'ultime défense d'un innocent. Le roi, qui se prétend pourtant la fine fleur de la chevalerie anglaise, refuse. Voilà une affaire qui ne semble répondre ni de la justice, ni de l'honneur.

Comme promis, la duchesse Cécile va voir Édouard, sûre de pouvoir le convaincre de commuer la peine de mort en exil. À son retour au château de Baynard, on doit l'aider à descendre de sa litière. Elle est aussi blanche que son col en dentelle et tient à peine sur ses jambes.

— Que s'est-il passé ? lui demandé-je.

Elle se cramponne à moi sur le perron de sa grande résidence de Londres. C'est la première fois qu'elle me tend la main.

— Anne. Anne.

C'est tout ce qu'elle peut dire. J'appelle mes dames ; nous l'amenons dans mes appartements, la faisons asseoir dans mon fauteuil devant le feu, et lui offrons un verre de malvoisie. D'un geste brusque, elle écarte le verre, qui vole en éclats contre la cheminée en pierre.

— Non ! Non ! hurle-t-elle avec une soudaine énergie. Ne l'approchez pas de moi !

Le bouquet du vin moelleux emplit la pièce alors que je m'agenouille à ses pieds et lui prends les mains. Je me dis qu'elle divague lorsqu'elle s'écrie en frissonnant :

— Pas le vin ! Pas le vin !

— Mère, qu'y a-t-il ? Duchesse Cécile ? Calmez-vous !

Voici une femme qui est restée à la cour pendant que son époux fomentait la plus grande révolte contre un roi que l'Angleterre ait jamais vue ; qui s'est tenue près de la croix sur la place du marché de Ludlow quand il s'est enfui avant le pillage de la ville par les soldats de Lancastre. Ce n'est pas une femme qui pleure facilement, ou qui s'est jamais avouée vaincue. Mais à présent, elle me regarde, aveuglée par les larmes, puis laisse échapper un sanglot frémissant.

— Édouard a dit que tout ce que je pouvais faire était d'offrir à Georges le choix de sa mort. Il a affirmé qu'il devait mourir. Cette femme était présente tout le temps, elle ne m'a jamais laissé parler en faveur de Georges. Ma seule victoire pour lui est une mort en privé, dans sa chambre de la Tour. À lui de choisir le mode d'exécution.

Elle enfouit son visage dans ses mains et se met à pleurer, comme si elle n'allait jamais s'arrêter. Je jette un coup d'œil à mes dames. Nous sommes si bouleversées de voir la duchesse dans cet état que nous formons un cercle impuissant autour de cette mère affligée.

— Mon fils préféré, mon petit chéri, murmure-t-elle. Condamné à mort.

Je ne sais pas quoi faire, alors je pose doucement la main sur son épaule.

— Ne voulez-vous pas boire un verre de vin, Votre Majesté ?

Elle lève les yeux vers moi, son beau visage ravagé par le chagrin.

— Il a choisi d'être noyé dans de la malvoisie.

— Pardon ?

— Voilà pourquoi je ne voulais pas en boire. Je n'y toucherai plus jamais de ma vie. Je ne veux même pas en avoir chez moi. La cave sera vidée dès aujourd'hui.

— Pourquoi ferait-il une chose pareille ? demandé-je, horrifiée.

Elle éclate d'un rire amer et sec qui résonne tel un carillon funeste dans la pièce aux murs en pierre.

— C'est son dernière geste, faire payer Édouard, qu'il lui offre à boire. Faire perdre toute crédibilité à la justice du roi en s'enivrant du vin préféré de la reine. Il la désigne ainsi comme responsable, son vin causera sa mort comme son poison a tué Isabelle. Il ridiculise le procès, sa sentence, sa mort.

— Les enfants de ma sœur, Édouard et Margaret, seront orphelins, fais-je remarquer en regardant par la fenêtre.

— Orphelins et indigents, précise la duchesse Cécile avec perspicacité.

Je me retourne vers elle. Elle essuie son vieux visage rusé.

— Pardon ?

— Leur père mourra pour trahison. Les terres d'un traître lui sont confisquées. À votre avis, qui les récupère ?

— Le roi, je réponds d'une voix terne. C'est-à-dire la reine – et son immense famille – bien sûr.

*

Notre maison est plongée dans le deuil, mais nous ne pouvons pas porter de bleu. Georges, le beau duc irrésistible, est mort. Mort selon sa demande, noyé dans un fût du vin préféré de la reine. C'était son dernier geste de défi, brillant, lancé à la femme qui a détruit sa maison. Elle-même n'a jamais rebu de ce vin, comme si elle craignait de sentir dans son moelleux le goût du crachat des poumons suffoqués de Georges. J'aurais aimé le voir au purgatoire pour lui dire qu'il a au moins accompli cela : il a gâché la soif de la reine. Plût à Dieu qu'il ait pu aussi la noyer.

Je me rends à la cour et attends mon tour de parler au roi. Assise dans les appartements de la reine avec ses dames, je leur parle du temps, de la neige probable. J'admire leur belle dentellerie, au motif dessiné par la reine en personne, et loue son art. Quand elle me dit quelques mots, je réponds avec une aimable courtoisie. Je ne la laisse pas deviner, ni à mon visage ni à aucun de mes gestes, pas même la position de ma main ou celle de mes pieds dans mes souliers en cuir, que je la considère comme la meurtrière de ma sœur par poison, et de mon beau-frère par intrigue. C'est une tueuse, peut-être même une sorcière, qui m'a pris tous les gens que j'aime, hormis mon époux et mon fils. Je ne doute pas qu'elle me les ravirait si Richard n'occupait pas cette place dans le cœur du roi. Je ne lui pardonnerai jamais.

Lorsque le roi entre, souriant et joyeux, il salue les dames par leur nom, comme à son habitude, puis m'embrasse comme un frère sur les deux joues. J'en profite pour lui glisser :

— Votre Majesté, je voudrais vous demander une faveur.

Aussitôt, il jette un coup d'œil à la reine et j'aperçois leur rapide échange de regards. Elle se lève à demi comme pour m'intercepter, mais j'y étais préparée. Je ne m'attends pas à obtenir quoi que ce soit sans la permission de la sorcière.

— Je souhaiterais la tutelle des enfants de ma sœur, dis-je rapidement. Ils sont à Warwick, dans la nursery. Margaret a quatre ans, Édouard presque trois. J'aimais Isabelle de tout mon cœur, alors je désirerais m'occuper de ses enfants.

— Bien sûr, répond Édouard d'un air décontracté. Seulement vous savez qu'ils n'ont plus de fortunes ?

Oh oui, je le sais bien. Car vous avez volé à Georges tout ce qu'il avait gagné en l'accusant de trahison. Si leur tutelle avait une quelconque valeur, votre épouse l'aurait déjà réclamée. S'ils avaient été riches, elle aurait déjà rédigé leur contrat de mariage à l'un de ses propres enfants.

— Je subviendrai à leurs besoins.

Richard, qui s'approche, acquiesce.

— Oui, nous pourvoirons à leurs besoins.

— Je les élèverai à Middleham avec leur cousin, mon fils, ajouté-je. Si Votre Majesté le permet. C'est la plus grande faveur que vous pourriez m'accorder. J'aimais ma sœur et je lui ai promis de m'occuper de ses enfants s'il lui arrivait malheur.

C'est alors que la reine s'avance, l'air grave et soucieux, glisse sa main sous le bras du roi, et demande avec une inquiétude feinte :

— Ah, croyait-elle qu'elle allait mourir ? Redoutait-elle l'accouchement ?

Je songe à Isabelle. Elle m'avait prévenue qu'un jour j'apprendrais sa morte, subite. Ce jour-là, je saurais qu'elle avait été empoisonnée par cette femme qui se tient devant moi dans toute son arrogance et sa puissance, et ose me taquiner sur la mort de ma sœur.

— L'accouchement est toujours périlleux, je réponds, niant ainsi le meurtre d'Isabelle. C'est bien connu. Tous nos confinements commencent par une prière.

La reine soutient mon regard un moment, comme pour me défier, m'inciter à prononcer une parole traître ou rebelle. Je vois mon époux se raidir, prêt à une attaque. Il se rapproche un peu de son frère, comme pour détourner son attention de la diablesse accrochée à son bras. Celle-ci lève les yeux vers son époux avec son habituel sourire charmant.

— Je pense que nous devrions laisser les enfants Clarence vivre avec leur tante, n'est-ce pas, Votre Majesté ? Peut-être y trouveraient-ils tous un réconfort dans leur chagrin. Et je suis certaine que ma sœur Anne sera une bonne tutrice pour sa nièce et son neveu.

— C'est d'accord, dit le roi. Je suis ravi d'accorder cette faveur à ton épouse, ajoute-t-il à l'adresse de Richard.

— Tenez-moi informée de leur situation, me lance la reine en se détournant. Quelle tristesse que leur bébé soit mort ! Comment s'appelait-il ?

— Richard.

— D'après votre père ? demande-t-elle, nommant le meurtrier de son père et de son frère, l'accusateur de sa mère, son ennemi de toujours.

— Oui, je réponds, sans savoir ce que je pourrais dire d'autre.

— Quel dommage !

Château de Baynard, Londres, mars 1478

Je crois que j'ai gagné. Ce soir-là et les jours suivants, je célèbre ma victoire en silence, sans même un sourire. J'ai perdu ma sœur, mais ses enfants seront sous ma garde, et je les aimerai comme s'ils étaient les miens. Je leur raconterai que leur mère était une beauté et leur père un héros.

J'écris au château de Warwick pour annoncer que les deux enfants iront à Middleham, dès que les routes seront assez dégagées pour voyager. Après quelques semaines, retardée par la neige et les tempêtes, une réponse arrive du château : Margaret et Édouard sont partis, emmitouflés, dans deux litières avec leurs nurses. Une semaine plus tard, j'apprends qu'ils sont bien arrivés. J'ai placé les enfants d'Isabelle derrière les murs épais de notre plus solide château, et je jure de les protéger.

Je vais voir mon époux, occupé à recevoir des requêtes dans sa chambre de parement au château de Baynard. J'attends patiemment que les dizaines de personnes présentent leurs demandes et réclamations ; il écoute attentivement et traite chacune d'elles avec justice. Richard est un grand seigneur. Il comprend, comme mon père autrefois, qu'il faut laisser chaque homme dire ce qu'il a à dire. Ils prêteront allégeance s'ils peuvent être certains de recevoir en échange la protection du seigneur. Richard sait que la fortune ne réside pas dans la terre mais dans les hommes et femmes qui la travaillent. Notre richesse et notre pouvoir dépendent de l'amour de ceux qui nous servent. S'ils sont prêts à tout pour Richard – comme ils l'étaient pour mon père – alors il possède une armée disponible, en toute circonstance. Voilà le vrai pouvoir, la vraie richesse.

Après le départ du tout dernier d'entre eux, qui a fléchi le genou et remercié Richard pour son attention, mon époux lève les yeux de ses documents à signer et m'aperçoit.

— Anne ?

— Je voulais moi aussi vous demander une faveur.

Il sourit et descend de son trône sur l'estrade.

— Vous pouvez me demander ce que vous voulez, quand vous voulez. Vous n'êtes pas obligée de venir ici.

Il passe son bras autour de ma taille et nous allons à la fenêtre qui donne sur la cour. Au-delà des hauts remparts se trouve la ville de Londres, toujours animée, et plus loin le palais de Westminster, où vit la reine, entourée de son pouvoir et de son mystère. Derrière nous, les clercs de Richard rangent les papiers apportés par les pétitionnaires, puis emportent les écritoires avec les plumes, encriers et cire à cacheter. Personne ne nous écoute.

— Je suis venue vous demander si nous pouvions rentrer à Middleham.

— Vous voulez voir les enfants de votre sœur ?

— Et notre petit Édouard. Mais ce n'est pas tout.

— Quoi d'autre ?

— Vous savez quoi.

Il jette un coup d'œil autour de lui pour s'assurer que personne ne nous entende. Je remarque que le frère du roi, pourtant loyal, a peur de s'exprimer dans sa propre maison.

— En vérité, je crois que Georges avait raison d'accuser Ankarette d'être à la solde de la reine, d'avoir empoisonné Isabelle, déclaré-je sans ambages. Je pense que la reine a placé son espionne pour tuer ma sœur et peut-être même son bébé, car elle nous déteste, Isabelle et moi, et voulait se venger du meurtre de son père. C'est une vendetta, qu'elle mène contre les enfants de mon père, c'est-à-dire Isabelle et son fils Richard. Je suis sûre que les autres enfants et moi seront les prochains.

— C'est une grave allégation portée contre une reine, fait observer Richard en me regardant dans les yeux.

— Je ne la confie qu'à vous, en privé. Je n'accuserais jamais la reine publiquement. Nous avons tous vu ce qui est arrivé à Georges.

— Georges a trahi le roi. Sa culpabilité ne faisait aucun doute. Je l'ai moi-même entendu parler en traître. Il a reçu de l'argent de France, fomenté une nouvelle révolte.

— Sa culpabilité ne faisait aucun doute, mais il avait toujours été pardonné auparavant. Édouard seul n'aurait jamais jugé Georges. Vous savez que c'était sur le conseil de la reine. Quand votre propre mère est allée demander grâce, elle a rapporté que c'était la reine qui insistait pour que Georges soit mis à mort. Elle le considérait comme un danger pour son autorité et ne voulait pas qu'il continue à l'accuser. Il la traitait de meurtrière, alors pour le réduire au silence elle l'a fait tuer. Il n'était pas question d'une rébellion contre le roi, mais de son hostilité envers Elle.

Richard ne peut pas le nier.

— Et votre crainte ? demande-t-il doucement.

— Isabelle m'a parlé du coffret à bijoux de la reine, et de deux noms écrits en lettres de sang, qu'elle garde dans une boîte en émail.

Il hoche la tête.

— Isabelle croyait qu'il s'agissait des nôtres, le sien et le mien. Que la reine nous tuerait toutes les deux pour venger son père et son frère, exécutés par notre père. Richard, ajouté-je en lui prenant les mains, je suis certaine que la reine va me tuer. J'ignore comment, par poison ou ce qui ressemblera à un accident, ou encore une attaque dans la rue. Mais je suis certaine qu'elle ourdit ma mort, et j'ai très peur.

— Isabelle a été empoisonnée à Warwick. Elle se trouvait loin de Londres, pour autant cela ne l'a pas sauvée.

— Je sais. Mais je me dis que je serais plus en sécurité à Middleham qu'ici, à la cour, où vous rivalisez avec elle dans l'affection d'Édouard, où je lui rappelle mon père chaque fois que j'entre dans ses appartements.

Il hésite.

— Vous m'avez vous-même déconseillé de manger ce qui venait des cuisines de la reine, lui rappelé-je. Avant l'arrestation de Georges. Avant qu'elle n'exige sa mort. Vous m'avez vous-même mise en garde.

— C'est vrai, admet-il, l'air grave. Je croyais que vous étiez en danger à l'époque, et je crois que vous l'êtes encore aujourd'hui. Je suis d'accord avec vous sur le fait que nous devrions partir à Middleham, loin de la cour. J'ai beaucoup à faire dans le nord, car Édouard m'a donné toutes les terres de Georges dans le Yorkshire. Nous allons quitter Londres et nous ne retournerons à la cour que si nécessaire.

— Et votre mère ?

Je sais qu'elle non plus ne pardonnera jamais à la reine la mort de Georges. Il secoue la tête.

— Elle parle en traître, affirme qu'Édouard n'aurait jamais dû prendre le trône s'il comptait faire de cette femme sa reine. Elle traite Élisabeth de sorcière comme sa mère. Elle va quitter Londres pour Fotheringhay, car elle non plus n'ose pas rester ici.

— Nous serons des gens du nord.

J'imagine la vie que nous mènerons, loin de la cour, de la peur continuelle, de l'amusement caustique et nerveux, sorte de vernis couvrant les intrigues et complots de la reine et de ses frères et sœurs. Cette cour a perdu son innocence, sa joie. Je me réjouis de mettre des kilomètres et des kilomètres entre ces tueurs et moi.

Château de Middleham, Yorkshire, été 1482

Contrairement à ce que j'espérais, nous ne vivons pas en paix, car le roi ordonne à Richard de mener les armées anglaises contre les Écossais. Puis lorsque le traité entre l'Écosse et l'Angleterre échoue, et qu'Anthony Woodville perd sa promise royale écossaise, c'est à Richard de conduire la vengeance des Rivers : emmener une petite force, principalement nos habitants du nord, à la victoire ; prendre la ville de Berwick et pénétrer dans Édimbourg. C'est une grande victoire, qui pourtant ne convainc pas la cour du fait que Richard soit un grand soldat et le digne héritier de son père. Moins d'un mois plus tard, nous apprenons que les Rivers estiment qu'il aurait dû aller plus loin, gagner davantage.

J'entends dans cette critique le conseil murmuré d'Élisabeth, et je serre les dents. Si elle arrive à persuader son époux de considérer cette victoire contre les Écossais comme un échec perfide, alors ils convoqueront Richard à Londres pour en répondre. Le dernier frère du roi accusé de trahison a obtenu un procès sans défense, avant d'être noyé dans une cuve du vin préféré de la reine.

Pour me consoler, je me rends dans la salle d'étude et m'assieds au fond pendant que les enfants, en prise avec leur grammaire latine, récitent les verbes qu'Isabelle et moi avons appris il y a si longtemps dans notre salle d'étude à Calais. Encore aujourd'hui, j'entends presque sa voix, et son cri de triomphe quand elle venait à bout de ses déclinaisons sans erreur. Mon fils Édouard, âgé de neuf ans, est assis à côté de la fille d'Isabelle, Margaret, qui aura le même âge cette année. Près d'elle se trouve son frère Édouard, que nous appelons tous Teddy, et qui vient d'avoir sept ans.

Leur professeur annonce qu'ils peuvent arrêter de travailler quelque temps pour m'accueillir. Tous les trois se rassemblent autour de ma chaise. Margaret s'appuie contre moi, je l'enlace et regarde les deux beaux garçons. Je sais que ce sont peut-être les seuls enfants que j'aurai jamais. À seulement vingt-six ans, je devrais être prête à en porter une demi-douzaine d'autres, mais ils ne semblent jamais venir ; personne – ni les médecins ni les sages-femmes ni le prêtre – ne peut me dire pourquoi. Alors ces trois-là sont mes enfants. Margaret, aussi belle et passionnée que sa mère, est ma fille chérie, la seule que je m'attends à élever.

— Allez-vous bien, Mère ? demande-t-elle doucement.

— Oui, je lui réponds en écartant de ses yeux ses cheveux bruns, indisciplinés.

— Pouvons-nous jouer aux courtisans ? Vous seriez la reine et nous vous serions présentés ?

Le rappel du jeu auquel je jouais avec ma sœur est trop poignant pour moi aujourd'hui.

— Pas ce matin. De toute façon, peut-être n'avez-vous pas besoin de vous entraîner. Peut-être n'irez-vous pas à la cour. Vous vivrez comme votre père : un grand seigneur sur ses terres, loin de la cour et de la reine.

— Ne devrons-nous pas y aller tous les trois pour Noël cette année ? me demande Édouard avec un froncement inquiet des sourcils. Je croyais que Père l'avait dit.

— Non, je réponds, comme une promesse à moi-même. Si le roi l'ordonne, votre père et moi irons, mais vous trois resterez en sécurité ici, à Middleham.

Palais de Westminster, Londres, hiver 1482-83

— Nous n'avions pas le choix, me dit Richard devant la chambre de parement royal. Nous devions venir pour la fête de Noël. Il est déjà assez regrettable que vous ayez laissé les enfants. On dirait que vous ne voulez pas qu'ils soient à Londres.

— En effet. Je ne les y amènerai jamais tant qu'elle est sur le trône. Je ne placerai pas les enfants d'Isabelle sous sa garde. Regardez la petite Mowbray : mariée au prince Richard, sa fortune transférée aux Rivers, et morte avant son neuvième anniversaire.

— Pas un mot de plus, m'ordonne-t-il avec un regard sombre.

Les grandes portes s'ouvrent devant nous et une sonnerie de trompettes annonce notre arrivée. Richard a un léger mouvement de recul : à chacune de nos visites, la cour devient plus grandiose et éblouissante. Chaque invité d'honneur doit désormais être annoncé par des trompettes et son nom braillé, comme si nous ne savions pas déjà que la moitié des gens fortunés en Angleterre sont les frères et sœurs de la reine.

Édouard se promène au milieu des courtisans, plus grand que tout le monde, et à présent plus large – il devient gros. Assise sur un trône en or, la reine est entourée de ses enfants, tous très élégants : du dernier bébé, Bridget, qui trottine aux pieds de sa mère, à la princesse aînée, Élisabeth, devenue une jeune femme de seize ans. De retour du pays de Galles pour Noël, le prince Édouard, âgé de douze ans, blond et beau comme son père, joue aux échecs avec son tuteur Anthony Woodville, concentré sur l'échiquier.

Il est indéniable qu'ils forment la plus belle famille d'Angleterre. Le célèbre visage d'Élisabeth devient plus anguleux et élégant à mesure que les années estompent sa joliesse au profit d'une réelle beauté. Elle a perdu sa fille de quatorze ans, la princesse Marie, et son troisième fils, Georges, un an après avoir gagné l'exécution de son oncle du même nom. Je me demande si ces pertes lui ont donné à réfléchir sur son éternelle ambition et sa quête de vengeance. Le chagrin, outre le fait d'avoir pourvu ses cheveux dorés d'une unique mèche blanche, l'a rendue plus calme, plus pensive. Elle s'habille toujours comme une impératrice, vêtue d'une robe en drap d'or, sa fine taille entourée de chaînes en or. À ma vue, elle murmure quelque chose à Anthony Woodville, qui lève les yeux, puis tous deux m'adressent le même sourire charmant et feint. À l'intérieur des manches épaisses de ma robe, je sens mes mains trembler de froid comme si son regard était un vent glacial.

— En avant, marche, me dit Richard comme autrefois.

Nous entrons et nous inclinons devant le roi et la reine. Édouard accueille son frère bien-aimé avec joie, tandis qu'Élisabeth se montre plus réservée face à l'homme qu'elle a traité en secret de traître.

Pour tous les autres à la cour, la fête de Noël est une occasion de se rapprocher de la famille royale, de tenter de nouer des amitiés et relations qui pourraient se voir récompensées à l'avenir. Le roi fait l'objet d'un intérêt constant car il a toujours des fortunes et faveurs à distribuer. Cependant, il est encore plus évident que la reine ainsi que sa famille, ses frères et sœurs, même ses fils de son premier mariage, contrôlent la cour et l'accès au roi. Si elle le laisse voir ses maîtresses – il s'en vante même – et favoriser des inconnus, les précieux cadeaux au sein de la cour royale sont réservés à sa famille et ses amis. Non qu'elle s'impose. Elle n'intervient jamais dans aucune discussion, ne se lève jamais ni ne hausse le ton, mais tout le pouvoir est entre ses mains. Ses frères, Anthony, Lionel et Édouard, surveillent les allées et venues des courtisans comme des tricheurs aux cartes surveillent une table en attendant qu'un idiot vienne y jouer. Les fils de son premier mariage, Thomas et Richard, anoblis par le roi, contrôlent l'accès à la chambre royale. Rien ne se passe à leur insu, ni sans l'autorisation souriante de leur mère.

La famille royale est toujours élégante, ses appartements éclatants de richesse. Négligeant navires et châteaux, ports et digues, Édouard a dépensé des fortunes pour ses palais, en particulier pour les appartements de la reine qu'il a agrandis et embellis dans chaque nouvelle résidence favorite de son épouse. Il laisse Richard protéger le pays contre l'Écosse avec une force improvisée, tandis qu'il commande une coûteuse armure de joute, qui ne sera jamais touchée par une véritable épée. Un roi parfait en beauté et en charme ; je crois que c'est tout ce qui lui reste, son apparence. Il ressemble à un roi, parle comme un roi, mais ne gouverne pas comme tel. Le pouvoir est aux mains de son épouse, qui parle comme une reine et ressemble à ce qu'elle est en réalité : une belle femme, mariée par amour, consacrée à ses enfants et charmante avec ses amis. Elle est, comme toujours, tout à fait irrésistible. À la regarder, personne ne pourrait deviner que c'est une intrigante sans scrupules, la fille d'une sorcière connue, une femme aux fins doigts blancs tachés de sang jusqu'aux ongles.

Les douze journées de Noël auraient dû être les plus célébrées de l'histoire de la cour, mais juste après le jour de Noël, la nouvelle arrive de Bourgogne : le parent de la reine, le duc Maximilien, l'a trahie. Recherchant son propre intérêt, tout comme elle, il a fait la paix avec Louis de France, offert la main de sa fille au dauphin, et donné la Bourgogne et l'Artois en guise de dot.

Richard est fou de colère et d'inquiétude : la Bourgogne a toujours été la grande puissance qui nous servait à contrebalancer le pouvoir de la France. Les comtés cédés à la France – la Bourgogne et l'Artois – sont anglais de droit, ce traité marque donc la fin des pensions françaises qui ont fait la fortune d'Édouard et de sa cour.

En ce moment de désespoir, je ne peux me retenir de rire sous cape de la reine, dont la fille Élisabeth, fiancée au prince français, se retrouve à présent rejetée – au profit d'une cousine du côté de sa mère. La princesse Élisabeth semble elle-même indifférente, occupée à jouer avec ses frères et sœurs dans les jardins gelés, ou à chasser avec la cour dans les froids marécages au bord du fleuve. Néanmoins, je suis certaine qu'elle a conscience d'avoir été humiliée par la France, puisqu'elle a perdu l'occasion d'être reine de France et n'a pas réussi à réaliser l'ambition d'Édouard. Assurément, c'est là le pire : elle a échoué dans le rôle prévu par son père.

Lors de cette crise, c'est Richard qui sert de conseiller politique ; la reine n'a aucune idée de ce qu'il faudrait faire. Il annonce à son frère qu'au printemps il repartira affronter les Écossais. S'ils peuvent être vaincus et acquis à notre cause, alors ils pourront nous servir d'alliés quand nous envahirons la France. C'est Richard lui-même qui suggère ce plan aux Chambres du Parlement. En échange, il reçoit une énorme concession : la totalité de l'immense comté de Cumberland. De surcroît, il gardera toute terre qu'il conquerra en Écosse du sud-ouest. Tout lui appartiendra. C'est un formidable présent, la principauté qu'il mérite. Pour la première fois, Édouard reconnaît vraiment ce que son frère a fait pour lui et lui offre de grandes terres – dans le nord, où Richard est bien-aimé et où nous sommes installés.

Le roi annonce la nouvelle en conseil, mais c'est à la cour que nous l'apprenons, lorsque les deux frères reviennent, bras dessus bras dessous, dans les appartements de la reine. Cette dernière entend Édouard déclarer que Richard doit constituer un conseil du nord pour l'aider à gouverner ses immenses terres. Je lis la stupeur sur son visage et vois le regard consterné qu'elle lance à son frère Anthony. Il est évident que le roi ne l'a pas consultée, et qu'elle cherche aussitôt un moyen d'annuler cette décision en se tournant vers son premier allié, son frère. Plus diplomate que sa sœur, Anthony s'avance pour féliciter Richard de sa nouvelle fortune. Après l'avoir étreint, il se tourne vers moi, m'embrasse la main et me compare à une princesse des neiges. Je souris sans rien répondre, mais j'ai vu beaucoup de choses, et compris encore davantage. J'ai vu que le roi ne confie pas tout à son épouse, que cette dernière passerait outre son avis si elle le pouvait, et qu'elle compte sur son frère pour agir contre le roi. Mais ce n'est pas tout ; par le rapide échange de regards entre frère et sœur, j'ai compris qu'aucun des deux n'aime ni ne fait confiance à Richard, pas plus que nous ne leur faisons confiance. Pire, ils le soupçonnent et le craignent.

Sachant très bien qu'elle n'apprécie pas la nouvelle, le roi lui prend la main et lui dit :

— Richard gardera le nord pour moi, et – plaise à Dieu – sa jeunesse et sa force à mes côtés feront de l'Angleterre un royaume encore plus grand qu'aujourd'hui.

— Sous votre commandement, lui rappelle-t-elle avec son sourire toujours aussi charmant.

Anthony Woodville s'agite comme s'il voulait dire quelque chose, mais il se contente de secouer légèrement la tête à l'adresse de sa sœur et garde le silence.

— Il sera le gardien des Marches de l'Ouest, ajoute Édouard. Quand mon fils montera sur son trône, Richard aura protégé ses frontières pour lui. Il sera son conseiller, son protecteur, et je m'en réjouirai au paradis.

— Oh ! Mon seigneur, ne dites pas cela ! Votre fils ne montera pas sur son trône avant de nombreuses années.

Je me demande si je suis la seule à ressentir, à ces mots, un picotement d'inquiétude.

*

C'était sa condamnation à mort. J'en suis certaine, j'en jurerais même. Elle a jugé qu'il favorisait de plus en plus Richard, que sa dépendance envers lui surpassait celle qu'elle avait cherché à créer vis-à-vis de sa famille. Elle a peut-être fait de son frère Anthony le tuteur du prince, et donc dirigeant du pays de Galles, mais les terres offertes à Richard représentent bien plus. Il a reçu le commandement des armées, et presque tout le nord de l'Angleterre. Elle savait que si le roi devait rédiger son testament, Richard serait nommé régent. Elle a pensé qu'en donnant le nord à son frère, le roi allait diviser le pays : les Rivers gouverneraient le pays de Galles ainsi que le sud, et Richard le nord. Je crois qu'elle a vu son pouvoir lui glisser entre les doigts ; le roi a favorisé son frère car il savait qu'il garderait la frontière avec l'Écosse et tiendrait le nord. Elle a pensé que Richard était son véritable héritier, que sa puissance et son prestige ne feraient que grandir dans les terres du nord. Aussitôt parvenue à cette conclusion, elle a empoisonné le roi, son propre époux, afin qu'il ne puisse plus favoriser Richard, afin que celui-ci ne puisse pas étendre son pouvoir et menacer le sien.

*

Je ne pense pas cela tout de suite. D'abord, je quitte Londres avec le même soulagement que j'éprouve toujours lorsque nous franchissons la Porte de l'Évêque. C'est remplie de joie, comme à l'accoutumée, que je pars vers le nord retrouver mon fils, mon neveu et ma nièce. Ensuite, j'ai le curieux sentiment, persistant, que le rapide regard de la reine vers son frère n'augurait rien de bon pour nous, et pour quiconque hormis cette paire inséparable – mais mes réflexions s'arrêtent là.

Château de Middleham, Yorkshire, avril 1483

Dans la prairie à l'extérieur des remparts du château, je regarde les enfants s'exercer à cheval. Ils ont trois poneys robustes, de la race des poneys sauvages qui vivent sur les landes, qu'ils font trotter par-dessus une série de petits obstacles. Les palefreniers placent ces obstacles de plus en plus haut à mesure que chaque cavalier les franchit avec succès. Il m'incombe de décréter quand cela devient trop dangereux pour Teddy, mais Margaret et Édouard peuvent continuer. À la fin, je devrai déclarer un vainqueur. J'ai cueilli une demi-douzaine de digitales pourpres, que j'enroule en une couronne pour le gagnant. Margaret saute et m'adresse un grand sourire triomphant ; c'est une fillette courageuse, qui fera tout faire à son poney. Mon fils la suit par-dessus les obstacles, chevauchant avec moins d'allure mais plus de détermination. Je me dis que bientôt, nous devrons lui donner un plus grand cheval, avec lequel il devra apprendre à jouter dans la carrière.

Les cloches de la chapelle se mettent à sonner dans un brusque tintamarre. Les freux jaillissent des chevrons du château avec un croassement strident. Je me retourne, inquiète. Les enfants arrêtent leurs poneys et me regardent, perplexes.

— Je ne sais pas. Rentrez au château au trot, tout de suite.

Ce n'est pas le tocsin qui donne l'alarme mais le glas régulier, signal d'une mort dans la famille. Qui cela pourrait-il être ? L'espace d'un instant, je me demande s'ils ont trouvé ma mère morte dans ses appartements et ordonné le tintement de la cloche pour annoncer un décès en réalité déclaré des années plus tôt. Mais assurément, ils seraient venus me le dire avant ? Ma robe serrée dans mes mains afin de libérer mes pieds, je descends en courant le chemin caillouteux jusqu'à l'entrée du château et suis les enfants dans la cour intérieure.

Richard attend sur les marches qui mènent à la grande salle, tandis que les gens se rassemblent autour de lui. Il tient un papier dans sa main ; à la vue du sceau royal, j'espère aussitôt que mes prières ont été exaucées et que la reine est morte. Je monte l'escalier en courant pour le rejoindre. C'est alors qu'il m'annonce d'une voix étranglée par le chagrin :

— C'est Édouard. Mon frère.

J'ai le souffle coupé. La cloche se tait et la cour regarde mon époux. Les trois enfants accourent des écuries pour se placer, comme il convient, sur les marches devant nous. Édouard s'est découvert et Margaret ôte le chapeau de Teddy, libérant ses cheveux bouclés.

— De graves nouvelles de Londres, déclare Richard distinctement afin que tout le monde l'entende, même les ouvriers venus à la hâte de leurs champs. Sa Majesté le roi, mon noble frère bien-aimé, est mort.

L'annonce soulève un vif émoi parmi la foule. Richard hoche la tête comme s'il comprenait leur incrédulité, puis se racle la gorge.

— Il est tombé malade il y a quelques jours et en est mort. Il a reçu les derniers sacrements. Nous prierons pour le repos de son âme immortelle.

De nombreuses personnes se signent. Une femme laisse échapper un petit sanglot et porte son tablier à ses yeux.

— Son fils Édouard, prince de Galles, héritera de la couronne, poursuit Richard, avant d'ajouter plus fort, le roi est mort. Vive le roi !

Nous répétons tous :

— Vive le roi !

Richard me prend le bras et me conduit dans la grande salle, les enfants dans notre sillage.

*

Richard envoie les enfants à la chapelle prier pour l'âme de leur oncle le roi. Rapide et résolu, il sait ce qui doit être fait dans ce moment de destinée. C'est un Plantagenêt – ils donnent toujours leur pleine mesure lors d'une crise ou d'une opportunité à saisir. Enfant de la guerre, soldat, commandant, gardien des Marches de l'Ouest, il a gravi les échelons afin d'être prêt pour ce moment, celui où son frère n'est plus. Richard doit protéger son héritage.

— Ma bien-aimée, je dois vous laisser pour aller à Londres. Il m'a sûrement nommé régent et je serai chargé de la sécurité de son royaume.

— Qui pourrait donc le menacer ?

Il ne répond pas : « La femme qui menace la paix de l'Angleterre depuis ce jour maudit où elle l'a séduit et ensorcelé. » À la place, il me regarde avec sérieux et déclare :

— Parmi d'autres menaces, je redoute un débarquement d'Henri Tudor.

— Le fils de Margaret Stanley ? demandé-je, incrédule. Un garçon élevé entre les maisons de Beaufort et Tudor ? Vous n'avez pas à le craindre.

— Édouard le craignait. Il négociait avec sa mère pour le laisser revenir en ami. C'est un héritier de la maison de Lancastre, si obscur soit-il, en exil depuis qu'Édouard a pris le trône. C'est un ennemi, dont j'ignore les alliances. Je ne le crains pas, mais je vais à Londres protéger le trône des Yorks pour lever tout doute.

— Vous allez devoir travailler avec la reine.

— Je ne la crains pas non plus, réplique-t-il avec un sourire. Jamais elle ne m'ensorcellera ni ne m'empoisonnera. Elle ne compte plus. Au pire, elle pourra parler contre moi, mais aucune personne importante ne l'écoutera. La perte de mon frère est aussi la sienne, même si elle ne le comprendra qu'une fois renversée. C'est une reine douairière, non plus la première conseillère du roi. Je vais devoir travailler avec son fils, mais il est celui d'Édouard autant que le sien, et je veillerai à ce qu'il reconnaisse mon autorité en tant qu'oncle. Je dois le prendre en main, protéger son droit d'aînesse, m'assurer qu'il monte sur le trône comme le souhaitait mon frère. Je suis son régent, son tuteur, son oncle. Le protecteur du pays et le sien également. Il sera sous ma garde.

— Voulez-vous que je vous accompagne ?

— Non, je vais chevaucher rapidement avec mes plus proches amis. Robert Brackenbury est déjà parti pour nous fournir des chevaux sur la route. Attendez ici jusqu'à ce qu'Élisabeth Woodville et toute sa maudite famille soient en deuil à Windsor, hors de notre chemin. J'enverrai vous chercher quand j'aurai le grand sceau du royaume, et l'Angleterre sous mes ordres. C'est mon heure de gloire, malgré mon chagrin. Pendant quelque temps – jusqu'à ce que le garçon soit assez grand – je gouvernerai l'Angleterre comme un roi. Je résoudrai les guerres avec l'Écosse et négocierai avec la France. Je veillerai à ce que la justice s'applique dans tout le pays et que les hautes positions reviennent à des hommes bons – autres que les Rivers. Je confisquerai à ces derniers leurs postes et leurs grandes propriétés. Durant les prochaines années, je marquerai l'Angleterre de mon sceau, et prouverai à tous que j'étais un bon protecteur et un bon frère. Je raconterai au petit Édouard le grand homme qu'était son père, et celui, encore plus grand, qu'il aurait pu devenir sans cette femme.

— Je viendrai à Londres dès que vous enverrez me chercher. En attendant, nous prierons pour le repos de l'âme d'Édouard. Un grand pécheur, mais attachant.

— Il a été trahi par la femme qu'il avait placée à la tête du pays. Il était aveuglé par l'amour. Mais je veillerai à ce que les plus belles parties de son héritage soient transmises à son garçon. Je ferai de lui le vrai petit-fils de mon père.

Il s'interrompt un instant, puis lance avec une rare amertume :

— Quant à Elle, je la renverrai dans son village natal. Elle ira vivre dans une abbaye, en isolement. Nous les avons assez vus, elle et tous ses frères et sœurs. Je les renverserai. Voici venue la fin des Rivers en Angleterre.

Ce jour-là, Richard part à cheval. Il s'arrête à York, où toute la ville prête avec lui allégeance à son neveu. Après avoir expliqué aux habitants qu'ils honoreront le défunt roi par leur loyauté envers son fils, il poursuit sa route vers Londres.

Ensuite, je n'ai plus aucune nouvelle. Je ne suis pas surprise par son silence, car il est en chemin pour Londres, de quoi me parlerait-il dans ses lettres sinon de leur lente progression dans la boue du printemps ? Je sais qu'il doit rencontrer le duc de Buckingham, le jeune Henry Stafford, marié contre sa volonté à la sœur de la reine, Catherine Woodville, alors qu'ils n'étaient que des enfants ; il a prononcé la condamnation à mort de Georges, contre sa conscience, pour obliger son épouse et sa belle-sœur. Je sais aussi que William Hastings, fidèle ami du roi, a demandé à Richard de venir immédiatement et l'a mis en garde contre l'hostilité de la reine. Les grands seigneurs doivent se réunir pour protéger le jeune Édouard, l'héritier du trône de son père. Je sais enfin que les Rivers souhaitent sûrement défendre leur héritier contre tous, mais qui peut refuser Richard, le frère du roi, Lord Protecteur du Royaume ?

Château de Middleham, Yorkshire, mai 1483

Au milieu du mois de mai, je reçois une lettre de mon époux, écrite de sa main et scellée par son sceau privé. Je l'emporte dans ma chambre, loin du bruit de la cour, pour la lire près de la fenêtre, à la lumière vive du jour.

Vous apprendrez que le sacre de mon neveu aura lieu le 22 juin, mais ne venez pas à Londres avant que je ne vous le demande personnellement. La ville n'est pas sûre pour tous ceux qui ne sont pas partisans, parents ou amis des Rivers. À présent, elle se montre sous son vrai jour, et je m'attends au pire. Elle refuse d'être reine douairière, en espérant prendre elle-même la couronne. Je dois l'affronter en tant qu'ennemie, or je n'oublie pas mon frère Georges, votre sœur, ou leur bébé.

Je me rends dans la cuisine, où le grand feu reste allumé jour et nuit ; je froisse la lettre en une boule que je pousse au milieu des bûches rougeoyantes et regarde se consumer. Il ne me reste qu'à attendre les prochaines nouvelles.

Dans la cour, les enfants regardent le maréchal-ferrant ferrer leurs poneys. Tout est normal : le flamboiement de la forge, le tourbillon de fumée âcre qui s'échappe du sabot. Mon fils Édouard tient le licou de son nouveau cheval, un beau cob, tandis que le maréchal-ferrant coince la jambe de l'animal entre ses genoux pour enfoncer les clous. Lorsqu'un courant d'air froid entre par la porte de la laiterie, je frissonne et croise les doigts, vieux signe contre la sorcellerie. Si la reine se montre sous son vrai jour et que mon époux s'attend au pire, alors son hostilité envers moi et les miens apparaîtra aux yeux de tous. Peut-être souffle-t-elle en ce moment même un vent de peste contre moi. Peut-être jette-t-elle un sort sur le bras droit de mon époux, celui qui tient l'épée, pour l'affaiblir. Et si elle subornait les alliés de Richard, retournait leurs esprits contre lui ?

Je vais à la chapelle, tombe à genoux et prie pour qu'il résiste à Élisabeth Woodville, à toute sa famille et aux puissantes relations qu'elle a établies. Je prie pour qu'il agisse sans hésitation et avec force, qu'il utilise toutes les armes à sa disposition, car assurément rien n'arrêtera cette femme dans sa volonté de nous renverser pour faire monter son fils sur le trône. Je songe à Marguerite d'Anjou, qui m'a appris qu'à certains moments il faut être prêt à tout pour se défendre soi-même ou la position que l'on mérite ; j'espère que mon époux est prêt à tout. Je ne peux pas savoir ce qui se passe à Londres, mais je redoute une nouvelle guerre, cette fois-ci entre le fidèle frère du roi et la reine fourbe. Nous devons, absolument, triompher.

J'attends, puis je finis par envoyer l'un de nos gardes avec une lettre pour Richard, dans laquelle je lui demande des nouvelles et le mets en garde contre la malveillance de la reine.

Vous savez qu'elle possède des pouvoirs, alors protégez-vous contre eux. Faites tout ce qu'il faut pour garantir l'héritage de votre frère et notre sécurité.

Toute seule au château de Middleham, je passe chaque après-midi avec les enfants, comme si par une surveillance constante je pouvais empêcher un vent chaud de peste de souffler sur eux depuis Londres, arrêter la course d'une flèche mal tirée, m'assurer que le nouveau cheval est bien entraîné et qu'Édouard saura s'y prendre avec lui. Si je pouvais serrer mon fils dans mes bras comme autrefois, lorsqu'il était tout petit, je ne le lâcherais jamais. Je ne doute pas un seul instant que le regard gris de la reine soit tourné vers nous, et son esprit lancé contre mon époux. Elle complote sûrement pour causer notre mort. De toute évidence, le combat ultime se fera entre elle et nous.

Château de Middleham, Yorkshire, juin 1483

Comme chaque matin après la chapelle, je monte au sommet de la tour sud observer la route rocailleuse menant à Londres. C'est alors que j'aperçois une volute de poussière qui s'élève après le passage d'une demi-douzaine de cavaliers. Je crie à ma servante :

— Emmenez les enfants dans la salle, et faites sortir la garde. Quelqu'un arrive.

À son regard inquiet et sa hâte à descendre l'escalier, je comprends que je ne suis pas la seule à savoir que mon époux, censé préserver une succession assurée pour son neveu, est en réalité en danger, et que ce danger pourrait venir jusqu'à nous, ici même, dans notre résidence la plus sûre.

J'entends la herse descendre en cliquetant et le pont-levis monter en grinçant, puis le bruit de pas précipités des hommes qui courent défendre les remparts. Lorsque je me rends dans la grande salle, les enfants m'y attendent. Margaret a saisi la main de son frère ; Édouard porte sa courte épée, le visage blême mais résolu. Tous trois s'agenouillent pour recevoir ma bénédiction et en posant la main sur leurs têtes chaudes, je pleurerais presque de peur pour eux.

— Des cavaliers arrivent au château, annoncé-je aussi calmement que possible. Peut-être des messagers de votre père, mais avec l'instabilité du pays, je n'ose pas prendre de risque. Voilà pourquoi j'ai envoyé vous chercher.

— J'ignorais que le pays était instable, dit Édouard en se relevant.

— Non, je me suis mal exprimée. Le pays est en paix, dans l'attente de la direction vertueuse de votre père en tant que régent. C'est la cour qui est instable car je pense que la reine va essayer de gouverner à la place de son fils. Elle pourrait essayer de se nommer régente. Je suis inquiète pour votre père, obligé par sa promesse au roi de prendre le prince Édouard sous sa garde et de lui apprendre à gouverner pour l'amener à son trône. Si la mère du prince est une ennemie, alors votre père va devoir juger et agir avec célérité et force.

— Mais que ferait la reine ? me demande la petite Margaret. Que pourrait-elle contre nous, contre mon oncle ?

— Je ne sais pas. C'est la raison pour laquelle nous nous tenons préparés à une éventuelle attaque. Mais nous sommes en sécurité ici, les soldats sont forts, bien entraînés, et le château nous est fidèle. Tout le nord de l'Angleterre soutiendrait votre père comme un roi. Je m'inquiète probablement pour rien, ajouté-je en tentant un sourire. Mais mon propre père se tenait toujours prêt et remontait le pont-levis s'il ne connaissait pas le visiteur.

Nous attendons, aux aguets. J'entends alors la question criée par le chef de la garde, suivie de la réponse indistincte. Ensuite, le cliquètement des chaînes du pont-levis que l'on abaisse et le bruit sourd lorsqu'il heurte l'autre côté des douves. Enfin, le grincement de la herse que l'on remonte.

— Nous sommes en sécurité, répété-je aux enfants. Ce sont sûrement des amis qui apportent un message.

J'entends des pas dans l'escalier en pierre qui mène à la salle, puis mon garde ouvre la porte et Sir Robert Brackenbury, l'ami d'enfance de Richard, entre avec un sourire. Il s'agenouille et me tend une lettre.

— Je suis navré de vous avoir alarmée, Madame. Nous sommes venus rapidement. J'aurais peut-être dû envoyer un éclaireur pour vous prévenir qu'il s'agissait de ma troupe.

— J'ai jugé bon d'être prudente.

Je prends la lettre et fais signe à l'une de mes dames de compagnie de servir un verre de bière au visiteur.

— Vous pouvez disposer, dis-je ensuite aux enfants ainsi qu'à mes dames. Je vais discuter avec Sir Robert.

Édouard hésite.

— Puis-je demander à Sir Robert si mon père est sain et sauf ?

Celui-ci se tourne vers lui et se courbe afin d'être à la même hauteur que le garçon de dix ans. Il parle doucement aux trois enfants.

— Quand j'ai quitté Londres, votre père allait bien et faisait de son mieux. Il tient le prince Édouard sous sa garde et s'assurera qu'il monte sur son trône le moment venu.

Les enfants s'inclinent devant lui avant de sortir de la pièce. J'attends que la porte soit refermée derrière eux pour ouvrir la lettre. Comme à son habitude, Richard est laconique.

Les Rivers complotent contre nous et contre tous les vieux seigneurs d'Angleterre. Ils projettent de remplacer la lignée Plantagenêt. J'ai trouvé des armes dissimulées, alors je crois qu'ils préparent un soulèvement et notre mort à tous. Je nous défendrai et défendrai notre pays contre eux. Venez à Londres maintenant, j'ai besoin que l'on vous voie à mes côtés, et je désire votre compagnie. Laissez les enfants sous bonne garde.

Je plie soigneusement la lettre et la glisse dans ma robe. Sir Robert attend que je prenne la parole.

— Racontez-moi ce qui se passe.

— La reine rassemblait une troupe et projetait d'installer son fils sur le trône. Elle aurait exclu notre seigneur du protectorat et mis fin à la régence. Avec son frère Anthony Woodville, ils auraient gouverné l'Angleterre à travers le garçon.

Je hoche la tête, osant à peine respirer.

— Notre seigneur a capturé le prince Édouard alors qu'il était transféré de Ludlow à Londres, et l'a pris sous sa propre garde. Il a arrêté le frère de la reine, Anthony, et son fils de son premier mariage, Richard Grey. À notre arrivée à Londres, nous avons découvert que la reine avait fui au sanctuaire.

— Au sanctuaire ? répété-je d'une voix pantelante.

— Un aveu évident de sa culpabilité. Elle a emmené ses enfants avec elle. Notre seigneur a installé le prince dans les appartements royaux de la Tour, où il le prépare pour son couronnement. Le conseil l'a proclamé Lord Protecteur, selon les vœux de son frère le roi. La reine refuse d'assister au sacre ou de libérer le prince et les princesses du sanctuaire afin qu'ils puissent accompagner leur frère.

— Que fait-elle là-bas ?

— Sans aucun doute, elle conspire pour renverser le protectorat, répond Sir Robert avec une grimace. Son frère, Édouard Woodville, a ordonné à la flotte d'appareiller. Ils sont maintenant en pleine mer ; nous nous préparons à une attaque depuis le fleuve. Mon seigneur est convaincu qu'elle pratique la sorcellerie, cachée au sanctuaire.

Je me signe et cherche dans ma poche l'amulette que m'a donnée Georges contre ses ensorcellements.

— Il dit que son bras droit lui fait mal et fourmille. Il pense qu'elle cherche à l'affaiblir.

— Que peut-il faire pour se défendre ? demandé-je, les mains jointes.

— Je l'ignore, avoue-t-il d'un air triste. Le jeune prince demande sans cesse à voir sa mère et son gouverneur, Anthony Woodville. De toute évidence, aussitôt couronné, il réclamera leur présence, et ils gouverneront l'Angleterre à travers lui. À mon avis, mon seigneur va devoir détenir le prince comme pupille, sans sacre, jusqu'à ce qu'il puisse conclure un accord avec la famille. Sa propre sécurité l'exige. Si le fils de la reine monte sur le trône, alors elle reprendra le pouvoir. Elle agira sans nul doute contre notre seigneur – et contre vous et votre fils. Une fois qu'elle se sera emparée du pouvoir à travers son fils, mon seigneur aura pour ainsi dire signé son arrêt de mort.

À la pensée de sa malveillance silencieuse et secrète contre Richard, les enfants et moi, mes jambes se dérobent. Je m'appuie contre le manteau de cheminée en pierre.

— Courage ! me dit Sir Robert. Nous connaissons le danger, nous sommes armés contre elle. Notre seigneur va convoquer à Londres ses fidèles hommes du nord. Il détient le prince, et il est préparé à tout de la part de la reine. Il n'est pas obligé de le couronner ni de le libérer avant d'avoir obtenu un accord.

— Il écrit que je dois le rejoindre.

— J'ai reçu l'ordre de vous escorter. Voulez-vous partir demain matin ?

— Oui, au lever du jour.

*

Les enfants descendent aux écuries assister à mon départ. J'embrasse chacun d'eux, puis les bénis. Les laisser est la chose la plus dure à faire, mais les emmener à Londres serait les conduire vers des dangers inconnus. Mon fils Édouard se tient droit et déclare :

— Je prendrai soin de mes cousins, Mère. N'ayez crainte. Je défendrai le château de Middleham pour Père, quoi qu'il arrive.

Je souris afin qu'ils voient que je suis fière d'eux, mais j'ai de la peine à me détourner et à monter sur mon cheval. J'essuie mes larmes avec le dos de mon gant.

— J'enverrai vous chercher dès que possible. Je penserai à vous tous chaque jour, et prierai pour vous chaque soir.

Sir Robert donne le signal de départ. Notre petite troupe passe sous l'arche de la herse, sur le pont-levis, puis descend vers le sud et la route de Londres.

À chaque halte, nous entendons de nouvelles rumeurs confuses. À Pontrefact, on raconte que le sacre a été reporté car les conseillers faisaient partie d'une conspiration perfide avec la reine. À Nottingham, où nous passons la nuit dans le château, on raconte qu'elle allait installer son frère Anthony Woodville sur le trône. D'autres, plus nombreux, affirment qu'elle allait le nommer Lord Protecteur. À l'extérieur de Northampton, j'entends quelqu'un jurer que la reine a envoyé tous ses enfants chez sa belle-sœur Marguerite en Flandre, car elle craint qu'Henri Tudor ne vienne s'emparer du trône.

Près de St Albans, un colporteur, qui chevauche à mes côtés sur plusieurs kilomètres, aurait appris par l'un de ses plus respectables clients que la reine n'est pas une vraie reine mais une sorcière qui a ensorcelé le roi. Leurs enfants ne sont pas de vrais héritiers mais le fruit de sa magie. Il transporte une nouvelle ballade dans son sac : l'histoire de Mélusine, la sorcière de l'eau qui s'est fait passer pour une mortelle afin d'obtenir des enfants de son seigneur, puis s'est révélée être une nixe, une naïade. Il est vain de l'écouter chanter sa ballade à pleins poumons, et ridicule de prêter attention aux rumeurs qui ne font que nourrir ma peur de la malveillance de la reine, mais je ne peux m'en empêcher. Le pire, c'est que tous les habitants de ce pays font de même : nous écoutons tous les rumeurs en nous demandant ce que va faire la reine. Nous prions tous pour que Richard réussisse à l'empêcher d'installer son fils sur le trône, car elle laisserait son frère le contrôler, entraînant ainsi le pays dans une nouvelle guerre.

Alors que nous traversons Barnet, où l'on se souvient encore du combat de mon père contre cette reine et sa famille, j'entre dans la petite chapelle, construite sur le champ de bataille, et allume un cierge pour lui. Quelque part là-bas, sous le blé mûrissant, reposent les corps de ses hommes, enterrés là où ils gisaient, et Minuit, le cheval qui a donné sa vie à notre service. À présent, je sais que nous allons livrer une nouvelle bataille, et cette fois-ci c'est le gendre de mon père qui est – doit être – le faiseur de rois.

Château de Baynard, Londres, juin 1483

Je descends de mon cheval, grimpe l'escalier et entre dans nos appartements en courant. En un instant, je me retrouve dans les bras de Richard. Nous nous cramponnons l'un à l'autre, tels les rescapés d'un naufrage. Nous nous étreignons comme autrefois, lorsque nous n'étions guère plus que des enfants qui s'enfuyaient pour se marier. Une fois de plus, je me dis qu'il est le seul homme capable de me protéger, tandis qu'il me serre comme si j'étais la seule femme qu'il ait jamais désirée.

— Je suis si content que vous soyez là, me murmure-t-il à l'oreille.

— Et moi que vous soyez sain et sauf.

Nous reculons pour nous regarder, comme si nous n'en revenions pas d'avoir survécu à cette dangereuse période.

— Que se passe-t-il ? demandé-je.

Il jette un coup d'œil pour vérifier que la porte est bien fermée.

— J'ai découvert une partie d'un complot. Je jure qu'il s'étend dans tout Londres, mais je le tiens au moins par la queue. La maîtresse d'Édouard, Élisabeth Shore, a servi d'intermédiaire entre Élisabeth Woodville et l'ami du roi, William Hastings.

— Mais je croyais que c'était Hastings qui avait envoyé vous chercher ? Qu'il voulait que le prince soit enlevé aux Rivers ? Qu'il vous avait conseillé de venir rapidement ?

— C'est vrai. À mon arrivée à Londres, il m'a dit craindre le pouvoir des Rivers. Et voilà qu'il s'est retourné contre nous. J'ignore comment elle s'y est prise, mais elle l'a ensorcelé comme tous les autres. En tout cas, je l'ai découvert à temps. Elle a créé un cercle de conspirateurs contre les dernières volontés de mon frère et contre moi : Hastings, sans doute l'archevêque Rotherham, certainement l'évêque Morton, et peut-être Thomas, Lord Stanley.

— L'époux de Margaret Beaufort ?

Il acquiesce. C'est une mauvaise nouvelle pour nous, puisque Lord Stanley est connu pour toujours rallier le camp des vainqueurs ; s'il est contre nous, alors nos chances sont minces.

— Ils ne veulent pas que je couronne le garçon et lui serve de premier conseiller. Ils réclament sa garde car ils souhaitent l'éloigner de moi, restaurer le pouvoir des Rivers et m'arrêter pour trahison. Alors ils le couronneront, ou proclameront une régence avec Anthony Woodville en Lord Protecteur. Le petit prince est devenu un prix. Un pion.

— Qu'allez-vous faire ?

— Eh bien, répond-il avec un sourire menaçant, je vais les arrêter pour trahison. Conspirer contre le Lord Protecteur est un acte de trahison, tout comme si j'étais roi. Je détiens déjà Anthony Woodville et Richard Grey. Je vais arrêter Hastings, les évêques, et Thomas, Lord Stanley.

On frappe à la porte. Ce sont mes dames qui apportent mes coffres de vêtements.

— Pas ici, leur ordonne mon époux. Son Altesse et moi dormirons dans les appartements à l'arrière.

Elles ressortent avec une révérence.

— Pourquoi ne logeons-nous pas dans nos appartements habituels ?

En temps normal, nous occupons les beaux logements qui donnent sur le fleuve.

— C'est plus sûr à l'arrière. Le frère de la reine, Édouard Woodville, a emmené la flotte en mer. S'il remonte la Tamise et nous bombarde, nous pourrions être directement touchés. Le château n'a jamais été fortifié, mais qui aurait cru que nous serions confrontés à une attaque de notre propre flotte ?

Je contemple par les larges fenêtres la vue que je chéris : le fleuve avec ses navires, ses bacs, ses petits bateaux à rames, ses barques et chalands qui naviguent tous paisiblement.

— Le frère de la reine pourrait nous bombarder ? Depuis notre fleuve, la Tamise ? Dans notre propre maison ?

— Oui. C'est une période riche en surprises. Chaque matin, à mon réveil, j'essaie de découvrir quel nouvel enfer elle manigance.

— Qui nous soutient ?

C'est la question que posait toujours mon père.

— Buckingham est apparu comme un véritable ami ; il déteste l'épouse qu'ils lui ont imposée et tous les Rivers. Il est à la tête d'une fortune et de nombreux hommes. Bien sûr, je peux également compter sur tous mes soldats du nord ; John Howard ; mes amis proches, les relations de ma mère ; votre famille, bien entendu, donc tous les Neville…

J'écoute attentivement.

— Cela ne suffit pas. En outre, ils sont pour la plupart basés dans le nord. Elle peut faire appel à la cour royale, à tous les membres de sa famille qu'elle a placés à de hauts postes. Elle peut demander l'aide de la Bourgogne, et de ses proches en Europe. Peut-être a-t-elle déjà conclu une alliance avec le roi de France ? Il miserait sur elle plutôt que sur vous, car il croit pouvoir tirer un plus grand avantage en mettant une femme au pouvoir. Et dès qu'ils sauront que vous vous trouvez à Londres, les Écossais saisiront cette occasion pour se soulever.

— Je sais. Mais le prince est sous ma garde. C'est ma carte maîtresse. Vous vous rappelez comment cela s'est passé avec le vieux roi Henri ? Il n'y a eu aucune discussion. Celui qui détient le roi détient le pouvoir.

— À moins de couronner tout simplement un autre roi. C'est ce qu'a fait mon père avec votre frère. Il détenait Henri, mais il a couronné Édouard. Et si elle installait son autre garçon sur le trône ? Même si vous détenez le véritable héritier ?

— Je sais. Je dois prendre son second fils sous ma garde. Je dois détenir tous ceux qui pourraient revendiquer la couronne.

*

La mère de Richard et moi nous tenons compagnie dans les appartements à l'arrière du château de Baynard. Le bruit continuel des rues très fréquentées nous parvient par les fenêtres ouvertes, de même que l'air chaud et la puanteur de Londres. Cependant, Richard nous a demandé de rester loin des jardins frais qui descendent vers le fleuve, et de ne jamais nous approcher des fenêtres riveraines. Nous ne pouvons pas sortir sans un garde armé. Il ignore si les Rivers ont engagé des assassins contre nous. Blême d'inquiétude, la duchesse tient un ouvrage dans ses mains mais elle travaille par à-coups, le reposant au moindre bruit venu de la rue.

— Si seulement il la mettait à mort, dit-elle soudain. Elle et tous ses enfants mal acquis.

Je reste silencieuse. Ses paroles sont si proches de mes propres pensées que j'ose à peine acquiescer.

— Depuis qu'elle a ensorcelé mon fils Édouard, nous n'avons pas connu un seul jour de paix ou de bonheur. Il a perdu l'amour de votre père pour elle, avec l'occasion d'un mariage honorable qui aurait réconcilié la France et l'Angleterre. Il a terni l'honneur de sa famille en faisant entrer cette vigoureuse progéniture dans notre maison. Maintenant, elle va installer l'un de ses changelins[1] sur notre trône. Elle lui a conseillé de tuer Georges, je le sais, j'étais là. Édouard n'aurait jamais décidé tout seul de le condamner à mort. C'est son espionne qui a tué votre sœur. Et voilà qu'elle ourdit la mort de mon dernier fils encore en vie, Richard. Le jour où il sera

1. Dans le folklore européen, un changelin est un leurre laissé par les fées, trolls ou elfes à la place d'un nouveau-né humain que ces créatures enlèvent. *(N.d.T.)*

victime de son ensorcellement, elle m'aura enlevé tous mes fils.

Je hoche la tête car je n'ose rien dire à voix haute.

— Richard est malade, marmonne-t-elle. Par sa faute, j'en suis sûre. Il a mal à l'épaule et n'arrive pas à dormir. Et si elle serrait une corde autour de son cœur ? Nous devrions la prévenir que si jamais elle touche à un seul de ses cheveux, nous tuerons son garçon.

— Elle en a deux. Deux chances d'accéder au trône. Tout ce que nous ferions en tuant le prince Édouard serait d'offrir la couronne au prince Richard.

Elle me jette un coup d'œil étonné. Elle ne se doutait pas que j'étais aussi endurcie. Mais elle a oublié que j'ai regardé ma sœur hurler de douleur en tentant d'accoucher d'un bébé dans une tempête maléfique, avant de mourir empoisonnée par une sorcière. Si j'avais peut-être le cœur tendre, celui-ci a été trop souvent brisé et tourmenté. J'ai moi aussi un fils à défendre, et ses petits cousins. Ainsi qu'un époux qui, la nuit, arpente la chambre en étreignant son bras droit, tiré du sommeil par la douleur.

— Richard va devoir prendre l'autre garçon sous sa garde, dit-elle. Nous devons détenir les deux héritiers Rivers.

*

Ce soir-là, Richard entre et nous salue distraitement, sa mère et moi. Nous traversons la grande salle pour dîner à la table d'honneur. Acclamé par ses hommes, Richard leur adresse un signe de tête, l'air grave. Tout le monde sait que nous sommes en danger ; nous avons l'impression d'être une maison assiégée. Lorsqu'il s'appuie sur son bras droit pour s'asseoir, celui-ci cède sous son poids. Il trébuche et agrippe son épaule.

— Qu'y a-t-il ? demandé-je avec insistance.

— Mon bras. Je perds ma force. Elle œuvre sur moi, je le sais.

Je dissimule ma peur derrière un sourire. Il y a sûrement dans la salle des gens qui font leurs rapports à la reine, cachée dans le sombre sanctuaire. Ils lui diront que son ennemi est vulnérable. Elle n'est pas loin, juste en aval du fleuve, dans les appartements lugubres sous l'abbaye de Westminster. Je sens presque sa présence dans la salle, tel un souffle froid et néfaste.

Richard plonge les mains dans le bol en argent qui lui est présenté, puis les essuie sur le tissu en lin. Les serveurs apportent les plats des cuisines à chacune des tables.

— Une sale affaire aujourd'hui, me confie Richard discrètement.

De l'autre côté, sa mère se penche pour écouter.

— J'ai eu des preuves du complot que je soupçonnais, entre Hastings et la reine. La traînée d'Édouard servait d'intermédiaire. Morton était également impliqué. Je les ai accusés en conseil et arrêtés.

— Bravo ! lance aussitôt sa mère.

— Allez-vous les faire juger ? demandé-je.

— Non, répond-il sèchement. Je n'avais pas le temps. Ce sont les hasards de la guerre. J'ai fait décapiter Hastings à la Tour. Morton est sous la garde de Henry Stafford, duc de Buckingham. Rotherham et Thomas, Lord Stanley, détenus comme suspects. J'ai fait fouiller leurs maisons à la recherche de preuves, et je les exécuterai si je découvre les traces d'une conspiration.

Je ne dis pas un mot pendant que le serveur nous propose une fricassée de poulet. Une fois qu'il s'est éloigné, je murmure :

— Décapité ? William Hastings ? Sans procès ? Juste comme ça ?

— Juste comme ça ! s'écrie sa mère. Pourquoi pas ? Vous croyez que Georges a eu droit à un procès équitable quand la reine a exigé sa mort ?

— Non, concédé-je.

— En tout cas, c'est fait, reprend Richard en entamant une miche de pain blanc. Je ne pouvais pas installer le prince sur le trône alors que Hastings était de connivence avec la reine contre moi. Dès qu'il aurait été couronné et libre de choisir ses conseillers, ils me l'auraient enlevé et lui auraient soumis mon arrêt de mort, qu'il aurait signé. Quand je lui parle, il est évident qu'il leur obéit au doigt et à l'œil. Je vais devoir faire exécuter Anthony Woodville, Richard Grey et Thomas Vaughan, un de leurs parents. Tous retourneraient le prince contre moi. Une fois qu'ils seront morts, je serai en sécurité. C'est la seule façon pour moi de le couronner, ajoute-t-il en voyant mon visage atterré. Je dois détruire les relations de sa mère. Faire de lui un roi avec un seul conseiller : moi-même. Quand ils seront tous morts, elle restera seule contre moi et le complot sera brisé.

— Vous devrez faire couler le sang d'hommes innocents, fais-je remarquer d'une voix éteinte.

Il croise mon regard sans ciller.

— Pour le placer sur le trône. Pour faire de lui un bon roi et non leur éminence grise, oui, je n'aurai pas le choix.

*

Dans son obscur sanctuaire, la reine fabrique ses charmes et murmure des incantations contre nous. Je le sais. Je sens sa malveillance telle la brume sur les fenêtres verrouillées de mes appartements, à l'arrière du château de Baynard. J'apprends par mes dames de compagnie que la reine a confié la garde de son second fils à son ami et parent le cardinal Bourchier. Ce dernier lui a juré que le garçon serait en sécurité. Le petit Richard a rejoint son frère Édouard dans les appartements royaux de la Tour pour se préparer au sacre.

Je n'arrive pas à croire qu'il va avoir lieu comme prévu. Même si nous tenons les garçons sous notre garde, que nous les emmenons vivre au château de Middleham avec leurs cousins, le prince n'est pas un enfant ordinaire. Il ne pourra jamais être traité comme un simple pupille. C'est un garçon de douze ans élevé pour devenir roi. Il adore sa mère et ne la trahira jamais. Il a été éduqué, instruit et conseillé par son oncle Anthony Woodville, et ne nous donnera jamais son amour ni sa loyauté. Nous sommes des inconnus pour lui ; il a peut-être même appris à nous considérer comme ses ennemis. Sous leur emprise depuis sa petite enfance, il leur appartient et nous ne pouvons plus rien y changer. Elle nous l'a ravi, à nous, sa vraie famille, tout comme elle avait ravi son époux à ses frères. Richard va couronner un garçon qui deviendra peut-être son ennemi le plus mortel, peu importe notre bonté envers lui. Richard va faire d'Élisabeth Woodville la mère du roi d'Angleterre. Elle prendra le titre de mon père, « faiseuse de rois », et je ne doute pas un seul instant qu'elle fera exactement comme lui : attendre son heure puis éliminer lentement tous ses rivaux.

— Que puis-je faire d'autre sinon le couronner ? me demande Richard. C'est le fils de mon frère, mon neveu. Même si je crois qu'il a été élevé pour devenir mon ennemi, que puis-je faire d'autre, en tout honneur ?

Au coin du feu, sa mère relève la tête. Je sens sur moi son regard bleu foncé. Cette femme est restée au centre de Ludlow en attendant que l'armée de la méchante reine séditieuse fasse irruption dans la ville. Voilà une femme qui ne vit pas dans la peur. Elle m'adresse un signe de tête comme pour m'autoriser à parler, à dire la seule chose évidente.

— Vous feriez mieux de prendre le trône.

Richard me regarde. Sa mère sourit et pose son ouvrage. Elle n'a pas cousu depuis des jours.

— Faites comme votre frère, je poursuis. Il a pris le trône à Henri au combat, pas une fois mais deux, or Henri avait un bien meilleur titre à la couronne que le jeune Rivers. Le garçon n'est même pas couronné, même pas ordonné. Il n'est qu'un simple prétendant au trône, et vous un autre. Il est peut-être le fils du roi mais c'est encore un garçon. Quant à vous, vous êtes le frère du roi, déjà un homme, et prêt à gouverner. Prenez-lui le trône. C'est la chose la plus sûre à faire pour l'Angleterre, la meilleure pour votre famille, et pour vous.

Soudain, je sens mon cœur battre plus fort, animé par l'ambition, celle de mon père, de devenir enfin reine d'Angleterre.

— Édouard m'a nommé Lord Protecteur, non son héritier, rétorque Richard d'un ton sec.

— Il n'a jamais connu la vraie nature de la reine, insisté-je avec véhémence. Il est mort victime de son sortilège. Il s'est laissé duper.

— Le garçon n'est même pas l'héritier d'Édouard, intervient sa mère.

Richard lève la main pour l'interrompre.

— Anne n'est pas informée.

— Il est temps, lance-t-elle avant de se tourner vers moi, Édouard était marié à l'une de vos parentes, Eleanor Butler. Le saviez-vous ?

— Je savais qu'elle était… une favorite.

— Pas seulement sa traînée, mais son épouse secrète. Exactement le même tour qu'il a joué à Élisabeth Woodville. Il a promis le mariage, récité un serment avec un faux prêtre…

— Il était loin d'être faux, la coupe Richard, une main posée sur le manteau de cheminée, son regard furieux fixé sur le feu. C'est l'évêque Stillington qui a célébré son union avec Eleanor Butler.

Sa mère rejette l'objection d'un haussement d'épaules.

— Alors ce mariage-là était valable. Pour Élisabeth Woodville, en revanche, c'était un prêtre sans nom ni vocation. De la bigamie.

— Pardon ? m'écrié-je, perplexe. Mère, que dites-vous ?

— Demandez à votre époux. C'est l'évêque Stillington en personne qui lui a raconté cette histoire, n'est-ce pas ? lance-t-elle à Richard. Il a soutenu Édouard sans rien dire lorsque celui-ci a renié Lady Eleanor, qui est entrée au couvent. Édouard l'a récompensé pour son silence. Mais quand l'évêque a vu que les Rivers installaient leur garçon, un bâtard, sur le trône, il est allé raconter à votre époux tout ce qu'il savait : Édouard était marié quand il a passé son accord secret avec Élisabeth Woodville. Même si c'était un prêtre valable, un office valable, cette union n'avait aucune valeur car Édouard était déjà marié. Tous ses enfants sont des bâtards. Il n'y a pas de maison de Rivers. Pas de reine. Seulement une maîtresse, et ses fils sont des prétendants. Voilà tout.

— Est-ce vrai ? demandé-je à Richard, complètement stupéfaite.

— Je l'ignore, me répond-il avec un regard accablé. L'évêque prétend avoir marié Édouard et Lady Eleanor lors d'une cérémonie valable. Ils sont tous deux morts. Édouard a présenté Élisabeth Woodville comme son épouse et son fils comme son héritier. Ne dois-je pas respecter les vœux de mon frère ?

— Non, réplique sa mère sans ambages. Pas si ces vœux étaient indignes. Vous n'avez pas à mettre un bâtard sur le trône à votre place.

Richard tourne le dos au feu, la main sur son épaule.

— Pourquoi n'en avez-vous jamais parlé avant ? Pourquoi ai-je dû l'apprendre par l'évêque Stillington ?

— Qu'y avait-il à raconter ? Tout le monde sait qu'elle et moi, nous nous vouons une haine réciproque. Tant qu'Édouard était vivant, prêt à l'appeler son épouse et à reconnaître ses enfants, peu importait ce que j'aurais pu dire. Ce que n'importe qui aurait pu dire. Il avait réduit l'évêque Stillington au silence, pourquoi aurais-je dû parler franchement ?

— Il y a eu des ragots sur le compte d'Édouard depuis son sacre.

— Et pas un mot sur vous. Prenez le trône. Pas un seul homme en Angleterre ne défendrait Élisabeth Woodville à moins de faire partie de sa famille ou d'avoir été soudoyé. Tous les autres la reconnaissent pour ce qu'elle est, une séductrice et une sorcière.

— Elle sera mon ennemie à vie.

— Alors gardez-la au sanctuaire à vie, rétorque-t-elle avec un sourire malveillant. Dans la pénombre d'un lieu saint, avec son sabbat[1] de filles. Détenez ce troglodyte et son troupeau de bâtards.

— Qu'en dites-vous ? me demande Richard.

Dans la pièce règne le silence, dans l'attente de ma décision. Je songe à mon père, qui a tué son grand cheval puis perdu sa propre vie en livrant la bataille pour m'installer sur le trône d'Angleterre. Je songe à Élisabeth Woodville, fléau de ma vie et meurtrière de ma sœur.

— Vous avez un meilleur titre à la couronne que son fils, dis-je tout haut.

En pensant tout bas : *Et moi un meilleur titre à la couronne qu'elle. Je serai, comme j'étais censée l'être, la reine Anne d'Angleterre.*

Il hésite encore.

— Prendre le trône représente un grand pas.

Je m'approche et lui prends la main, comme si nous nous fiancions de nouveau. Je souris, les joues en feu. En cet instant décisif, je suis bien la fille de mon père. Lorsque je parle enfin, j'entends la certitude dans ma voix.

— C'est votre destinée. Par naissance, par prédisposition et par éducation, vous êtes aujourd'hui le meilleur roi pour l'Angleterre. Faites-le, Richard. Saisissez votre chance. C'est mon droit d'aînesse comme le vôtre. Prenons-le. Ensemble.

1. Assemblée nocturne de sorcières. (*N.d.T.*)

Tour de Londres, juillet 1483

Une fois de plus, dans les appartements de la Tour, je regarde par les meurtrières la lune tracer un chemin argenté sur les eaux sombres du fleuve. Une fois de plus, je suis consciente du silence de la nuit et du son lointain de la musique. C'est la veille de notre sacre. J'ai quitté le dîner de célébration pour prier et contempler le fleuve qui coule rapidement avant de se jeter dans la mer. Une fois de plus, je me murmure la promesse qui m'a d'abord été faite par mon père. Je serai couronnée demain et deviendrai la reine Anne d'Angleterre.

Je sais qu'à sa petite fenêtre, Elle doit scruter l'obscurité à l'extérieur du sanctuaire, son beau visage tordu par le chagrin tandis qu'elle prie pour ses fils, sachant que nous les tenons sous notre garde et qu'aucun d'eux ne sera jamais roi. Je sais qu'elle doit nous maudire, tordre un chiffon taché de sang dans ses mains, façonner une figurine en cire, concasser des herbes et les brûler sur le feu. Toute son attention est sûrement tournée vers la Tour, tout comme la lune qui, ce soir, trace son chemin argenté sur l'eau en direction de leur chambre.

Leur chambre, celle de ses garçons. Car tous deux sont ici, dans la Tour avec moi, à l'étage. Si je montais quelques marches de l'escalier de pierre en colimaçon et demandais à leur garde de s'écarter, je pourrais entrer dans leurs appartements. Je les verrais alors dormir, dans un seul lit, leurs visages pâles éclairés par la lune, leurs cils sombres posés sur leurs joues, leurs petites poitrines chaudes recouvertes de lin blanc bordé de dentelle, montant et descendant au rythme paisible du sommeil des enfants. Le prince n'a que douze ans, un duvet sur la lèvre supérieure, les jambes étalées sur le lit, aussi minces que celles d'un poulain. Son frère Richard aura dix ans le mois prochain ; il est né la même année que mon petit Édouard. Comment donc pourrais-je regarder son fils sans songer au mien ? C'est un petit garçon joyeux ; même plongé dans le sommeil, il sourit à un rêve amusant. Tous deux sont aujourd'hui nos pupilles, et le resteront jusqu'à l'âge adulte. Nous allons devoir les détenir au château de Middleham ou à Sheriff Hutton, l'une de nos résidences du nord où nous pourrons compter sur nos serviteurs pour les garder à l'œil. Peut-être pour toujours. Ces ravissants garçons deviendront d'éternels prisonniers. Nous ne pourrons jamais les libérer.

En effet, ils représenteront toujours un danger pour nous. Une perpétuelle source de mécontentement pour quiconque voudra contester notre autorité. Élisabeth Woodville passera sa vie à tenter de les éloigner de nous, pour les mettre sur le trône. Nous allons accueillir notre plus grande menace dans notre propre foyer. Leur père n'aurait jamais toléré un tel danger. Le mien non plus. Il a détenu une fois le roi Édouard et, après la fuite de ce dernier et son retour sur le trône, il savait que la prochaine fois il ne pourrait que le capturer et le tuer. Édouard a retenu la leçon de mon père. Il a gardé le vieux roi Henri en sécurité tant qu'il restait un héritier de Lancastre. La mort de mon époux le prince Édouard a signé l'arrêt de mort de son père. Lorsque le roi Édouard a vu qu'il pouvait mettre fin à la maison de Lancastre, il n'a pas hésité : cette nuit-là, il a tué le roi Henri, et ses frères Georges et Richard ont aidé ce meurtrier, ce régicide. Ils se sont rendu compte que vivant, il serait toujours un foyer de rébellion, un danger pour eux. Mort, il pouvait être pleuré, mais ne constituait plus une menace. Je ne doute pas un seul instant que le jeune Woodville vivant représente un danger pour nous. En réalité, aucun de ces garçons ne devrait avoir la vie sauve. Ce n'est que ma compassion et l'amour de Richard pour son frère qui nous poussent à les épargner. Ni mon père ni Édouard n'auraient été de tels idiots au cœur tendre.

Bien que la nuit soit douce, je resserre ma cape en fourrure sur mes épaules ; par ma fenêtre ouverte, la brise apporte la fraîcheur du fleuve. Je me dit qu'Isabelle rirait de me voir dans les fourrures d'Élisabeth Woodville – la même hermine d'une valeur inestimable qu'elle avait autrefois rangée dans son coffre, avant de devoir la rendre. Elle rirait de notre triomphe. Ce soir nous avons gagné, enfin. Demain, la fillette qui jouait à l'époque à être reine, dans cette même tour, la veille du sacre d'Élisabeth Woodville, portera la couronne.

Et les doutes murmurés par ma mère n'auront plus aucune importance. Que mon mariage soit valable ou non, je serai sacrée par un archevêque avec de l'huile sainte. Je deviendrai reine d'Angleterre et connaîtrai la paix. Richard a fait de moi son épouse aux yeux de Dieu ; il fera de moi sa reine devant le monde entier. Je n'ai plus besoin de me demander s'il m'aime. Il m'a offert sa bague en privé et la couronne en public. Je serai la reine Anne, comme le souhaitait mon père.

Je laisse tomber la fourrure sur un fauteuil comme si elle n'avait que peu de valeur. Désormais, je possède une garde-robe remplie de fourrures, les plus beaux bijoux, et je recevrai chaque année une fortune pour entretenir ma cour comme il convient. Je mènerai une vie aussi grandiose que la précédente reine ; j'ai récupéré toutes les robes d'Élisabeth, que je ferai ajuster à ma taille. Je me glisse entre les draps en soie réchauffés du grand lit, sous le baldaquin en drap d'or et les rideaux en velours rouge. Dorénavant, je ne serai entourée que des plus belles choses, je n'aurai que le meilleur. Je suis née fille du faiseur de rois, et demain son plan pour moi se réalisera : je deviendrai reine. À la mort de mon époux, notre fils Édouard, le petit-fils du faiseur de rois, sera roi à son tour, et la maison de Warwick la maison royale d'Angleterre.

Un voyage royal, été 1483

L'accueil que nous recevons sur la route, à chaque halte, nous conforte dans notre décision. Le pays est presque fou de soulagement de voir le danger de la guerre écarté, et la paix apportée par mon époux. Richard a réuni ses hommes de confiance. Henry Stafford, duc de Buckingham, a laissé chez lui son épouse Woodville pour conduire Richard dans la cathédrale en tant que Lord chambellan. John Howard, qui a repris la flotte aux Rivers, devient le tout premier duc de Norfolk et conserve les navires qu'il a gagnés ; il est nommé Lord Amiral. Mon parent le comte de Northumberland est chargé de diriger le nord pendant un an. Persuadés de recevoir un accueil unanime, nous voyageons sans garde. Nos ennemis sont morts ou cloîtrés au sanctuaire, les garçons détenus en sécurité dans la Tour. Dans chaque ville où nous logeons – Reading, Oxford, Gloucester – les habitants organisent des spectacles et festivals pour nous assurer de leur loyauté.

Les Rivers étaient tant haïs que le peuple aurait accepté presque n'importe quel souverain puissant plutôt qu'un garçon dont la famille aurait consumé l'Angleterre. Mais encore mieux, le peuple a de nouveau un Plantagenêt sur le trône, mon époux, qui ressemble tant à son bien-aimé père du même nom, dont le frère a sauvé le pays du roi endormi et de la méchante reine, et qui aujourd'hui le sauve une fois de plus d'une autre femme ambitieuse.

Personne ne demande de nouvelles des garçons que nous avons laissés dans la tour de Londres. Personne ne souhaite se souvenir d'eux ni de leur mère, toujours terrée dans l'obscurité du sanctuaire. Tout le pays semble vouloir oublier ces mois de peur quant à l'avenir, et ces semaines où personne ne savait qui serait roi. À présent, nous avons un roi couronné devant le peuple et ordonné par Dieu. En plein été, lui et moi traversons l'Angleterre à cheval, déjeunons à l'ombre sous des bouquets d'arbres, accueillis en sauveurs dans les splendides villes d'Angleterre.

Une seule personne m'interroge sur les garçons, abandonnés dans la tour silencieuse, demandant à voir leur mère au sanctuaire, à moins de cinq kilomètres en amont du fleuve. Sir Robert Brackenbury, nommé Maître de la Monnaie et Connétable de la Tour, est chargé de les garder. Il est le seul à me demander avec sa franchise typique du Yorkshire :

— Alors, que va-t-il arriver aux bâtards, Votre Majesté ? Maintenant que nous les détenons ?

C'est un homme honnête, à qui je confierais presque tout. Je lui prends le bras alors que nous nous promenons dans la cour du beau collège d'Oxford.

— Ils n'ont aucun avenir. Ils ne peuvent être ni princes ni hommes libres. Nous allons devoir les détenir pour toujours. Mais mon époux sait, comme moi, qu'ils représenteront toujours un danger pour nous, par leur simple existence. Ils resteront une menace aussi longtemps qu'ils vivront.

Il s'arrête et se tourne vers moi. Son regard sincère croise le mien.

— Que Dieu vous garde, souhaiteriez-vous leur mort, Votre Majesté ?

Je secoue la tête, aussitôt indignée.

— Je ne peux pas la souhaiter. Pas à deux garçons innocents.

— Ah, vous êtes trop sensible…

— Je ne peux pas la souhaiter, mais quelle vie leur reste-t-il ? Ils seront prisonniers pour toujours. Même s'ils venaient à renoncer à leurs titres à la couronne, il y aurait toujours quelqu'un pour les revendiquer pour eux.

Comment pouvons-nous être en sécurité tant qu'ils sont vivants ?

*

Nous nous rendons à York, où notre fils – devenu le prince Édouard – sera intronisé prince de Galles. C'est un compliment à la ville fortifiée qui a soutenu Richard depuis le début ; il y est plus apprécié que dans toute autre région du pays. Nous recevons un accueil plus grandiose que jamais. Dans la cathédrale d'York à la haute voûte, mon fils s'avance, sous le regard de ses cousins Teddy et Margaret, puis prend le sceptre doré et la petite couronne en or du prince de Galles. Lorsqu'il sort sur le perron de la cathédrale pour saluer les foules, les acclamations font s'envoler les oiseaux dans le ciel. Je me signe en murmurant « Merci mon Dieu ». Je sais qu'au paradis mon père observe son petit-fils intronisé prince de Galles ; il sait que son combat s'est enfin terminé, par une victoire. Le faiseur de rois a fait de son petit-fils un prince. Un Warwick montera sur le trône d'Angleterre.

Nous demeurerons quelque temps dans le nord, qui restera notre foyer, car c'est ici que nous sommes le plus heureux. Nous rebâtirons le palais de Sheriff Hutton, où vivront les enfants, en sécurité loin des maladies et de la peste de Londres ; assez loin aussi, je crois, de la reine vaincue qui rumine dans son sanctuaire humide sous l'abbaye de Westminster. Nous en ferons un nouveau palais dans le nord de l'Angleterre, rival de Windsor ou Greenwich ; la richesse de la cour s'étendra à nos amis et voisins du nord, en qui nous avons confiance. Nous ferons du nord un royaume doré, assez grand pour rivaliser avec la ville de Londres elle-même. Le cœur du pays sera ici, là où vivent le roi et la reine – habitants du nord par naissance et prédisposition – au milieu des hautes collines verdoyantes.

Mon fils Édouard, ses cousins Margaret et Teddy, et moi chevauchons gaiement en direction de Middleham, comme lors d'une promenade de plaisir. Désormais reine d'Angleterre et maîtresse de mon propre temps, je resterai avec eux jusqu'à la fin de l'été. En hiver, nous retournerons à Londres et je garderai les enfants avec moi à Greenwich. Édouard aura de nouveaux professeurs ainsi qu'un entraînement d'équitation plus intensif ; encore frêle, il doit prendre des forces pour se préparer à devenir roi à son tour. Dans quelques années, il ira vivre à Ludlow et son conseil dirigera le pays de Galles.

Tandis que nous prenons la route du nord, Richard retourne dans le sud, entouré d'une petite escorte ; parmi eux nos vieux amis Sir James Tyrrell, nommé Maître des Écuyers, Francis Lovell, Robert Brackenbury, et quelques autres. Richard embrasse les enfants puis les bénit. Il me serre dans ses bras et me murmure de le rejoindre dès que le temps changera. Je sens mon cœur se réchauffer d'amour pour lui. Nous sommes enfin victorieux, enfin bénis. Il m'a faite reine d'Angleterre, et je lui ai donné un prince et un héritier. Ensemble, nous avons accompli la vision de mon père. C'est en effet une victoire.

Sur la route vers le sud, Richard m'écrit une lettre à la hâte.

Anne,

Tel un serpent à demi étouffé, les Rivers se sont relevés, plus dangereux que jamais. Ils ont lancé une attaque sur la Tour pour délivrer leurs garçons mais ont été repoussés de justesse dans une bataille désespérée. Nous ne pouvons arrêter personne, car ils se sont dispersés. Anne, je vous assure, je l'avais placée sous une surveillance si étroite que je croyais que personne ne pourrait entrer ou sortir de son sombre sanctuaire mais elle a réussi, d'une manière ou d'une autre, à lever une petite armée contre nous. Ses soldats, sans livrée ni insigne, sont venus et repartis comme des fantômes, et maintenant personne ne peut me dire où ils se trouvent. Quelqu'un a rassemblé et payé des troupes – mais qui ?

Nous détenons toujours les garçons, Dieu merci. Je les ai transférés dans les appartements intérieurs de la Tour. Cependant, je reste choqué par l'étendue de son pouvoir caché. Elle attend sûrement son heure pour réapparaître. Combien peut-elle en recruter ? Combien nous ont acclamés à notre sacre avant de lui envoyer hommes et armes ? Je suis trahi et j'ignore à qui faire confiance. Brûlez cette lettre.

— Qu'y a-t-il, Votre Majesté ?

À mes côtés, la petite Margaret me fixe de ses yeux bleu foncé, perplexe devant mon air atterré. Je passe mon bras autour d'elle et sens sa chaleur et sa douceur alors qu'elle s'appuie contre moi.

— Pas de mauvaises nouvelles ? Pas le roi, mon oncle ?

— Il a des soucis, je réponds en songeant à la vilenie de cette femme cachée dans l'obscurité, qui a rendu cette fillette orpheline. Il a des ennemis. Mais il est fort et courageux. Ses amis l'aideront à vaincre la méchante reine et ses bâtards.

Château de Middleham, Yorkshire, octobre 1483

Je parle à Margaret en toute confiance, or je me trompe. Mon époux a moins d'amis que je croyais, et que lui-même croyait.

Quelques jours plus tard me parvient une nouvelle lettre griffonnée à la hâte.

Le duc de Buckingham est le plus fourbe des amis, le plus vicieux des renégats, le plus déloyal des êtres vivants.

J'écarte la page un instant, puis me force à lire la suite.

Il s'est joint à deux femmes aussi malveillantes l'une que l'autre. Élisabeth Woodville l'a persuadé de la rallier. Elle a également conclu une alliance maléfique avec Margaret Beaufort, elle qui a porté votre traîne à notre sacre, qui s'est toujours montrée si gentille et affectueuse avec vous, l'épouse de mon ami, Lord Thomas Stanley, en qui j'ai confiance, que j'ai nommé Lord chambellan.

Infidélité et tromperie.

Margaret a fiancé son fils, Henri Tudor, à Élisabeth, la fille Rivers. Ils se sont tous retournés contre nous : ils rassemblent leurs troupes et font venir Henri Tudor de Bretagne. Henry Stafford, duc de Buckingham, le seul homme à qui j'aurais confié ma vie, est passé dans leur camp. Il lève des forces au pays de Galles et envahira bientôt l'Angleterre. Je pars immédiatement pour Leicester.

Pire que tout – pire encore – Buckingham raconte à tout le monde que les princes sont morts, de ma main. Ce qui signifie que les Rivers se battront pour installer Tudor et la princesse Élisabeth sur le trône. Que le pays – et l'histoire – me traitera de meurtrier, de tueur d'enfants, un tyran qui se retourne contre le fils de son frère et fait couler son propre sang. Je ne supporte pas cet affront à mon nom et à mon honneur. C'est une calomnie qui va tenir comme poix. Priez pour moi et pour notre cause. Richard.

J'obéis. Sans un mot à personne, je me rends directement à la chapelle, où je m'agenouille, les yeux levés vers le crucifix au-dessus du jubé. Je le fixe sans ciller, comme si la force de mon regard pouvait faire disparaître la lettre qui m'a appris que ceux que nous considérions comme des amis – le charmant duc de Buckingham, le gagnant Lord Thomas Stanley, son épouse Margaret, si gentille et accueillante à mon arrivée à Londres, elle qui m'a emmenée à la grande garde-robe pour m'aider à choisir ma tenue de couronnement – étaient tous fourbes. L'évêque Morton, que j'aime et admire depuis des années – fourbe lui aussi. Cependant, il y a une seule phrase que je n'arrive pas à oublier, qui résonne dans mes oreilles derrière mon Ave Maria, que je répète sans cesse comme pour couvrir cette rengaine : *Buckingham raconte à tout le monde que les princes sont morts, de ma main.*

Lorsque je me relève, glacée, il fait déjà nuit, cette nuit automnale précoce. Le prêtre apporte les bougies et la cour le suit pour assister aux complies, dernière prière quotidienne. J'incline la tête sur son passage mais je sors en trébuchant de la chapelle, dans l'air froid du soir. Une chouette blanche hulule puis passe au-dessus de ma tête. Je me baisse vivement comme si c'était un esprit, un avertissement de la sorcière qui rassemble ses forces contre nous.

Buckingham raconte à tout le monde que les princes sont morts, de ma main.

J'avais pensé que si les princes étaient morts, alors il n'y aurait plus de prétendant au trône ; le règne de mon époux serait paisible, et mon fils lui succéderait quand Dieu jugerait bon de nous rappeler à lui. À présent, je m'aperçois que tout homme est un faiseur de rois. Un trône n'est jamais sûr tant que quelqu'un est jugé digne de la couronne. Or les nouveaux princes poussent comme du chiendent dès que se répand la rumeur de la mort des souverains.

Buckingham raconte à tout le monde que les princes sont morts, de ma main.

Et voilà qu'un autre jeune homme, qui se prétend héritier, apparaît comme par enchantement. Henri Tudor, le fils de Margaret Beaufort de la maison de Lancastre et d'Edmond Tudor de la maison Tudor, devrait être aussi loin du cœur qu'il était loin des yeux. Cela fait des années qu'il n'a pas remis les pieds dans ce pays, depuis que sa mère l'a expédié à l'étranger pour le protéger du regard reptilien de la maison d'York. Sous le règne d'Édouard, le garçon était loin du trône ; pourtant Édouard l'aurait tout de même emmené à la Tour, où il se serait discrètement chargé de sa mort. C'est pourquoi Margaret Beaufort l'a éloigné, avant de négocier son retour avec une grande prudence. J'avais pitié d'elle car son fils lui manquait. Elle a même compati à mon malheur lorsque Georges allait envoyer son propre fils en Flandre. Moi qui croyais que nous nous entendions bien, que nous étions amies. Alors que tout ce temps, elle attendait et préparait le retour de son fils, un ennemi du roi d'Angleterre, que ce roi soit Édouard ou mon époux Richard.

Buckingham raconte à tout le monde que les princes sont morts, de ma main.

Henri Tudor possède un titre à la couronne, grâce à la maison de Lancastre, et sa mère n'est plus mon amie. Elle a ôté son masque de docile affection pour devenir fautrice de guerre, contre nous. Elle racontera à tout le monde que les princes sont morts, tués par mon époux. Que son fils est le prochain héritier. Qu'ils devraient renverser un tyran, un régicide.

Je monte le sombre escalier de la tour nord, où je me suis promenée tant de fois avec Richard dans la lumière crépusculaire, tout en discutant des enfants, du pays, du gouvernement du nord. Il fait maintenant nuit et froid ; la lune argentée se lève sur l'horizon lointain.

Buckingham raconte à tout le monde que les princes sont morts, de ma main.

Je ne crois pas, et ne croirai jamais, que mon époux a ordonné le meurtre de ses neveux. Il était en sécurité sur son trône après les avoir déclarés bâtards. Lors de notre voyage, personne ne les a mentionnés. Ils étaient oubliés, nous étions acceptés. Je suis la seule à avoir dit au Connétable de la Tour, leur geôlier, que même si je ne pouvais pas souhaiter leur mort, il me fallait l'envisager. Et c'est lui qui a fait remarquer ma trop grande sensibilité. Richard n'aurait pas donné l'ordre de tuer les garçons, j'en suis certaine. Toutefois, je sais aussi que je ne suis pas la seule à aimer Richard, à vouloir le protéger. Et à penser que les garçons devraient mourir.

L'un de nos fidèles amis s'est-il abaissé à commettre un péché si peu glorieux : tuer deux frères, de dix et douze ans, sous notre garde ? Dans leur sommeil ? Pire, l'a-t-il commis en croyant nous satisfaire ? Réaliser mon souhait ? En croyant que lors de notre promenade dans la cour carrée du collège d'Oxford, je lui avais en réalité demandé de le faire ?

Château de Middleham, Yorkshire, hiver 1483

Nous attendons des nouvelles. Sachant combien je suis inquiète, Richard m'écrit presque tous les jours. Il me parle du rassemblement de ses forces : les hommes affluent pour le servir, et les grands nobles du royaume viennent soutenir leur roi contre le duc autrefois à ses côtés. Son ami d'enfance, Francis Lovell, ne le quitte jamais. Bien que sa propre épouse Margaret Beaufort ait comploté avec Élisabeth Woodville, Thomas, Lord Stanley, rallie Richard et lui promet fidélité. Cela prouve, à mon avis, que l'ancienne reine ne peut séduire les hommes bons. Elle a peut-être convaincu Margaret Beaufort – ambitieuse pour son fils et espérant le trône – mais pas Lord Stanley. Je n'oublie pas que cet homme est une girouette, qui suit le vent. Le fait qu'il soit dans notre camp indique qu'il estime notre victoire probable. John Howard, notre bon ami, resté lui aussi fidèle, maîtrise les rebelles dans le Sussex et le Kent pour empêcher la guerre d'éclater.

C'est alors que Dieu nous bénit. Tout simplement. Dieu est de notre côté. Il fait tomber la pluie, qui balaie la trahison de l'esprit des gens, et la colère de leurs cœurs. Jour après jour, il pleut à verse, une pluie hivernale, glaciale, aussi dure que l'ardoise. Les hommes qui se rassemblaient dans le Kent rentrent chez eux, où brûle un feu sec ; ceux qui envisageaient de sortir du Sussex apprennent que les routes sont impraticables. Les citoyens de Londres, qui ont quitté leurs maisons inondées au bord du fleuve, ne pensent qu'à la crue des eaux qui menace le sanctuaire, situé au-dessous du niveau de la mer, où Élisabeth Woodville doit attendre, sans nouvelles de sa rébellion car ses messagers sont bloqués sur des routes transformées en bourbier, perdant peu à peu espoir.

Dieu envoie la pluie sur le pays de Galles. Tous les petits torrents, qui coulaient si joliment dans les prairies au cœur de l'été, deviennent plus rapides et agités à mesure que les eaux sombres dévalent les montagnes. Les rivières sortent de leurs lits pour se déverser dans la Severn, qui ne cesse de monter jusqu'à rompre toutes les digues. Elle s'étend alors sur des kilomètres dans la vallée, inonde une ville après l'autre, noie les villages riverains, et – surtout – retient le perfide duc de Buckingham au pays de Galles. Ses hommes fondent tel du sucre sous l'eau, tout comme ses espoirs. Lui-même abandonne les soldats qu'il devait mener, et ses propres serviteurs nous livrent ce traître en échange d'une petite récompense.

Dieu envoie la pluie sur la Manche. La mer devient si menaçante qu'Henri Tudor ne peut appareiller. Je sais ce que c'est de regarder depuis le port l'eau sombre et agitée, les crêtes blanches des vagues. Au chaud et au sec dans le château enclavé de Middleham, je ris à la pensée du jeune Henri Tudor, sur le quai, priant pour un beau temps alors qu'il pleut sans discontinuer. Pas même la femme qui, espère-t-il, deviendra sa belle-mère, la sorcière Élisabeth, ne peut contenir la tempête.

Il profite d'une accalmie pour appareiller courageusement et traverser la mer houleuse, mais ses espoirs ont été refroidis par la longue attente si bien qu'il ne débarque même pas. Il jette un coup d'œil à la côte qu'il prévoyait d'appeler sienne, sans trouver en lui le courage de fouler le sable mouillé. Alors il prend un ris dans ses voiles détrempées, vire de bord et navigue dans un vent froid pour rentrer en Bretagne, où, selon moi, il devrait mourir comme tous les prétendants, en exil.

Richard m'écrit de Londres.

C'est terminé. Il ne me reste plus qu'à dénoncer les traîtres et prononcer leur sentence. Je me réjouis que le pays de Galles me soit demeuré fidèle et que la côte sud n'ait offert aucun havre à Henri Tudor. Pas une seule ville n'a ouvert ses portes à une force rebelle, pas un seul baron ou comte ne m'a défié. Mon royaume m'est loyal. Je ne punirai que légèrement, voire pas du tout, ceux qui ont été attirés par ce dernier souffle téméraire des Rivers et leur nouvel allié mal choisi, Henri Tudor. On ne peut attendre de la mère de ce garçon, Margaret Beaufort, qu'elle renie la cause de son fils, mais elle passera le restant de ses jours en résidence surveillée – à la charge de son époux, Thomas, Lord Stanley. Je lui ai confié sa fortune, ce qui, pour une femme ambitieuse et avide, sera – à mon avis – un châtiment suffisant. Il la gardera à l'œil ; on lui a retiré ses serviteurs, ses amis et même son confesseur. J'ai brisé son influence comme j'ai brisé les alliances des Rivers.

Je suis victorieux sans avoir dégainé mon épée. C'est une légitimation en plus d'une victoire facile. Le pays ne cherche pas à restaurer les Rivers, et ne veut certainement pas d'un inconnu, Henri Tudor, sur le trône. Margaret Beaufort et Élisabeth Woodville sont considérées comme des mères insensées qui ont comploté ensemble pour leurs enfants, rien de plus. Le duc de Buckingham est méprisé en tant que traître et ami fourbe. À l'avenir, je choisirai mes amis avec plus de soin. Mais cela reste une victoire facile, malgré quelques rudes semaines. Plaise à Dieu qu'en repensant à cette période, nous nous réjouissions d'avoir accédé au trône si aisément.

Venez à Londres. Nous célébrerons Noël de manière aussi royale qu'Édouard et Élisabeth, entourés de vrais amis et de fidèles serviteurs.

Palais de Westminster, Londres, novembre 1483

Alors que nous nous préparons pour la fête de Noël – qui, jure Richard, sera la plus grandiose que Londres ait jamais vue –, tandis que les invités commencent à arriver à la cour et sont conduits dans leurs appartements, puis apprennent leurs rôles pour les spectacles et les nouvelles danses, Richard vient me chercher. Je suis dans la grande garde-robe, occupée à examiner les tenues des anciennes reines, qui désormais m'appartiennent. Je prévois de découdre deux vieilles robes démodées en drap d'or et velours foncé pour en faire une nouvelle, sur un nouveau modèle, avec des manches au velours sabré pour révéler l'or en dessous, et des galons dorés froncés aux poignets. De l'autre côté de la pièce se trouvent de grandes balles de tissus pour d'autres robes, ainsi que des fourrures et velours pour les nouvelles capes et vestes de Richard. Celui-ci paraît mal à l'aise, comme toujours ces temps-ci. La couronne lui pèse, et il ne peut faire confiance à personne.

— Pouvez-vous laisser tout ceci ? me demande-t-il en regardant d'un air contrarié les montagnes d'étoffes d'une valeur inestimable.

— Bien sûr. Ma dame d'atour s'y connait bien mieux que moi.

Je relève ma robe puis me fraie un chemin parmi les coupons qui jonchent le sol. Il me prend par le bras et m'attire dans la petite pièce à l'extérieur de la garde-robe principale, là où la dame d'atour s'assied d'ordinaire pour contrôler les robes, fourrures, robes de chambre et souliers sous sa garde. Un feu brûle dans l'âtre. Richard s'assied à la table tandis que je me perche sur la banquette près la fenêtre.

— J'ai pris une décision, dit-il péniblement. Je ne l'ai pas prise à la légère, mais je souhaite en discuter avec vous.

J'attends la suite. C'est sûrement au sujet d'Élisabeth Woodville. Je le devine à sa façon de tenir son bras droit, entre le coude et l'épaule. La douleur est devenue constante, et aucun médecin n'en trouve l'origine. Même si je n'ai aucune preuve, je sais qu'elle est derrière tout cela. Je l'imagine nouer un chiffon autour de son propre bras, sentir les fourmillements puis l'engourdissement, et lui souhaiter la même douleur.

— C'est au sujet d'Henri Tudor.

Surprise, je me raidis sur mon siège.

— Il va organiser une cérémonie de fiançailles dans la cathédrale de Rennes. Il va se proclamer roi d'Angleterre et se fiancer à Élisabeth.

L'espace d'un instant, j'oublie la fille en ne pensant qu'à la malveillance de la mère.

— Élisabeth Woodville ?

— Sa fille, Élisabeth, princesse d'York.

Le nom de l'enfant préféré d'Édouard retombe dans la petite pièce douillette. Je songe à la fille à la peau de nacre satinée, au charme souriant de son père.

— Il la considérait comme son enfant le plus précieux, poursuit Richard. Quand nous avons dû nous battre au retour de Flandre, il a dit qu'il le faisait pour elle, même si tous les autres étaient morts. Qu'il était prêt à tout pour revoir son sourire.

— Elle était terriblement gâtée. Ils l'emmenaient partout, et elle se mettait toujours en avant.

— C'est une beauté, qui m'arrive à l'épaule. Si seulement Édouard pouvait la voir. Je la trouve encore plus belle que sa mère à son âge. Elle est devenue une femme, vous auriez du mal à la reconnaître.

Avec une colère grandissante, je me rends compte qu'il parle d'elle au présent. Il a rendu visite à Élisabeth

Woodville et il a vu sa fille. Pendant que j'étais ici, à me préparer pour la cour qui va célébrer notre arrivée au pouvoir, il s'est discrètement rendu dans le sombre taudis qu'elle a choisi.

— Vous l'avez vue ?

Il hausse les épaules comme si cela importait peu.

— Je devais parler à la reine.

Je suis la reine. Une seule visite à Élisabeth Woodville semble lui avoir fait oublier tout ce qui nous est cher. Tout ce pour quoi nous nous sommes battus.

— Je voulais l'interroger sur les garçons.

— Non !

Je me couvre la bouche de la main afin que personne n'entende ma discussion avec mon époux, le roi.

— Mon seigneur, je vous en supplie. Comment avez-vous pu faire une chose pareille ? Et pourquoi ?

— Il fallait que je sache, répond-il, l'air hagard. J'ai appris en même temps la rébellion de Buckingham et ses propos, tout aussi graves. Je vous ai immédiatement écrit.

Buckingham raconte à tout le monde que les princes sont morts, de ma main.

— Oui, je m'en souviens. Mais…

— Dès que j'ai appris la rumeur, j'ai envoyé des messagers à la Tour. Tout ce qu'ils ont pu me dire était que les garçons avaient disparu. La première chose que j'ai faite en arrivant à Londres a été de me rendre à la Tour. Robert était là…

— Robert ?

Comme si j'avais oublié le nom du Connétable de la Tour. Robert Brackenbury, l'homme qui m'a lancé avec franchise « Ah, vous êtes trop sensible » lorsque j'ai expliqué que je ne pouvais me résoudre à ordonner la mort des garçons.

— Brackenbury, répond-il. Un vrai ami, fidèle. Il est prêt à tout pour moi.

— Oh oui, dis-je, le ventre rempli d'effroi comme si j'avais bu de l'eau glacée. Je sais qu'il est prêt à tout pour vous.

— Il ignore ce qui est arrivé aux garçons. Lui, le Connétable de la Tour, ne savait pas. Tout ce qu'il a pu dire est qu'à son arrivée, les garçons n'étaient plus là. Les gardes les ont mis au lit un soir, surveillé la porte toute la nuit, et le lendemain matin ils avaient disparu.

— Comment ont-il pu simplement disparaître ?

— Eh bien, quelqu'un doit mentir, réplique-t-il avec un regain d'énergie. Quelqu'un doit avoir soudoyé un garde.

— Mais qui ?

— Je pensais que la reine les avait peut-être emmenés. Je priais pour qu'elle les ait fait sortir. C'est pourquoi je suis allé la voir. Je lui ai dit : « Je ne les poursuivrai pas, je n'essaierai même pas de les retrouver. Si vous les avez envoyés clandestinement quelque part, ils peuvent y rester en sécurité. Mais je dois savoir. »

— Qu'a-t-elle répondu ?

— Elle est tombée à genoux et a pleuré comme une femme qui connaît le chagrin. Je ne doute pas un seul instant qu'elle ait perdu ses fils et ignore où ils se trouvent. Elle m'a demandé si je les avais pris, puis elle a jeté un sort sur celui qui les a tués : s'ils sont morts, son sort prendra le fils du meurtrier et sa lignée s'éteindra sans héritier. Sa fille s'est jointe à elle, elles étaient terrifiantes.

— Elle nous a maudits ? murmuré-je, les lèvres glacées.

— Pas nous ! Je n'ai pas ordonné leur mort ! me crie-t-il dans une brusque explosion de rage qui résonne sur les boiseries de la petite pièce. Tout le monde croit que c'est le cas. Vous aussi ? Ma propre épouse ? Vous croyez que je ferais cela ? Tuer mes neveux sous ma garde ? Que je commettrais un crime aussi honteux et déshonorant ? Vous me traitez de tyran avec du sang sur les mains ? Vous, entre tous, qui me connaissez si bien ? Vous qui savez que j'ai voué mon épée et mon cœur, ma vie, à l'honneur ? Vous aussi me tenez pour un tueur ?

— Non, non, non, Richard !

Je lui saisis les mains et secoue la tête en jurant que je le sais incapable d'une chose pareille. Les larmes aux yeux, je trébuche sur les mots devant son air furieux. Je ne peux pas – mon Dieu, je ne peux pas – lui dire : *Non, ce n'est pas vous mais peut-être moi qui ai ordonné leur mort.* Par mes paroles irréfléchies, mes pensées exprimées à voix haute. Alors c'est mon péché qui attirera le sort d'Élisabeth Woodville sur la tête de mon fils afin que notre lignée soit sans héritier comme la sienne. En cet instant, où je croyais nous protéger en glissant un mot dans l'oreille de Robert Brackenbury, j'ai détruit mon avenir et tout le travail de mon père. J'ai attiré sur la tête de mon fils bien-aimé l'inimitié, justifiée, de la plus dangereuse sorcière d'Angleterre. Si Robert Brackenbury a cru entendre un ordre dans mes paroles, s'il a obéi à ce qu'il pensait être ma requête, s'il a fait ce qu'il jugeait le mieux pour Richard, alors j'ai tué les fils de cette sorcière et sa vengeance sera totale. J'ai détruit mon propre avenir.

— Je n'avais pas besoin de les tuer, dit-il d'une voix qui sonne à mes oreilles comme une plainte innocente. Je les avais placés en sécurité, déclarés bâtards. Le pays soutenait mon couronnement, mon voyage était un succès, nous étions acceptés partout, acclamés. J'allais les envoyer à Sheriff Hutton, sous bonne garde. C'est pourquoi je voulais que le palais soit reconstruit. Dans quelques années, quand ils seraient devenus adultes, je les aurais libérés et honorés en tant que neveux. Ils seraient venus nous servir à la cour, surveillés mais traités comme la famille royale… J'aurais été un bon oncle pour eux, comme je le suis pour les enfants de Georges. Je comptais m'occuper d'eux.

— Vous n'auriez jamais réussi ! Pas avec leur mère. Le fils de Georges est différent, Isabelle était ma sœur bien-aimée. Mais tous les enfants Woodville ne seront jamais que nos plus mortels ennemis.

Il se lève en frottant son bras comme s'il était engourdi.

— Nous ne le saurons jamais. Nous ne connaîtrons jamais les hommes qu'auraient pu devenir ces deux garçons.

— Elle est notre ennemie, lui rappelé-je, stupéfaite qu'il soit assez idiot pour l'oublier. Elle a fiancé sa fille à Henri Tudor, lui qui était prêt à envahir l'Angleterre et à faire de la bâtarde Woodville sa reine. Vous devriez la tirer du sanctuaire pour l'emprisonner dans la Tour, et non lui rendre visite en secret, comme si vous n'étiez pas le vainqueur, le roi. Ni voir sa fille, cette nigaude gâtée.

Je m'interromps brusquement en lisant la colère noire sur son visage, puis répète d'un air de défi :

— Nigaude gâtée. Qu'allez-vous me dire ? Que c'est une princesse inestimable ?

— Elle n'est plus notre ennemie, annonce-t-il comme si toute sa fureur s'était éteinte. Elle a retourné sa rage contre Margaret Beaufort. Elle la soupçonne, pas moi, d'avoir enlevé ou tué les princes. Après tout, leur mort ferait d'Henri Tudor le prochain héritier. À qui profite le crime ? À l'héritier de la maison de Lancastre. Une fois qu'elle m'a acquitté, elle a dû accuser Tudor et sa mère. Elle a donc abandonné la rébellion, et niera les fiançailles. Elle s'opposera à son titre.

— Elle a changé de camp ?

— Nous pouvons nous réconcilier, elle et moi, répond-il avec un sourire ironique. J'ai proposé de la libérer en résidence surveillée, de mon choix, et elle a accepté. Elle ne peut pas rester éternellement au sanctuaire, elle veut en sortir. Quant à ses filles, elles grandissent, aussi pâles que des petits lys dans l'ombre alors qu'elles ont besoin de lumière. L'aînée est de toute beauté, semblable à une statue de nacre. Une fois en liberté, elle éclora telle une rose.

Je sens la jalousie monter en moi comme la bile qui jaillit sous ma langue lorsque je vais vomir.

— Et où va éclore cette rose ? demandé-je d'un ton acide. Pas dans l'une de mes maisons. Je ne l'accepterai pas sous mon toit.

Il détourne son visage sombre du feu pour me regarder.

— Je me suis dit que nous pourrions accueillir les trois aînées à la cour. À votre service, si vous le voulez bien. Ce sont les filles d'Édouard, des filles d'York, et vos nièces. Vous devriez les aimer comme la petite Margaret. Vous pourriez les garder à l'œil et le moment venu, nous leur trouverions de bons maris.

Je m'adosse contre le châssis de la fenêtre en pierre, dont je sens la froideur bienvenue sur mes épaules.

— Vous voulez qu'elles viennent vivre avec moi ? Les filles Woodville ?

Il acquiesce, comme si ce projet pouvait me satisfaire.

— Vous ne pourriez pas rêver d'une plus belle demoiselle de compagnie que la princesse Élisabeth.

— Mademoiselle Élisabeth, le corrigé-je, les dents serrées. Vous avez déclaré sa mère une traînée et elle une bâtarde. Mademoiselle Élisabeth Grey.

— Ah oui, dit-il en riant comme s'il avait oublié.

— Et sa mère ?

— Je l'installerai à la campagne, avec ses plus jeunes filles. Chez John Nesfield, un de mes hommes de confiance. Il pourra les surveiller pour moi.

— Elles seront arrêtées ?

— Étroitement surveillées.

— Gardées dans la maison ? Enfermées ?

— Comme Nesfield le jugera bon, je suppose.

Je comprends aussitôt qu'Élisabeth Woodville sera une fois de plus la dame d'une jolie maison de campagne. Ses filles vivront à ma cour en tant que demoiselles de compagnie, aussi libres que d'heureux oiseaux dans le ciel. Élisabeth Woodville triomphera de nouveau.

— Quand seront-elles libérées ? demandé-je en pensant qu'il me répondra au printemps. En avril ? Mai ?

— Je me suis dit que les filles pourraient venir à la cour dès maintenant.

À ces mots, je bondis de ma banquette.

— C'est notre premier Noël en tant que roi et reine, répliqué-je, la voix tremblante de colère. L'instant où nous allons marquer le royaume de notre sceau, où l'on parlera de nos couronnes, de nos tenues et de nos spectacles. L'instant où naîtra la légende sur notre cour, aussi belle, joyeuse et noble que celle de Camelot. Vous voulez que les filles d'Élisabeth Woodville dînent à notre table en cet instant, notre premier Noël ? Vous avez beau être assis sur le trône à la place d'Édouard, ce sont encore les Rivers qui tiennent la cour, sous l'emprise de la sorcière. Elle a toujours le sang de ma sœur, de votre frère et de leur petit bébé sur les mains, or personne ne l'accuse.

Il s'approche de moi et me prend par le coude, puis m'apaise de sa voix douce, comme il a toujours su le faire.

— Non. Je n'avais pas réfléchi. Je vois bien que ce serait une mauvaise idée. C'est votre cour, pas la sienne. Et vous êtes la reine, je le sais, Anne. Du calme. Personne ne gâchera cet instant. Elles pourront venir après Noël, quand tous les accords auront été convenablement établis. Nous ne sommes pas obligés de les accueillir plus tôt, au risque de gâcher la fête.

— Gâcher la fête ?

— Oui. Je ne veux pas qu'elles soient là. Je souhaite seulement être avec vous. Elles pourront rester dans leur cave jusqu'à la fin des festivités. Nous ne les libérerons que lorsque vous jugerez le moment opportun.

— Très bien. Mais pas avant.

— Non. Pas avant. La décision vous appartiendra, Anne. Vous êtes la reine d'Angleterre et vous n'accueillerez à votre cour que les personnes de votre choix, celles que vous appréciez. Je ne vous imposerai jamais de femmes que vous craignez ou détestez.

— Je ne les crains pas, ni ne les envie.

— Et vous n'avez aucune raison. Vous les inviterez quand vous serez prête, pas avant.

*

Nous passons Noël à Londres sans les enfants. J'avais espéré jusqu'aux derniers jours de novembre qu'ils viendraient. Édouard se porte bien mais selon son docteur, un si long voyage, sur de mauvaises routes et par un mauvais temps, ne manquerait pas de le fatiguer. Il doit rester à Middleham, où nos médecins, qui savent sa santé fragile, s'occuperont de lui. Je songe au petit prince Édouard la dernière fois que je l'ai vu : il avait le même âge que mon fils, mais une bonne tête de plus, les joues roses et plein d'entrain. Le mien ne déborde pas de vie ni d'énergie. Il reste calmement assis avec un livre, et va au lit sans discuter. Le matin, il a du mal à se lever.

Il mange plutôt bien, mais les cuisiniers se donnent beaucoup de peine pour lui préparer des mets délicats aux sauces appétissantes. Je ne l'ai jamais vu descendre aux cuisines avec Margaret et Teddy, chiper des restes de pâte sur la table ou quémander aux boulangers un petit pain encore chaud. Il ne vole jamais de crème dans la laiterie, ne rôde jamais autour du tournebroche pour récupérer les rognures.

J'essaie de ne pas avoir peur pour lui ; il fait ses devoirs avec plaisir, sort à cheval avec ses cousins. Ils jouent ensemble au jeu de paume, au tir à l'arc ou aux boules, mais il est toujours le premier à arrêter la partie, à s'asseoir quelque temps, ou à dire en riant qu'il doit reprendre son souffle. Il n'est pas robuste, ni fort. En réalité, il ressemble à un garçon qui aurait passé sa vie sous le sortilège d'une lointaine sorcière.

Bien sûr, j'ignore si elle a maudit mon fils. Mais parfois, lorsqu'il s'assied à mes pieds et appuie sa tête contre mes genoux, je me dis que puisque sa malveillance a détruit ma vie, cela ne m'étonnerait pas qu'elle ait également accablé mon fils. Depuis que Richard m'a parlé d'un nouveau sort jeté par la sorcière Élisabeth et sa fille, apprentie sorcière, sur le meurtrier de leurs princes, je redoute encore plus d'être la victime, avec mon fils, de la malignité des Rivers.

*

J'ordonne aux médecins de Middleham de m'écrire tous les trois jours pour me dire comment vont les enfants. Leurs lettres, qui résistent aux chemins neigeux du nord et aux routes boueuses du sud, m'assurent qu'Édouard est de bonne humeur. Il joue avec ses cousins, profite du temps hivernal en faisant de la luge et du patin sur la glace. Je peux avoir bon moral car il se porte bien.

Même sans les enfants, Richard est déterminé à célébrer un joyeux Noël. Nous sommes une cour victorieuse ; tous ceux qui viennent festoyer, danser, ou simplement observer, savent que ce premier Noël est d'autant plus heureux que lorsque nous avons été défiés – dès les premières semaines de notre règne, par l'ancienne reine en personne, et un garçon inexpérimenté qui se prétend roi – nous avons été soutenus. L'Angleterre ne veut pas d'Henri Tudor. Les Anglais ont oublié les garçons Rivers et ne demandent pas mieux que de laisser la reine Woodville au sanctuaire. Elle est finie. Son règne est terminé et ce Noël marque le début du nôtre.

Chaque jour sont organisés de nouveaux divertissements pour la cour : spectacles, chasses, canotages, concours, joutes, danses. Richard convoque les meilleurs musiciens et dramaturges, des poètes viennent nous écrire des odes, et la chapelle est emplie de musique sacrée chantée par le chœur. Chaque jour, Richard m'offre un petit présent : une broche en perles d'une valeur inestimable, une paire de gants en cuir parfumé, trois nouveaux chevaux de selle à emmener aux enfants dans le nord, ou un grand luxe – un tonneau d'oranges en conserve venues d'Espagne. Après m'avoir comblée de cadeaux, il vient le soir dans mes grands appartements et passe la nuit avec moi. Il me serre dans ses bras comme si c'était là la seule façon pour lui de reconnaître qu'il avait fait de moi sa reine.

Parfois, je me réveille dans la nuit et regarde la tapisserie tendue au-dessus du lit, représentant des dieux et déesses victorieux qui se prélassent sur des nuages. Je me dis que je devrais moi aussi me sentir victorieuse. J'ai réalisé l'ambition de mon père, je suis la plus grande dame du pays. Plus jamais je n'aurai à craindre de marcher sur la traîne d'une autre femme car je serai toujours la première. Cependant, au moment même où je souris à cette idée, mes pensées se tournent vers mon fils dans les froids vallons du Yorkshire, mon garçon au corps frêle et à la peau pâle. Je songe ensuite à la sorcière qui vit encore au sanctuaire mais fêtera bientôt sa libération. Alors j'étreins

Richard, endormi, et palpe doucement son bras droit pour voir s'il est en effet atrophié comme il le croit. Je ne sais pas. Élisabeth Woodville est-elle une veuve vaincue dont je peux avoir pitié ? Ou la plus grande ennemie de ma famille et de ma paix ?

Palais de Greenwich, Londres, mars 1484

Le printemps arrive en avance à Londres, des semaines plus tôt que dans le nord. Le matin à mon réveil, j'entends les coqs chanter et les vaches laitières meugler alors qu'elles sont conduites dans les rues jusqu'aux prairies au bord du fleuve. Avec le printemps s'ouvre le parlement, qui reconnaît qu'Édouard était marié à une autre femme avant son union avec Élisabeth Woodville ; tous leurs enfants sont donc des bâtards. C'est la loi, le parlement l'a adoptée, alors ce doit être vrai. Élisabeth Woodville redevient Élisabeth Woodville, ou peut reprendre le nom de son premier époux – le seul véritable – et s'appeler Élisabeth Grey ; ses filles pourront elles aussi se tapir sous ce nom. Richard présente l'accord qu'il a conclu avec Élisabeth Woodville, libérée, avec ses deux plus jeunes filles, sous la garde de Sir John Nesfield. Elles partent vivre dans sa belle maison de campagne à Heytesbury, dans le Wiltshire.

Sir John envoie à Richard des rapports réguliers. J'en intercepte un qui raconte que la reine – un lapsus, comme si je n'existais pas, comme si la loi n'avait pas été adoptée – chevauche, danse accompagnée par une troupe de musiciens locaux, se rend à l'église du village, éduque ses filles. Elle s'immisce également dans la gestion de la ferme, transforme la laiterie, déplace les ruches, donne des conseils sur le mobilier, plante un jardin privé avec ses fleurs préférées. On dirait qu'elle se délecte à redevenir une dame de la campagne. Ses filles courent en liberté dans les champs ; Sir John leur a donné des poneys, sur lesquels elles galopent dans tout le comté. Il a l'air troublé et ravi à la fois. Le ton de son rapport est indulgent, comme si cela lui plaisait de voir sa maison mise sens dessus dessous par une belle femme et deux filles pleines d'énergie. Surtout, il signale qu'elle prie à la chapelle chaque jour et ne reçoit aucun message secret. Je devrais me réjouir qu'elle ne complote pas ni ne jette de sorts, mais je ne peux m'empêcher de souhaiter qu'elle soit restée au sanctuaire, ou enfermée dans la Tour, voire disparue comme ses fils. Je ne doute pas un seul instant que sa mort avec son époux, ou sa disparition avec ses garçons, nous aurait apporté la paix, à moi et à l'Angleterre.

Les trois aînées Rivers arrivent à la cour la tête haute, comme si leur mère n'était pas coupable de trahison contre nous. Elles me présenteront leurs respects dans la matinée, après la chapelle et le déjeuner. Dans les beaux appartements du palais de Greenwich, dos aux fenêtres qui laissent entrer la lumière vive du jour, je les attends, préparée avec soin : je porte une robe rubis et une haute coiffe en dentelle assortie. Mes dames sont assises autour de moi, et les visages qu'elles tournent vers la porte qui s'ouvre lentement sont loin d'être sympathiques. Aucune femme ne veut de trois jolies filles à côté d'elle, or ce sont des Rivers à la recherche de maris, comme toutes les Rivers. En outre, la moitié de la cour s'est agenouillée devant ces filles ; l'autre moitié a embrassé leurs petits poings en jurant qu'elles étaient les plus jolies princesses du monde. À présent demoiselles de compagnie d'une nouvelle reine, elles ne porteront jamais plus de couronne. Tout le monde tient à ce qu'elles comprennent leur chute de la noblesse à l'indigence, tout en espérant secrètement le contraire, et donc qu'elles se ridiculisent. C'est une cour cruelle, comme toutes les cours, et personne ici n'a de raison d'aimer les filles d'Élisabeth Woodville, cette femme qui s'est crue supérieure à nous toutes.

À leur entrée, je comprends aussitôt pourquoi Richard a pardonné à leur mère et convoqué les filles à la cour : par amour pour son frère. L'aînée, Élisabeth, est à dix-huit ans une parfaite combinaison de la beauté raffinée de sa mère et de la cordialité de son père. Je la reconnaîtrais entre mille comme la fille d'Édouard. Elle a sa grâce naturelle, elle sourit à tous comme si elle saluait des amis. Sa taille, grande et mince tel un jeune charme. Son teint, sa mère est si blanche que ses cheveux sont presque argentés, mais cette Élisabeth-là est plus mate, avec une chevelure tel un champ de blé, or et bronze ; une boucle échappée de sa coiffe retombe en ondulant sur son épaule. J'imagine que lâchés, ses cheveux doivent former une cascade couleur de miel.

Elle est vêtue de vert comme si elle personnifiait le printemps au milieu de cette cour hivernale. Une robe simple aux longues manches épaisses avec, à la place d'une chaîne en or, une ceinture en velours vert autour de ses fines hanches. Je présume qu'il ne restait plus d'argent pour acheter à ces filles de l'or ou des bijoux. Élisabeth Woodville a peut-être volé la moitié du trésor, mais les révoltes sont des affaires coûteuses et elle a sûrement dépensé tout le reste à armer des hommes contre nous. Sa fille, la princesse Élisabeth – ou plutôt, comme je dois me souvenir de l'appeler, Mademoiselle Élisabeth Grey – porte une coiffe soignée, rien d'ostentatoire, très loin de la petite couronne qu'elle portait en tant que princesse aînée, favorite de parents indulgents et promise du dauphin français. Suivent ses sœurs. Seule fille Rivers brune aux yeux marron, Cécile est une beauté différente. Vêtue d'un rouge foncé qui lui va à merveille, elle affiche un sourire gai, confiant. Derrière elle arrive la petite Anne, la plus jeune des trois, en bleu azur, blonde comme l'aînée mais calme, sans la fière assurance des deux autres.

Elles se tiennent en rang devant moi, telles des sentinelles présentant leurs armes. Si seulement je pouvais les renvoyer à la salle de garde. Mais elles sont ici, et doivent être accueillies non en tant que nièces mais pupilles. Je me lève de mon trône, imitée par mes dames. Le frou-frou d'une dizaine de robes coûteuses ne trouble pas Élisabeth. Son regard passe de l'une à l'autre comme pour évaluer la valeur des étoffes. Je me sens rougir. Elle a été élevée à la cour, par une reine à la beauté célèbre ; je n'ai pas besoin de voir son sourire dédaigneux pour savoir qu'elle nous trouve ternes. Même moi, dans ma robe rubis, ne suis qu'une pâle copie du souvenir de sa mère. Je sais que pour elle, je ne serai jamais qu'une ombre.

— Bienvenue à toutes les trois, Mesdemoiselles Élisabeth, Cécile et Anne Grey.

Je vois les yeux d'Élisabeth lancer des éclairs en entendant le nom du premier époux de sa mère. Le parlement lui-même l'a déclarée bâtarde, et le mariage de ses parents une imposture bigame. Elle va donc devoir s'accoutumer à être appelée « Mademoiselle Grey » et non plus « Votre Altesse ».

— Vous constaterez que je suis une reine facile à servir, avec une joyeuse cour, dis-je aimablement.

Comme si nous ne nous étions jamais rencontrées, comme si je n'avais pas déjà embrassé leurs joues froides une dizaine de fois.

Je me rassieds et tends la main. L'une après l'autre, elles l'embrassent avec une révérence.

J'estime l'accueil convenable, et désormais terminé, lorsque la porte s'ouvre. Richard choisit cet instant précis pour entrer. Il sait bien sûr que les filles me sont présentées ce matin, il est donc venu s'assurer que tout se passe bien. Je dissimule mon irritation derrière un sourire.

— Et voici le roi…

Personne ne m'écoute. Élisabeth s'est retournée. À la vue de mon époux, elle se relève de sa révérence et se dirige vers lui d'une démarche légère.

— Votre Majesté, mon oncle !

Ses sœurs, rapides comme des fouines, se coulent derrière elle.

— Mon oncle ! répètent-elles en chœur.

Il leur adresse un grand sourire, attire Élisabeth à lui et l'embrasse sur les deux joues.

— Aussi belle que je le pensais.

Les deux autres reçoivent un baiser sur le front.

— Comment va votre mère ? demande-t-il à Élisabeth sur le ton de la conversation, comme s'il s'informait chaque matin de la santé d'une sorcière et traîtresse. Se plaît-elle à Heytesbury ?

— Oh oui, mon oncle, répond-elle en minaudant. Elle m'écrit qu'elle change tous les meubles et retourne le jardin. Sir John trouve peut-être qu'elle est une locataire difficile.

— Sir John trouve sans doute sa maison grandement améliorée, l'assure-t-il.

Comme si l'impertinence éhontée avait besoin d'assurance.

— Vous devez être contente d'accueillir vos nièces, me dit-il sur un ton qui ne souffre pas de refus.

— J'en suis ravie, je réponds avec froideur. Absolument ravie.

*

Il est indéniable que ce sont de jolies filles. Cécile est une niaise et une commère ; Anne sort à peine de la salle d'étude, elle a des leçons de grec et de latin chaque matin. Élisabeth est parfaite. Si l'on devait établir les qualités d'une princesse d'Angleterre, elle correspondrait au modèle. Elle est cultivée – son oncle Anthony et sa mère y ont veillé en lui offrant les nouveaux livres de leur imprimeur Caxton alors qu'elle était à peine sortie du berceau. Elle parle trois langues couramment et en lit quatre. Elle joue des instruments de musique et chante d'une surprenante voix basse et mélodieuse. Elle coud des ouvrages raffinés ; je crois qu'elle peut confectionner une chemise ou ourler un beau fourreau en lin en toute confiance. Je ne l'ai pas vue dans les cuisines car – en tant que fille du plus grand comte d'Angleterre et désormais reine de mon pays – je n'ai jamais vraiment de raison d'y entrer. Toutefois, ayant été cloîtrée au sanctuaire, et fille d'une campagnarde, elle me dit qu'elle sait cuisiner rôtis, ragoûts, fricassées et friandises. Quand elle danse, personne ne la quitte du regard ; comme inspirée par la musique, les yeux à demi fermés, elle laisse son corps réagir à la mélodie. Tout le monde veut danser avec elle car elle rend n'importe quel partenaire gracieux. Quand elle reçoit un rôle dans une pièce, elle apprend ses répliques avec zèle et les prononce comme si elle les croyait vraiment. Elle se montre gentille avec ses deux sœurs sous sa garde, et envoie de petits présents à celles qui se trouvent dans le Wiltshire. En bonne fille, elle écrit chaque semaine à sa mère. Son service en tant que demoiselle de compagnie est irréprochable ; je ne trouve rien à redire.

Pourquoi alors, malgré tous ces mérites remarquables, est-ce que je la déteste ?

Je peux répondre à cette question. Tout d'abord, parce que je suis bêtement, scandaleusement, jalouse d'elle. Bien sûr, je vois la façon qu'a Richard de l'observer, comme si son frère lui était revenu sous la forme d'une belle et joyeuse jeune fille, pleine d'espoir. Il ne prononce jamais une seule parole blâmable, parle toujours d'elle comme de sa nièce. Mais il la regarde – en réalité, toute la cour la regarde – tel un régal pour les yeux, qui ravit le cœur.

Ensuite, je trouve qu'elle a eu une vie facile, qui la rend prompte à rire une demi-douzaine de fois par jour comme si la routine quotidienne ne cessait de l'amuser. Une vie qui la rend jolie, car qu'a-t-elle vécu pour lui faire froncer les sourcils ? Que lui est-il donc arrivé pour tracer des rides de déception sur son visage et accabler son corps de chagrin ? Je sais, je sais : elle a perdu un père, un oncle et deux jeunes frères bien-aimés, sa famille a été chassée du trône. Mais je l'oublie dès que je la vois jouer au jeu de ficelle avec un écheveau de laine, courir au bord du fleuve ou tresser une couronne de jonquilles pour Anne, comme si l'idée même d'une couronne ne devait pas les effrayer. Elle me semble alors tout à fait insouciante, et je suis jalouse de sa joie de vivre si naturelle.

Enfin, jamais, au grand jamais, je n'aimerai une fille d'Élisabeth Woodville. Cette femme s'est dressée telle une comète menaçante sur mon horizon durant toute ma vie, depuis notre première rencontre, avant son dîner de couronnement, quand elle était pour moi la plus belle femme du monde, jusqu'au moment où je me suis rendu compte qu'elle était mon ennemie invétérée ainsi que la meurtrière de ma sœur et de mon beau-frère. Quel que soit le charme dont ait usé Élisabeth pour introduire ses enfants dans notre cour, rien ne me fera jamais oublier qu'elles sont les filles de notre ennemie, et – dans le cas de la princesse Élisabeth – l'ennemie en personne.

Je ne doute pas un seul instant qu'elle sert d'espionne et de distraction. Elle est fiancée à Henri Tudor (le changement d'avis largement annoncé de sa mère ne signifie rien pour moi, et rien non plus, j'imagine, pour lui ou pour elle). Elle est la fille d'une ennemie et la fiancée d'un autre. Pourquoi ne la considérerais-je pas comme ma propre ennemie ?

C'est donc le cas.

Lorsque la neige fond sur les collines du nord et que nous pouvons enfin rentrer, nous quittons Londres. Je suis si contente de partir que je dois feindre la réticence par peur de froisser les marchands londoniens, les citoyens venus à la cour nous faire leurs adieux, et le peuple amassé dans les rues pour nous applaudir. Je considère la capitale comme une ville qui chérit les Rivers ; j'entends la clameur de joie alors que les trois filles Woodville chevauchent côte à côte derrière moi. Les Londoniens apprécient la beauté, et la joliesse chaleureuse d'Élisabeth les fait acclamer la maison d'York. Je souris et salue de la main comme si le compliment m'était destiné, mais je sais que je ne recevrai jamais que la déférence due à une reine, et non l'affection que peut faire naître une jolie princesse.

Sur la route, je chevauche à vive allure si bien que toutes mes demoiselles de compagnie sont distancées, ainsi je n'ai pas à les entendre bavarder, elle et ses sœurs. Sa voix, pourtant musicale et mélodieuse, me fait grincer des dents. Je suis suivie par mes gardes ; derrière eux, elle est donc hors de ma vue.

Richard quitte la tête du cortège pour me rejoindre. Nous chevauchons tranquillement ensemble, comme si elle ne bavardait pas avec entrain derrière nous. Je lance un regard en coin à son profil sévère et me demande s'il l'écoute, s'il ne va pas retenir son cheval pour se retrouver à côté d'elle. Puis lorsqu'il me parle, je me rends compte que ma jalousie me rend craintive et méfiante alors que je devrais apprécier sa compagnie.

— Nous resterons au château de Nottingham jusqu'à la fin du mois. Je prévois d'y rénover vos appartements pour les rendre plus confortables. Je poursuivrai le programme de construction d'Édouard. Ensuite, vous pourrez aller à Middleham si vous voulez. Je vous suivrai. Je sais que vous avez hâte de revoir les enfants.

— J'ai l'impression que cela fait une éternité. Mais j'ai appris aujourd'hui même par le médecin qu'ils se portent tous bien.

Je parle des trois enfants. Nous n'aimons pas admettre que Teddy est aussi fort qu'un petit chien courant – avec autant de bon sens – et que Margaret n'est jamais malade. Notre fils, quant à lui, se développe lentement ; petit pour son âge, il se fatigue rapidement.

— Tant mieux, répond Richard. À la fin de cet été, nous pourrons les amener à la cour avec nous. La reine Élisabeth gardait toujours ses enfants avec elle, et la princesse me dit qu'elle a eu une enfance des plus heureuses.

— Mademoiselle Grey, le corrigé-je avec un sourire.

Château de Nottingham, mars 1484

Nous arrivons au château de Nottingham dans la soirée, au soleil couchant ; les tours assombries se détachent sur un ciel couleur pêche et or. À notre approche, une fanfare résonne sur les remparts du château tandis que les gardes viennent se masser sur le chemin qui mène au pont-levis. Richard et moi chevauchons côte à côte, acclamés par les soldats et applaudis par le peuple.

Je descends avec joie de mon cheval puis me dirige vers les nouveaux appartements de la reine. J'entends mes demoiselles de compagnie bavarder derrière moi, mais je ne distingue pas les voix des filles Rivers. Je me dis, et ce n'est pas la première fois, que je dois apprendre à ne pas les chercher du regard, à ne pas me laisser influencer. Si je pouvais, d'une manière ou d'une autre, parvenir à ne plus me soucier d'elles, alors je ne me préoccuperais plus de savoir si Richard les remarque, ou si l'aînée lui sourit.

*

Nous sommes à Nottingham depuis plusieurs jours, occupés à chasser dans les superbes forêts le chevreuil que nous dégustons ensuite, lorsqu'un soir un messager arrive dans mes appartements. Il a l'air si épuisé par sa chevauchée et si grave que je sais qu'il est arrivé quelque chose de terrible. Quand il me tend la lettre, sa main tremble.

— Qu'y a-t-il ?

Il secoue la tête comme s'il ne pouvait pas me répondre. Je regarde autour de moi et découvre Élisabeth qui me fixe. L'espace d'un instant, glacial, je songe au sort qu'elle a jeté avec sa mère sur la lignée de celui qui a tué les princes dans la Tour. J'esquisse un sourire à son adresse, mais je sens mes lèvres s'étirer en une grimace. Aussitôt, elle s'avance, le visage empreint de pitié.

— Puis-je vous aider ?

— Non, non, c'est seulement un message de chez moi.

Peut-être m'a-t-on écrit pour m'annoncer la mort de ma mère. Peut-être qu'un des autres enfants, Margaret ou Teddy, s'est cassé un bras en tombant de son poney. Je me rends compte que je tiens la lettre sans l'ouvrir. Curieusement, j'ai idée que la jeune femme en connaît déjà le contenu. Mes dames, qui me voient serrer la lettre, trop effrayée pour la lire, s'approchent en silence.

— Ce n'est probablement rien, leur dis-je.

Le messager lève la tête et me regarde comme s'il allait parler, puis la rebaisse en se couvrant les yeux de la main, comme aveuglé par la lumière vive du soleil printanier.

Je ne peux plus attendre. Je glisse le doigt sous le sceau en cire, qui se détache facilement, puis déplie le papier. Il est signé par le médecin et ne contient que quelques lignes.

Votre Majesté,

J'ai le profond regret de vous informer que votre fils, le prince Édouard, est mort cette nuit d'une fièvre, que nous n'avons pas réussi à faire tomber malgré tous nos efforts. Nous sommes navrés. Je prierai pour vous et Sa Majesté le roi en ce moment de peine.

Charles Rhymner

Lorsque je lève les yeux, je ne vois rien car ils sont remplis de larmes. Je cligne des paupières pour les chasser, en vain.

— Faites venir le roi.

Quelqu'un me touche la main dans laquelle je serre la lettre, et je sens la chaleur des doigts d'Élisabeth. Je ne peux m'empêcher de penser que l'héritier du trône est désormais Teddy, le petit garçon amusant d'Isabelle.

Puis cette fille. Je retire ma main pour éviter qu'elle ne me touche.

En un instant, Richard est là. Il s'agenouille devant moi afin de me regarder dans les yeux.

— Qu'y a-t-il ? murmure-t-il. Vous avez reçu une lettre ?

— C'est Édouard.

Malgré mon chagrin sur le point d'éclater, j'inspire et lui annonce la plus terrible nouvelle au monde :

— Il a succombé à une fièvre. Nous avons perdu notre fils.

*

Les jours passent mais je n'arrive pas à parler. Je me rends à la chapelle mais je n'arrive pas à prier. Vêtue d'un bleu foncé presque noir, la cour est silencieuse : ni jeux, ni chasse, ni musique, ni rires. Nous restons muets, envoûtés par le chagrin. Richard a vieilli de dix ans ; je n'ai pas regardé dans mon miroir pour y voir les marques de l'affliction sur mon propre visage. Je ne trouve pas la force de me soucier de mon apparence. Le matin, mes dames m'habillent telle une poupée. Le soir, elles me déshabillent afin que je puisse aller me coucher en silence et sentir les larmes couler de mes paupières closes pour mouiller l'oreiller en lin.

J'ai si honte de l'avoir laissé mourir, comme si c'était ma faute ou que je n'avais pas fait ce qu'il fallait. J'ai honte de ne pas avoir engendré un garçon robuste, comme celui d'Isabelle ou les beaux petits Woodville qui ont disparu de la Tour. Honte de n'avoir eu qu'un seul fils, un seul héritier précieux, pour porter le lourd fardeau du triomphe de Richard. Nous n'avions qu'un prince, pas deux, et le voilà parti.

Nous quittons Nottingham pour le château de Middleham, à la hâte ; peut-être espérons-nous encore trouver notre fils tel que nous l'avions laissé. Mais dans la chapelle, nous ne trouvons que son petit corps dans le cercueil, et les deux autres enfants agenouillés à côté, perdus sans leur cousin, sans leur routine. Margaret se jette dans mes bras et murmure :

— Je suis vraiment navrée, vraiment navrée.

Comme si une fillette de dix ans avait pu le sauver. Je ne peux pas la rassurer, lui dire que je ne lui reproche rien. Je n'ai aucune parole rassurante pour personne. Richard décide que les enfants iront vivre à Sheriff Hutton. Aucun de nous ne voudra revenir à Middleham, jamais plus. Lors de simples funérailles, nous regardons le cercueil plonger dans l'obscurité du caveau. Je n'éprouve aucun sentiment de paix après avoir prié pour le repos de son âme, et payé le prêtre pour qu'il prie à son tour deux fois par jour. Nous créerons une chantrerie en l'honneur de sa petite âme innocente. Je ne ressens rien. Je crois que je ne ressentirai jamais plus rien.

Nous quittons Middleham dès que possible pour Durham, où je prie pour mon fils dans la grande cathédrale. Cela ne change rien. À Scarborough, je regarde la mer houleuse en songeant à Isabelle et à son premier garçon ; perdre un bébé en couches n'est rien – rien – par rapport à la perte d'un enfant déjà grand. Nous retournons à York. Peu m'importe où nous nous trouvons. Partout, les gens me regardent comme s'ils cherchaient quoi dire. Ils n'ont pas à s'en faire, car il n'y a rien à dire. J'ai perdu mon père tué par l'épée, ma sœur par l'espionne d'Élisabeth Woodville, mon beau-frère par son bourreau, mon neveu par son empoisonneur, et à présent mon fils par son sortilège.

Les jours s'éclaircissent et se réchauffent. Quand mes dames m'habillent le matin, ma robe n'est plus en laine mais en soie. Quand elles me font asseoir tel un pantin à la table d'honneur, les serveurs m'apportent de l'agneau de lait et des fruits frais. Le dîner devient plus bruyant, et un jour les musiciens se remettent à jouer, pour la première fois depuis l'arrivée de la lettre. Richard me glisse un regard en coin pour voir si cela me dérange, mais il a un mouvement de recul devant mon absence d'expression.

Cela ne me dérange pas. Rien ne me dérange. Ils peuvent même jouer une matelote s'ils veulent ; plus rien n'a d'importance pour moi.

Ce soir-là, il vient dans ma chambre et, sans un mot, me serre dans ses bras, comme si rapprocher deux cœurs brisés pouvait atténuer leur souffrance. Cela ne sert à rien. J'ai l'impression que ma chambre est devenue le foyer du chagrin, maintenant que nous sommes couchés côte à côte, et non plus à chaque extrémité du château.

Tôt le lendemain matin, je me réveille alors qu'il tente de me faire l'amour. Je reste allongée sous lui telle une statue de pierre, sans rien dire ni rien faire. Je sais ce qu'il doit penser, que nous devons concevoir un autre enfant, mais je n'arrive pas à croire que nous puissions recevoir une telle bénédiction. Après dix ans de stérilité ? Pourquoi un deuxième garçon devrait-il arriver maintenant que j'ai l'impression d'être morte, alors qu'il n'est jamais venu lorsque j'étais remplie d'espoir et d'amour ? Non, nous n'avons eu droit qu'à un seul fils et le voilà parti.

Avec tact, les filles Rivers ont quitté la cour pour rendre visite à leur mère ; je me réjouis de ne pas être obligée de les voir. Cependant, je ne peux m'empêcher de songer au sort que Richard les a entendues jeter, mère et fille : celui qui a pris leur fils et héritier perdra le sien. Je me demande si cela prouve que Robert Brackenbury a saisi mon allusion et étouffé ces deux garçons vigoureux dans leur sommeil, pour offrir leur titre à mon pauvre fils. Si cela prouve que mon époux m'a regardée dans les yeux et m'a menti avec une conviction absolue, éhontée. Peut-il les avoir fait tuer sans me le dire ? Aurait-il raconté un mensonge pareil à leur mère ? Grâce à son pouvoir, a-t-elle percé à jour ce mensonge et pris mon fils par vengeance ? Le sortilège d'une sorcière n'est-il pas la seule explication à la mort d'Édouard, au printemps, alors qu'il venait de sortir de l'enfance et ses périls ?

Je pense que oui. Après de longues nuits sans sommeil passées à y réfléchir, je pense que oui. Édouard était frêle, délicat, mais pas enclin à la fièvre. Je crois que la malveillance d'Élisabeth Woodville est allée infecter ses veines, ses poumons, son pauvre petit cœur. Qu'elle et sa fille ont tué mon fils pour se venger de la perte des leurs.

Avant le dîner, Richard vient dans mes appartements pour nous escorter jusqu'à la grande salle, comme si rien n'avait changé. Or il me suffit de le regarder pour voir que tout a changé. Son visage, toujours fort, est à présent sévère, voire sombre, et creusé de profondes rides, du nez aux coins de la bouche et entre les sourcils. Il ne sourit jamais. Lorsqu'il regarde mon visage, blême, je me dis qu'aucun de nous ne sourira jamais plus.

Château de Nottingham, été 1484

Au plus fort de l'été, les filles Rivers reviennent à la cour à cheval, pleines d'assurance, et sont accueillies avec joie par tous les beaux jeunes hommes au service du roi. Apparemment, elles leur ont beaucoup manqué. Toutes trois entrent dans mes appartements, me font une profonde révérence et sourient comme si elles s'attendaient à un accueil chaleureux. Je parviens à m'informer de leur voyage et de la santé de leur mère, mais j'entends bien la faiblesse de ma voix. Je me moque de leur voyage, ou de la santé de l'ancienne reine. Je sais qu'Élisabeth écrira à sa mère pour lui dire que je suis pâle et presque muette. Elle ajoutera peut-être que la sorcellerie qui a tué mon fils a failli arrêter mon propre cœur. Peu m'importe à présent. Les Élisabeth, mère et fille, ne peuvent plus rien contre moi. Elles m'ont déjà enlevé tous ceux que j'ai aimés ; la seule personne qu'il me reste au monde est mon époux, Richard. Le prendront-elles lui aussi ? Je suis tellement submergée par le chagrin que je m'en moque.

Elles semblent en effet vouloir me l'enlever. Élisabeth se promène dans le jardin avec Richard, dans la fraîcheur du soir. Il aime l'avoir à ses côtés, et les courtisans, toujours dans le sillage d'une favorite, sont prompts à louer la sagesse tranquille de sa conversation et la grâce de sa démarche.

Je les observe d'en haut, des fenêtres de ma chambre, si bien que loin en contrebas, ils évoquent le tableau d'un chevalier et de sa dame dans une romance. Elle est grande, presque autant que lui, et ils marchent tête contre tête. Je me demande négligemment de quoi ils parlent avec tant d'animation, ce qui la fait rire, s'arrêter puis porter la main à sa gorge, avant de prendre le bras de Richard pour poursuivre leur chemin vers le fleuve. À cette distance, de ma haute fenêtre, ils forment un beau couple, bien assorti. Après tout, leur différence d'âge n'est pas si grande : elle a dix-huit ans et lui seulement trente et un. Tous deux possèdent le charme des Yorks, qui opère à présent sur chacun d'eux. Elle est blonde comme son père, lui brun comme le sien. Je vois Richard lui prendre la main et l'attirer à lui pour lui murmurer à l'oreille. Aussi coquette que la plupart des beautés de dix-huit ans, elle tourne la tête avec un petit rire. Ils s'éloignent de la cour, qui les suit à une distance respectable afin qu'ils puissent s'imaginer seuls.

La dernière fois que j'ai vu les courtisans suivre le roi en contrôlant leur allure avec soin, Édouard se promenait bras dessus bras dessous avec sa nouvelle amante Élisabeth Shore, alors que sa reine se trouvait en confinement. Dès la fin de ce confinement, la traînée a disparu de la cour et nous ne l'avons plus jamais revue – je souris au souvenir de l'affection contrite et timide du roi envers son épouse, qui posait sur lui un regard gris et calme. Et voilà qu'aujourd'hui, je revois cette lente démarche de la cour ; seulement cette fois-ci, c'est mon époux que l'on veille à ne pas déranger pendant qu'il se promène seul avec sa nièce.

Pourquoi donc ? me demandé-je, le front posé contre la vitre froide de l'épaisse fenêtre. Pourquoi les courtisans reculeraient-ils si galamment à moins de croire qu'elle est sa future maîtresse ? Que mon époux séduit sa nièce lors de ces promenades du soir au bord du fleuve. Qu'il a oublié tout ce qu'il doit à son nom, à ses vœux de mariage, au respect envers sa femme, et la mère endeuillée de son fils.

Est-il possible que la cour se soit montrée bien plus clairvoyante que moi sur Richard ? Enfin remis de son chagrin, de son déchirement, il peut revivre, respirer à nouveau, regarder autour de lui et revoir le monde, et dans ce monde il aperçoit une jolie fille qui n'est que trop prête à lui prendre la main, à l'écouter et à rire comme enchantée par ses paroles. La cour croit-elle réellement que Richard va coucher avec la fille de son frère ? Qu'il est assez vilain pour déflorer sa nièce ?

Je commence à y penser, murmure les mots « déflorer » et « nièce », mais je n'arrive vraiment pas à m'en soucier, pas plus que de l'expédition de chasse du lendemain ou des plats pour le dîner de ce soir. La virginité d'Élisabeth ou son bonheur ne m'intéressent aucunement. Tout semble se dérouler très loin de moi, dans la vie d'une autre personne. Je ne me considérerais pas comme malheureuse, ce mot est trop éloigné de mon état d'esprit ; plutôt apathique. Je ne me soucie pas de savoir si c'est Richard qui séduit sa nièce ou l'inverse. En tout cas, je constate qu'Élisabeth Woodville, après m'avoir enlevé mon fils par un sortilège, va à présent me prendre mon époux par le charme de sa fille. Mais je ne peux rien pour l'en empêcher. Elle fera – comme toujours – à sa guise. Tout ce que je peux faire, c'est appuyer mon front chaud contre la vitre froide et souhaiter ne pas les avoir vus. Ne rien avoir vu. Rien du tout.

*

La cour hypocrite ne fait pas que flirter avec le roi tout en portant le deuil avec moi. Richard passe chaque matinée avec ses conseillers, engage des commissaires pour lever les armées dans les comtés en cas d'invasion par Henri Tudor depuis la Bretagne, préparer la flotte à entrer en guerre contre l'Écosse, harceler les navires français dans la Manche. Il me parle de son travail, sur lequel je peux parfois le conseiller car j'ai passé mon enfance à Calais, et c'est la politique de mon père qu'applique Richard : la paix avec les Écossais et la paix armée contre les Français.

En juillet, il part à York pour y fonder le Conseil du Nord, reconnaissant ainsi que le nord de l'Angleterre est une région différente du sud à bien des égards ; Richard est, et sera toujours, un bon seigneur pour les habitants du nord. Avant son départ, il vient dans ma chambre et fait sortir mes dames. Élisabeth lui adresse un sourire que, pour une fois, il ne remarque pas. Il prend un tabouret afin d'être assis à mes pieds.

— Qu'y a-t-il ? demandé-je sans beaucoup d'intérêt.

— Je voulais vous parler de votre mère.

Je suis surprise mais rien ne peut éveiller ma curiosité. J'achève la couture que je tiens dans les mains, enfile l'aiguille dans la soie à broder, puis pose enfin mon ouvrage.

— Oui ?

— Je pense que nous pouvons la libérer. Nous ne retournerons pas à Middleham…

— Non, jamais.

— Nous pourrions donc fermer le château. Elle pourrait avoir sa propre maison, nous lui verserions une pension. Nous ne sommes pas obligés de garder un grand château simplement pour l'héberger.

— Vous ne croyez pas qu'elle pourrait parler contre nous ?

Jamais je n'évoquerai la question de notre mariage. Il peut me considérer aujourd'hui, comme je l'étais à l'époque, tout à fait confiante. Je ne peux me résoudre à m'en soucier.

— Nous sommes les souverains d'Angleterre. Il y a des lois qui condamnent ceux qui nous critiquent. Elle le sait.

— Et vous ne craignez pas qu'elle essaie de reprendre ses terres ?

— Je suis le roi, répond-il avec un sourire, alors elle a peu de chances de remporter un procès contre moi. Et si elle devait récupérer quelques propriétés, je peux me permettre de les perdre. Vous en hériterez à sa mort.

J'acquiesce. De toute façon, je n'ai moi-même plus d'héritier.

— Je voulais seulement m'assurer que vous ne voyiez pas d'objection à sa libération. Avez-vous une préférence pour sa résidence ?

Je hausse les épaules. Cet hiver, ils étaient quatre à Middleham : Margaret, son frère Teddy, mon fils Édouard et ma mère, leur grand-mère. Comment la mort a-t-elle pu prendre son petit-fils plutôt qu'elle ?

— J'ai perdu un fils. Peu m'importe une mère.

Il se détourne pour me dissimuler sa grimace de douleur.

— Je sais. Les voies de Dieu sont impénétrables.

Il se lève puis me tend la main. Je me lève à mon tour et défroisse la soie raffinée de ma robe.

— C'est une jolie couleur, dit-il en la remarquant pour la première fois. Vous reste-t-il de cette soie ?

— Sûrement, je lui réponds, étonnée. Les couturières en ont acheté un rouleau de France, je crois. Désirez-vous une veste dans cette étoffe ?

— Elle irait bien à notre nièce Élisabeth, lance-t-il d'un air détaché.

— Pardon ?

Il sourit devant mon air pantois.

— Elle irait bien au teint d'Élisabeth, n'est-ce pas ?

— Vous voulez qu'elle porte une robe assortie à la mienne ?

— De temps à autre, si vous convenez que la couleur lui va bien.

Cette idée absurde me tire de ma léthargie.

— À quoi donc pensez-vous ? Toute la cour croira qu'elle est votre maîtresse si vous l'habillez d'une soie aussi belle que la mienne. Pire encore, ils la traiteront de traînée. Et vous de débauché.

Il acquiesce, aucunement choqué par ces mots durs.

— Parfait.

— C'est ce que vous souhaitez ? Vous faire honte, à tous les deux, et me déshonorer ?

— Anne, ma chérie, répond-il en me prenant la main. Nous voilà devenus roi et reine. Nous devons laisser nos préférences personnelles de côté, et ne pas oublier que nous sommes constamment observés, nos actes sans cesse interprétés. Nous devons monter un spectacle.

— Je ne comprends pas, dis-je d'une voix éteinte. Quel spectacle ?

— La fille n'est-elle pas censée être fiancée ?

— Oui, à Henri Tudor. Vous savez aussi bien que moi qu'il s'est publiquement déclaré à Noël dernier.

— Alors qui est le bouffon, si le monde la considère comme ma maîtresse ?

Je commence à comprendre.

— Eh bien, lui.

— Et tous ceux qui soutenaient ce Gallois inconnu, le garçon de Margaret Beaufort, parce qu'il est fiancé à la princesse Élisabeth – la fille bien-aimée du plus grand roi d'Angleterre–, tous ces gens y réfléchiront. Ils se diront : si nous rallions Tudor, nous ne mettrons pas la princesse d'York sur le trône. Car elle est à la cour de son oncle, en admiration pour lui, ornant son règne comme autrefois celui de son père.

— Mais certains diront qu'elle ne vaut guère mieux qu'une traînée. Elle sera déshonorée.

— Ils disaient la même chose de sa mère. Nous avons adopté une loi en ce sens. De toute façon, je n'aurais pas cru que cela vous dérangerait.

Il a raison. Rien ne me dérange. Certainement pas l'humiliation de la jeune Rivers.

Palais de Westminster, Londres, hiver 1484

La menace d'Henri Tudor en Bretagne accapare toute la cour. Ce n'est qu'un jeune homme, et tout roi moins jaloux qu'un York aurait ignoré son titre éloigné à la couronne, hérité de sa mère. Mais c'est un roi York sur le trône ; en outre, Richard sait que Tudor prépare une invasion. Ce dernier cherche du soutien en Bretagne, auprès du duc qui le protège depuis si longtemps, et demande l'aide de la France, le vieil ennemi invétéré de l'Angleterre.

Margaret Beaufort, sa mère, mon ancienne amie, rumine dans sa maison de campagne, incarcérée par son époux sur ordre de Richard, et sa future mariée Élisabeth d'York est pratiquement devenue la première dame de la cour. Chaque soir, elle danse dans le palais qui était autrefois sa maison d'enfance, les poignets brillants de bracelets, les cheveux scintillants sous une résille en or. Chaque matin, dans les appartements qui donnent sur le fleuve gris, elle reçoit un présent. On frappe à la porte ; un page apporte un paquet à la fille que tout le monde appelle désormais la princesse Élisabeth, comme si Richard n'avait pas fait voter une loi pour la déclarer bâtarde et lui donner le nom du premier époux de sa mère. Elle glousse en l'ouvrant, puis me lance un regard coupable. Ces présents d'une valeur inestimable arrivent toujours sans message mais nous savons tous qui les lui envoie. Je me rappelle l'année dernière, lorsque Richard m'a offert un cadeau à chacun des douze jours de Noël. Toutefois, c'est avec indifférence que je m'en souviens, car je ne me soucie plus des bijoux.

La fête de Noël marque le comble de sa joie. L'année dernière, elle était l'objet honteux de notre charité, traitée de bâtarde et revendiquée en tant que fiancée par un traître, mais cette année elle a rebondi, irrésistible, tel un bouchon léger soulevé par une mer houleuse. À présent, nous allons essayer nos robes ensemble comme si nous étions mère et fille, ou deux sœurs. Nous attendons dans la grande garde-robe pendant que l'on épingle sur nous soies, draps d'or et fourrures. Je me regarde dans le miroir étamé : mon visage est las, mes cheveux ternes. Je porte pourtant les mêmes couleurs vives que la beauté souriante près de moi. Elle a dix ans de moins que moi et ce n'est jamais aussi évident que lorsque nous nous tenons côte à côte, dans les mêmes habits.

Richard lui offre ouvertement des bijoux assortis aux miens. Elle porte une coiffe telle une petite couronne dorée, des boucles d'oreilles en diamants et un collier de saphirs. La cour a revêtu ses plus beaux atours pour Noël et ses spectacles, sports et jeux quotidiens. Reine des festivités, championne des jeux, maîtresse de la fête, Élisabeth danse tout le temps. Quant à moi, je reste assise dans mon grand fauteuil, sous le dais d'apparat, la couronne pesant sur mon front, un sourire indulgent aux lèvres quand mon époux se lève pour danser avec la plus belle fille du palais. Il lui prend la main et la conduit à l'écart pour discuter, puis la ramène dans la salle, les joues en feu. Elle me jette un coup d'œil comme pour s'excuser – comme si elle espérait que la situation ne me gêne pas, alors que tout le monde à la cour, voire en Angleterre, croit qu'ils sont amants et que j'ai été écartée. Elle a la décence d'avoir honte, mais je vois qu'elle est trop attirée par le désir pour reculer. Elle ne peut pas lui dire non, ni se priver. Peut-être est-elle éprise.

Je danse, moi aussi. Lorsque la danse est lente et majestueuse, je laisse Richard me conduire, et les danseurs nous suivent de leur allure fluide. Il guide mes pas car je ne me préoccupe guère du rythme de la musique. À Noël dernier, la cour était encore en grande pompe – un nouveau roi sur le trône, de nouvelles richesses à distribuer, de nouveaux trésors à acheter, de nouvelles tenues à exhiber – puis mon fils est mort d'une simple fièvre, et je n'étais pas à son chevet. Ni dans le château. Je célébrais notre succès en chassant dans les forêts de Nottingham. Aujourd'hui, je ne vois plus ce qu'il y avait à célébrer.

Le jour saint de Noël, nous nous rendons à l'église plusieurs fois. Élisabeth est jolie dans sa piété, un foulard en gaze verte sur ses cheveux blonds, les yeux baissés. Richard et moi revenons ensemble de la chapelle, main dans la main.

— Vous êtes fatiguée.

Je suis fatiguée de la vie.

— Non. J'attends avec impatience les prochains jours.

— Il y a des rumeurs désobligeantes qui circulent. Je ne veux pas que vous les écoutiez, elles n'ont rien de vrai.

Je m'arrête, imitée par les courtisans derrière nous.

— Laissez-nous, leur lancé-je par-dessus mon épaule.

Tandis qu'ils se dispersent, Élisabeth me jette un coup d'œil comme si elle croyait pouvoir désobéir. Richard secoue la tête à son adresse, alors elle me fait une petite révérence et s'éloigne.

— Quelles rumeurs ?

— Je le répète, je ne veux pas que vous les écoutiez.

— Dans ce cas, il vaudrait mieux que je les apprenne de votre bouche.

— Certains racontent que je projette de vous renier pour épouser la princesse Élisabeth.

— Alors votre parodie de cour a réussi. Mais était-ce une cour ? Ou bien une parodie ?

— Les deux, répond-il, l'air grave. Je devais discréditer ses fiançailles avec Tudor. Il va nous envahir, c'est certain. Je devais lui retirer le soutien des Yorks.

— Prenez garde à ne pas perdre celui des Neville, fais-je remarquer avec sagacité. Je suis la fille du faiseur de rois. Nombreux sont ceux dans le nord à ne vous suivre que par amour pour moi. Encore aujourd'hui, mon nom compte plus que tout là-bas. Vous perdrez leur loyauté s'ils estiment que vous me manquez d'égards.

— Je ne l'oublie pas, dit-il en m'embrassant la main. Et jamais je ne vous manquerai d'égards. Vous êtes mon cœur. Même s'il est brisé.

— Est-ce là la pire rumeur ?

Il hésite.

— Il est aussi question de poison.

À la mention de l'arme d'Élisabeth Woodville, je me fige.

— Qui parle de poison ?

— Ce sont des ragots des cuisines. Un chien est mort après avoir lapé la sauce d'un plat renversé. Vous connaissez la cour, beaucoup de bruit pour rien.

— À qui était destiné le plat ?

— À vous.

Je ne dis rien. Je n'éprouve rien. Pas même de la surprise. Cela fait des années qu'Élisabeth Woodville est mon ennemie, et encore aujourd'hui, alors qu'elle vit libre et en paix dans le Wiltshire, je sens son regard gris sur ma nuque. Elle me considère sûrement toujours comme la fille de l'homme qui a tué son père et son frère bien-aimés, et désormais aussi comme un obstacle au destin de sa fille. Si j'étais morte, alors Richard obtiendrait une dispense du pape pour épouser sa nièce. La maison d'York serait réunie, Élisabeth Woodville redeviendrait reine douairière et probablement grand-mère du prochain roi d'Angleterre.

— Elle ne s'arrête jamais, me dis-je doucement.

— Qui ? demande Richard, l'air déconcerté.

— Élisabeth Woodville. Je présume que c'est elle que l'on soupçonne d'avoir essayé de m'empoisonner ?

Il éclate de rire, de son ancien rire impulsif que je n'avais pas entendu depuis si longtemps. Il me prend la main et m'embrasse les doigts.

— Non, elle n'est pas suspecte. Mais peu importe, car je vous protégerai. Je m'assurerai de votre sécurité. Vous devez vous reposer, ma chère. Tout le monde vous trouve l'air fatigué.

— Je vais très bien, rétorqué-je d'un ton résolu.

Et je me fais cette promesse : *Je vais assez bien pour empêcher sa fille de prendre mon trône.*

Palais de Westminster, Londres, janvier 1485

C'est le douzième soir, la fête de l'Épiphanie, le dernier jour de la longue fête de Noël qui, cette année, a semblé durer une éternité. Je revêts ma robe rouge et or avec un soin particulier. Assortie à moi jusque dans les moindres détails, Élisabeth me suit dans la salle du trône et se place derrière mon fauteuil, comme pour révéler au monde le contraste entre la vieille reine et la jeune maîtresse. Nous assistons à une mascarade, racontant l'histoire de Noël et de l'Épiphanie, suivie de musique et de danses. Richard et Élisabeth dansent ensemble, à présent si bien entraînés que leurs pas s'accordent. Elle possède toute la grâce de sa mère ; personne ne peut la quitter des yeux. En voyant Richard se montrer aussi cordial avec elle, je me demande de nouveau : où se trouve la limite entre la cour et la parodie ?

De tous les soirs de l'année, le douzième est celui où les formes changent et les identités vacillent. Autrefois, j'étais la fille du faiseur de rois, élevée pour devenir l'une des grandes dames du royaume. Aujourd'hui, me voilà reine. Cela aurait ravi mon père et devrait me satisfaire, mais en songeant au prix que nous avons payé, je me dis que nous avons été dupés par le destin lui-même. Je souris à la salle afin que tout le monde sache que je ne suis pas troublée de voir mon époux danser main dans la main avec sa nièce, les yeux fixés sur son visage rougissant. Je dois leur prouver que je vais bien et que la goutte insidieuse du poison d'Élisabeth Woodville versée dans ma nourriture, dans mon vin, peut-être même dans le parfum de mes gants, ne me tue pas lentement.

À la fin de la danse, Richard revient s'asseoir à côté de moi. Élisabeth va bavarder avec ses sœurs. En cette dernière fête de la saison, Richard et moi portons nos couronnes pour montrer à tous que nous sommes les souverains d'Angleterre, et transmettre l'image de notre apparat aux comtés les plus lointains. Une porte s'ouvre près de nous, un messager entre et remet à Richard une simple feuille de papier. Celui-ci la lit rapidement puis m'adresse un signe de tête, comme s'il avait remporté un pari.

— Qu'est-ce que c'est ?

— Des nouvelles de Tudor, répond-il discrètement. Pas d'annonce de ses fiançailles cette année. J'ai gagné cette manche. Il a perdu la princesse d'York et le soutien des Rivers. Il sait qu'il ne peut pas la revendiquer comme épouse, ajoute-t-il avec un sourire. Tout le monde croit qu'elle est ma traînée, sous ma garde. Je lui ai volé sa fiancée et ses partisans.

Je baisse les yeux sur la longue pièce. Élisabeth répète ses pas avec ses sœurs, impatientes que la musique recommence. Un groupe de jeunes hommes attendent à côté, dans l'espoir de danser avec elle.

— Vous l'avez détruite si elle est connue dans tout le pays comme de la viande avariée, la traînée du roi.

— Il y a un prix à payer quand l'on s'aventure près du trône. Elle le sait. Sa mère, entre tous, le sait. Mais il y a mieux…

— Quoi donc ?

— Je connais la date de l'invasion de Tudor. Il arrivera cette année.

— Quand ?

— Cet été.

— Comment le savez-vous ? murmuré-je.

— J'ai un espion dans sa cour délabrée, répond-il en souriant.

— Qui ?

— Le fils aîné d'Élisabeth Woodville, Thomas Grey, lui aussi sous ma garde. Elle se révèle une très bonne amie pour moi.

Palais de Westminster, Londres, mars 1485

Je me prépare à la mort. Richard, à l'invasion. Élisabeth, à un mariage suivi d'un sacre, bien que rien dans son service calme et respectueux ne le révèle. Mais tous mes sens sont en éveil. Je suis la seule à voir le rouge sur ses joues après sa promenade dans le jardin, sa façon de se tapoter les cheveux comme si quelqu'un avait renversé sa coiffe en l'attirant à lui, les rubans de sa cape défaits comme si elle l'avait ouverte pour lui permettre de caresser sa chaude poitrine.

J'ai un goûteur pour mon vin, un autre pour ma nourriture, pourtant je continue de m'affaiblir, bien que les jours deviennent plus clairs et le soleil plus chaud. Un merle construit son nid dans le pommier devant ma fenêtre et chante de joie à chaque aube. Je ne trouve pas le sommeil, ni la nuit ni le jour. Je songe à ma jeunesse, quand Richard est venu me sauver de la pauvreté et de l'humiliation ; à mon enfance, quand Isabelle et moi jouions à être reines. Je n'arrive pas à croire que j'ai vingt-huit ans, qu'Isabelle n'est plus, et que je n'ai plus aucune envie d'être reine.

J'observe la princesse Élisabeth avec une sorte de sympathie perspicace. Elle me croit mourante – je reconnais que ce n'est pas elle qui asperge mon oreiller de poison – mais de quelque maladie de dépérissement. Une fois que j'aurai assez dépéri, pense-t-elle, alors Richard la fera reine par amour. Chaque jour sera un jour de fête, une célébration de son retour aux palais et châteaux de son enfance en tant qu'héritière de sa mère : la prochaine reine d'Angleterre.

Elle croit qu'il ne m'aime pas, probablement qu'il ne m'a jamais aimée. Elle croit être son premier amour, qu'il l'aimera pour toujours, et qu'elle passera ses jours à danser, toujours adorée, toujours belle, une reine de cœur comme sa mère.

Cette vision est si éloignée de la vie réelle d'une reine d'Angleterre que j'en ris jusqu'à tousser et devoir tenir mes côtes douloureuses. En tout cas, je connais Richard. Il est peut-être épris d'elle aujourd'hui, il l'a séduite, a peut-être même couché avec elle et apprécié ses halètements de plaisir ; mais il n'est pas assez fou pour risquer son royaume pour elle. Il l'a enlevée à Henri Tudor, c'était son ambition, qu'il a réalisée. Il ne serait jamais assez fou pour risquer d'offenser ma famille, mes métayers et mon peuple. Il ne me reniera pas pour l'épouser. Il ne mettra pas la jeune Rivers à ma place. Je doute que même sa mère puisse favoriser cette conclusion.

Je dois me préparer à la mort. Je ne la redoute pas. Depuis la perte de mon fils, je suis lasse, et lorsqu'elle arrivera enfin, je m'endormirai simplement, sans craindre de rêver ni de me réveiller. Je suis prête à m'endormir. Je suis fatiguée.

Mais d'abord, il me reste une chose à faire. J'envoie chercher Sir Robert Brackenbury, le bon ami de Richard. Il vient dans mes appartements dans la matinée, pendant que la cour est partie à la chasse. Ma dame de compagnie le fait entrer puis nous laisse sur un signe de ma part.

— Je dois vous poser une question.

— Je vous en prie, Votre Majesté, répond-il, choqué par mon apparence.

À la lueur de doute qui passe fugacement dans son regard, je comprends qu'il ne me dira pas tout.

— Vous m'avez un jour interrogé sur les princes.

Je suis trop lasse pour mâcher mes mots. Je veux connaître la vérité.

— Les garçons Rivers qui étaient enfermés dans la Tour. À l'époque, je savais qu'ils devraient être mis à mort afin d'assurer la sécurité de mon époux sur le trône. Vous avez alors dit que j'étais trop sensible pour donner cet ordre.

Il s'agenouille devant moi et prend mes mains fines dans sa grosse poigne.

— Je m'en souviens.

— Je suis mourante, Sir Robert, déclaré-je franchement. Et je voudrais savoir ce que j'aurai à confesser quand je recevrai les derniers sacrements. Avez-vous accompli mon souhait ? Pour sauver Richard du danger, comme toujours ? Avez-vous pris mes paroles pour un ordre ?

S'ensuit un long silence, puis il secoue la tête.

— Je ne pouvais pas. Je ne voulais pas.

— Sont-ils vivants ou morts ?

— Votre Majesté, je l'ignore. Mais si je devais les chercher, je ne commencerais pas par la Tour. Ils n'y sont pas.

— Par où commenceriez-vous ?

— Par la Flandre, répond-il, les yeux baissés. Près des résidences de leur tante Marguerite d'York. Là où la famille de votre époux envoie toujours ses enfants lorsqu'elle craint pour leur vie. Petits, Richard et Georges ont été envoyés en Flandre. Georges, duc de Clarence, allait y envoyer son fils. C'est ce que font toujours les Plantagenêts quand leurs enfants sont en danger.

— Vous pensez qu'ils se sont échappés ? murmuré-je.

— Je sais qu'ils ne sont pas dans la Tour, et qu'ils n'ont pas été tués sous ma garde.

Je porte la main à ma gorge, où je sens les battements rapides de mon pouls. L'épais poison remplit mes veines, mes poumons, si bien que j'ai de la peine à respirer. Si je pouvais reprendre mon souffle, je rirais à la pensée que les fils d'Édouard sont vivants alors que le mien est mort. Que peut-être, lorsque Richard cherchera un héritier, ce ne sera pas la princesse Élisabeth mais l'un des garçons Rivers qui se manifestera.

— Vous en êtes certain ?

— Ils ne sont pas enterrés dans la Tour, j'en suis sûr. Et je ne les ai pas mis à mort. Je n'ai pas cru que vous me l'ordonniez. De toute façon, je n'aurais pas obéi à un tel ordre.

Je pousse un soupir frémissant.

— Alors, j'ai la conscience tranquille ?

— Moi aussi, répond-il en s'inclinant.

*

Au retour de l'expédition de chasse, je vais dans ma chambre à coucher ; je ne supporterai pas d'entendre leurs conversations ni de voir leurs visages joyeux. Mes servantes m'aident à monter dans le lit, puis la porte s'ouvre et la princesse Élisabeth entre discrètement.

— Je suis venue voir si vous désiriez quelque chose.

Je secoue la tête sur l'oreiller richement brodé.

— Rien.

— Voulez-vous que je vous laisse ? Ou que je reste avec vous ?

— Vous pouvez rester. Je dois vous parler.

Elle attend, debout près du lit, les mains jointes, l'air vigilant mais patient.

— C'est au sujet de vos frères…

Aussitôt, son visage s'éclaire.

— Oui ? souffle-t-elle.

Personne ne peut un seul instant la croire endeuillée. Elle sait quelque chose, j'en suis sûre. Sa mère a réussi, d'une manière ou d'une autre, à les sauver. Autrefois, elle les a peut-être crus morts, et a maudit l'homme qui les avait tués. Seulement aujourd'hui, j'ai devant moi une fille qui s'attend à de bonnes nouvelles au sujet de ses frères. Elle n'est pas accablée par le chagrin, car elle les sait sains et saufs.

— Je pense que je ne vous apprendrai rien, déclaré-je avec sagacité, mais l'on m'a assurée qu'ils n'ont pas été tués dans la Tour. Ils n'y sont pas non plus détenus.

Elle ose à peine acquiescer.

— Je présume que vous êtes tenue au secret ?

De nouveau, cet infime hochement de tête.

— Alors peut-être reverrez-vous votre Édouard dans cette vie. Et moi le mien au paradis.

Elle tombe à genoux près de mon lit.

— Votre Majesté, je prie pour votre rétablissement.

— En tout cas, vous pouvez dire à votre mère que je n'ai joué aucun rôle dans la perte de ses fils. Et que notre vendetta est terminée. Mon père a tué le sien, ma sœur est morte, son fils et le mien enterrés, et je vais l'être à mon tour.

— Je lui transmettrai ce message, si vous le voulez. Mais elle n'éprouve aucune inimitié à votre égard. Je le sais.

— Elle avait une boîte en émail qui contenait un bout de papier ? Et sur ce bout de papier deux noms écrits en lettres de sang ?

— Je l'ignore, répond-elle en me regardant dans les yeux.

— Ces noms étaient-ils Isabelle et Anne ? Était-elle notre ennemie ? Ai-je eu raison de la craindre toutes ces années ?

— Les noms étaient ceux de Georges et Warwick. Le papier venait de la dernière lettre de mon grand-père, qu'il a écrite à ma grand-mère la veille de sa décapitation. Ma mère a juré de se venger sur Georges et votre père, les responsables de sa mort. C'étaient leurs noms. Aucun autre. Et elle s'est vengée.

Appuyée sur mon oreiller, je souris. Isabelle n'a pas été tuée par le sortilège d'Élisabeth Woodville. Mon père est mort sur le champ de bataille, Georges exécuté. Je ne suis pas sous son emprise. Cela fait probablement longtemps qu'elle sait ses fils en sécurité. Alors peut-être mon garçon n'est-il pas mort par sa faute. Je suis aussi libérée de la peur d'avoir attiré sa malédiction sur lui. Et ce n'est peut-être pas son poison qui me tue.

— Tout cela restera un mystère. C'est la roue de la fortune, dis-je en traçant un cercle dans l'air avec mon index. Elle peut vous faire monter très haut puis tomber très bas, mais l'on peut rarement la tourner soi-même. Marguerite d'Anjou m'a appris à être reine, peut-être vous l'ai-je appris à mon tour. Essayez d'être une bonne reine, conclus-je bien que ces mots n'aient plus aucun sens pour moi.

La pièce commence à s'assombrir. Je me demande où est passé le temps.

— Est-ce déjà la nuit ?

Elle se lève et va à la fenêtre.

— Non. Mais il se passe quelque chose de très étrange.

— Dites-moi ce que vous voyez.

–Voulez-vous que je vous aide à vous lever ?

— Non, non, je suis trop fatiguée. Dites-moi simplement ce que vous voyez.

— Le soleil est masqué, comme si quelqu'un glissait une plaque devant, répond-elle en s'abritant les yeux de la main. Il est toujours aussi brillant, malgré cette sphère sombre qui le recouvre peu à peu.

Elle se retourne vers le lit et cligne des yeux, comme éblouie.

— Qu'est-ce donc ?

— Un mouvement des planètes ?

— Le fleuve est devenu complètement immobile. Les pêcheurs rament vers la rive et remontent leurs bateaux comme s'ils redoutaient une marée haute. Tout est très calme.

Elle tend l'oreille un moment.

— Les oiseaux ont arrêté de chanter, même les mouettes ne crient plus. On dirait que la nuit est tombée en un instant.

Elle regarde le jardin en contrebas.

— Les palefreniers sont sortis des écuries et les marmitons des cuisines. Ils lèvent tous les yeux vers le ciel pour essayer de voir quelque chose. C'est une comète, à votre avis ?

— À quoi cela ressemble-t-il ?

— Le soleil ressemble à un cercle d'or, entièrement dissimulé par une plaque sombre, sauf le bord qui flamboie tel un feu, trop brillant pour le regarder. Tout le reste est noir.

Lorsqu'elle recule, je vois que les petits carreaux de la fenêtre, en forme de diamants, sont aussi noirs que la nuit.

— Je vais allumer les bougies, dit-elle précipitamment. Il fait si sombre. Il pourrait être minuit.

Elle allume les bougies dans les chandeliers de chaque côté de la cheminée et sur la table à côté de mon lit. À la lueur des flammes, son visage est blême.

— Qu'est-ce donc ? répète-t-elle. Un signe de l'arrivée d'Henri Tudor ? Ou de la victoire de mon seigneur ? Cela ne peut pas être la fin des temps, n'est-ce pas ?

Je me demande si elle a raison, si c'est la fin du monde, si Richard sera le dernier roi Plantagenêt d'Angleterre, et que je vais revoir mon fils Édouard cette nuit même.

— Je ne sais pas.

Elle revient à la fenêtre.

— Il fait si sombre. Plus sombre que jamais. Le fleuve est noir, tous les pêcheurs allument leurs torches sur la rive, et tous les bateaux ont été remontés. Les marmitons sont rentrés dans les cuisines. On dirait que tout le monde a peur de l'obscurité.

Elle s'interrompt.

— J'ai l'impression que le ciel s'éclaircit un peu, qu'il commence à faire jour. Ce n'est pas vraiment l'aube, mais une lumière terrible, froide, pâle, que je n'ai jamais vue. Comme si le jaune et le gris ne faisaient qu'un. Comme si le soleil gelait. Tout devient plus brillant, plus clair. Le soleil ressort de derrière l'obscurité. Je vois maintenant les arbres et l'autre côté de la rivière.

Elle tend l'oreille.

— Les oiseaux recommencent à chanter.

Devant ma fenêtre, le merle pousse son cri perçant, interrogateur.

— On dirait que le monde renaît, poursuit Élisabeth d'un air songeur. Que c'était étrange ! Le disque s'écarte du soleil, qui resplendit de nouveau dans le ciel. Tout est redevenu chaud, ensoleillé et printanier.

Elle revient vers le lit.

— Une renaissance. Comme un nouveau départ.

Je souris de son optimisme, le fol espoir de la jeunesse.

— Je crois que je vais dormir maintenant, dis-je.

*

Je rêve. Je rêve que je me trouve sur le champ de bataille à Barnet. Monté sur son cheval noir, son heaume sous le bras afin que tout le monde voie son visage plein de courage et d'assurance, mon père parle à ses hommes. Il leur explique qu'il va les mener à la victoire, que le vrai prince d'Angleterre attend de traverser la Manche, avec Anne, la nouvelle reine d'Angleterre. Leur règne sera une ère de paix et de prospérité, bénie de Dieu, car le vrai prince et la vraie princesse vont monter sur leurs trônes. Sa voix est remplie d'amour et de fierté lorsqu'il prononce mon nom. Il dit que sa fille Anne sera reine d'Angleterre, la meilleure reine que le monde ait jamais connue.

Je le vois rire, plein de vie, confiant dans son pouvoir. Il leur promet des jours meilleurs, leur assure qu'ils doivent seulement tenir bon et rester fidèles pour gagner.

Ensuite, il met pied à terre, puis flatte l'encolure de son cheval, qui tourne vers lui sa grosse tête noire. Ses oreilles oscillent vers l'avant pour l'écouter.

— D'autres commandants vous demanderont de combattre jusqu'à la mort, leur dit-il. Je le sais, car je l'ai moi aussi entendu. J'ai livré des batailles où les chefs ont demandé à leurs hommes de lutter à mort avant de s'enfuir à cheval en les abandonnant.

Un murmure d'approbation parcourt les soldats qui ont réussi à fuir, au souvenir de leurs camarades qui n'ont pas pu s'échapper à temps.

— Alors voici mon engagement envers vous.

Il dégaine sa grande épée, palpe soigneusement le flanc du cheval et place la pointe de la lame affûtée entre les côtes, dirigée vers le cœur. Un faible murmure de refus s'élève parmi les hommes. Dans le rêve je m'écrie : « Non, Père ! Non ! »

— Voici mon engagement envers vous, répète-t-il d'un ton ferme. Je ne m'enfuirai pas en vous abandonnant au danger car je n'aurai pas de cheval.

Il enfonce sa lame dans la cage thoracique. Minuit tombe sur ses jambes de devant, puis de derrière. Il se tourne pour regarder mon père avec ses beaux yeux sombres comme s'il comprenait, comme s'il savait, que mon père devait le sacrifier. Pour prouver à ses hommes qu'il allait combattre et mourir avec eux.

Bien sûr, il est mort avec eux, ce jour-là sur le champ de bataille à Barnet. Il est mort pour m'offrir la couronne, et ce n'est que plus tard, seule, que j'ai appris que cette couronne était vide. Alors que je me retourne dans mon lit et ferme les yeux une dernière fois, je me dis que ce soir, je vais revoir mon père bien-aimé, Warwick le faiseur de rois ; mon petit garçon, le prince Édouard ; et peut-être, paissant dans des champs plus verts encore que dans mon imagination, Minuit, le cheval noir.

Note de l'auteur

Ce livre est un roman historique fondé sur un personnage dont la vie, selon son propre biographe, serait impossible à écrire en raison du manque d'informations. Heureusement pour nous tous, l'historien Michael Hicks a trouvé une documentation très précieuse sur Anne Neville, malgré le silence habituel qui entoure les femmes dans l'Histoire.

Grâce à Hicks et d'autres historiens, nous savons qu'elle était liée à la plupart des grands acteurs de la Guerre des Cousins (appelée guerre des Deux-Roses seulement quelques siècles plus tard, dans les années 1800). Ce que je suggère dans ce roman, c'est qu'elle était peut-être elle-même une actrice à part entière.

Son père était le comte de Warwick, connu de son vivant sous le nom de « faiseur de rois » en raison de son rôle extraordinaire en tant que marionnettiste des prétendants à la couronne d'Angleterre. Il a tout d'abord soutenu Richard, duc d'York, ensuite son fils et héritier Édouard, puis le deuxième fils Georges, et enfin leur ennemi Henri VI. Après avoir soutenu toute sa vie la maison d'York, Warwick est mort en luttant pour la maison de Lancastre.

Bien que jeune fille, Anne a suivi son père à travers les méandres de sa loyauté. Elle a assisté au dîner de couronnement de la nouvelle reine de la maison d'York, puis à l'exclusion progressive de son père de la cour, dominée par les Rivers et leurs partisans. Comme le décrit le roman, Anne a fui avec son père en exil en France, avant de revenir en Angleterre en tant que nouvelle candidate au trône, à la tête d'une armée de Lancastre. Veuve de leur prince de Galles, elle est de nouveau mariée, un peu plus d'un an plus tard, dans la maison de son ennemi : York. C'est à ce moment-là que je suggère que la jeune femme, abandonnée par sa mère après avoir perdu son père et son mari, a pris sa vie en main. Personne ne sait vraiment comment Anne a échappé à la protection, ou à l'emprisonnement, de sa sœur et de son beau-frère. Nous ne possédons pas de récit fiable – seulement quelques merveilleuses histoires – de sa cour et de son mariage à Richard. Ma version place Anne au cœur des événements.

C'était fascinant pour moi, en tant que romancière, de dépeindre la cour d'York comme un foyer d'intrigues et une source de craintes pour les filles de Warwick. Une partie du plaisir que j'ai pris à écrire cette série fondée sur des maisons rivales a été de retourner la page (pour ainsi dire) afin d'obtenir un tout autre tableau. Les faits historiques paraissaient très différents lorsque je changeais mon point de vue : de ma favorite, Élisabeth Woodville, à ma nouvelle héroïne, Anne Neville. La conspiration confuse autour de la mort d'Isabelle et du meurtre judiciaire de Georges devient soudain une histoire bien plus sombre, avec Élisabeth dans le rôle de la méchante.

Une autre réputation que j'ai dû traiter dans ce roman est celle de Richard III. Comme je le suggère ici et dans *La Reine clandestine*, je ne souscris pas à la parodie shakespearienne qui ternit sa réputation depuis des siècles. Cependant, je ne l'acquitte pas pour autant des accusations d'usurpation. Il n'a peut-être pas tué les princes, mais sans ses actions, ces derniers ne se seraient pas trouvés dans la Tour sans la protection de leur mère. Ma version du destin des deux garçons royaux est le sujet d'un autre de mes livres, l'histoire de leur sœur et amante secrète de Richard, la princesse Élisabeth d'York : *La Princesse blanche*.

Cet ouvrage a été composé
par Facompo à Lisieux (Calvados)

Impression réalisée par
CPI France
en octobre 2020
pour le compte des Éditions Archipoche

Imprimé en France
N° d'édition : 651
N° d'impression : 3039456
Dépôt légal : novembre 2020